CHRIS COPPERNOLL

# *Werden wir uns wiedersehen?*



SCM Hänssler

**SCM**

Stiftung Christliche Medien

Bestell-Nr. 394.971
ISBN 978-3-7751-4971-6

Originally published in English under the title: Providence

Originally published by David C. Cook, 4050 Lee Vance View, Colorado Springs, Colorado 80918 U.S.A.


SCM Hänssler im SCM-Verlag GmbH & Co. KG · 71088 Holzgerlingen
Internet: www.scm-haenssler.de
E-Mail: info@scm-haenssler.de
Übersetzung: Doris C. Leisering
Umschlaggestaltung: Oha Werbeagentur GmbH, Grabs, Schweiz; www.oha-werbeagentur.ch
Titelbild: shutterstock.com; istockphoto.com
Satz: Satz & Medien Wieser, Stolberg
Druck und Bindung: CPI – Ebner & Spiegel, Ulm
Printed in Germany

Die Bibelverse sind folgender Ausgabe entnommen:
Neues Leben. Die Bibel, © Copyright der deutschen Ausgabe 2002 und 2006 by SCM Hänssler, D-71087 Holzgerlingen.

*Für den, der eine zweite Chance schenkt,*
*und für jeden, der eine braucht.*

# Eins

*Christmas is the time to say ›I love you‹.*
*Share the joys of laughter and good cheer.*

*Weihnachten ist die Zeit, um »Ich liebe dich« zu sagen.*
*Freut euch gemeinsam am Lachen und der Fröhlichkeit.*

Billy Squier
*»Christmas Is the Time to Say ›I Love You‹«*

Die trostlosen Schatten des frühen Winters waren auf Providence, Indiana, gefallen. An diesem Morgen löschte ein Vorhang aus dicken Wolken das strahlende Sonnenlicht aus und beraubte es seiner vollen Pracht. Obwohl Weihnachten näher kam, gab es in meinem Haus keinen geschmückten Baum und auch keine bunten Lichter. Jede Zimmerecke war so, wie C. S. Lewis das Land Narnia beschrieb: immer Winter, aber nie Weihnachten.

Im Wohnzimmer unten schaltete ich die Stehlampe neben dem Sofa an und schaltete auch auf dem Weg in die Küche alle Lampen an. Das half, das kühle Haus ein wenig wärmer wirken zu lassen. Ich war seit dem frühen Morgen wach, schon länger als gewöhnlich, und hatte bereits eine halbe Kanne Kaffee getrunken. Als ich dann meine Nachbarn hörte, die ihre Autos für die kalte Fahrt zur Arbeit warmlaufen ließen, hatte das Koffein schon einige der Falten ausgebügelt, die von einer halb durchgemachten Nacht stammten. Der Grund meiner Schlaflosigkeit? Zwei unbeantwortete Fragen: »Worauf habe ich mich da nur eingelassen?« und »Warum kann die Vergangenheit nicht begraben bleiben?«

Halb acht rief ich meinen Verleger an. Arthur Reed kannte mein Chaos von Anfang an. Er war Zeuge des Tumults geworden, in dem sich mein Leben in den letzten drei Jahren verfangen hatte. Er hatte sogar seinen Teil dazu beigetragen, das Durcheinander noch größer zu machen, hatte die Flamme angefacht und triumphiert, als daraus ein Flächenbrand wurde. Irgendwann in dieser langen Nacht hatte ich beschlossen, Arthur anzurufen und ihm die schlimmstmöglichste Botschaft zu überbringen.

Auf dem Küchentisch kühlte ein getoasteter Bagel mit schmelzendem Frischkäse auf einem Teller ab. Ich lehnte am Türrahmen, das Telefon ans

Ohr gedrückt. Während ich dem Klingeln lauschte, erinnerte ich mich an Arthurs Eskapaden. Wie hart er daran gearbeitet hatte, mir die Idee zu verkaufen, ich solle doch meinen Blickwinkel auf das ganze Phänomen beschreiben. Ich kannte die Gründe, warum er ein weiteres Buch von mir wollte, alle achtzehn Millionen Gründe, ebenso wie ich wusste, dass der jetzige Anruf seine Welt erschüttern würde. Was ich nicht wusste, war, dass es der Auftakt zu einer außergewöhnlichen neuen Reise werden würde.

Auf dem Frühstückstisch lag das Buch, das an allem schuld war. Ein 220-seitiges Hardcover, auf dessen dritter Umschlagseite ein kleines schwarz-weißes Foto von mir prangte. Darüber fasste ein kursiv gedruckter Absatz alles zusammen, was man über mich wissen musste:

*Jack Clayton gehört zum Team des Campus-Missionsdienstes (CMD) unter der Schirmherrschaft des Providence-Colleges in Providence, Indiana. Er ist der Autor zweier Bücher über die Arbeit des CMD im neun Quadratkilometer großen Norwood-Viertel, die ärmste Gegend von Providence. Seit zwölf Jahren ermutigt, betreut und rekrutiert Jack Hunderte studentischer Freiwilliger, um die Nöte der Welt um sie herum wahrzunehmen und sich für Veränderungen einzusetzen.*

Ich bin kein Schriftsteller, aber vor fünf Jahren hatte ich angefangen für unsere Stadtzeitung *Providence Appeal* die Geschichten von Leuten aufzuschreiben, deren Leben durch den CMD in Norwood verändert wurde. Diese Geschichten brachten der Arbeit in Norwood neue Aufmerksamkeit und dringend benötigte Finanzen. Sie weckten außerdem die Aufmerksamkeit von Arthur Reed, der darum bat, diese Geschichten in Buchform veröffentlichen zu dürfen. Mein erstes Buch verkaufte sich etwa viertausend Mal, hauptsächlich in Providence und an Absolventen des Providence-Colleges, die alles blind unterstützen, das mit dem College zu tun hat. Ein zweites Buch erschien im Jahr darauf, und teilweise aufgrund einer Geschichte im *National Public Radio* übertrafen dessen Verkäufe das erste Buch um über neuntausend Exemplare. Mein drittes und letztes Buch in der Serie hieß *Arbeiter im Weinberg*. In einem einzigen Jahr verkaufte es sich über achtzehn Millionen Mal und brachte mein Gesicht auf die Titelseite des *People*-Magazins.

Wenn Sie ein Buch schreiben, das es auf den ersten Platz der *New York Times*-Bestsellerliste schafft und 29 Wochen dort bleibt, verändert sich alles in Ihrer Welt. *Arbeiter im Weinberg* galt in Medienkreisen als letzter Schrei, und plötzlich wollte jeder Zeitschriftenredakteur und jeder Redakteur im Kabelfernsehen den »Pastor der Armen« interviewen. Ich machte den riesigen Fehler, mich jedem noch so kleinen Interview zu verweigern. Ich hatte nur die besten Absichten: Ich wollte mich von den unvermeidlichen fünfzehn Minuten Ruhm isolieren. Allerdings ging mein Plan nach hinten los: Das Interesse der Medien an meinem Privatleben entzündete sich wie ein Buschfeuer. Deshalb träumte der inzwischen wohlhabende Arthur Reed von der Veröffentlichung des unvermeidlichen Fortsetzungsbandes: Meine persönliche Geschichte. Meine Memoiren.

Gerade als ich dachte, dass Arthur noch nicht im Büro sein würde, nahm er ab.

»Arthur Reed.« Seine Stimme trompetete durch den Hörer.

»Morgen, Art. Jack hier.«

»Jack, guten Morgen und fröhliche Weihnachten!«, sagte er, obwohl es bis dahin noch Wochen waren. »Wie geht es dem Schriftsteller?«

»Ich grabe Knochen aus, und ein paar davon klappern«, erwiderte ich. Ich konnte Arthurs herzhaftes Lachen hören. Es stotterte wie der Motor eines eingefrorenen Mercedes.

»Klingt interessant. Ich nehme also an, dass du endlich angefangen hast, deine Memoiren zu schreiben?«

»Ja, gestern Abend. Ich habe bis nach Mitternacht daran gearbeitet und dann wieder heute Morgen. Deswegen rufe ich auch an.«

»Ausgezeichnet«, sagte Arthur.

Ich hörte die Startmelodie seines Computers. Arthur war gerade erst ins Büro gekommen. Wenn sein Kaffee ihn noch nicht wachgerüttelt hatte, würde es meine Ankündigung tun.

»Art, du wirst das nicht gern hören, also werde ich es einfach sagen. Ich habe beschlossen, dass ich dieses Projekt aufgebe. Ich werde meine Memoiren nicht schreiben.«

Ich machte eine Pause – nicht wegen eines möglichen dramatischen Effekts, sondern damit sich meine Worte setzen konnten. Arthur war überzeugt, dass meine Memoiren zu einem weiteren Bestseller werden würden; das hatte er sehr oft gesagt. Sie wären ein weiterer Kassenschlager in seinem kleinen Verlag, Arthur Reed Publishing, und würden seine Firma noch fester in der Branche etablieren. Doch das Buch war Arthur wichtiger als ich ahnte.

»Das verstehe ich nicht«, sagte er, völlig überrumpelt von dieser Nachricht. »Du hast doch angefangen zu schreiben, oder?«

»Ja«, wiederholte ich. »Gestern Abend.«

»Aber jetzt hast du aufgehört?«

»Richtig.«

Als ob der Korken aus Aladins Wunderlampe gezogen worden wäre, drang ein unbehagliches Schweigen durch die Telefonleitung. Plötzlich wurde unser Gespräch zähflüssig.

»Ich bin verwirrt«, sagte Arthur. »Was in aller Welt ist seit gestern Abend in dich gefahren?«

An diesem Punkt hätte ich ihm reinen Wein einschenken sollen. Ich hätte Arthur einfach von den Erinnerungen erzählen sollen. Wie sie an meine Tür geklopft hatten, als ich die Weihnachtsdeko vom Dachboden holte und dieses Foto sah, das in einem der Dekostücke versteckt gewesen war. Wie sie mich wieder eingeholt hatten, während ich vor dem Computerbildschirm saß und versuchte, mich an das zu erinnern, was ich so sehr zu vergessen versucht hatte.

»Ich habe einfach noch einmal darüber nachgedacht, das ist alles. Ob ich das Zeug dazu habe, noch ein Buch zu schreiben, besonders jetzt. Ist es wirklich das, was ich über Weihnachten machen sollte? Bücher schreiben, mich vor Interviews drücken? Dabei verliert man schnell den Blick für das Wesentliche, Art, und ehe man sich versieht, ist der Zug entgleist.«

»Was in aller Welt soll denn das heißen?« Arthur hasste Metaphern.

»Es heißt, dass ich die ganze Zeit Zweifel daran hatte, ob ich dieses Buch schreiben soll. Ich habe versucht, mich für unsere Freundschaft dazu zu zwingen, Arthur, weil es einen Markt dafür geben könnte. Aber ich habe beschlossen, dass ich es nicht durchziehe.«

Arthurs Talent als zäher Unterhändler fuhr mitsamt seinem Computer hoch. »O ja, es gibt einen Markt dafür, Jack. Mein Schreibtisch ist übersät mit Beweisen dafür, und du hast versprochen, es zu schreiben.«

»Ich habe dir versprochen, es zu versuchen, das ist alles. Du hast den Ball geworfen, ich habe den Schläger geschwungen – und danebengehauen.«

Wenn Arthur den Wasserhahn nicht rechtsherum aufdrehen konnte, versuchte er es einfach linksherum. »Dann schreib es eben nicht. Ich suche dir einen Ghostwriter«, sagte er. »Du musst dich einfach nur erinnern und reden. Das kannst du doch, oder?«

Er hatte auf alles eine Antwort. Vielleicht war das das Geheimnis seines Erfolges – unerbittliche Beharrlichkeit. Ich stellte mir vor, wie ich in meinem Wohnzimmer irgendeinem Freiberufler gegenübersaß. Er wüsste nicht, welche Fragen er stellen, und ich wüsste nicht, was ich antworten sollte.

»Das würde nicht funktionieren«, erwiderte ich.

Draußen fing es wieder an, auf die bereits zugefrorene Landschaft zu schneien. Drinnen sprang der alte Heizkessel an, und ich konnte die gedämpfte Wärme der Fußbodenheizung spüren.

Meine lang vergessene Vergangenheit klopfte in meinen Gedanken an und zeigte mir Gesichter, die ich nicht sehen wollte. Jennys Gesicht, leuchtend und hübsch, umrahmt von hellem Sommersonnenschein. Ihr Lächeln strahlend, ihre Lippen voll und rot.

Schnell blendete ich das Bild wieder aus.

»Arthur, wir müssen das Thema ruhen lassen. Um unserer Freundschaft willen. Versuch doch mal, die Dinge aus meiner Warte zu betrachten.«

»Verzeih, wenn ich dich bitte, die Dinge aus *meiner* Warte zu betrachten. Ich bitte dich nicht, *Krieg und Frieden* zu schreiben. Ich bitte dich, zweihundert Seiten abzuliefern. Gib mir einfach, was du hast.«

Ein zufälliger Bestseller, das war *Arbeiter im Weinberg* gewesen. Ein Triumph mit der Wahrscheinlichkeit 18 Millionen zu eins. Ein Erfolg, der Arthurs Ansehen bei den großen Verlagen an der amerikanischen Ostküste vergrößert hatte. Sein winziger Verlag in Indianapolis arbeitete nicht in der gleichen Klasse, aber *Arbeiter im Weinberg* hatte ihn wenigstens in die Nähe gebracht. Arthur Reed war versessen auf die Akzeptanz seiner Konkurrenz. Nie könnte er zu seinen Kollegen sagen: »Ja, wir könnten noch so einen Erfolg landen, aber meinem Autor ist es einfach nicht danach, ihn zu schreiben.«

»Zuerst haben sie über mich gelacht«, hatte er mir eines Abends beim Essen in seinem Haus in Waterbrook gestanden. »Für die sind wir nur ein unbedeutender Verlag aus der Pampa. Sie haben über deinen Erfolg gelacht, als wäre er nicht mehr als ein Zufallstreffer.« Arthur hatte in seinen Drink gestarrt, als wäre er ein tiefer Brunnen.

»Sie lachen nicht mehr, Jack. Die Verkaufszahlen steigen schneller, als die nationale Schuldenuhr läuft. Und jedes Mal ruft mich ein Literaturagent aus New York mit einer neuen Idee an.«

»Es tut mir leid«, erklärte ich Arthur. »Du musst akzeptieren, dass es dieses Buch nicht geben wird. Ich werde es nicht schreiben.« Ich war noch nie so erleichtert, dass ich keinen Buchvertrag unterschrieben hatte – oder den lukrativen Vorschuss angenommen hatte.

»Schau mal, Jack, so einfach ist das nicht. Du hast gesagt, dass du es tun würdest. Während du deine Bleistifte gespitzt hast, habe ich Verträge mit allen großen Buchhandelsketten ausgehandelt, habe das Getriebe für einen weiteren Jack-Clayton-Bestseller geölt. Dein neues Buch ist bereits verkauft. Die Leute verlassen sich darauf. Wir haben Vorbestellungen für drei Millionen Exemplare.«

Ich hätte nicht überrascht sein sollen, dass Art ein Buch verkaufte, das zu schreiben ich nicht einmal zugestimmt hatte. Aber ich war überrascht.

»Kein Tag vergeht ohne eine Anfrage nach einem Interview mit Jack Clayton«, fuhr er fort. Meine Bestürzung bemerkte er nicht. »Die Leute sind misstrauisch, weil du noch nie eines gegeben hast. Sie möchten wissen, wie jemand, der behauptet, dass ihm die Armen am Herzen liegen, so viel Geld damit verdient hat, über sie zu schreiben. Und was sagen wir den Medien? Die Geschichte, der sie seit drei Jahren nachjagen, wird endlich vom Autor selbst geschrieben! Verstehst du denn nicht, wie perfekt das ist?«

Art spielte Schach und rückte mit seiner Bauernarmee vor. »Was, denkst du denn, werden sie über dich schreiben, wenn sie hören, dass du aus dem Projekt ausgestiegen bist? Wie, glaubst du, werden sie die Lücken füllen? Und Jack, sie *werden* die Lücken füllen!«

»Ich habe nie einen Vertrag unterschrieben …«

Art hörte nicht zu. »Wach auf, Jack«, sagte er. »Die Leute wollen wissen, warum du so zurückgezogen lebst. Sie interpretieren deine … Introvertiertheit als Geheimniskrämerei. Alle haben Fragen zu deiner Geschichte, zu deinen Finanzen. Sie wollen wissen, warum ein Mann, der so viel Gutes für die Armen tut, meint, sich verstecken zu müssen. Denkst du auch einmal an all die Leute, die sich ehrlich für das interessieren, was du hier schreiben sollst? Oder den guten Einfluss, den du damit ausüben kannst? Die Leser *wollen* dieses Buch, Jack, die Buchhändler wollen es, die Journalisten. Und, ja, sogar wir bei *Arthur Reed Publishing*, die wir 25 Jahre lang mit Autoren gearbeitet haben, die nicht einmal fünftausend Bücher verkaufen, wollen es. Du kannst nicht einfach deinen Ball nehmen und nach Hause gehen, weil du keine Lust mehr zum Spielen hast.«

Der Dezemberhimmel sah aus, als wäre dunkle Baumwolle kilometerweit vor die Sonne gespannt worden. Mein Kopf tat weh, als ich Arthur so zuhörte. Ich wurde daran erinnert, dass immer auch andere Leute von unseren Entscheidungen betroffen sind, und ich war mir mehr als je dessen bewusst, wie mein ausweichendes Verhalten Argwohn geweckt hatte. Ich war ein »Bestseller-Weltverbesserer«, der vielleicht etwas zu verstecken hatte. Das sagte jedenfalls die Presse. Das Problem war, dass es stimmte.

»Arthur, du solltest Folgendes begreifen: Ich beschwere mich nicht über Abgabetermine oder darüber, bis spät in die Nacht zu schreiben, bis mir der Kaffee die Geschmacksknospen von der Zunge brennt. Es geht darum, mich mit etwas zu befassen …« Ich unterbrach mich. In Gedanken sah ich ein Bild von Arthur und mir beim Tauziehen vor mir, und mein Fähnchen wurde über seine Linie gezogen. »… mit Bereichen meiner Vergangenheit, die mir unangenehm sind.« In dem Augenblick, als ich es sagte, wünschte ich, ich hätte es nicht getan. Freund oder nicht, Arthur würde sich durch meine Ausreden boxen wie ein Footballspieler, der in der gegnerischen Verteidigung ein Loch sah.

»Und warum ist das so eine große Sache, Jack? Jeder hat ein paar Leichen im Keller.«

»Ich habe nicht nur ein paar Leichen, Art«, platzte ich heraus. »Ich habe genug Leichen, um eine ganze Zombie-Armee aufzustellen, und ich werde nicht mit ihnen in einer Parade über die Hauptstraße ziehen.«

Dann passierte es. Ein Geistesblitz, der so offensichtlich war, dass ich mich fragte, warum ich nicht gleich daran gedacht hatte. »Hör zu, Art, da ist noch etwas. Ich habe heute Vormittag eine Teamsitzung beim Campus-Missionsdienst. Ich habe noch niemandem vom CMD von diesem Buch erzählt. Du weißt, dass ich die volle Unterstützung meiner Kollegen brauche, bevor ich einen so großen Teil der Zeit, die eigentlich CMD gehört, mit Schreiben verbringe.«

Art durchschaute meine Strategie auf der Stelle. »Jack, hör mal. Dieses Buch bedeutet mehr, als dir klar ist. Du nimmst das viel zu sehr auf die leichte Schulter.«

Das war eine Untertreibung, und zum ersten Mal hörte ich Angst in Arthurs Stimme.

»Ich fahre jetzt gleich ins Büro«, sagte ich. »Ich rufe dich heute Nachmittag an und lasse dich wissen, wie es ausgegangen ist.«

Es war vorbei und er wusste es. Aaron und Peter würden mich in allem unterstützen, was ich für das Beste hielt. Nancy würde nachziehen.

»Jack, du solltest ernsthaft darüber nachdenken –«

»Das werde ich, Arthur. Das werde ich.«

Mit einem Tastendruck beendete ich unser Gespräch. Runde eins war unschön gewesen, aber ich hatte gewonnen. Runde zwei war jetzt einfach. Aaron, Peter und Nancy würden mir sicher zustimmen, dass CMD mich nicht entbehren konnte, besonders in der anstrengenden Weihnachtszeit. Die Memoiren von Jack Clayton waren auf Eis gelegt. K. o. in Runde zwei.

# Zwei

*You can listen as well as you hear.*

*Du kannst hören? Dann hör auch zu!*

Mike and the Mechanics
*»The Living Years«*

An der Tankstelle spielte ein Song aus den 80er-Jahren, als ich dort anhielt, um den Jeep vollzutanken. Noch lief nicht auf allen Sendern nur noch Weihnachtsmusik. Ich erkannte die Melodie sofort. Als zwanzigjähriger College-Student hier in Providence konnte ich das Lied nicht besonders leiden. Aber jetzt, mit vierzig Jahren, summte ich doch tatsächlich mit, als ich in den Schnee hinausfuhr, der vom Himmel fiel. *»Say it loud, say it clear; you can listen as well as you hear.« – »Sag es laut und deutlich. Du kannst hören? Dann hör auch zu!«*

Das Lied war schon wieder in meinen Gedanken verblasst, als ich auf dem Parkplatz hinter dem CMD-Gebäude den Motor abstellte. Jennys Gesicht, das zum dritten Mal in vierundzwanzig Stunden aufgetaucht war, verblasste dankbarerweise mit ihm.

Weil ich noch getankt hatte, war ich jetzt spät dran. Ich stieg die vereisten Stufen am Hintereingang des Gebäudes hinauf, schoss an unserer Rezeptionistin Mrs. Burman vorbei und sprang die Treppe zum Konferenzraum in der zweiten Etage hoch. Dabei rammte ich um ein Haar den dreiundfünfzigjährigen Gründer des CMD, Aaron Richmond. Der Mann, der mich vor über einem Jahrzehnt beim CMD eingestellt hatte, stellte gerade einen gut gefüllten Karton mit Donuts auf den Konferenztisch.

»Donuts«, sagte ich. »Gibt es einen Anlass?«

»Wir sind jetzt offiziell im Weihnachts-Modus«, erwiderte er. »Mit anderen Worten: Mir war einfach danach.«

Aaron ist, was nicht überraschen sollte, ein wenig rund um die Hüften. Seine Freunde sagen, wenn er dünner wäre, könnte nicht so viel Heiterkeit und echtes Mitgefühl für andere in ihm stecken.

Peter Brenner kam nach mir herein, in der Hand einen sehr großen Becher von *Starbucks* und wie eine wandelnde Werbung für *Tommy Hilfiger*. Groß und dünn, mit einem kurzen Kinnbart und einer runden Brille, trug er sein übliches rotes Flanellhemd, Jeans und eine Baseballkappe. Peter sah lässig aus, weil er ein lockerer Typ war.

Wahrscheinlich war er teilweise deswegen mit seinem ungemein beliebten *Crosswise*-Bibelkurs am Dienstagabend so erfolgreich. Peter hat eine Begabung zum Lehren, und selbst Studenten, die sich nicht als Christen bezeichnen, fühlen sich auf den Plätzen im Warren-Hörsaal wohl, wenn er einfach und fesselnd über das Evangelium spricht.

»Donuts und Kaffee, *o yeah*! Ein Frühstück für Gewinner.«

Nancy Arcone trat hinter Peter ein, wie immer Notizblock und Stift in der Hand. Sie nahm neben Aaron Platz. Nancy ist die Verwaltungschefin und das klügste Teammitglied beim CMD. Sie ist verheiratet und hat drei Kinder (von denen zwei im College sind). Zu ihrer Arbeit beim CMD, das ohne ihre straffen Zügel eine planlose Organisation wäre, brachte sie einen Magisterabschluss in Pflegewissenschaften und Betriebswirtschaft mit.

»Habt ihr den Wetterbericht gehört? Draußen sieht es allmählich ziemlich unangenehm aus.«

»Für gestern Abend hatten sie sieben bis zehn Zentimeter Neuschnee angesagt, und wir haben fast 30 bekommen«, lachte Peter. »Heute sollte es aufklaren. Wie war's, als du hergefahren bist, Jack?«

»Ähm … es hat geschneit«, erwiderte ich.

»Danke für deine brillante Analyse, Jack. Du weißt genauso viel wie der Kerl im Fernsehen.«

»Jack, danke, dass du meinem Vater dein Buch geschickt hast … und dass du ihn angerufen hast«, sagte Nancy. »Ich habe am Sonntag mit ihm telefoniert, und ich habe gemerkt, dass ihn dein Anruf beeindruckt hat.«

»Kein Problem. Ich wünschte nur, er würde nicht so weit weg wohnen. Ich würde ihn wirklich gern einmal besuchen.«

»Also, jedenfalls hat es ihm sehr gutgetan. Das wollte ich dir nur sagen.«

Peter eröffnete die Sitzung mit einem Gebet, und dann brachte Aaron ein paar offene Angelegenheiten vom Herbstsemester unter Dach und Fach. Als er fertig war, eröffnete er die Runde für neue Themen. Ich ergriff die Gelegenheit beim Schopfe.

»Nochmals guten Morgen. Es gibt da eine kleine, einfache Frage, die ich mit euch besprechen möchte. Das sollte nicht lange dauern, aber ich glaube, ich sollte mal davon reden, was in meinem Leben und in meinem Amt passiert.« Ich warf einen Blick in die Gesichter am Konferenztisch und versuchte einzuschätzen, wie empfänglich sie waren. Ich sah keine Hinweise, also fuhr ich fort.

»Arthur hat mich gebeten, mit einem neuen Buch anzufangen. Bitte nicht lachen, aber er möchte, dass es darin um meine Wenigkeit geht.« Ich gluckste und gab ihnen damit die Erlaubnis zu lachen. Keiner tat es.

»Egal; jedenfalls haben wir beim CMD eine ziemlich außergewöhnliche Zeit hinter uns, wie ihr mir sicher zustimmen werdet. Die Unruhe, die das letzte Buch mit sich gebracht hat ... tja, ihr alle wisst, wie das war. Dieses Büro wurde völlig auf den Kopf gestellt, und manchmal ist das Chaos der eigentlichen Arbeit in die Quere gekommen, die hier getan werden sollte.«

Das stimmte. Die Aufmerksamkeit, die *Arbeiter im Weinberg* geerntet hatte, war sowohl Segen als auch Last. Auf ihrem Höhepunkt standen Touristen vor dem Gebäude und machten Fotos oder klopften an die Tür und baten um eine Führung durchs Haus. Eines frühen Morgens war Aaron auf den Parkplatz eingebogen und von einem Fernsehreporter mit einem Überraschungsinterview überfallen worden, als er aus seinem Ford Taurus stieg.

»Arthur wird dieses Buch in großem Stil vermarkten wollen. Er hat es noch nicht gesagt, aber ich bin mir sicher, dass er das plant. Das würde bedeuten, dass ich meine Energie über Weihnachten, wenn es am hektischsten ist, nicht mehr in meine Arbeit hier stecken könnte, und auch Anfang nächsten Jahres nicht. Also versteht ihr sicher, warum ich das mit euch besprechen wollte, bevor ich ... *falls* ich dieses Projekt annehme.«

Wir waren bereits überarbeitet und unterbesetzt. Wenn auch nur einer von uns fehlte, wie zum Beispiel Peter, der letzten Monat eine Grippe hatte, war das Arbeitspensum schier unerträglich. Wir befanden uns bereits mitten in der Weihnachtszeit und unsere studentischen Freiwilligen steckten gerade jetzt bis zu ihren verspannten Hälsen in Prüfungsvorbereitungen, wo Hilfe am meisten gefragt war. Das war nicht nur eine lausige Zeit für Extrawürste – es war die absolut schlechteste Zeit.

Aaron, Peter und Nancy hörten aufmerksam zu. Ich vermutete, dass alle überlegten, wie sie mir eine sanfte Abfuhr erteilen konnten, irgendwas in der Richtung, dass ein weniger hektisches Semester, vielleicht im Sommer, eine bessere Zeit für mich wäre, um ein Buch zu schreiben.

»Ich weiß nicht, was alle anderen an diesem Tisch hier denken, Jack«, sagte Aaron schließlich und brach damit das Schweigen, »aber ich glaube, du solltest das Buch schreiben.«

Ich war perplex. Auf der anderen Seite des Tischs nickte Peter langsam zustimmend. Das ergab keinen Sinn. Ich wandte mich an Nancy und fragte sie, was sie dachte.

»Ich finde, du solltest das Buch schreiben, Jack. Warum solltest du das auch nicht wollen?« Nancys Gesichtsausdruck war ruhig, aber ihre Worte schossen eine ganz eigene Energieladung in die Sitzung.

Peter und Aaron sahen mich an, um meine Reaktion abzuwarten.

»Es geht nicht darum, dass ich das Buch nicht schreiben will«, sagte ich und hoffte, dass ich überzeugend klang. »Ein *Teil* von mir will es ja schreiben.«

Nancys Worte hatten mich unvorbereitet getroffen. Es war mir nicht einmal in den Sinn gekommen, dass meine engsten Freunde Arthurs Meinung sein könnten. Die Realität ließ mich panisch nach Deckung suchen.

»Mir ist sehr wohl bewusst, dass … Ich versuche daran zu denken, dass …«

Vor den wissenden Augen meiner Freunde entwarf, verwarf und überarbeitete ich meine Ausreden, bis Aaron mich gnädigerweise rettete.

»Jack, ich will ganz offen sprechen. Was über das letzte Jahr hin mit deinem Buch passiert ist, ist beachtlich. Es ist etwas, das nur Gott tun konnte, und dadurch gibt er, glaube ich, Millionen von Menschen die Möglichkeit, ihren Glauben neu zu überdenken und zu überlegen, wie sie den Armen dienen sollten. Aber es würde mich nicht überraschen, wenn Gott noch mehr vorhätte, Jack, etwas, bei dem es speziell um dich geht.«

Zustimmendes Kopfnicken überall am Tisch. Außerdem spürte ich eine seltsam aufkeimende Energie, die mir nicht behagte. Ich fing an, auf meinem Stuhl hin- und herzurutschen.

»Jeder, der mit deinem Buch in Kontakt kommt, scheint davon zu profitieren: das College, die Leute aus Norwood und Arthur Reed, da bin ich mir sicher. Aber ich glaube, Gott ist noch nicht fertig damit, Jack. Wirklich nicht. Vielleicht gibt es bei alldem etwas, das er sich nur für dich aufgehoben hat.«

»Du machst Witze!« Die Worte waren über meine Lippen, bevor ich sie im Zaum halten konnte.

»Nein, ich mache keine Witze. Ich arbeite jetzt seit zwölf Jahren mit dir. Es gibt vieles, was auch *ich* nicht über dich weiß.«

»Er gibt nie Interviews«, warf Peter ein, das Gesicht in die Hand gestützt, die Augen prüfend auf mich gerichtet.

»Ich habe deine Bücher gelesen.« Aaron hielt drei Finger hoch. »In allen kaum ein Wort über dich selbst. Warum?«

»Na, es geht darin nicht um mich. Es sind Bücher über Norwood«, sagte ich und klang abwehrender als ich wollte.

»Das mag sein, aber du hast auf diesen Seiten Platz gefunden, um über jeden zu sprechen, der in Norwood lebt und über die meisten Studenten, die hier freiwillig arbeiten. Du hast sogar über uns hier am Tisch ein oder zwei Absätze geschrieben, aber nicht ein einziges Wort über dich selbst.«

»Ja. Das habe ich auch gedacht, Jack«, sagte Peter. Er zupfte an dem weißen Deckel auf seinem *Starbucks*-Becher und ein verschmitztes Lächeln erschien auf seinem Gesicht. »Vielleicht ist das Gottes Aufforderung an dich, deine eigene Geschichte zu schreiben.« Er lachte gutmütig und ich hörte etwas darin, das mich ängstigte: Wahrheit.

Mit den dreien, die mir auf der anderen Seite des Tisches gegenübersaßen, kam mir diese Sitzung wie eine Anhörung vor. Mir gefiel nicht, wie das alles lief. Ich hatte bereits ein Tauziehen mit Arthur hinter mir. Jetzt packten Peter, Aaron und Nancy auch noch das Seil.

Ich wollte etwas sagen, was ihre Meinung änderte, aber bevor ich die richtigen Worte finden konnte, sprach Nancy.

»Jack, vielleicht gibt dir Gott hier weniger ein Buch, das du schreiben, als einen Kurs, den du einschlagen sollst. Vielleicht hat er etwas, das du über ihn oder über dich selbst entdecken sollst, etwas, das du anders nicht lernen kannst.«

»Das ist möglich«, stimmte Aaron zu. »Vielleicht will er sogar etwas aus deiner Vergangenheit heilen, das dir nicht einmal bewusst ist.«

»Ich weiß nicht, wie es den anderen geht«, sagte Peter, »aber ich glaube, du hast keine große Wahl. Du musst dieses Buch schreiben.« Er wirkte so schrecklich begeistert von dem Ganzen.

»Ich zweifle nicht daran, dass das eine Herausforderung für dich wird,

Jack«, setzte Nancy hinzu, »aber sieh doch mal die positive Seite. Es könnte ein unglaubliches Abenteuer sein.«

Meine drei Freunde redeten, als würde Gott selbst durch sie reden. Ich wusste in diesem Augenblick, dass ich dieses Buch schreiben musste. Ich spürte es in meinem tiefsten Inneren, ebenso sicher, wie ich gerade diese Kunststofftastatur unter meinen Fingerspitzen spüre. Ich war hier hineingeschlittert, um nach einem Ausweg zu suchen. Gefunden hatte ich allerdings ein Trio, das in Arthurs selbstsicheres Solo mit einstimmte.

Es gab noch eine fünfte Stimme. Eine, die aus mir selbst sprach. Bis zu diesem Augenblick hatte sie geschwiegen. Ich konnte zu Arthur und sogar zu meinen Kollegen Nein sagen, aber nicht zu dieser inneren Stimme.

»Ihr macht euch keine Sorgen wegen der Arbeit?«, fragte ich.

»Die Studenten kommen im Januar wieder und können dann eine Menge mehr bewältigen als im Herbst, als sie angefangen haben«, meinte Peter. »Ich kann auch mehr übernehmen.«

Wir vier saßen schweigend da.

»Jack, die Arbeit, die wir hier tun, ist ein Dienst«, sagte Aaron. »Es geht nicht nur darum, dem College zu assistieren, sondern darum, uns um Nöte zu kümmern, zu denen Gott uns hinführt. Wenn du uns um Rat bittest – ich weiß nicht genau, ob du das wolltest, als du vorhin hier hereinkamst –, ist mein Vorschlag, dass du dir freinimmst, nachdenkst und betest, dich erinnerst und vor allem, dass du schreibst.«

Nancy trieb den Stachel noch tiefer in mein Fleisch. »Jack, hast du schon einmal daran gedacht, ein Sabbatjahr einzulegen?«

»Nein, habe ich nicht.« *Aber ich weiß, was die Stunde geschlagen hat.*

»Ich finde, das ist eine ausgezeichnete Idee«, sagte Aaron.

Unten klingelte das Telefon und ich hörte, wie Mrs. Burman den Hörer abnahm. »Campus-Missionsdienst.«

Aaron erhob sich und Nancy und Peter folgten seinem Beispiel. Unsere Sitzung war beendet. Die Leute, denen ich auf dieser Erde am meisten vertraute, hatten gerade das Seil gekappt, das mich hielt.

»Du hast ein unglaubliches Jahr hinter dir, Jack«, sagte Aaron. »Hab keine Angst davor, dir eine Weile freizunehmen.«

»Ja, Jack, spann mal ein bisschen aus«, lächelte Nancy.

»Wir versuchen nicht, dich loszuwerden!«, witzelte Peter, brachte damit

Nancy und Aaron zum Lachen und hellte meine irgendwie mürrische Stimmung etwas auf.

Als Aaron zur Tür des Konferenzraums hinausging, wo ich ihn vor zwanzig Minuten fast umgerannt hatte, drehte er sich um und erließ eine Anordnung. »Nutze diese Woche, um deine Angelegenheiten zu ordnen, und dann nimm dir den restlichen Dezember und Januar frei – und auch noch den Februar, wenn du das brauchst.«

Den Rest des Vormittags verbrachte ich in meinem Büro damit, E-Mails zu beantworten, Termine abzusagen und mich zu fragen, was gerade passiert war. Ich hatte das Haus mit der Absicht betreten, das Buch loszuwerden. Jetzt, während draußen vor meinem Fenster der dickste Schnee des ganzen Jahres fiel, räumte ich den Schreibtisch ab, der in den letzten zwölf Jahren mein zweites Zuhause gewesen war. Ich brauchte keine Woche, um meine Angelegenheiten zu ordnen. Halb elf hatte ich alle anstehenden Termine von meinem Kalender gestrichen.

»Er gibt keine Interviews«, hatte Peter gesagt.

»Es gibt vieles, was auch *ich* nicht über dich weiß«, hatte Aaron gesagt.

*Willkommen im Klub. Ich laufe seit vierzig Jahren in diesen Schuhen herum, und es gibt eine Menge, das ich selbst nicht weiß.*

Um die Mittagszeit klopfte Mrs. Burman an meine offene Tür. Sie reichte mir die Post, die sie normalerweise unten in einem Kasten deponiert hätte.

»Ein Vögelchen hat mir gezwitschert, dass sie uns für eine Weile verlassen«, sagte sie und ließ es klingen, als sei ich ein Kind, das man demnächst im Ferienlager absetzen würde.

»Ja. Das habe ich auch gehört, Mrs. B. Möchten Sie mitkommen? Wir würden ein nettes Pärchen abgeben.«

Sie lachte, arglos wie immer. »Oh, das kann ich nicht tun. Aber ich werde Sie vermissen, wenn Sie weg sind.«

Ich wusste, dass sie es so meinte. Ich stand vom Schreibtisch auf und umarmte sie – etwas, das ich normalerweise nicht tat, aber es kam mir trotzdem ganz natürlich vor. Ich dankte ihr für ihre Aufmerksamkeit und nahm es als ein Zeichen, dass man im Büro eine Möglichkeit finden würde, sich auf meine Abwesenheit einzustellen.

Ich rief Arthur an und berichtete ihm die Neuigkeiten. Ich bin mir sicher, dass er versuchte, die Hand vor den Hörer zu halten, aber ich konnte ihn trotzdem vor Freude quietschen hören. Er war ein glücklicher Jackpot-Gewinner, der genau an dem Tag sechs Richtige hatte, an dem um ein Haar sein Haus zwangsversteigert worden wäre.

»Die Wege des Herrn sind unergründlich, Jack!«, sagte er zu mir. Ich fragte mich, wie er jemals das Grinsen aus seinem Gesicht bekommen wollte.

Nach zwölf Jahren beim CMD endete mein letzter offizieller Tag damit, dass Peter und ich zu einem schnellen Happen bei *Oscar's* gingen, einem beliebten Imbiss auf dem Campus. Wir erwischten Plätze in der ersten Sitzecke. Ein Hilfskellner wischte das rot-weiß-karierte Vinyltischtuch ab, und ich musterte die Mini-Jukebox an der Wand zwischen uns. Wir gaben unsere Bestellung bei der Kellnerin auf, ohne auf die Speisekarte zu schauen. Über den Lärm der geschäftigen Mittagsgäste hinweg fragte Peter mich, wie es mir ging.

»Es geht mir gut«, sagte ich, weil ich weder ihm noch mir die Beklommenheit eingestehen wollte, die ich empfand. »Ich brauche nur ein bisschen Übergangszeit, das ist alles.«

»Tut mir leid, wenn wir etwas grob mit dir umgesprungen sind. Wir hätten es dir etwas sanfter antragen können«, sagte Peter und flickte Zäune, die eigentlich nicht geflickt werden mussten.

»Ist schon in Ordnung, Peter. Ich komme schon klar.«

»Das ist die richtige Einstellung. Du brauchst wirklich eine Pause. Wie viel habt ihr verkauft? Ungefähr eine Milliarde Bücher? Nach so einem Erdbeben würde, glaube ich, jeder für eine Weile aussteigen wollen, um wieder Boden unter die Füße zu bekommen.«

Die Kellnerin kam wieder und stellte zwei riesige Corned-Beef-Sauerkraut-Sandwiches mit Dillgurken und Pommes ab und zwei Colas in großen roten Plastikbechern. Wir sprachen ein Tischgebet und dann legten wir los.

»Ich habe nichts dagegen, mir freizunehmen, Peter«, sagte ich. »Ich weiß nur noch nicht, was da auf mich zukommt.«

»Noch ein Grund mehr, dass du dir eine Pause gönnst. Hast du schon mal dran gedacht, woanders hinzugehen? In irgend so eine exotische Autorenklause oder wie ihr Bestsellerautoren das eben nennt. Irgendwo hinfahren und einfach schreiben und entspannen.«

Diese beiden Wörter in einem Satz? Schreiben und entspannen?

»Ich kann nicht behaupten, dass mir der Gedanke noch nie gekommen wäre«, erwiderte ich, plötzlich abgelenkt von einer Studentin etwa Mitte zwanzig ein paar Tische weiter, die mich an eine Frau erinnerte, die ich vor langer Zeit einmal gekannt hatte.

Ein Gast in der Sitzecke hinter mir steckte eine Münze in die Jukebox und wählte einen Song aus. Selbst durch den ohrenbetäubenden Lärm des überfüllten Restaurants konnte ich die schwache Melodie aus einer ganz anderen Zeit hören.

*»This is the sound of my soul, this is the sound ...« – »Das ist der Klang meiner Seele, das ist der Klang ...«*

»Du schreibst doch das Buch, oder?« Peter nahm einen großen Schluck Cola.

»Ja«, sagte ich.

»Also. Flieg weg von hier. Was hält dich noch auf? Wir stecken mitten im kältesten Winter seit Menschengedenken und auf Jamaica hat es siebenundzwanzig Grad mit blauem Wasser und weißen Sandstränden. Ich dachte, du bist reich, Jack.« Er schüttelte den Kopf. »Ich an deiner Stelle wäre jetzt jedenfalls nicht einmal hier.«

Ich biss noch einmal von meinem Sandwich ab. »Jamaica, hm?«

»Warum nicht? Du hast schon seit ... wie lange hast du eigentlich keinen Urlaub gemacht?«

»Zwanzig Jahre, ein Jahrzehnt hin oder her.«

»Dann los. Wer weiß, vielleicht wartet die zukünftige Mrs. Clayton an einem dieser Strände auf dich.« Peter lächelte; ein netter Witz auf Kosten der Tatsache, dass ich vierzig und noch Single war.

Ich brauchte ihn nicht daran zu erinnern, dass er auch Single und beinahe vierzig Jahre alt war. Ich würde ihm natürlich nicht sagen, dass es einmal beinahe eine Mrs. Clayton gegeben hatte. Das war eine Erinnerung, die ich einfach für mich behielt. So nahe Peter und ich uns auch standen, ich könnte ihm nie von Jenny erzählen. Wo sollte ich da anfangen? Und wo sollte ich aufhören? Bei ihren Tränen oder bei meinen eigenen?

»Na, dann hoffe ich, dass sie nicht so leicht einen Sonnenbrand bekommt«, erwiderte ich.

Nach dem Mittagessen fuhren wir zurück zum Büro und verabschiedeten uns auf dem Parkplatz. Für einen Augenblick hatte es aufgehört zu schneien. Ich stieg in meinen eiskalten Jeep und startete den Motor. Da saß ich in der frostigen Fahrerkabine mit den zugefrorenen Scheiben und träumte von Strohhütten und davon, dass meine nackten Füße auf einem Haufen Papayas lagen, während ich faul in der Hängematte las und die orangefarbene untergehende Sonne warm auf mein Gesicht schien.

Als ich vom Parkplatz fuhr, dachte ich an diese ungeöffneten Schubladen mit den Erinnerungen, die in den entferntesten Winkeln meines Gehirns lagerten und von denen die meisten seit zwanzig Jahren kein Sonnenlicht gesehen hatten.

Ich kam ungefähr gegen vierzehn Uhr nach Hause und schaffte es, CNN einzuschalten, bevor ich auf dem Sofa vor dem Fernseher einschlief. Zwei Stunden später wachte ich auf und fühlte mich desorientiert. Ich ging hinauf und nahm meine zweite brühend heiße Dusche an diesem Tag. Als ich trocken war, fühlte ich mich fast wieder normal. Im Schlafzimmer blinkte das rote Licht des Anrufbeantworters. Ich ging hinüber und drückte den Wiedergabeknopf.

»Hallooooo, Jack«, sagte der Anrufer in tiefer, rauer Stimmlage. »Hier ist eine Stimme aus deiner Vergangenheit. Klingelt bei dem Namen Howard Cameron irgendwas bei dir?«

*Du meine Güte …*

Howards gutmütiges Lachen flatterte der Frage hinterher. »Wahrscheinlich bist du gerade bei der Arbeit, aber da das die einzige Telefonnummer ist, die wir von dir haben – wir wollten dich nicht gerade vom FBI aufspüren lassen –, müssen wir einfach eine Nachricht hinterlassen.«

War das wirklich schon zwanzig Jahre her?

»Inzwischen hast du bestimmt die Postkarte bekommen, die Angela und ich dir geschickt haben.«

*Postkarte?*

»Wir werden ab dem Siebten wieder aus England zurück sein, und wie ich auf der Karte geschrieben habe, kommen wir diesen Sonnabend durch Providence. Wir haben übrigens beide dein Buch gelesen und sind erfreut zu sehen, dass doch noch was aus dir geworden ist.« Noch mehr herzliches Gelächter. »Ich hoffe, du hast Zeit, denn wir würden dich wirklich gern besuchen, Jack. Na, jedenfalls probieren wir es in ein paar Tagen noch einmal.«

Der Anrufbeantworter schaltete ab und die kleine rote Lampe begann wieder zu blinken. All diese Jahre waren Jennys Eltern als Missionare in England gewesen. Als ich sie das letzte Mal gesehen hatte, waren sie gerade dabei, nach Europa *abzureisen*. Ich hatte Howard und Angela schon immer gemocht, besonders Howard. Er verhielt sich, als hielte er große Stücke auf mich, obwohl ich das nicht verdient hatte. Jetzt waren sie auf dem Weg zurück nach Indiana.

»Tja, ich habe heute frei«, sagte ich zu dem leeren Zimmer, ein sicheres Zeichen dafür, dass ich wohl kurz vor dem Durchdrehen war.

Ich zog mich fertig an und ging nach unten. Es war halb sechs und draußen schon dunkel. In der Küche setzte ich eine frische Kanne Kaffee an und ging über den Flur zurück ins Büro. Ich schaltete eine kleine Lampe ein und zündete eine Duftkerze an, die ich in der Ecke einer Schublade gefunden hatte. Eine entspannte Atmosphäre konnte nicht schaden.

Bald erstrahlte der Raum in einem warmen Licht und duftete nach Vanille und Zimt. Eisblumen überzogen die Fensterscheiben vor meinem Schreibtisch. Draußen war ganz Indiana ein eisiger Gefrierschrank und der Wind pfiff seine frostigen Weihnachtslieder.

Als mein Computer hochgefahren war, klickte ich auf das Dokumentsymbol, das ich noch vor zwölf Stunden hatte in den Papierkorb verschieben wollen. Es war Zeit zu schreiben – aber zuerst war es Zeit zu beten.

*Herr, du bist hier bei mir. Ich weiß, dass du dabei bist zu handeln. Bitte lass meine Arbeit im Einklang mit deinen Plänen sein. Mache mich bereit, dir zu dienen.* Ich brauchte Gottes Segen und seine Begleitung, wie auch immer die Reise aussah, die ich jetzt antreten würde. Ich musste ihm das Buch überlassen, bevor ich auch nur ein einziges Wort schrieb.

Mein Computer begrüßte mich wie C-3PO aus *Star Wars*. »Meister Jack, wie gut, dass Ihr zurückgekommen seid! Ich wusste, Ihr würdet uns nicht verlassen!«

»Dich verlassen? Nein, das würde ich nicht tun, C-3PO. Ich habe eine Geschichte zu schreiben. Und ich brauche deine Hilfe für eine Zeitreise ins Jahr 1985.«

# Drei

*These dreams go on when I close my eyes*
*Every second of the night I live another life.*

*Diese Träume gehen weiter, wenn ich die Augen schließe*
*Jede Sekunde der Nacht lebe ich ein anderes Leben.*

Heart
*»These Dreams«*

Ich setzte mich ruckartig im Bett auf. Ein kühler Wind zog durch das offene Fenster, nach einem Tag, an dem es so heiß wie in einem Gewächshaus gewesen war. Ich konnte das Grollen eines Gewitters hören, das von der anderen Seite von Collinger County heranzog. Aus einem schlechten Traum erwacht, legte ich mich wieder hin und zählte die Sekunden der Ruhe zwischen den Blitzen und den entfernten Donnerschlägen. Ich lauschte, ob von der anderen Seite des Flures her Geräusche zu hören waren, von dort, wo meine Mutter Marianne Clayton schlief, doch ich hörte nur das Toben des Sturms draußen. Kein Lärm war laut genug, um meinen Vater, George Clayton, zu wecken, seit die Scheidung ihn vor acht Jahren nach Südkalifornien verschlagen hatte.

Er war weggegangen und hatte meine Schwester Ruth Ann und mich allein mit unserer Mutter in einem mittelgroßen Landhaus in Overton, Iowa, zurückgelassen – das einzige Zuhause, das wir kannten. Hier hatte ich die letzten achtzehn Jahre meines Lebens verbracht.

In aller Frühe würde mein bester Freund Mitch McDaniels mit seinem marineblauen Cutlass Ciera in unsere lange, kiesbedeckte Einfahrt einbiegen, vorbei an den üppigen, duftenden Feldern. Ich würde meine zwei Taschen in den Kofferraum laden und dann würden wir über die Cloverlane-Brücke sausen. Wir würden ans College gehen und Overton verlassen.

Endgültig.

Ich hatte acht Jahre gewartet, um aus Overton zu verschwinden, ans College oder sonst wohin. In Nächten wie dieser, wenn die schlimmen Träume kamen, hatte ich gelernt, die Augen zu schließen und mich an die guten Zeiten zu erinnern. Und es *hatte* gute Zeiten gegeben, wie unseren letzten Familienurlaub. Aber in den letzten Jahren war es schwieriger geworden, sich daran zu erinnern.

Ruth Ann starb, als ich sechzehn war. Sie wurde von einer betrunkenen Autofahrerin getötet, nur wenige Kilometer von unserem Haus entfernt. Diese Autofahrerin war ihre beste Freundin, Patricia Dunwoody, gewesen. Patricia hatte am Steuer des Autos ihres Vaters gesessen, einem 1980er Chevy Caprice, und Ruth Ann hatte angeschnallt neben ihr gesessen. Die beiden Achtzehnjährigen fuhren durch Overton, wollten nach ihrem Schulabschluss nur ein bisschen Spaß haben, als Patricia die Kurve bei Archer's Farm unterschätzte und eine hundert Jahre alte Eiche rammte. Patricia zog sich einen Schnitt an der Stirn, kurz unter dem Haaransatz zu. Ruthie war sofort tot.

Es gibt Dinge im Leben, mit denen müssen wir einfach lernen zu leben. Wenn nicht, ballen sie sich in unserem Inneren zusammen wie Wäsche in einer fest zugeschnürten Segeltuchtasche. Ruth Ann war am Providence-College in Indiana angenommen worden, ein College, von dem ich damals noch nie gehört hatte. Sie war eine gute Schülerin gewesen und man hatte ihr beim Ehrenbankett der Overton-Highschool das renommierte Hensley-Drumons-Wissenschaftsstipendium verliehen.

Meinen Vater sah ich bei Ruthies Beerdigung zum letzten Mal. Zwei Jahre, bevor ich von zu Hause ausziehen konnte. Zwei Jahre, bevor die Tür sich endlich hinter dieser tragischen Zeit schloss. Zwei Jahre, bevor ich meine Mutter zurücklassen würde, die im Garten stand und sich fragte, wie aus uns beiden völlig Fremde geworden waren.

In den Jahren nach Ruthies Tod hatten Marianne und ich in relativem Schweigen gelebt. Wir hatten uns an den Tanz mit drei Tänzern gewöhnt, als Dad gegangen war, aber jetzt, wo nur noch zwei von uns übrig waren, wussten wir nicht mehr, wie wir uns bewegen sollten. Wir hatten den Rhythmus verloren.

Im Herbst, in meinem letzten Jahr an der Highschool, hatte ich es mir in den Kopf gesetzt, dass ich ans College gehen wollte, und zwar nicht an irgendein College, sondern ans Providence-College, wo Ruthie angenommen worden war. Zwischen den Stunden stand ich mit Mitchell an unseren Spinden und versuchte, ihn zu überreden, dass wir *beide* nach Providence gehen sollten, obwohl er sich schon vor Monaten an der Universität von Iowa beworben hatte. Nach Wochen der Überzeugungsarbeit gab er schließlich nach und bewarb sich in Providence.

Unsere letzte Zeit in Overton verging wie im Flug. Es war 1985, der Sommer von *Live Aid*. »We Are the World« wurde immer noch im Radio gespielt. In dieser Zeit ging es ebenso darum, unsere Freiheit zu feiern, wie von unserer Kindheit Abschied zu nehmen. Ich war unerschütterlich zuversichtlich, dass an einem Ort namens Providence* alles nur besser werden konnte. Für mich wurde es zu einer schillernden Oase weit weg von der unfruchtbaren Wüste, zu der Overton geworden war.

Ich hörte ein weiteres tiefes Donnergrollen, dieses Mal gefolgt von einer starken Böe, die das Zimmer abkühlte und die Bäume vor meinem Zimmerfenster schüttelte. Ich drehte mich in dem schmalen Bett um, für das ich schon seit Jahren zu groß war, und befahl mir, an die guten Zeiten zu denken, die auf mich warteten. Ich war mir sicher, so sicher, wie bisher noch nie im Leben, dass das Providence-College die Scherben in meinem Inneren wieder zusammensetzen würde. Es musste einfach so sein.

Marianne weckte mich um acht Uhr mit einem Ruf vom Fuß der Treppe aus. Der Radiowecker war bereits angesprungen. So wie an manch anderem Morgen in jenem Sommer hatte ich weitergeschlafen, ohne auch nur einen Takt von meinem Lieblingsradiosender gehört zu haben.

»Schatz, du musst aufstehen. Es ist schon nach acht!«

Jetzt konnte ich die Musik hören, und es war die perfekte Titelmusik für diesen Tag – »I Ran« – »Ich lief weg« von *A Flock of Seagulls*. Meine Augen öffneten sich und ich sah meine Rockstarposter: John Cougar Mellencamp, *Journey*, die *Blasters*.

*»I ran so far away ...«* – Ich lief so weit weg ...

---

* Providence = Vorsehung (Anm. d. Übers.)

Und dann traf mich die Realität.

Ich ging für immer von zu Hause weg. Mein Abgang würde weniger vernichtend sein als Vaters, weniger katastrophal als Ruthies, aber er würde das letzte Kapitel im Buch Exodus meiner Familie beschließen. Ich duschte und zog mich an; dann brachte ich meine bereits gepackten Taschen nach unten.

Die Tür mit dem Fliegengitter gab den Blick auf einen perfekten Augusttag frei. Ich schaute kurz hinaus und hoffte, Mitchells Auto zu sehen – das Versprechen eines raschen Abgangs und die Vermeidung eines langen Abschieds –, aber es war kein Mitchell zu sehen. Nur die Sonne und der Himmel und ein Hektar frisch gemähtes grünes Gras zwischen unserer Veranda und der West Baxter Road.

»Jack, Frühstück ist fertig.«

Mariannes Stimme, der Duft von einem guten Bauernfrühstück und frisch gebrühtem Kaffee zogen mich in die Küche, wo in einer großen Pfanne Eier und Schinken brutzelten. Zwei Gläser Orangensaft standen auf dem Tisch. Ein Stapel Toast mit Butter lag auf einem Teller. Ich schaute Marianne an und wartete auf eine Erklärung, aber sie stand mit dem Rücken zu mir am Herd.

»Kaffee?«, fragte sie.

»Ja, danke.« Ich ließ mich am Tisch nieder. Sie goss mir eine Tasse ein und stellte eine Packung Kaffeesahne auf den Tisch.

»Ich habe gestern Abend mit Tante Nancy telefoniert.«

»Wirklich?«

»Sie lässt dir ausrichten, wie stolz sie ist, dass du … ans College gehst und so. Sie sagt, du bekommst die Ausbildung, die *sie* sich immer gewünscht hat.«

Ich goss Sahne in meinen Kaffee und sah zu, wie sie die schwarze Flüssigkeit marmorierte und darin herumwirbelte. »Das ist nett. Sag ihr Danke von mir.«

Marianne stellte einen dampfenden Teller mit Eiern und Schinken vor mich hin. Dann drehte sie die Gasflammen am Herd ab und lehnte sich dagegen.

»Bist du aufgeregt, Jack? Ich weiß, du hast dich schon lange darauf gefreut.«

»Ich glaube schon«, sagte ich. Der Gedanke, dass dieses Gespräch sich in eine auch nur im Entferntesten emotionale Richtung bewegen könnte, war mir unbehaglich.

Sie blieb am Herd stehen. Ihre schlanke Gestalt und ihr strohblondes Haar malte das Bild einer Frau, die ich einmal gut gekannt hatte – die ich einmal »Mom« genannt hatte.

»Hast du alles gepackt?«

»Ich habe gestern gepackt, bevor Mitch und ich unsere Runde gemacht haben«, antwortete ich zwischen zwei Bissen Schinken. Ich hoffte, dass Mitch bald auftauchte.

»Von wem hast du dich verabschiedet?«

»Scotty«, sagte ich. »Bruce Tinsdale ist schon weg zur Iowa State. Eric und William sind auch nicht mehr lange da. Wir haben uns von ihnen verabschiedet und noch bei ein paar alten Stammplätzen angehalten. Ich habe Frank Willis in der Stadt getroffen. Hat mir die Fahrt zu seiner Farm erspart.«

»Du hattest hier ein paar gute Freunde, Jack.« Sie lachte. »Ich weiß noch, wie ihr Jungs alle hinter dem Haus im Wald kampiert habt. Die ganzen Mückenstiche … Und hatte nicht jemand überall Blutegel, nachdem er im Teich geschwommen war?«

»Ja«, sagte ich. »Das waren noch Zeiten.«

Die Uhr über dem Herd zeigte 8.45 Uhr an. »Kaum vorzustellen, wo die Zeit geblieben ist.«

Da hatte sie recht. Mitchell würde den Cutlass nicht später als neun Uhr hier parken. Ich hatte nur noch fünfzehn Minuten bis zur Abfahrt. Marianne und mir ging schon der Gesprächsstoff aus. Wir hatten schon seit Jahren nicht mehr die typische Mutter-Sohn-Beziehung – wir Claytons hatten uns alle schon vor Jahren von unseren traditionellen Rollen getrennt.

»Jack, hast du genug für alles … fürs College, meine ich?«

Ich verschluckte mich fast, aber stattdessen biss ich mir lieber auf die Zunge. Es war zwar eigentlich ganz nett von ihr, dass sie fragte, aber an diesem letzten Morgen war es ein bisschen zu spät, die engagierte, besorgte Mutter zu spielen.

Ich dachte über Geld nach. Wie ich das ganze Schuljahr lang bei *Bubba's Subs* gearbeitet hatte. Wie Frank Willis mich in dem ersten Jahr nach Ruthies Tod gebeten hatte, auf seiner Farm zu arbeiten. Jeden Dollar, den ich auf der Willis-Farm verdient hatte, hatte ich gespart – und auch jeden Penny.

»Steckst du das ganze Geld in einen Firebird, Jack?«, neckte Frank mich, wenn er mir jeden zweiten Freitag meinen Gehaltsscheck über den Tisch im Vorhäuschen schob. Ich lächelte einfach zurück, machte meine eigenen Witze, faltete das Stück Papier zusammen, das Gold wert war, und schob es in meine Tasche. Zwei Jahre lang brachte ich diese Schecks zur Bank. Er wusste nicht, was ich mit dem Geld vorhatte, aber ich glaube, sogar Frank wäre vom Stuhl gefallen, wenn er gewusst hätte, wie dick mein Konto inzwischen war.

Während ich an jenem Morgen lässig an meinem Saft nippte, beruhigte mich das Wissen, dass mehr als 24 000 Dollar auf der Iowa State Federal Bank lagen und auf ihren Transfer warteten. Harte Arbeit hatte mich den Wert von harten Dollars gelehrt. Trotzdem rührte die Frage meiner Mutter an einen Nerv. Vielleicht hatte es etwas damit zu tun, dass ich zu schnell hatte erwachsen werden müssen, oder mit der Erinnerung an uns vier bei unserem letzten Urlaub. Mom, Dad, Ruthie und ich, wie wir im Weststar Hotel in Virginia Beach aßen und keine Ahnung von alldem hatten, was vor uns lag.

»Ja«, sagte ich endlich. »Ich glaube, ich habe genug.«

Wir hörten, wie Mitchells Auto in unsere lange, kiesbedeckte Einfahrt einbog. Ich wischte mir den Mund ab, stand eilig vom Tisch auf und ging zur Haustür, wo ich meine Reisetaschen abgestellt hatte. Ich nahm sie und schob mit einer von ihnen die Tür auf. Marianne legte mir von hinten die Hand auf die Schulter und ich drehte mich um. Sie sah mich an, als wollte sie etwas sagen, schwieg aber. Nur ihre Augen schwiegen nicht. Ich lehnte mich gegen die Tür und hörte, wie die Tür hinter mir wieder gegen die Hauswand schlug.

Marianne folgte mir aus dem Schutz des Aluminiumvordachs in die heiße Morgensonne.

Mitchell stellte den Motor des Wagens ab und stieg aus. »Hallo Kumpel. Du siehst aus, als könntest du vier Jahre Bildung vertragen. N'Morgen, Mrs. C.«

»Guten Morgen, Mitchell.«

Groß und athletisch, mit kurzem braunem Haar und dunkler Sonnenbrille, sah Mitchell aus, als wollte er in die Top-Gun-Flugschule und nicht ans Providence-College. Kein Wunder, dass er seit der siebenten Klasse Freundinnen im Überfluss hatte.

»Mitchell, du bist ein Schweizer Uhrwerk«, sagte ich. »Es ist Punkt neun.«

»Ich wäre schon eher hier gewesen, aber du kennst doch Hank und Blanch«, sagte Mitch, verdrehte die Augen und tat so, als hätten seine perfekten Eltern ihn unglaublich genervt. »Zuerst kam: ›Hast du auch wirklich das Öl gewechselt?‹ Dann kam: ›Hast du auch wirklich die Wegbeschreibung nach Providence?‹ Ich habe Glück, dass ich es überhaupt hierher geschafft habe.«

Mitch ging zum offenen Kofferraum.

»Ich hatte diesen Sommer noch nicht viel Gelegenheit, mich mit dir zu unterhalten, Mitchell«, sagte Marianne. »Wie geht es denn deinen Eltern?«

»Denen geht's gut. Sie wünschen sich immer noch, ich wäre an die Universität von Iowa gegangen, aber ich glaube, insgesamt freuen sie sich, dass ich bald aus dem Haus bin.« Mitchell grinste. »Sie sind glücklich, dass ich nicht hier bleibe und Jacks alten Job bei *Bubba's* übernehme.«

Marianne lachte. Sie liebte Mitchell und war immer gut mit ihm klargekommen. Ich warf meine Sachen in den Kofferraum und ging zur Beifahrertür. Marianne stand ein paar Meter entfernt und unterhielt sich mit Mitch, die Arme über der Brust verschränkt, als wäre die Luft kühl.

»Mitchell, ich habe drinnen ein warmes Frühstück stehen.« Sie versuchte ihn zu ködern.

»Ich weiß nicht, ob das so eine gute Idee ist«, unterbrach ich sie. Mitchell und Marianne warfen mir seltsame Blicke zu. Die Wahrscheinlichkeit war groß, dass Mitch Mariannes Angebot annehmen würde, und das konnte ich nicht riskieren. Das Ende war jetzt in so greifbarer Nähe, dass es wie Elektrizität in der Luft zwischen uns surrte.

»Wir essen unterwegs was«, antwortete Mitchell und milderte meine barsche Reaktion etwas ab.

»Hey«, sagte Marianne, »ich mache noch ein Foto von euch Jungs!« Sie ging zurück zum Haus.

»Wir haben keine Zeit«, rief ich, ein bisschen zu kurz angebunden.

Marianne drehte sich um. »Jack, ich will kein Porträt von dir malen.«

Sie verschwand im Haus. Ich warf einen Blick auf Mitchell, um festzustellen, in welcher Stimmung er war. Er war bestens gelaunt.

»Guten Morgen, Mr. College-Student«, sagte er.

»Guten Morgen, Mr. Großes Auto«, erwiderte ich und begrüßte ihn auf eine Art, die nur Freunden eines bestimmten Alters vorbehalten ist. Heute kommen mir achtzehn Jahre sehr viel jünger vor.

Marianne hatte dieses Foto wohl geplant, denn sie kam wie der Blitz mit ihrer Kamera zurück, bereit, mich und Mitch posieren zu lassen. Sie dirigierte uns nebeneinander vor die Beifahrertür des marineblauen Autos. Mein Arm lag um Mitchells Schultern und seiner um meine. So schoss Marianne ihr Foto, das ich noch immer auf dem Bücherregal in meinem Büro stehen habe.

»Wir fahren jetzt«, sagte ich nur wenige Sekunden, nachdem der Auslöser geklickt hatte, als ob jetzt alles Geschäftliche erledigt war. »Wir rufen dich an, wenn wir angekommen sind. Es ist heiß und wir haben eine weite Fahrt vor uns.«

Ich zog am Türgriff, aber Marianne streckte so rasch wie ein Ninjakämpfer die Hand aus. Sie hielt mich am Ärmel fest, um mich davon abzuhalten, ins Auto einzusteigen. Stumm starrten wir einander an, während wir dort auf dem Kiesweg neben dem Haus standen, wo wir beide rasch erwachsen geworden waren und uns weit voneinander entfernt hatten.

»Ist das alles, Jack? Du gehst einfach? Willst du dich nicht verabschieden? Willst du mich nicht mal umarmen?«

Ich hätte sie umarmen sollen, aber meine Unreife gewann die Oberhand. »So hatte ich mir das vorgestellt«, sagte ich.

Mariannes Gesicht fiel in sich zusammen. Am liebsten hätte ich meine Worte zurückgenommen, aber Worte kann man nicht zurückholen. Ihr Gesicht wurde blass. Plötzlich war ihr glasklar, wie völlig fremd ich ihr geworden war. Das Frühstück, die Fragen, der Fotoapparat – alles der Versuch, mir zu signalisieren, dass sie sich immer noch Sorgen machte um mich, trotz allem, was zwischen uns vorgefallen war.

Heute begreife ich das, aber an jenem Tag begriff ich es nicht im Entferntesten. Ich versuchte zurückzurudern. »Mom, du weißt, dass wir fahren müssen, wenn wir pünktlich sein wollen.«

»Oh, natürlich, Jack. Ich will ja nicht, dass ihr unpünktlich seid.« Ihr Gesicht wurde angespannt und rot. Auch ihre Augen röteten sich.

»Was soll ich denn sagen, Mom? Schön, dass wir uns immer gesehen haben, wenn du von deiner Schicht gekommen bist und ich zu meiner gegangen bin? Es ist nicht deine Schuld, aber ich möchte das nicht mehr. Ich möchte nur noch in dieses Auto steigen.«

Tränen fielen von ihren Wimpern. Marianne trat langsam zurück und straffte den Rücken, und der physische Abstand zwischen uns begann, der emotionalen Kluft zu entsprechen.

»Also dann auf Wiedersehen, Jack.« Sie wischte sich die Tränen aus den Augenwinkeln.

Zwischen uns war eine Entfernung gewachsen wie das Unkraut im Vorgarten, und keiner von uns hatte das Geschick, es auszureißen. Sie würde mir keine Umarmung mehr anbieten. Keinen Abschiedskuss, kein »Ruf mich an, wenn du angekommen bist«. Sie stieg die Verandastufen hinauf, ging hinein und beobachtete uns durch die Fliegengittertür.

Ich stieg ins Auto, ohne den Blick von Marianne abzuwenden. Mitchell startete den Motor. Das Auto rollte rückwärts auf die Wiese; dann schaltete er in den ersten Gang und rollte wieder auf die Auffahrt. Im Rückspiegel sah ich, wie das Haus, die Veranda und Marianne immer kleiner wurden, bis wir auf die West Baxter Road abbogen und alles verschwunden war.

Mitchell und ich schauten einander an und lachten los. Minuten später fuhren wir den Hamilton Overpass hinauf. Ich schaute aus dem Fenster auf Overton, Iowa. Das erste Kapitel meines Lebens war zu Ende und sein fester Griff lockerte sich bereits. Der frische Wind des Neuen war ganz greifbar, als die dichte Sommerluft draußen vor dem Autofenster durch meine Finger peitschte.

Es gab keine Traktoren mehr, die ich fahren musste, keine Truthahnsandwiches, die ich in die Mikrowelle schieben musste. Kein Vorbeigehen an Ruthies leerem Zimmer mehr. Meine Vergangenheit und meine Zukunft wurden voneinander getrennt wie siamesische Zwillinge.

Der Cutlass neigte sich plötzlich zur Seite, als wir in der breiten Kurve beschleunigten, die auf den Highway führte. Mitchell schob eine Kassette in das Autoradio. »Wie wär's mit ein bisschen Musik?«

Bruce Springsteens »Born to Run« donnerte über den Lärm durch das offene Fenster hinweg. Jedes Zehntel auf dem Kilometerzähler stand für ein bisschen weniger Macht, die die Vergangenheit über mich hatte. Ihr Griff lockerte sich; sie schmolz wie ein Schneemann an einem warmen Frühlingstag. Wir bogen auf den Highway ein. Mitchell streckte die

Hand zum Radio, um Bruce lauter zu stellen. Der Highway war bereits voller gebrochener Helden und Overton gab zwei seiner eigenen her. Ich schloss die Augen.

Der Nervenkitzel der Flucht war ein Rausch, aufgeputscht von dreihundert PS und den hochtourigen Gitarren der *E Street Band*. Auf einem Hügel über dem Highway sagte das Schild im Fenster von *Bubba's* Sandwich-Imbiss alles: GESCHLOSSEN.

# Vier

*When some cold tomorrow finds you*
*When some sad old dream reminds you*
*How the endless road unwinds you.*

*Wenn dich das kalte Morgen überrascht*
*Wenn ein trauriger alter Traum dich daran erinnert*
*Wie du auf der endlosen Straße den Kopf freibekommst.*

Steve Winwood
*»While You See a Chance«*

Am Dienstagmorgen wachte ich auf und roch Schinken. Sofort dachte ich an das, was ich am Abend zuvor geschrieben hatte. Während ich im Obergeschoss noch im Bett lag, empfand ich überraschenderweise Frieden und Trost. Ich schüttelte die Müdigkeit so weit ab, um zu merken, dass Mrs. Hernandez sich selbst ins Haus gelassen hatte. So erschlagen, wie ich war, weil ich bis um drei wach geblieben war und geschrieben hatte, hatte ich zuerst gedacht, es sei Marianne.

Mrs. Hernandez kommt ein paar Mal in der Woche vorbei, um zu kochen und zu putzen. Es ist ein willkommenes Ritual, das sie seit nunmehr acht Jahren wiederholt. Mrs. H., die stolze mexikanische Amerikanerin in erster Generation, hat drei erwachsene Kinder und fünf Enkelkinder, die alle außerhalb von Providence leben. Schon lange, bevor ich die Menge an Geld verdiente, die Bestsellerautoren verdienen, half Mrs. Hernandez dem ungeschickten Junggesellen, seinen Haushalt zu führen. Der Gedanke, dass ein alleinstehender Mann selbst kochte, Wäsche wusch und putzte, war für sie absolut inakzeptabel. Wir hatten uns in der Gemeinde kennengelernt und uns bald gegenseitig adoptiert. Seitdem ist sie ein Segen für mich.

Ich hörte, wie sie unten auf Spanisch sang. Ich zog den Bademantel über und ging in die Küche. »*Buenos días*, Mrs. Hernandez«, sagte ich und drückte ihr die Schultern.

»*Buenos días*, Jack. Ich dachte, das weckt Sie vielleicht auf.«

»Hat mich aus einem Traum aufgeweckt. Nichts sagt so schön ›Ich liebe dich‹ wie ein heißes Frühstück«, sagte ich und griff nach einem Stück Schinken.

»Sie waren gestern Abend wieder lange wach?«

»Ja. Ich hab wieder geschrieben.«

»Oh, das ist gut. Also haben Sie heute Morgen Appetit?«

»Ich bin am Verhungern«, sagte ich. Ich war in der Stimmung für Mrs. Hz.' Kochkünste.

Sie schaltete den Herd aus, schob die Eier auf einen Teller, nahm ein paar Scheiben Schinken mit den Fingerspitzen und ließ sie neben die Eier fallen.

»Kommen Sie, essen Sie.«

Ich goss mir eine Tasse Kaffee ein und trug den Teller zum Tisch. Das Haus war unglaublich lichtdurchflutet, als ob draußen zwei Sonnen wären, eine, die vom Himmel schien, und eine am Boden im Schnee.

»Haben Sie Zeit, sich hinzusetzen und mit mir zu frühstücken?«

»Nein, viel zu tun heute. Ich mache das hier zu Ende. Dann putze ich Mrs. Delamans Haus. Kennen Sie sie?«

»Nein, ich glaube nicht.«

»Nun, ich hoffe, ich werde heute Morgen hier und bei Mrs. Delaman fertig. Oh, und ich habe Ihre Post gebracht. Ist auf dem Tisch.«

»Danke, Mrs. H.«

Sie spülte die Pfanne im Becken und ging ins Nebenzimmer. Ich setzte die Brille auf und vergrub mich in meine Post und mein Frühstück. Unter den Stromrechnungen, Werbebriefen, Kreditkartenangeboten und Gutscheinen war eine Karte, die mir einen kalten Schauer über den Rücken laufen ließ: Eine Ansichtskarte von London. Auf der Vorderseite war eine Nachtaufnahme der London Bridge, die mit bunten Weihnachtslichtern gesäumt war. Auf der Rückseite war eine sauber geschriebene Nachricht:

*Lieber Jack,*

*Angela und ich haben dein wunderbares Buch gelesen. Du solltest stolz sein! Wir werden vor Weihnachten in Providence sein und würden uns gern mit dir treffen! Gute Arbeit, weiter so!*

*Der Herr belohnt Treue.*

*Howard und Angela Cameron.*

Fünf Sätze. Drei Ausrufezeichen. Typisch Howard Cameron. Die Karte war schon vor Wochen abgeschickt worden.

Ich warf die Postkarte zurück auf den Stapel. Zwei Jahrzehnte waren vergangen, seit ich zum letzten Mal ein Mitglied der Familie Cameron gesehen hatte, obwohl ihr Einfluss auf mein Leben bis heute andauerte. Jennys Eltern kehrten nach zwanzig Jahren missionarischer Arbeit in London zurück nach Indiana. Seltsam, dass wir uns in all den Jahren nicht gesehen hatten, dass das Buch aber auch an entfernte Orte gelangt war. Es hatte sich einen Weg auf Nachtschränke überall auf der Welt gebahnt. Die Postkarte warf mich aus dem Gleichgewicht. Alles, was seit Sonntagabend passiert war, hinterließ eine Spur der Entfremdung. Mein Leben war in Unsicherheit getaucht worden und ich tauchte tropfnass daraus auf.

Ein Gedanke drängte sich in den Vordergrund meiner wirren Gedanken: Würde Jenny mit ihnen kommen? Ich wusste nur, dass sie an der Seite ihrer Eltern in London gearbeitet hatte. Ich bezweifelte, dass sie ein so wichtiges Detail auslassen würden.

Die Jenny von vor zwanzig Jahren war irgendwo in der Schublade voller Erinnerungen, die Arthur mich öffnen lassen wollte. Unsere Geschichte hatte in einer euphorischen Ecke von Eden begonnen – und hatte so ähnlich wie das Original geendet: Engel versperrten den Rückweg ins Paradies mit einem flammenden Schwert.

Mrs. Hernandez schaltete im Flur den Staubsauger an. Ich nahm das tragbare Telefon und ging damit ins Wohnzimmer, um Arthur anzurufen. Dienstagmorgens arbeitete er immer von zu Hause in North Indy aus. Das gehörte zu seiner unerschütterlichen Routine. Ich wusste, dass es ihn interessieren würde, wie ich mit dem Schreiben vorankam. Und ich wollte wissen, ob ich ihm die vorhandenen Seiten gleich schicken sollte. Normalerweise schickte ich ihm nichts, bevor nicht der letzte Punkt hinter den letzten Satz gesetzt war. Dann druckte ich zwei Exemplare aus, packte eines in einen Karton und schickte es zusammen mit einer digitalen Kopie per 24-Stunden-Express an Arthur und seine Lektorin Judith Raines.

Aber dieses Mal war es anders. Ich *wollte*, dass Arthur sah, was ich schrieb. Es gab eine kleine Chance, dass es so ganz anders war, als er erwartete, dass er das Projekt stoppen würde. Eine *sehr, sehr kleine* Chance. Wahrscheinlich würde Arthur das Buch immer noch veröffentlichen, wenn ich es in japanischen Haiku-Versen abfasste. Deswegen wählte ich seine Telefonnummer.

»Hallo Jack.« Das Wunder der Anrufererkennung.

»Hi Arthur. Ich habe gestern Nacht noch ein bisschen geschrieben«, sagte ich.

»Was habe ich dir gesagt, Jack? Ich wusste, dass du es kannst.« Arthurs Stimme klang wie geölt. »Wann dürfen wir das Manuskript erwarten?«

»Ich kann Ende der Woche ein paar Entwürfe faxen. Übrigens, wann ist denn dieses geschichtsträchtige Geschreibsel fällig? In sechs Monaten?«

»Wie klingt Juli?«, sagte Arthur und schenkte mir meine erste Atempause. Das Allerletzte, was ich jetzt wollte, war, mich wegen eines engen Abgabetermins abhetzen zu müssen.

»Juli klingt, als wäre es zu schaffen. Ich denke, ich kann es dir bis zum Sommer liefern.«

»Nicht das Manuskript – das fertige Buch im Laden«, sagte er. »Wir brauchen den vollständigen ersten Entwurf bis spätestens zum 31. März.«

Ich wartete darauf, dass Arthur anfing zu lachen, aber dann wurde mir klar, dass ich vergeblich wartete. »Du machst Witze, oder?«

»Jack, du hast zwölf Wochen. Du musst dich doch nur erinnern und schreiben. Judith bringt das, was du schickst, dann schon in Form. Ich habe ihr bereits gesagt, was uns bevorsteht, und sie ist auf alles vorbereitet. Das hat oberste Priorität.«

»Was bringt dich auf die Idee, dass ich ein Buch in drei Monaten schreiben kann, wenn ich für jedes andere, was ich geschrieben habe, zehn gebraucht habe?«, fragte ich.

»Wir werden im Juni Auszüge veröffentlichen, um die Leser auf den Geschmack zu bringen. Und wir brauchen ganze Kapitel für Werbung und Marketing, Empfehlungen und Leseproben, und das alles muss bis Anfang des Frühlings erledigt sein, wenn wir wollen, dass die Leute in ihren Sommerferien dein Buch glücklich und zufrieden am Strand lesen.«

»Warum warten wir nicht bis nächstes Weihnachten? Dann können sie es ebenso gut vor dem Kamin genießen und in Bademantel und Hausschuhen dabei Eierpunsch schlürfen.«

»Jack, dein Buch ist *jetzt* brandaktuell. Wir haben noch nie zuvor solch ein Interesse erlebt. *Alle* großen Ketten verkaufen es – sogar Wal-Mart –, und auch die großen Buchhandelsketten in Europa haben es. Die haben *uns* kontaktiert, weil sie den Buschfunk gehört haben. Aber dieser Markt ist sehr unbeständig. Wir können in zwölf oder achtzehn Monaten nicht mehr mit dem gleichen Interesse rechnen ... Da fällt mir gerade ein, dass wir noch ein Coverfoto von dir brauchen. Judith oder Andrew rufen dich an und arrangieren das. Kannst du nach dem ersten Januar nach Indianapolis kommen?«

»Art, nimm mir kein Versprechen ab, das ich nicht halten kann«, sagte ich. »Wenn das Buch nicht fertig wird, sitzt du in der Tinte.«

»Du kriegst es schon fertig, Jack. Du kriegst es fertig.«

»Gestern war ich mir noch nicht einmal sicher, ob ich es überhaupt schreibe, und ehrlich gesagt habe ich immer noch Zweifel.« *Ich wusste nicht einmal im Entferntesten, wie die ganze Sache ausgehen würde.*

»Du bauschst das viel zu sehr auf, Jack. Schreib uns einfach ein Buch. Zweihundert Seiten; das sind bloß zwei Seiten am Tag«, sagte Arthur. Er klang wie ein drittklassiger Gebrauchtwagenverkäufer, der einen Handel aufpolieren wollte. Ihm war offenbar egal, was ich ihm lieferte. Er brauchte nur mein Leben, gedruckt, gebunden und eingeschweißt, und das im Eilzugtempo.

Nach unserem Gespräch war ich aufgewühlt. Jedes weitere Ereignis in dieser Saga nahm mir irgendwie die Zügel mehr aus der Hand. Ich ging zurück in die Küche, um meine Kaffeetasse aufzufüllen, und fühlte mich wie ein Mann, der mitten in einem Meer voller Haie schwamm. Arthur hatte keine Ahnung, was im Inneren seines Millionen-Dollar-Autors vorging. Er hatte nicht den leisesten Schimmer, welche Angst mir unter der Haut prickelte.

Mein Leben begann, in sich zusammenzufallen. Die nächsten zwölf Wochen würde ich in geheimnisvollen Gewässern umherwaten und ins Wrack einer schiffbrüchigen Vergangenheit abtauchen. Und dort würde ich bleiben und mit Gefühlen kämpfen, die – wie Haiflossen – jetzt erst an die Oberfläche kamen.

# Fünf

*Bermuda, Bahama, come on pretty mama.*

*Bermuda, Bahama, auf geht's, schöne Frau!*

The Beach Boys
*»Kokomo«*

Es war halb zwölf, als ich Dienstagabend mein Büro verließ. Das Innere des Hauses war so still wie eine leere Kirche. Draußen konnte ich das Geräusch von Feuerwerk hören, das in den Nachthimmel schoss und signalisierte, dass die Weihnachtsferien kurz bevorstanden. Es war eine willkommene Störung.

Ich ging den langen Flur im Untergeschoss entlang, streckte jeden schmerzenden Muskel und befreite meinen Körper von den langen Stunden, die ich in der immer gleichen sitzenden Haltung verbracht hatte.

*Zehn* lange Stunden Schreiben. Ich hatte das schon durch. So war es auch schon bei meinen letzten drei Büchern gewesen. Aber damals hatte ich nur nebenher geschrieben und keinen Druck von einem zwölf Wochen entfernten Abgabetermin gehabt.

In all den Jahren, die ich schon Single war, hatte ich mich an die langen Etappen im Alleinflug gewöhnt. Irgendwann in den Dreißigern war mir klar geworden, dass mein Singledasein nicht nur eine Phase war, aus der ich herauswachsen würde. Einst hatte ich davon geträumt, verheiratet zu sein. Ganz sicher hatte ich mir nie träumen lassen, Jahr um Jahr allein zu leben. Und doch, hier war ich, ein vierzigjähriger Mann, der gelernt hatte, die Liebe zu nehmen, die er für eine Frau empfinden könnte, und sie in tausend Stücke zu teilen, um sie den Armen zu schenken.

Ich schaltete die Stereoanlage an und drückte auf den Knopf für die Zufallsauswahl. Einen Augenblick später sang Chris Eaton »Wonderful World«.

*Ich habe die Schuld viel zu lange geschultert, ich habe mein Licht unter einer Wolke versteckt …*

Mein Blick fiel auf zwei von Mrs. Hernandez' in grünes Zellophan gewickelte Weihnachts-Burritos im obersten Fach des Kühlschranks. Ich steckte sie in die Mikrowelle und schnappte mir eine kalte Dose Cola.

Es schneite wieder. Der hypnotisierend langsame Rhythmus von weißen Flocken, die vom schwarzen Himmel fielen. Ich erinnerte mich daran, dass die Wettervorhersage etwas von zunehmendem Schneefall gesagt hatte. War das heute oder gestern gewesen? Ich trug meinen Teller zum Sofa im Wohnzimmer. Meine Augenlider wurden schwer und ich war zu müde um zu essen. Ein weiterer Song. Ein Liebeslied von Taylor Dayne aus den Achtzigern.

*Die Liebe wird dich zurückführen*
*Eines Tages*
*Ich weiß es einfach*
*Die Liebe wird dich zurück in meine Arme führen*
*Es wird nicht lange dauern*
*Eines Tages*
*Wird unsere Liebe dich zurückführen*

Ich schlief ein, ohne das Licht auszuschalten. Ich driftete davon und fragte mich, wie es wohl wäre, von der Liebe zurückgebracht zu werden. Gedanken und Worte verschmolzen unter dem festen Griff der Besinnungslosigkeit. »Der Herr hat es getan«, flüsterte ich. »Hat mich durch Liebe zurückgeführt.«

Früh am nächsten Morgen packte ich mich in zwei Trainingsanzüge und joggte durch zwölf Zentimeter frischen Schnee. Unter dem frischen Puder sah der Campus des Providence-College ganz neu aus, unberührt von Verkehr und Fußabdrücken.

Zwanzig Minuten später zog ich die schwere Glastür vom *Liberty Deli* auf, ein Schnellimbiss einen Block vom südlichen Campus entfernt. Es war eines der ersten Restaurants, die Mitch und ich als unseres erobert hatten, als wir nach Providence kamen. Der Laden wurde von drei Brüdern namens Quaddi aus dem Nahen Osten geführt, und die Stadt liebte den Imbiss wegen seines einzigartigen … Charakters. Orangefarben gepolsterte Sitzecken, ein Tresen mit roten Drehstühlen und comicartigen Zeichnungen von Lebensmitteln an der Wand. Eine lange Kochplatte über die ganze Länge des Tresens, an der die Quaddi-Brüder Essen zubereiteten und sich anschrien. Es war die Art von Restaurant, in dem die Kellnerinnen unhöflich waren, die Fußböden dreckig und das Essen perfekt.

Das *Liberty Deli* war wegen des Schnees und der frühen Morgenstunde halb leer. Ich setzte mich in eine Sitzecke an der Wand.

Debbie Holms rief hinter dem Tresen hervor: »Was kriegst du, Jack? Das Übliche?«, und ich antwortete mit einer Handbewegung.

Ein paar Augenblicke später brachte sie mir einen Teller Eier mit Würstchen und einen Kaffee. »Dachte nicht, dass ich dich heute Morgen hier sehen würde«, sagte sie freundlich.

»Ist nicht mein normaler Rhythmus«, erklärte ich, »aber besser spät als nie.«

Ich lächelte Debbie freundlich an. Sie war hübsch. Ich hatte sie schon immer gemocht, weil sie hart arbeitete, obwohl es nicht viel abwarf. Sie war auch klug. Nicht studiert. *Menschlich* klug. Keiner konnte ihr etwas vormachen. Sie war einunddreißig, unverheiratet und hatte ein Kind im Kindergartenalter. Ein Mädchen. Ich fragte mich, wie sie mit dem Geld über die Runden kam, das sie damit verdiente, College-Studenten und die Leute aus der Innenstadt zu bedienen.

»Ich schätze, sogar Superstars müssen essen«, sagte sie.

Ihr Kommentar fiel aus der Rolle. Oder aus dem Zeitrahmen. Mein Buch war seit drei Jahren auf dem Markt, und wir waren schon über das »Hey, sind Sie nicht dieser Kerl?« hinaus.

»Ja, Debbie, sogar Superstars brauchen ein bisschen Öl im Getriebe.« Ich erwiderte ihren Blick, unsicher, wo das hinführen würde. Wir hatten schon oft genug miteinander gelacht, um entspannt miteinander umzugehen. Jetzt war etwas anders. »Möchtest du ein Autogramm oder so?«

»Vielleicht.« Debbie hielt mir eine Zeitschrift hin, die sie hinter dem Rücken versteckt gehalten hatte, und warf sie dann auf den Tisch. Es war die neueste Ausgabe des *Time*-Magazins und ich war auf der Titelseite. Die Schlagzeile lautete: »Persönlichkeit des Jahres«.

»Du machst Witze.«

»Ich fürchte nein. Du bist jetzt eine ganz große Nummer, Jack.« Debbie trat einen Schritt näher, während wir beide die Schwarz-Weiß-Aufnahme meines Gesichts anstarrten. »Du hast das schon gesehen, oder?«

Ich nahm die Zeitschrift zur Hand und hielt sie vor mich hin. »Nicht dass ich wüsste.«

*Wusste Arthur, dass das in Arbeit war?*

»Jetzt hätte ich gern das Autogramm.« Ungeduldig zog Debbie einen Stift aus ihrer Arbeitsschürze und legte ihn neben meine dampfende Kaffeetasse. »Du kannst es Jessica widmen, meiner Tochter. Sogar sie kennt diese Zeitschrift, das *Time*-Magazin.«

Ich signierte das Heft und fragte, ob ich das Exemplar eine Weile behalten dürfte. Ich versprach, es ihr wiederzugeben, bevor ich ging.

»Kein Problem«, sagte sie. »Nur nichts draufkleckern, okay?«

Sie ging zurück zum Grill und einer der Quaddi-Brüder lächelte mich an und winkte mit seinem fettigen Pfannenwender.

Zuerst dachte ich, dass die Titelgeschichte nur ein Scherz war, dass jemand mir einen Streich spielte. Aber das war nicht der Fall. Die Geschichte drehte sich um den »seismischen kulturellen Paradigmenwechsel«, der seit der Veröffentlichung von *Arbeiter im Weinberg* in den Vereinigten Staaten eingesetzt hatte. Der Bericht war von einem freien Journalisten namens Thom McCay verfasst worden. Kästen mit Erklärungen, Tabellen und Diagramme waren ebenfalls enthalten. Es gab sogar Statistiken über die steigende Zahl von Amerikanern, die sich ehrenamtlich engagierten, und Belege dafür, dass die Spendenbereitschaft ein Allzeithoch erreicht hatte. Und eine Geschichte speziell über das Norwood-Programm, mit Vorher-Nachher-Fotos von Häusern, die über den CMD von Studenten wieder aufgebaut worden waren. Es gab sogar Berichte über Einwohner von Norwood, darunter Beverly Williams und ihre zwei Kinder, Derrick und Nicole.

McCays Artikel berichtete, dass ganze fünfzig weitere, durch das Norwood-Modell inspirierte Programme an Colleges und bei christlichen Initiativen entstanden waren. Er führte das alles auf *Arbeiter im Weinberg* zurück. Der Artikel war erfrischend positiv. Aber ich hatte keine Bewegung hervorgebracht, die für die Armen sorgte. Ich inspirierte auch nicht Menschen, sich plötzlich für das Leid von anderen zu interessieren. Das alles tat Gott. McCays Bemühungen, mir den »seismischen Wechsel« zuzuschreiben, bereiteten mir Bauchschmerzen.

Ich grub mein Mobiltelefon aus meinem Kapuzensweatshirt und rief Arthur an. Shirley Dawson stellte mich durch.

»Jack, wo steckst du? Ich habe zwanzig Nachrichten auf deinem Anrufbeantworter hinterlassen.«

»Ich stelle den Klingelton aus, wenn ich schreibe, Art. Tut mir leid. Ich habe wohl vergessen, ihn wieder einzuschalten.«

»Es tut dir leid? Ich bin hier fast verrückt geworden! Weißt du, was heute Morgen los ist?« Arthurs Stimme klang, als würde er jeden Moment wegen Überhitzung explodieren.

»Ich habe gerade das *Time*-Magazin vor mir liegen«, sagte ich. »Was geht da vor sich?«

»Alles geht vor sich, Jack. Das ist das reinste Irrenhaus hier. Die Telefone hören gar nicht mehr auf zu klingeln. Das Büro des Gouverneurs hat uns gratuliert, und auch der Bürgermeister. Ich gebe Zitate für die Presse aus. Das glaubst du nicht!«

»Wusstest du, dass das bevorstand?«

»Wir hatten *keine Ahnung*, dass das bevorstand. Man erfährt es nicht, wenn man zur ›Persönlichkeit des Jahres‹ ernannt wird. Die Medien jonglieren mit ein paar Namen, aber niemand weiß es ganz sicher, bis die Ausgabe am Zeitungsstand liegt. Du warst nicht einmal in der engeren Auswahl.«

»Also wusste es niemand?«

»Glaubst du, so etwas hätte ich für mich behalten können?«, fragte Arthur, und das glaubte ich ihm auf der Stelle. »Ich habe mit *Time* telefoniert und ihnen für ihre Story gedankt. Ich habe mit ihrem Redakteur Jeff Tinorin gesprochen. Er sagte, dass sie deine Haltung respektieren, keine Interviews zu geben. Das ist zum Teil der Grund, warum sie dich aufs Cover gesetzt haben. Das ist authentischer, glaubhafter. Irgendwie so etwas.«

Ich legte eine Hand über meine geschlossenen Augen.

»Es ist ja schön, dass sie die Arbeit des CMD herausgestellt haben, aber nicht ich stehe hinter alldem. Es ist nicht richtig, das alles mir zuzuschreiben.«

»Wem dann, Jack? Wer hat dein Buch geschrieben? Wer hat all die Jahre in Norwood gearbeitet, Nägel eingeschlagen und Jugendliche für die Einsätze gewonnen? Wer hat das alles gemacht?«

»Arthur, anderen Menschen etwas zu geben ist nicht der Höhepunkt menschlichen Wohlwollens; es ist die unterste Stufe. Wer dafür verantwortlich ist? Das ist Gott. Er ist derjenige, der uns dazu beruft, Gutes zu tun, und wenn wir gehorchen, ist das ein Segen für alle. Haben wir dieses Gespräch nicht schon einmal geführt?«

Ich konnte förmlich hören, wie Arthur seine Gedanken in eine neue Richtung springen ließ. In dem halb leeren Restaurant begannen die anderen Gäste mich anzustarren. Ich senkte meine Stimme.

»Thom McCay, der Autor, hat die Story ziemlich gut abgefasst. Er hat über Gottes Wirken geschrieben und die Menschen eingeladen, anderen zu dienen, aber er geht am Wesentlichen vorbei, wenn er es auf mich zurückführt. Es ist Gottes Werk, nicht das von jemand anderem. Können wir ihn dazu bringen, das zu drucken?«

»Die Zeitschrift ist schon im Verkauf. Wie, meinst du, haben wir überhaupt davon erfahren?«

»Ich meine nicht diese Ausgabe, Art. Was ist mit einer Neuauflage oder so? Eine Richtigstellung?«

»Jack, das *Time*-Magazin hat dich gerade zur ›Persönlichkeit des Jahres‹ ernannt. Ich glaube, es ist nicht der beste Weg, sich zu bedanken, wenn du ihnen sagst, dass die Geschichte so nicht ganz richtig ist. Und überhaupt, wahrscheinlich verstehen sie sowieso nicht, was du meinst. Ich bin dein Freund und Verleger, und nicht einmal *ich* weiß ganz genau, ob ich dich verstehe. Wenn du möchtest, dass diese Geschichte richtig erzählt wird, musst du sie selbst erzählen.«

»Würdest du mir bitte die Telefonnummer des *Time*-Redakteurs geben?«

»Du gibst ihnen doch kein Interview, oder?«, fragte Arthur und zeigte seinen trockenen Sarkasmus mal wieder von seiner besten Seite.

»Nein, ich möchte nur den Autor ausfindig machen.«

Arthur gab mir die Nummer. »Hör mal, Jack. Wenn du mit McCay oder irgendjemandem sonst bei *Time* sprichst, könntest du ja schon mal ein bisschen Werbung für das neue Buch machen. Das ist die perfekte Fortsetzung für die Story. Und sag nichts, das einen unvorteilhaften Eindruck hinterlässt. Wir möchten, dass sie in unserer Ecke bleiben.«

»Arthur, wann sind wir eigentlich zum Mittelpunkt des Universums geworden? Müssen wir uns ständig damit abmühen, Eigenwerbung zu machen, Egos zu streicheln und anderen ihr Bankkonto noch mehr zu füllen? Ist das das Höchste, das wir anstreben können?«

An Arthurs Ende der Leitung herrschte Schweigen.

»Jeff Tinorin.«

»Hallo Jeff. Hier spricht Jack Clayton. Ich wollte mich mal melden und mich für die Titelgeschichte bedanken und die Sache mit dem ›Mann des Jahres‹.«

»Natürlich gern geschehen. Schön von Ihnen zu hören, Jack. Sie sind den meisten von uns in der Nachrichtenbranche ein Rätsel. Aber nach allem, was Ihr Buch so bewirkt hat, kann ich mir keine bessere Titelgeschichte für unsere ›Persönlichkeit des Jahres‹-Ausgabe vorstellen.«

Ich konnte spüren, wie sich meine Interviewphobie meldete. »Eigentlich wollte ich mit Thom McCay sprechen. Arbeitet er außer Haus?«

»Nein, Jack«, erwiderte Jeff Tinorin. »Aber wenn ich Sie schon einmal am Telefon habe … wie wahrscheinlich ist es, dass Sie einem Interview zustimmen? Ich glaube, Sie haben gesehen, dass wir fair berichten.«

»Ich lehne die Interviews nicht ab, weil ich um die Fairness fürchte«, erklärte ich und hoffte, dieses Gespräch wieder auf das ursprüngliche Thema zu bringen. »Und darüber möchte ich auch mit Thom sprechen.«

Damit gewann ich seine Aufmerksamkeit. Ich wollte nicht, dass es klang, als würde ich anrufen, um ein Interview zu vereinbaren, aber nach Jeffs Reaktion zu urteilen, verstand er es ganz eindeutig so.

»Thom lebt in Boston. Wenn Sie mir Ihre Nummer geben, sorge ich dafür, dass er sich mit Ihnen in Verbindung setzt.«

»Eigentlich hatte ich gehofft, ich könnte noch heute Vormittag mit ihm sprechen. Hätten Sie etwas dagegen, mir eine Nummer zu geben, wo ich ihn erreichen kann?«

Offenbar hatte er nichts dagegen, und einen Augenblick später hörte ich, wie Thoms Telefon im Stadtteil Beacon Hill in Boston klingelte.

»Hallo.«

»Hi … spreche ich mit Thom?«

»Ja …«

»Hier spricht Jack Clayton. Ich wollte mit Ihnen über den Artikel im *Time*-Magazin sprechen.«

»Ich hoffe, Sie rufen mich nicht an, um mir zu sagen, dass er Ihnen nicht gefallen hat.« Er lachte.

»Aber nein, er hat mir gefallen. Danke übrigens. Sie haben ein paar sehr ermutigende Dinge geschrieben. Allerdings hätte ich da eine Sache klarzustellen …«

»Hey, kein Problem. Ich hatte dadurch die Gelegenheit, über Ihr Programm in Norwood zu recherchieren, und offen gesagt, war ich sehr beeindruckt. Natürlich hätte ich unheimlich gern auch mit Ihnen persönlich gesprochen.« Er klang ehrlich enttäuscht und nicht so, als wollte er irgendwelche Andeutungen machen. »Was möchten Sie denn klarstellen?«

»Tja, die ganze Aufmerksamkeit, die *Arbeiter im Weinberg* geerntet hat und die Dinge, über die Sie in Ihrem Artikel geschrieben haben, sind nicht mein Werk, Thom. Das kann ich mir nicht selbst zuschreiben.«

»Und wem würden Sie es zuschreiben … Gott?«, fragte Thom, und in seiner Stimme schwang ein gottgegebenes Verständnis mit.

»Ehre, wem Ehre gebührt, ja.«

»Ich dachte mir schon, dass Sie das vielleicht sagen. Ich wäre enttäuscht gewesen, wenn Sie es nicht getan hätten. Ich betrachte mich selbst als engagierten Katholiken. Was hier in Boston passiert, ist aufregend, Jack. Harvard und das Boston College stellen Freiwilligenprogramme auf Grundlage Ihres Norwood-Modells auf die Beine. Sie arbeiten schon an mindestens einem Dutzend Häuser in Roxbury und South Boston. Hier gibt es große Veränderungen.«

»Das ist spannend«, erwiderte ich und schob den Teller mit den kalten Eiern weg, »aber es gehört mehr dazu, als Häuser instand zu setzen, so wichtig das auch ist.«

»Was meinen Sie?«

»Erinnern Sie sich an 1. Korinther 13,2?«, fragte ich. Solche Fragen stelle ich nicht oft, weil ich es nicht mag, Leute in Verlegenheit zu bringen.

»Ähm … irgendwie … ähm … wenn ich mit Engelszungen redete … ähm … wie geht der Vers doch gleich?«

»Genau den meine ich. ›Wenn ich einen Glauben hätte, der Berge versetzen könnte, aber keine Liebe hätte, so wäre ich nichts.‹«

»Richtig. Also wollen Sie damit sagen, dass es Ihr Wunsch ist, dass diese College-Studenten die Armen lieben und ihnen dienen?«

»Gott zieht uns näher zu sich hin, Thom, wenn wir Jesus in denjenigen sehen, die leiden oder in Not sind. Wir werden durch das gerettet, was er getan hat, nicht durch unsere eigenen guten Taten. Es bereitet mir ein bisschen Bauchschmerzen, wenn der Dienst an anderen nur mit einer Modeerscheinung verbunden ist oder als Gelegenheit betrachtet wird, einen außergewöhnlichen Menschen zur ›Persönlichkeit des Jahres‹ zu erklären. Dächer zu reparieren und Müll aufzusammeln sind gute Dinge, aber die geistliche Belohnung besteht darin, Liebe zu lernen.«

»Okay, Sie haben mich überzeugt. Erlauben Sie mir, dieses Gespräch in einem Artikel zu verarbeiten? Ich bin mir sicher, dass *Time* ihn drucken wird.«

»Ich hatte in der Hoffnung angerufen, dass Sie es schaffen würden, diese Botschaft unter die Leute zu bringen. Ja, Sie haben meine Erlaubnis.«

Ich dankte ihm noch einmal und wir verabschiedeten uns voneinander.

In den letzten Tagen war meine Welt aus den Fugen geraten, und selbst geölt mit allem Fett aus dem *Liberty Deli* konnten die Einzelteile nicht wieder so leicht an ihre ursprüngliche Stelle verschoben werden. Veränderungen sind nicht mein Ding, schon gar nicht die *plötzlichen*. Doch dieses Gespräch war ein Wendepunkt. Von diesem Augenblick an ging ich mit weniger Widerwillen und mehr Entschlossenheit ans Schreiben. Ich wusste, dass es manchmal schmerzhaft werden würde, diese Tresore aufzustemmen und nicht zu wissen, ob der Inhalt bitter oder süß war oder mir entgegenschnellen und mich treffen würde, wie eine kaputte Sprungfeder. Aber ich spürte deutlich, dass Gott seine Hand im Spiel hatte. Ich würde dorthin treten, wo er das Laub von meinem Weg blies, selbst wenn der Weg, den er mir zeigte, mich in einen unheimlichen Wald führte. Am Ende würde etwas Gutes dabei herauskommen.

*»Hi Jack. Nochmals Howard Cameron. Wenn du da bist, nimm bitte ab … Okay, alles klar. Das war wohl mein zweiter Volltreffer. [Lacht.] Hey, ich hoffe, du hast unsere andere Nachricht bekommen … wir haben immer noch nichts von dir gehört. Es sieht so aus, als würden wir am Freitag in Providence einfliegen. Wollte nur hören, ob du am Samstag Zeit für ein Mittagessen hättest. Wenn du dazu kommst, rufst du uns bitte an? Angela und ich sind im Moment noch in Bean Tower bei sehr guten Freunden, Pat und Terry Oslander … aber hinterlass uns doch eine Nachricht …«*

Ich hatte vier Nachrichten von Arthur neben der von den Camerons. Howards Stimme zum zweiten Mal in dieser Woche zu hören, war kein bisschen unwirklicher als beim ersten Mal. Ja, der Samstag passte mir gut. Ich wählte die Nummer, die Howard angegeben hatte, und unter meiner Haut prickelte Nervosität. Ich hatte die Oslanders nie kennengelernt, und als ihr Anrufbeantworter ansprang, wurde mir klar, dass ich sie auch heute nicht kennenlernen würde. Ich wartete auf den Piepston.

»Hallo, hier ist Jack Clayton«, sagte ich und vermerkte damit fürs Protokoll, dass ich tatsächlich am Leben war. »Howard Cameron sagte, ich könnte ihn unter dieser Nummer erreichen. Howard, es tut mir leid, dass ich mich nicht eher bei dir gemeldet habe; die Woche war ziemlich verrückt. Das mit dem Mittagessen am Samstag klappt bei mir und ich erinnere mich, dass ihr immer ganz gern ins *Schneider-Haus* in Germantown gegangen seid. Wenn ihr nicht woanders hinwollt, dann treffe ich mich mit dir und Angela dort gegen zwölf.«

Das Wochenende versprach, ereignisreich zu werden. Als ich das Telefon gerade weglegte, klingelte es. Ich nahm mit einem Anflug nervöser Vorfreude ab. Es war nicht Howard, sondern Arthurs Spitzenlektorin Judith Raines.

»Hi Jack, ich bin's, Judith. Ich wollte mal anrufen und schauen, wie es mit dem neuen Buch läuft.«

»Es läuft gut«, sagte ich und schaltete zwischen zwei Welten um.

»Ich wollte dir auch gratulieren, dass du die ›Persönlichkeit des Jahres‹ beim *Time*-Magazin geworden bist. Das ist etwas ganz Außergewöhnliches. Kneifst du dich immer noch?«

»Nur wenn ich beim Schreiben einschlafe«, sagte ich.

Sie lachte. Judith war eine äußerst intelligente Frau Anfang dreißig, seit sechs Jahren verheiratet, keine Kinder. Auf der professionellen Ebene gab es kein literarisches Problem, das Judith nicht lösen konnte. Kein Wunder, dass Arthur sich derart auf sie verließ. Sie hätte weggehen und bei *Simon and Schuster* arbeiten können, wenn sie in New York hätte leben wollen. Doch das wollte sie nicht und Arthur behielt sein Universalgenie bei Arthur Reed Publishing.

»Bekommst du meine Faxe?«, fragte ich.

»Ja. Deswegen rufe ich an. Mir gefällt, was ich da lese, Jack. Das ist ausgezeichnet. Du hebst den Vorhang an und lässt uns dahinterspähen. Eine fesselnde Lektüre.«

Ich hörte mir ihre Rückmeldung interessiert an. Ich brauchte sie. Ich war mir etwas unsicher bezüglich der Geschichten, die ich in den letzten Nächten geschrieben hatte.

»Arthur hat wahrscheinlich schon erwähnt, dass unser Zeitplan extrem eng ist. Wir hinken jetzt schon hinterher. Wir könnten beim Lektorat einen großen Schritt nach vorn machen, wenn du deine Seiten per E-Mail und nicht per Fax schickst.«

»Klar, Judith. Das ist kein Problem. Ich schicke einfach noch mal, was ich schon gefaxt habe.«

»Mehr brauche ich im Moment nicht«, sagte sie.

»Setzt Arthur dich also auch so unter Druck wie mich?«, fragte ich und hoffte auf ein bisschen Zusammengehörigkeitsgefühl.

»Ach, du kennst doch Arthur. Das waren die besten zwei Jahre seines Lebens. Man kann ihm nicht vorwerfen, dass er das nächste Kapitel aufschlagen will.«

»Wahrscheinlich nicht. Ist er noch im Büro?«

»Nein. Wir haben ihn seit Montag nicht mehr gesehen. Ich glaube, sein Büro leitet seine Anrufe auf sein Mobiltelefon weiter.«

»Ich habe noch heute Morgen mit ihm telefoniert.«

»Ja, ich auch. Aber er ist gestern Abend nach Las Vegas abgereist.«

»Las Vegas? Noch eine Buchmesse?«

»Nein, die nächste ist erst nächsten Monat. Ich glaube, er spricht mit den Buchhändlern. Du weißt, dass sie im Voraus bezahlen müssen, um dieses Buch zu bekommen, oder?«

»Nein … was meinst du?«

»Wenn die Buchhändler die Fortsetzung von Jack Claytons Bestseller am Veröffentlichungstag in ihren Läden haben möchte, müssen sie sofort 50 Prozent hinblättern.«

»Bevor sie überhaupt das Buch bekommen?«

»Richtig. Normalerweise wird das nie gemacht, soweit ich weiß, aber die Buchhandelsketten stehen schon zum Bezahlen an. Das ist eine ziemlich große Sache, Jack. Wenn sie nicht in die Vorbestellung reinkommen, müssen sie zehn Tage warten, bis ihnen das Buch geliefert wird. Arthur hat den Buchhändlern diese Strategie seit Juli verkauft.«

Kein Wunder, dass er so unnachgiebig darauf beharrt hatte, dass ich das Buch schrieb. Er hatte schon Zahlungen einkassiert.

»Denkst du, dass Shirley Art aufspüren kann?«

»Bestimmt. Soll ich dich durchstellen, wenn wir hier fertig sind?«

»Ja, das ist keine schlechte Idee.«

Judith und ich redeten noch eine Minute miteinander und dann stellte sie mich zu Arthurs Assistentin durch.

»Arthur Reed Publishing. Shirley Dawson.«

»Hi Shirley, hier ist Jack.«

»Hallo Fremder! Wann kommst du wieder mal her und besuchst uns? Es ist schon eine Ewigkeit her.«

»Ich würde gern kommen, aber Arthur hat mich hier an den Schreibtisch gekettet. Bis er wiederkommt, um mir frisches Futter und Wasser zu bringen, stecke ich hier leider fest.«

Sie lachte. Shirley lachte immer über meine Witze.

»Ich hab gehört, Arthur ist in Vegas. Könntest du mich auf sein Handy durchstellen?«

»Ich glaube nicht, dass er noch abnimmt.«

»Sitzungen?«

»Wahrscheinlich. Er ist gestern Abend nach Las Vegas geflogen, aber heute fliegt er noch an die Ostküste weiter.«

»Ostküste?«

»Mmh. New Jersey, glaube ich.«

»Hast du nicht seinen Reiseplan gemacht?«

»Nicht dieses Mal. Wenn er schnell wegmuss, arrangiert er normalerweise alles selbst. Er ruft mich dann später an und sagt mir, wo er ist und wann er zurückkommt.«

»Weißt du, wie ich sonst mit ihm Kontakt aufnehmen könnte?«

»Ich sollte heute Abend oder morgen von ihm hören, Jack. Soll ich ihm sagen, dass er dich anrufen soll?«

»Ja, bitte sag ihm, er soll umgehend mit mir Kontakt aufnehmen.«

»Das werde ich, Jack. Und, ach, übrigens ... Glückwunsch zur ›Persönlichkeit des Jahres‹. Wir sind alle begeistert!«

Ich dankte Shirley und legte auf. Arthur Reed hatte schon seit fünf Monaten mein Buch verkauft – und 50 Prozent der Verkaufserlöse von den Buchhändlern eingesteckt, bevor ich überhaupt zugestimmt hatte, es zu schreiben. Arthur konnte aggressiv sein und war ganz sicher ehrgeizig, aber das sah ihm nicht ähnlich. Dunkle Geheimnisse auf der anderen Seite des Planeten der Schreiberlinge?

Im Fernseher in meinem Schlafzimmer lief CNN, aber ohne Ton. Ich wollte ausschalten, bevor ich eindöste, aber dazu kam es nicht. Nach wenigen Minuten war ich eingeschlafen.

# Sechs

*My heart is old, it holds my memories*
*My body burns a gem-like flame.*

*Mein Herz ist alt, in ihm liegen meine Erinnerungen*
*Mein Körper brennt wie eine diamantene Flamme.*

Mr. Mister
*»Kyrie«*

Die ersten zwei Stunden unterhielten Mitchell und ich uns ununterbrochen, aber dann gewöhnten wir uns an die Fahrt und gaben der Musik den Vorzug vor der Unterhaltung. Das Schild mit der Aufschrift WILLKOMMEN IN PROVIDENCE war noch Stunden entfernt.

Mitchell und ich waren in der Mittelstufe beste Freunde geworden, als wir uns auf dem Schulhof um eine grün-blaue Mütze stritten, der elf Fünftklässler nachjagten. Er bekam an jenem Tag eine blutige Nase und ich einen Freund fürs Leben. Seine Eltern waren belesene Republikaner, die eine gute Bildung mehr als alles andere schätzten, außer vielleicht der Footballmannschaft der Universität von Iowa.

Das Haus der Familie McDaniels war wie ein Naturkundemuseum. Ein alter, ausgestopfter Fuchs auf dem Kaminsims im Souterrain, das nach Pfeifentabak mit Kirscharoma roch, ein Geruch, der von der Werkstatt seines Vaters Hank hereinzog. In Mitchs Zimmer gab es ein Modell des menschlichen Nervensystems, das in einem transparenten Mann aufleuchtete. In Sommernächten baute Mitchells Vater das Teleskop auf und wir drei blieben lange auf, um uns die Sterne anzuschauen. Die McDaniels' liebten Astronomie, also lernte ich sie auch zu schätzen, fasziniert von etwas, das ich von zu Hause nicht kannte.

Das Haus der Familie McDaniels war offen und luftig, im Gegensatz zur buchstäblichen und bildlichen Dunkelheit in meinem Zimmer. Mitchs Mutter Blanch war eine schöne Frau mit roten Haaren, die uns manchmal Kartoffelchips selbst frittierte, die wir nach der Schule essen durften.

Eines Freitagabends nahm Hank alle Jungs mit ins Autokino. Wir wollten uns *Die Nacht der lebenden Toten* anschauen. Wir waren dreizehn. Der

Film machte Scotty Levett so viel Angst, dass wir das schmatzende Geräusch des Kannibalen nicht hören konnten, weil er so laut schrie. Robert Dullis hatte während des Films einen ganzen Spieß Fleischbällchen verdrückt, die er prompt über den ganzen Vordersitz erbrach, nachdem er mehr Zombie-Kannibalismus gesehen hatte, als sein Magen vertragen konnte. Bald danach fuhren wir nach Hause. Ich habe das Ende des Films bis heute noch nicht gesehen.

Schulhofprügeleien, Baumklettern, Hundebisse. In Gesundheit und Krankheit wuchsen Mitchell und ich zusammen auf. Wir spielten in der zehnten Klasse Basketball, trafen uns gemeinsam mit Mädchen, sangen im Chor der Abschlussklasse und zelteten mit der Clique an den Indian Falls. Aber ein Tag ragt zwischen allen anderen hervor: Der Tag, an dem Mitchell den marineblauen 1976er Cutlass kaufte. Es war sein sechzehnter Geburtstag. Kein Gefühl in der Welt ist mit dem Glück vergleichbar, wenn man an einem Samstagabend im marineblauen Cutlass seines besten Freundes durch Overton, Iowa, fährt.

In der Highschool war Mitchell beliebt und gut aussehend, während ich keines von beidem war. Das, was für mich einer Highschoolromanze am nächsten kam, war eine kurze Mal-ja-mal-nein-Beziehung mit einem Mädchen namens Maria Lambert. Wir waren im vorletzten Jahr der Highschool miteinander ausgegangen, und dann hatte sie mich abserviert und war mit James Whitford zum Abschlussball gegangen.

Mitchell wiederum war mindestens jedes Schuljahr einmal ernsthaft verliebt. Jedes Mal endete es in emotionalem Chaos. Während eines Footballspiels in unserem Abschlussjahr verliebte sich Mitchell Hals über Kopf in ein Mädchen namens Heather Howell. Ich konnte in ihr nie das erkennen, was Mitchell sah. Die beiden waren eine explosive Mischung. Sie stritten und versöhnten sich, stritten und versöhnten sich, und alle anderen fuhren gemeinsam mit ihnen Achterbahn. Im März spitzte sich die Lage zu. Sie hatten sich wieder einmal gestritten, nur dieses Mal warf Heather etwas – eine Coladose, einen Aschenbecher, einen Ziegelstein? – nach Mitchell, während er im Cutlass saß. Sie traf das hintere Fenster. *Hasta la vista*, Baby. Das war das Ende der Liebe mit Heather. Ich erinnerte Mitch an die Geschichte, sooft ich konnte.

Providence, Indiana, tauchte vor uns auf, so hell wie der Mond und grandios anders als der kleine Planet, von dem wir vor fünf Stunden abgereist waren.

Wir fuhren die Brighton Avenue hinauf, durch die Mercer Mall und auf den östlichen Markt, wo die neuesten Bauprojekte bezeugten, dass Providence tatsächlich eine Universitätsstadt war. Es gab drei Reihen Studentenunterkünfte – renovierte viktorianische Häuser, die lila oder orange angestrichen waren. Es gab das Viertel mit den Verbindungshäusern – riesige Anwesen mit riesigen Veranden voller Einundzwanzigjähriger, die riesige Plastikbecher mit Bier in den Händen hielten. Wir fuhren an der Holloway-Eishalle vorbei, wo die *Badgers* Eishockey spielten, und am Briggs-Stadion, wo jeden Sonnabend fünfundsiebzigtausend Footballfans lagerten, wenn die *Badgers* ein Heimspiel hatten.

»Die Wegbeschreibung, bitte.«

»Wir fahren zur ...« Ich zog ein zusammengefaltetes Blatt aus meiner Hemdtasche. »... Wilshire Avenue Nr. 1740. Wir treffen uns dort um vier mit einer Wohnungsmaklerin namens Margaret Shiner.«

Normalerweise schrieben die Unterkunftsregelungen des Providence-College vor, dass Studienanfänger die ersten zwei Jahre in einem Studentenwohnheim auf dem Campus wohnen mussten. Da es aber in jenem Jahr einen Rekord von Neuzugängen gab und die Wohnheimrenovierungen schmerzlich in Verzug geraten waren, gab es eine historische Veränderung in der Unterkunftsregelung: Auch Anfänger durften außerhalb des Campus wohnen. Mitchell und ich machten nur allzu gern von dieser Änderung Gebrauch.

Wir trafen uns mit Mrs. Shiner in ihrem Büro, nachdem wir bei *Taco Bell* zu Mittag gegessen hatten. Sie zeigte uns zwei Appartements nur wenige Minuten Fußweg vom westlichen Campus entfernt und wir nahmen eine teilmöblierte Zweizimmerwohnung. Dreißig Minuten, nachdem wir die Kaution in bar bezahlt und den Mietvertrag unterschrieben hatten, zogen wir ein.

Am Montag transferierte ich mein finanzielles Polster von vierundzwanzigtausend Dollar von meinem Heimatkonto nach Providence, und dann legten Mitch und ich los. In jenem Sommer 1985 tranken wir mindestens tausend Flaschen Pepsi, weil etwas namens »New Coke« die alte Coca Cola vom Markt verdrängt hatte und die alte ebenso schwer zu finden war wie der geheime Tresor von Al Capone. Sammelgläser von McDonald's häuften sich auf unseren Küchenregalen und Pappbehälter von *Kentucky Fried Chicken* in unserem Kühlschrank.

Mitch fand bald eine Teilzeitstelle in einem Sportgeschäft in Providence und ich im berühmten *City Club Restaurant and Bar.* Das war ein Restaurant in der Innenstadt, das die Stammkunden nur als *City Club* bezeichneten. Es ging pleite, nachdem ich mit dem College fertig war, aber in seiner Blütezeit Mitte der Achtzigerjahre war es *das* Lokal. Ich arbeitete während der Football-Saison jeden Freitag- und Samstagabend dort und die Woche über ein paar Mal mittags. Damit verdiente ich zweihundertfünfzig Dollar pro Woche. Mit anderen Worten, für einen Studenten ein kleines Vermögen.

Wir freundeten uns mit Brian Aspen, Reggie Mohler und Kim Prang an, den Jungs in der Wohnung direkt über uns. Wir alle flirteten mit den beiden Mädchen auf der anderen Seite des Flurs, besonders mit Jennifer, der Blondine, die wie ein Filmstar aussah. Aber Jennifer ging vor dem Ende unseres zweiten Semesters vom College ab. Wir erfuhren den Grund erst später; es stellte sich heraus, dass sie schwanger war. Amy, ihre Mitbewohnerin, war das erste Mädchen, das Mitchells magnetischer Anziehungskraft erlag.

Jedes Wochenende brachte neue Wagenladungen voll Studienanfänger und zurückkehrender älterer Semester. Die Wohnheime wurden zur reinsten Entladezone. In den Treppenhäusern der Appartements entwickelte sich das tägliche Ritual, zwei Tonnen schwere Sofas drei Etagen hochzuwuchten. Die Straßen und Cafés am Broadway, der Hauptstraße durch den Campus, füllten sich mit rüpeligen Studenten und wunderschönen Mädchen vom Providence-College.

Die letzten Tage jenes Sommers sind heute unscharfe Schnappschüsse. Erinnerungen, die früher strukturiert waren, mit der Zeit aber an markanten Einzelheiten verloren und deren Gehalt ineinander verschmolz: Mitchell, wie er auf der Terrasse Steaks grillte; die Mädchen nebenan, die die gleiche Schallplatte immer und immer wieder abspielten; Mitch und ich, wie wir uns bis Ende August die Spiele der *Cincinnati Rads* anschauten.

Alles war gut in unserer Welt. Wenn wir nur diese Zeit unseres Lebens hätten einfrieren können. Es war die Vorsaison für Football in Providence und die Vorsaison für Mitch und mich.

Ich schaltete die Nachttischlampe aus und fragte mich, warum ich hierher gekommen war. Wegen Ruthie? Wegen der Bilder im Collegekatalog von glücklichen Studenten, die silbergraue Providence-College-Sweatshirts und rotbraune Basecaps trugen? Oder war Providence einfach wie eine Oase aufgetaucht, ein kühler Platz, an dem ich mich ausruhen und meine Seele Unterschlupf finden konnte?

Ich dachte an die Bilder im Jahrbuch von Overton, das ich in der Schublade in meinem Nachtschrank aufbewahrte. Jeder Cent, den ich verdient hatte, hatte ein weiteres Stück des Weges nach Providence gepflastert. Ruthie war verschwunden, aber das Providence-College blieb.

# Sieben

*Do you ever dream of me*
*Do you ever see the letters that I write?*

*Träumst du jemals von mir*
*Siehst du die Briefe überhaupt, die ich schreibe?*

Elton John
*»Nikita«*

Ein Termin blieb in meinem Kalender – eine Verabredung zum Mittagessen mit meinem Freund Raymond Mac, die ich nicht absagen wollte. Raymond hatte den größten Teil seines Lebens in Norwood gewohnt. Damals, als die Mehrheit der Einwohner von Norwood sich noch nicht sicher waren, ob sie uns vertrauen konnten und unsere Bemühungen ablehnten, hatte Raymond unseren Einsatz ernst genommen und hatte sich für unser Projekt starkgemacht.

Raymond war einssiebzig groß, obwohl er schwörte, dass er zu seinen besten Zeiten über einsachtzig gewesen war. Er hatte silbergraues Haar, wenn auch nicht mehr allzu viel, und lief, seit er nicht mehr Auto fuhr, mit seinem Stock in Norwood überallhin, wo er hinwollte, wenn das Wetter es erlaubte. Seinen 65. Geburtstag hatten wir zusammen gefeiert, als wir schon ein paar Jahre miteinander befreundet gewesen waren, und diesen Juli wurde er 75.

*Marvin's,* ein Imbiss, wo es tolle Spareribs gab, lag an der Grenze zwischen zwei Welten – Norwood und dem Rest von Providence. Raymond wagte sich, wie viele alte Leute, nicht mehr allzu oft aus seinem Viertel heraus. Rays Frau Ella hatte ich nie kennengelernt. Sie starb einige Jahre, bevor ich kam, an Krebs. Ray und Ella hatten einen Sohn, Roger. Er war Unteroffizier bei den Marineinfanteristen gewesen und war 1991 im Dienst gestorben. Unsere Beziehung brachte Vorteile für uns beide: Ray erzählte mir alles, woran er sich aus seinem Leben erinnerte, und ich brachte ihm Sachen mit, die er gerne aß. Dörrfleisch, Brathühnchen, Schokoladenrosinen, Kuchen. Raymond machte sich keine großen Sorgen um seinen Cholesterinspiegel oder Herzerkrankungen … und ich auch nicht.

»Junge, du siehst bescheiden aus. Hast du nicht genug Verstand, nachts ins Bett zu gehen?«

»Ich habe gar keinen Verstand, Ray. Die zwingen mich, noch ein Buch zu schreiben. Das hält mich von Dingen ab, die ich gerne mag, wie zum Beispiel schlafen.«

Raymond und ich setzten uns an einen der zehn weißen Plastiktische. Dieser Laden ist nicht das *Ritz*. *Marvin's* verkaufte nicht nur Rippchen, sondern auch Benzin. Die Tankstellenregale waren leer, bis auf eine Kiste mit Konserven, riesige Säcke Streusalz und Kleinkram wie Luftballons für Kinder und Spielkarten. Man bekam dort Lottoscheine, Zigaretten, Bier und … die besten Spare Ribs diesseits von Memphis.

»Ah, verstehe. Die *zwingen* dich. Du gehörst ihnen also jetzt?« Raymond konzentrierte sich auf die Plastikgabel, mit der er seinen Krautsalat aß.

»Das ist eine lange Geschichte. Jedenfalls schreibe ich wieder, also schlafe ich nicht viel. Ach, übrigens, ich arbeite nicht mehr für den CMD, das heißt, im Moment nicht. Also, wenn du irgendwas brauchst, ruf mich zu Hause an. Ich bin nicht im Büro.«

Raymond schaute zu mir hoch, als wäre ich unzurechnungsfähig. »Was? Du hast jetzt alles hingeschmissen? Wer kümmert sich denn dann um die Leute hier, wenn sie Hilfe brauchen?«

»Peter Brenner. Und in der zweiten Januarwoche sind die Studenten wieder da.« Ich zog ein Rippchen aus einer rot-weißen Pappschale und biss hinein. Der Geschmack von Sirup und Honig war vertraut und unglaublich gut.

»Ich traue ihm nicht«, sagte Raymond.

»Warum solltest du Peter nicht trauen?«

»Er telefoniert zu viel.«

»Peter ist ein guter Kerl, und das weißt du.«

»Wenn er so ein guter Kerl ist, wieso nimmt er mich dann nie mit zu *Marvin's*?«

»Heißt das, dass ich ein guter Kerl bin, Raymond?«

Ray stellte seinen Eistee ab und war erfrischt genug, um fortzufahren. »Ja, du hast mich hergebracht, und ich muss mit dir reden. Wie kommt es, dass du nicht heiratest? Weißt du nicht, was Gott einem Mann mit einer frommen Ehefrau schenken kann?«

Er nahm den Deckel von seinem Styroporbecher und leerte auch noch den letzten Rest seines süßen Tees. Währenddessen dachte ich darüber nach, wie ich die Frage beantworten sollte, die bei einem Mittagessen mit Raymond so unweigerlich auftauchte wie die Osterglocken auf meinem Rasen im Frühling.

»Ich bin bereit, wenn Gott es auch ist«, sagte ich.

»Bereit, wenn Gott es ist! Du musst mehr sein als nur bereit. Du musst bereit, willens und fähig sein.« Raymond rülpste. »Bereit, vielleicht. Fähig, weiß ich nicht. Willens, das bezweifle ich.«

Ray nahm nie ein Blatt vor den Mund. Bei alten Leuten und Kindern ist das wohl so, heißt es. Das war eines der Dinge, die ich am meisten an Raymond mochte.

Ich versuchte, unser Gespräch behutsam in eine etwas angenehmere Richtung zu lenken. »Hast du so Ella kennengelernt?«

»Wechsle ja nicht das Thema. Junge, dein Problem ist, dass du dich ständig versteckst. Versteckst dich bei der Arbeit, versteckst dich in deinem Haus. Versteckst dich hinter irgendeinem tollen Buch, das du gerade schreibst. Wann kommst du raus und bist ein Mann? Das will ich mal wissen. Wann kommst du raus und bist ein Mann?«

Er feuerte mir seine Worte zwischen Happen von Schweinerippchen und Bohnen entgegen. Bei jedem anderen hätte ich diese Art von Gespräch als beleidigend empfunden, aber nicht bei Raymond.

Er studierte den Stapel Rippchenknochen auf seinem Teller, während ich die waagerechten Linien auf seiner Stirn in Augenschein nahm, die dort wie schwarze Blitze verliefen. Hatte er recht? Versteckte ich mich? Etwas in mir bewegte mich dazu, Ray etwas zu erzählen, das ich mir noch nicht einmal selbst eingestanden hatte.

»Ray, ich bin in eine verheiratete Frau verliebt. Sie lebt mit ihrem Mann in London und ich habe sie schon seit Jahren nicht mehr gesehen.«

Rays Gesichtsausdruck blieb unverändert. Ich weiß nicht, welche Antwort, wenn überhaupt, ich von ihm erwartet hatte.

»Warum liebst du diese Frau?«, fragte Ray. Seine Stimme war gelassen und kräftig, nicht das zittrige Gemurmel eines Tattergreises, sondern die Stimme eines Vaters.

Ich beugte mich vor und senkte meine Stimme so weit, dass nur Ray mich verstehen konnte. »Weil ich nie zuvor oder seitdem eine Frau kennengelernt habe, die mich so bewegt, mich so bis ins Innere aufgewühlt und mir das Gefühl gegeben hat, gesegnet zu sein, wenn ich nur im gleichen Raum mit ihr war.« Die Anspannung in meiner Stimme überraschte mich. Ich ließ mich auf meinem Stuhl zurücksinken. »Sie war eine großartige Frau, Ray, und ich vermisse sie.«

Es war das erste Mal, dass ich das laut ausgesprochen hatte. Obwohl Jenny und ich beinahe zwanzig Jahre nicht mehr miteinander geredet hatten, raubte es mir beinahe den Verstand zu sehen, wie stark meine Gefühle für sie noch waren. Ich war mit meinem Verlust auf die einzige Art und Weise umgegangen, die ich kannte: Ich hatte alles, was mit ihr zusammenhing, aus meinen Gedanken verbannt. Was sollte ich denn sonst tun? Sie liebte einen anderen Mann, war mit einem anderen Mann verheiratet.

Ray nickte. Ich konnte mich nicht erinnern, dass Ray jemals eine meiner Aussagen kommentarlos hingenommen hatte. Unzählige Male hatte ich gehört, was für einen Schwachsinn ich doch von mir gebe (obwohl er nie »Schwachsinn« sagte). Aber nicht dieses Mal. Dieses Mal schwieg Raymond, und als er einen Augenblick später anfing zu sprechen, ging es nicht um meine Unzulänglichkeiten, sondern um Ella, die Frau, die er liebte.

»Ella war auch eine großartige Frau. Ich habe sie 1961 in Memphis kennengelernt. Sie arbeitete als Zimmermädchen im Century-Hotel, und ich war in der Armee.« Raymond lachte leise in sich hinein. Er grinste mich an wie Bill Cosby, lachte ansteckend und unwiderstehlich, sodass ich nur einstimmen konnte.

»Sie war mit Darrell Robertsons Frau Dolores befreundet. Darrell war *mein* bester Freund. Wir waren zusammen auf Urlaub von Fort Campbell in Kentucky. Es war April und Darrells Mutter und Dolores veranstalteten eine Willkommensparty. Da habe ich sie zum ersten Mal gesehen. Ich bat Darrell, mich ihr nach dem Abendessen vorzustellen, und er tat es.«

Ray wischte sich den Mund mit einer Papierserviette ab. »Wir haben uns sieben Monate lang geschrieben, bevor ich sie wiedersah, aber bei der allernächsten Gelegenheit setzte ich mich in den Bus nach Memphis und bat sie, mich zu heiraten … was sie auch tat.«

»Ihr wart fünfunddreißig Jahre lang verheiratet.«

»Ich war fünfunddreißig Jahre lang in diese Frau verliebt. Ich liebte sie, sah, wie sie unseren Sohn aufzog, sah, wie sie uns ein Zuhause schuf. Und ich sah, wie sie Krebs bekam und die Bestrahlungen und Chemo durchmachte. Ich sah, wie sie immer schwächer wurde, und ich sah sie sterben. Aber ich hatte ihr Leben, denn sie schenkte es mir. Verstehst du? Sie schenkte mir den besten Teil von sich, und ich schenkte ihr den besten Teil von mir. Sie schenkte mir auch die geheimen Winkel ihres Herzens – die, die eine Frau nur dem Mann schenkt, den sie liebt.«

Raymond schloss die Augen und ließ den Kopf sinken, mitgerissen von der Art Erinnerungen, die einen unter Wasser ziehen können. Sein Gesicht sah abgekämpft und müde aus. Seine fünfundsiebzig Jahre legten sich über ihn wie ein schwerer, nasser Mantel.

»Was hast du, Jack Clayton, außer deiner Welt voller Reue?«, fragte er und traf damit einen wunden Punkt.

»Ich weiß nicht, was du meinst, Ray«, sagte ich, aber er verdrehte nur die Augen.

»Es gab nie eine andere Frau für mich«, sagte Ray. »Es konnte keine andere geben. Ich habe ihr nie das Herz gebrochen und ich habe nie ihr Vertrauen missbraucht. Vielleicht hast du die gleiche Liebe, aber du hast nicht ihr *Leben*. Das hat sie dem Mann aus London gegeben.«

Ich breitete die Hände aus und zwang mich zu einem Lächeln. Er hatte recht, aber diese Wahrheit wollte ich nicht hören.

»Was heißt das dann für mich?«, fragte ich, ohne wirklich eine Antwort zu erwarten. Ohne wirklich eine zu wollen.

»Dass du allein bist, würde ich sagen.«

Ich setzte Raymond nach dem Mittagessen bei seinem Haus ab. Seine Energie war schnell aufgebraucht. Nach unserer Verabschiedung und seinem Dank für das Essen setzte er seinen Gehstock auf den Fußweg und machte sich auf zur Haustür, gewärmt von den Erinnerungen an seine Frau und seinem nicht wegzudenkenden rot-schwarz-karierten Schal.

Er schloss die Tür seines kleinen weißen Hauses mit den kühnen schwarzen Fensterläden auf, das die Studenten letzten Sommer gestrichen hatten, und verschwand.

Ich war auch müde. Das Koffein aus meinem Mittagstee brachte mich bis nach Hause, aber ich schlief auf dem Sofa im Wohnzimmer ein. Gegen drei wachte ich auf und fühlte mich erbärmlich. Schweinwerferlicht von Autos malte sich auf den Wohnzimmerwänden ab, und mir wurde klar, dass ich nicht allein sein wollte.

Ich fuhr zum CMD und parkte hinterm Haus. Der Parkplatz war leer und weiß, die gelben Linien bereits vom Schnee bedeckt. Das Quecksilber fiel und der Regen, der mittags noch vom Himmel gekommen war, wurde zu Schnee und verwandelte Providence in ein zugefrorenes Dorf aus Eis.

Ich stieg die glatte Metalltreppe hinauf und betrat das Gebäude durch die Küchenecke. Ich hatte geplant, ein paar Stunden damit zuzubringen, meine Telefonnachrichten durchzugehen und zu beantworten. Das gab mir eine Ausrede, im Büro zu sein und mich von Peter und Aaron auf den neuesten Stand bringen zu lassen. Aber das Gebäude war leer und das einzige Licht kam von der goldenen Tischleuchte, die Mrs. Burman in der Empfangshalle angelassen hatte.

Ich ging die mit Schnitzereien verzierte Holztreppe zur zweiten Etage hinauf und schaltete meine Schreibtischlampe an. Alles war so, wie ich es am Montag hinterlassen hatte. Keine neuen Telefonnachrichten, Faxe oder Memos. Der Raum kam mir weniger wie ein Büro vor als vielmehr wie ein Lagerraum für einen großen Schreibtisch und mein Lesesofa. Ich griff nach meiner Bibel und legte mich hin. Meistens machte ich es morgens ganz ähnlich, verbrachte Zeit auf dem Sofa, las und betete. Manchmal nahm ich mir zehn Minuten, meistens wurde daraus aber eher eine Dreiviertelstunde, bis ich unten die Tür aufgehen hörte und ein zweiter CMD-Mitarbeiter eintraf.

Das Wort Gottes ist mein Zufluchtsort. Dorthin wende ich mich, wenn ich die Welt entwirren will. Wenn ich lese und bete, hat Gott meine volle Aufmerksamkeit. Es ist eine Vorlesung, eine private Beratung, ein täglicher Besuch bei dem allwissenden Arzt. Ich hoffte auf einen Hinweis, was ich mit diesem neuen Buch anfangen sollte, das viel zu oft wie ein schweres Gewicht war und mich nach zwei Seiten gleichzeitig zog. Ich machte Gott nicht für diese schwierige Situation verantwortlich und ich wollte mich nicht beklagen, aber ich brauchte seine Kraft. Er hatte einen Plan, und meine Aufgabe bestand darin herauszufinden, was er tun wollte, seine Kraft durch mich wirken zu lassen und sie im Leben der Menschen in meiner Umgebung umzusetzen.

Der Schnee, der wie in Zeitlupe fiel, raubte der Welt ihre Farbe. Und mein Haus war voller verwirrender Erinnerungen, die das zu stehlen drohten, was von mir selbst noch übrig war. Ich sehnte mich nach einer einschneidenden Begegnung mit Gottes Wort.

Nachdem ich gebetet hatte, fand ich eine Haftnotiz von Peter auf meinem Computermonitor. Darauf stand: »An: Jack Clayton, Von: Peter Brenner. Wenn du diese Nachricht liest, GEH NACH HAUSE! Herzlichst, Peter.«

Das Telefon klingelte, und ich sah, dass es meine direkte Leitung war. Außerhalb der Bürozeit ließ ich immer den Anrufbeantworter drangehen. Aber ich überlegte, ob es vielleicht Peter war, und drückte auf die Lautsprechertaste.

»*Campus-Missionsdienst.*«

»Hi, spreche ich mit Jack Clayton?«

»Ähm … ja.« Ich kannte die Stimme nicht.

»Hallo. Mein Name ist Bud Abbot und ich arbeite bei der *Chicago Tribune*. Wie geht es Ihnen heute?«

Ich konnte kaum glauben, dass ich an dem einen Tag, an dem ich außerhalb der Bürozeit einen Anruf entgegennahm, genau mit einer der Personen sprach, denen ich bekanntermaßen auswich. Bevor ich seine gutmütige Frage beantworten konnte, legte er bereits nach, und die nächsten Fragen versprachen, nicht so gutmütig zu werden.

»Ich arbeite für unsere Sonntagsausgabe an einem Artikel über Sie und wollte nur wissen, ob Sie mir ein paar Fragen beantworten würden?«

Ich fragte mich, wie er an meine Durchwahlnummer gekommen war. »Bud, es ist ungewöhnlich, dass Sie zu mir durchgekommen sind. Normalerweise geht meine Sekretärin ans Telefon. Aber ich sage Ihnen nur, was sie Ihnen auch gesagt hätte: Ich gebe keine Interviews.« Ich wollte nicht unhöflich sein, aber das hatte er sicher schon vor seinem Anruf gewusst.

»Ja, davon habe ich gehört. Aber ich wollte wissen, ob Sie eine Ausnahme machen würden?«

»Warum sollte ich das tun?«

»Nun, Mr. Clayton, mir sind ein paar Krankenhaus-Akten aus New Mexico in die Hände gefallen, in denen steht, dass Sie 1988 mit einer Schusswunde eingeliefert wurden. Also … was meinen Sie? Würden Sie mir ein paar Fragen beantworten …?«

# Acht

*If I go there will be trouble*
*An' if I stay it will be double.*

*Wenn ich gehe, gibt es Ärger*
*Wenn ich bleibe, verdoppelt er sich.*

The Clash
*»Should I Stay or Should I Go?«*

Ich schloss die CMD-Hintertür ab und ging hinaus in den kalten Winter. Der Gehweg war frostig weiß und knirschte unter dem Gewicht meiner Schritte. Zwischenzeitlich hatte es einen Temperatursturz gegeben und ich wünschte mir, ich hätte meine Handschuhe eingesteckt. Das war der trübe Anfang des *echten* Winters. Nicht die unbeständige Kälte des Novembers, der immer noch mit warmen Tagen überraschen konnte, sondern Tiefkühl-Winterkälte, der es nichts ausmachte, einen halben Meter Schnee abzuwerfen, und der es egal war, ob man an seine Handschuhe gedacht hatte oder nicht.

Ich fuhr vom CMD-Parkplatz und wusste nicht, wann ich wiederkommen würde. Eine Straße ging in die andere über, und auf dem Broadway traf ich auf eine rote Ampel. Ich hatte rasch gelernt, das Alleinsein in meinem Haus zu fürchten, wo ich der immer lauter werdenden Stille lauschen und über den Lagerräumen voller Erinnerungen brüten würde. Dieser Auftrag war, als ob ich eine lange Reise mit einem nur zu einem Viertel vollen Tank antrat. Und hier war ich, nur Tage später, und bildlich gesprochen fing die Tankleuchte auf meinem Armaturenbrett an zu blinken. Das Letzte, was ich brauchte, war noch eine unvorhersehbare Überraschung, die mich unsicheren Fahrer in den Straßengraben beförderte.

Wie dieser Anruf von Bud Abbott.

Ich hatte ebenso wenig erwartet, dass dieser Tag mit einem bedrohlichen Telefonanruf enden würde, wie ich erwartet hatte, dass meine Woche mit einem dreimonatigen Zwangsurlaub beginnen würde. Mein Gespräch mit dem Reporter hatte nicht lange gedauert. Ich war mir sicher, dass er das auch nicht erwartet hatte. Er wollte nur meine Aufmerksamkeit erregen. Tja, die war ihm jetzt sicher. Und meine Wut. Was gab ihm das Recht, Recherchen in meinem Privatleben anzustellen? In meinen medizinischen Akten? Und wie war er an meine geheime Telefonnummer gekommen?

Er hatte die Fakten, aber ihm fehlte die Story. Das ist nicht das Gleiche. Die Fakten skizzieren nur die Umrisse, wie ein Kreidebild auf dem Fußweg. Fakten sind zweidimensional. Sie können keine Tiefe oder Intensität beschreiben und auch keine Geheimnisse; und genau da spielt sich natürlich die ganze Handlung ab. Dort liegt die Story. Das Leben ist das, was passiert, wenn der Himmel sich verdunkelt und das Tageslicht schwindet. Es ist das, was passiert, wenn wir unser Leben in das Leben anderer Menschen einflechten, bis beides so miteinander verwoben ist, dass es praktisch das Gleiche ist. Darum bekommen normale Leute ihre Informationen nicht aus den Fakten, sondern aus dem, was zwischen den Zeilen steht. Sicher, wir hören uns die Fakten an, aber wir beobachten die Augen desjenigen, der die Fakten berichtet. Wir merken intuitiv, dass die Fakten kaum mehr als sterbliche Versprechungen sind. Menschen gehören in eine Welt aus Fleisch und Blut.

Bevor die Ampel von Rot auf Grün umschaltete, beschloss ich, dass ich nicht nach Hause fahren würde. Ich fühlte mich langsam wie Luke, den Paul Newman in *Der Unbeugsame* verkörpert: Ein Mann, der immer wieder in Einzelhaft geschickt wird, weil er sich nicht anpassen will.

*»Offenbar haben wir hier einen Fall von gescheiterter Kom-mu-ni-ka-tion.«*

Vielleicht war das mein Problem. Es war mir nicht gelungen, mit der Welt um mich herum zu kommunizieren. Ich hatte den Kopf in den Sand gesteckt, und jetzt kam die Fremdenlegion – ich meine die *Chicago Tribune* –, um mir bei der *Kom-mu-ni-ka-tion* zu helfen, ob ich es nun wollte oder nicht. Ich konnte es in den offenherzigen Fragen von Bud Abbott hören.

»Mr. Clayton, Sie lagen zwei Wochen lang im Albuquerque Medical Center, wo Sie sich von Ihren Schusswunden erholten. Ich habe den Namen eines Arztes, Dr. Gerald DeWhitter, die Namen von einigen Schwestern, die Sie versorgt haben, Krankenhausakten. Würden Sie nicht gern die Gelegenheit nutzen, die Umstände Ihrer Verletzungen ins richtige Licht zu rücken?«

»Gelegenheit? Danke, aber kein Kommentar.«

»Mr. Clayton, wenn Sie sich nicht zu Wort melden und Ihre Geschichte erzählen, wird jemand anderes sie für Sie erzählen«, hatte der Reporter gesagt und versucht, mich damit zur Zusammenarbeit zu zwingen. Er hatte recht, aber er wusste nicht, dass mein Verleger mich schon zu einer Beichte genötigt hatte und in diesem Moment meine Lebensgeschichte in New Jersey an den Höchstbietenden verkaufte.

Die Ampel wurde endlich grün. Kurz bevor ich die Kreuzung überquerte, schossen zwei Studenten in dunklen Jacken über die Straße. Ihre Gesichter waren ganz rot von dem schneidenden Wind. Der Himmel verteilte Milliarden Schneeflocken, die auf Providence herniederwirbelten wie eine Konfettiparade. Direkt vor mir scherte ein hellgrüner Minivan auf die linke Spur aus. Ich fragte mich, wie es wohl wäre, mir irgendein Auto auszusuchen und ihm zu folgen, egal wo es hinfuhr. Vielleicht brachte mich mein kleiner grüner Freund ja ins sonnige Daytona Beach, wo ich mit meinem alten Jeep bis an den Strand fahren und unter den Sternen schlafen könnte. Wer sollte mich davon abhalten? Ganz sicher nicht Frau und Kinder. Bud Abbott würde mich vermissen, aber das konnte ich verkraften.

Alle Straßen waren von riesigen Zuckerstangen gesäumt, die an den Laternenmasten hingen. Weihnachtsbeleuchtung blinkte in den Schaufenstern. Der Minivan bog nach links ab, und ich folgte ihm. Aber eigentlich folgte ich vielmehr einem seltsamen Gefühl. Einem Impuls, mich von dem Druck und der Unsicherheit und Einsamkeit loszureißen. Noch zwei Blocks und der Providence-Campus, eingerahmt in meinem Rückspiegel, verblasste in der Entfernung. Auf Wiedersehen, frierende Studenten in Wollmützen und Handschuhen!

Hinter der Fifth Avenue bog der Minivan in die Carter Street ab, wahrscheinlich hin zum Zubringer zur Interstate 74, aber ich folgte ihm nicht. Ich schaltete auf eine Art instinktives Fahren um, einfach dorthin, wo es mir am meisten gefiel. Ich befand mich auf einer Winterwanderung weg von meiner verschneiten Adresse in der Sycamore Street. Ich umfuhr den Berufsverkehr, der versuchte, dem schlechten Wetter davonzufahren. Ich folgte meinem inneren Drang. Und dieser Drang wollte nicht im Verkehr feststecken. Dieser Drang wollte fliehen. Ich bog auf den Ellison Parkway ab und fand das Ziel, von dem ich nicht einmal gewusst hatte, dass ich es suchte: Das *Hyatt Regency*. Ich bog in die hufeisenförmige Auffahrt ein und parkte den Jeep an der Drehtür. Ein Portier in Livree öffnete meine Fahrertür.

»Guten Abend, Sir. Checken Sie ein?«

»Ja«, erklärte ich. Und, nein, ich hatte kein Gepäck. Noch eine Minute zuvor wusste ich nicht einmal, dass ich hier landen würde. Ich schnappte mir meine Büchertasche und stieg aus. Ein Angestellter vom Parkservice beeilte sich, meinen Jeep in die Tiefgarage zu fahren.

Das alles war neu für mich. Ich wusste so gut wie nichts über teure Hotels. Ich zog drei Ein-Dollar-Noten hervor und reichte sie dem Portier; dann ging ich durch die Drehtür ins Hotel. Vom Fußboden bis zur Decke war die Empfangshalle eine pompöse, extravagante Welt des Überflusses, weit entfernt von der trostlosen Winterlandschaft draußen. Ein gewaltiger Perserteppich bedeckte den größten Teil des Marmorbodens und das Geräusch von Wassergeplätscher zog meinen Blick auf einen riesigen, aufwändig gestalteten Springbrunnen mitten in dem kathedralenartigen Raum. In der Nähe des Foyers unterhielten sich Geschäftsfrauen und -männer in Kostümen und Anzügen ungezwungen und warteten auf einen Platz zum Abendessen. Ich ging auf die Rezeption zu.

»Willkommen im *Hyatt Regency*, Mr. Clayton«, sagte der Concierge. »Beehren Sie uns übers Wochenende?«

Einen Augenblick lang wusste ich nicht, woher er meinen Namen kannte. Dann erinnerte ich mich daran, dass mein Gesicht auf dem Titelblatt des *Time*-Magazins war. Diese Art Wiedererkennungseffekt konnte es nur noch in der Innenstadt geben, Kilometer vom Campus entfernt, wo die Neuheit des Ruhms bereits nachgelassen und sich zu freundlichen, ehrfurchtslosen Grüßen von Studenten und Besuchern abgemildert hatte.

Dass mich der Hotelangestellte erkannte, bedeutete für mich keineswegs, dass ich mich wichtig fühlte, ganz im Gegenteil. Stattdessen stellte sich wieder ein schwaches Gefühl von Paranoia ein, das sich schon die ganze Woche über aufgebaut hatte und seine Spitze in Buds Anruf gefunden hatte.

»Ich bleibe über Nacht«, sagte ich und reichte ihm Führerschein und Kreditkarte.

Während er die Informationen in den Computer tippte, fragte ich mich, was er wohl über ortsansässige Gäste dachte, die ohne Gepäck eincheckten. Vielleicht dachte er, ich plane ein geheimes Rendezvous für den

Abend. Eine kleine Liebelei, die dem Schreiberling beim Schreiben half. Er läutete zweimal die Rezeptionsglocke und ein Page erschien wie aus dem Nichts.

»Suite 704«, sagte er, reichte dem Pagen meine Schlüsselkarte aus Plastik und wünschte mir einen angenehmen Aufenthalt.

Als wir die siebente Etage erreichten, ging der Page mir voraus zum Zimmer, schloss die Tür auf, schaltete das Licht an und erklärte die Schalter, mit denen ich alles vom Licht bis zu den Jalousien in dieser luxuriösen Suite steuern konnte. Ich gab ihm als Trinkgeld die einzige übrige Banknote in meiner Brieftasche, einen Fünfer. Als er gegangen war, schloss ich die schwere Zimmertür ab und spähte durch den Türspion dem Mann mittleren Alters hinterher, wie er immer kleiner wurde, während er den Flur entlang zurücklief.

Ich setzte mich auf die Bettkante, schob mir die Schuhe von den Füßen, zog die Socken aus, schälte mir meine klamme Jacke und Kleidung vom Leib und kroch in das bequemste Bett in Amerika. Das also war es, was man sich mit Geld kaufen konnte: Eine kostspielige Nacht hinter einer verschlossenen Tür in der obersten Etage eines schicken Hotels, wo keiner weiß, wie er dich finden kann.

# Neun

*I have a picture pinned to my wall*
*an image of you and of me*
*And we're laughing, we're loving it all.*

*An meiner Wand hängt ein Bild*
*ein Bild von dir und von mir*
*Und wir lachen und lieben das Leben.*

Thompson Twins
*»Hold Me Now«*

Zwölf Wochen waren vergangen, seit Mitchell und ich Overton verlassen hatten. Die Herbsttage wurden zunehmend kälter. Doch der Altweibersommer brachte eine sommerartige Hitzewelle nach Providence und der Campus verwandelte sich wieder in einen Strand, an dem sich Studenten auf Decken sonnten, die sie auf dem Herbstlaub ausgebreitet hatten.

Mitchell war in der Highschool der Inbegriff des Sportlers gewesen. Ich vermutete, dass er das harte Training vermisste, also gruben wir an diesem außergewöhnlichen Tag unsere Laufshorts und T-Shirts hervor und machten die Campuswege unsicher.

Wir liefen vierzig Minuten lang über unseren Teil des Campus, über die Brücke vom Jeffrey-Brown-Gebäude für bildende Künste und Naturwissenschaften und dann zum hügeligen westlichen Teil, in dessen Wohnheimen ein Drittel der Studenten untergebracht waren. Nachdem wir einen grasbewachsenen Hang hinaufgerannt waren, fanden wir uns vor der Tür eines Mädchenwohnheims wieder, *Lillian Hall*. Wir standen vornübergebeugt, unsere Lungen brannten vor Sauerstoffmangel und unsere T-Shirts waren schweißnass. Der westliche Campus war praktisch unerforschtes Gebiet. Die Aussicht von der Anhöhe war sensationell.

*Lillian Hall* war eines von drei Mädchenwohnheimen in Providence. Eine beeindruckende, dreigeschossige Erscheinung mittelwestlicher universitarer Altehrwürdigkeit und maßvollen Geld-Adels. Ich setzte mich auf eine alte Steinbank im Hof, während Mitchell sein Gesicht an die moderne Glastür drückte.

»Ich glaube, spannen ist immer noch illegal, Mitch.«

»Sehr witzig«, sagte er, die Hände um die Augen gelegt, um die Helligkeit zu dämpfen. »Ich kenne ein Mädchen, das hier wohnt.«

»Wirklich? Wie heißt sie?« Kaum hatte ich gefragt, öffnete eine hübsche Blondine die Tür und beugte sich hinaus.

»Mitchell? Hi!« Die junge Frau schob sich eine entflohene blonde Haarsträhne hinters Ohr. »Was machst du hier?«

Mitch trat einen Schritt zurück und zog das geheimnisvolle Lillian-Hall-Mädchen heraus. Die zwei strahlten wie Diamanten.

»Wir waren nur ein bisschen joggen«, sagte Mitchell und deutete auf mich. »Ich dachte, ich verleite dich mal dazu, diesen unglaublich schönen Tag zu genießen.«

Ich begriff rasch, dass unsere Laufrunde nur eine Ausrede gewesen war, um nach *Lillian Hall* zu kommen.

»Jack«, sagte Mitch mit einer Handbewegung, »das ist Erin Taylor. Sie ist in meinem Soziologiekurs. Benimm dich bloß, denn sie ist anständig.«

Ich stand auf. Sie war erst zwanzig, aber ihre Augen waren alt. Sie strahlte, als Mitchell sie mir vorstellte.

»Hallo Erin«, sagte ich und nahm ihre Hand. Ihr Griff war fest und selbstbewusst, als ob sie harte Arbeit kannte.

»Mitchell hat mir ein bisschen von dir erzählt«, sagte Erin und ihre Mundwinkel hoben sich zu einem Lächeln. Ihre Zähne waren perfekt und weiß. Ihr schulterlanges blondes Haar lockte sich keck an den Spitzen. Sie schaute mich mit diesen durchdringenden saphirblauen Augen an.

»Du scheinst ein netter Mensch zu sein, Erin. Wie hast du denn so ein Stinktier wie Mitch kennengelernt?«

»O, Mitchell ist kein Stinktier!« Ihre Augen wurden scharf und ihre Stimme nahm einen leicht verteidigenden Ton an.

»Ich mach nur Spaß«, sagte ich, aber in ihrer Gegenwart würde ich solche Witze nicht mehr machen. Sie war zu lieb, um verärgert zu sein.

»Wir sind dienstags und donnerstags im gleichen Kurs.«

»Eine sehr intime Gruppe«, sagte Mitch.

»Ungefähr sechzig Personen!« Erin lachte wieder – ein nettes Lachen.

Mitch lächelte, sie lächelte, und dann lächelte ich. Die beiden waren verliebt. Oder für die Liebe bestimmt. Woher war sie gekommen? Wie konnte Mitch jemanden kennenlernen und sich so schnell verlieben?

Ein stetiger Strom von jungen Frauen bewegte sich in Lillian Hall hinein und hinaus, während wir drei uns auf dem Hof unterhielten. Ohne großes Aufhebens schob sich eine weitere zierliche, schöne junge Frau in unseren Kreis, als ob sie bereits dazugehörte. Sie betrat mein Leben ohne Vorankündigung, aber in den nächsten Jahren sollte sie mich von Grund auf umkrempeln.

»Sieht so aus, als würde hier jemand Freundschaften schließen.«

»Hi Jenny«, sagte Erin. »Du kennst ja Mitchell, und das ist Jack …« Sie blinzelte.

»Clayton«, sagte ich, drehte mich um und sah Jenny zum ersten Mal an.

»Jack ist Mitchells Mitbewohner.«

*Mitchells Mitbewohner?* Witzig; ich hatte eigentlich immer gedacht, es wäre andersherum.

»Und das ist meine Mitbewohnerin Jenny. Wir sind erst seit der sechsten Klasse miteinander befreundet, also kenne ich sie kaum.«

Sie kicherten. Mitch, Erin und Jenny fingen an, über diesen ungewöhnlich warmen Herbst in Indiana zu sprechen und über mitleidlose Stundenpläne, die die armen College-Studenten davon abhielten, ihn zu genießen. Ihr Gespräch summte um mich herum, mal mehr, mal weniger deutlich, dämpfte ihre Stimmen und verlangsamte die Sekunden wie in einem Film in Zeitlupe. *Wer ist dieses Mädchen? Wer ist dieses unglaubliche Mädchen?*

Die bemerkenswerte Zwanzigjährige, die im dritten Studienjahr war, strahlte eine Präsenz aus wie keine andere, die ich kannte. Sie war so intelligent, atemberaubend in ihrer Schönheit, elegant in ihrer Haltung. Ihre ruhige Art versteckte ihre Leidenschaft in ihrer Seele. Sie war selbstbewusst, furchtlos und doch friedlich und zufrieden. Ich fragte mich, was für Träume sie träumte. Ich fragte mich, ob ich je die Gelegenheit bekommen würde, von diesen Träumen zu hören.

»Mitchell und ich wollen heute Abend ins Kino«, hörte ich Erin sagen. »Ich komme sicher nicht vor halb zehn oder zehn heim.«

»Klingt amüsant«, sagte Jenny.

»Ihr beiden dürft gern mitkommen«, fügte Erin hinzu.

Einen Moment lang war ich ganz aufgeregt bei dem Gedanken, etwas Zeit mit Jenny zu verbringen, doch meine nervöse Begeisterung war nur kurzlebig.

»Nein, das ist schon okay«, antwortete Jenny und verlagerte die Tasche, die sie hielt, von einer kleinen Hand in die andere. »Ich hätte gern eine Ausrede, um mir den Abend freizunehmen, aber ich muss in einer Stunde zu einem Treffen in der Bibliothek. Ich bin nur hier, um etwas zu holen.«

»Ich nehme Mitch mal eine Sekunde lang mit rein«, sagte Erin. »Ich habe oben ein paar Aufzeichnungen, die er braucht. Es dauert nicht lang.«

Erin und Mitch traten durch die imposante Tür von Lillian Hall und ließen Jenny und mich allein. Ich hatte noch nicht direkt mit ihr gesprochen. Sie ging ein paar Schritte zu einem Postfach und schloss es auf. Sie nahm die bunten Umschläge heraus und lächelte breit, wie ein Schulmädchen, das gerade ein Briefchen zum Valentinstag bekommen hat. Ich fragte mich, ob eine dieser Karten oder Briefe von ihrem Freund kam. Frauen, die so attraktiv waren wie Jenny, hatten immer mindestens einen; das war praktisch ein Naturgesetz.

Ich musste etwas sagen, bevor Jenny ins Gebäude verschwand, aber ich hatte keine Ahnung, was dieses Etwas sein sollte.

Sie schaute von ihren Briefen auf. »Es war schön, dich kennenzulernen, Jack.« Sie trat näher zur Tür und griff nach der Klinke.

»Hast du Geburtstag?«, fragte ich.

»Morgen«, erwiderte sie. »Das sind Karten von Freunden, von meiner Mutter … du weißt schon.« Es war offensichtlich, dass sie ihr Leben lang geliebt worden war.

»Es ist Mist, wenn man seinen Geburtstag nicht mit der Familie feiern kann«, sagte ich.

»Ich sehe sie ja zu Thanksgiving, und außerdem habe ich ja noch Erin. Sie ist fast Familie.«

Ganz zu schweigen von Mr. Jennys Freund. Von ihrem kastanienbraunen Scheitel bis zu den Sohlen ihrer Lackschuhe schimmerte Jennys Schönheit im Licht der Nachmittagssonne. Während ich das heute schreibe, bin ich wieder dort in jenem Augenblick bei ihr. Die Zeit konnte die Erinnerung an unser Kennenlernen nicht auslöschen.

»Gut«, sagte ich. »Niemand sollte seinen Geburtstag ohne einen geliebten Menschen verbringen. Neunzehn?«, fragte ich.

»Mit diesem hier zwanzig«, erwiderte sie ohne Eile. Vielleicht schmeichelte ihr meine Aufmerksamkeit.

»Tja, Jenny …«

»Cameron. Jenny Cameron.«

»Tja, Jenny Cameron«, sagte ich und trat einen Schritt zurück. »Herzlichen Glückwunsch zum Geburtstag. Und viel Spaß bei dem Treffen.«

»Danke, Jack«, sagte sie. Ihre Augen wandten sich der Tür zu, ihr Körper folgte, und dann war sie verschwunden.

Ich wartete nicht auf Mitch. Ich rannte den Hügel hinunter. Der Schwung, den ich empfand, intensivierte jeden meiner Schritte. Ich sprintete fast zwei Kilometer zum Sportkomplex auf dem nördlichen Campus und raste über die 400-Meter-Bahn, bis ich genügend Adrenalin verbrannt hatte, um mich wieder einigermaßen unter Kontrolle zu haben.

Nach dem Laufen schlenderte ich über die Wiese, um mich abzukühlen und die Muskeln zu strecken. Der langsame Sonnenuntergang ähnelte den letzten Funken eines Lagerfeuers am Strand. Der Sommertag, unser Novembergeschenk, neigte sich seinem Ende zu. Das Licht wurde verschwommen und zart, und ich gestattete mir einen Tagtraum davon, Jenny wiederzusehen. Ich schätze, manchmal werden Tagträume wahr, denn genau in diesem Augenblick kam Miss Jenny Cameron höchstpersönlich näher, in Jeans und einem beigefarbenen Pullover. Ich überlegte, ob es etwas in diesem Leben gab, irgendetwas, durch das sich die Ereignisse genau so fügten, wie sie sich fügen sollten. Sie schaute auf und sah, dass unsere Wege sich bald kreuzen würden, und bei unserer augenblicklichen Geschwindigkeit würden wir zusammenstoßen.

»Immer noch beim Joggen? Du musst ja gut in Form sein.«

»Ich glaube, das liegt am Wetter. Ich hatte nicht geplant, so lange draußen zu bleiben.« Wir blieben am zentralsten Punkt des nördlichen Campus stehen. »Aber ich bin froh, dass ich noch ein paar Runden gelaufen bin, denn so habe ich dich hier getroffen«, sagte ich. Der Flirtversuch war allzu offensichtlich, aber ehrlich. Sie ignorierte ihn.

»Hör mal«, sagte Jenny, »ich bin froh, dass wir uns noch mal über den Weg laufen. Ich wollte mich entschuldigen, dass ich vorhin am Wohnheim so kurz angebunden war.«

»Du warst nicht kurz angebunden. Alles okay.«

»Ich habe auf einen Scheck in der Post gewartet, aber er ist nicht gekommen. Ich schätze, ich bin ein bisschen besorgt.«

Wir lächelten und signalisierten damit, dass, falls irgendeine Unstimmigkeit aufgetreten war, jetzt alles wieder in Ordnung war. Wir gingen

Seite an Seite in die gleiche Richtung. Zuerst schlenderten wir schweigend nebeneinander her, aber ich wollte sie sprechen hören.

»Also, Jenny Cameron, was planst du zu deinem zwanzigsten Geburtstag?«

»Ich habe keine großen Pläne. Erin und ich werden wahrscheinlich einfach im Wohnheim zu Abend essen und dann zur Abwechslung mal zeitig ins Bett gehen.« Sie tat meine Frage ab, als wäre ihr Geburtstag keine große Sache.

»Du und Erin, ihr steht euch also wirklich nahe?«

»Sie ist meine beste Freundin. Und wir teilen uns seit zweieinhalb Jahren ein Zimmer. Ich würde sagen, wir stehen uns ziemlich nahe. Wie gut kennst du Mitchell?«

»Er ist schon mein Leben lang mein bester Freund. Ich konnte ihn nicht in Iowa zurücklassen, also habe ich ihn überzeugt, mit nach Providence zu kommen.«

»Also bist du das Gehirn dieser Operation.«

Es muss geklungen haben, als hätte ich die ganze Welt in der Tasche.

»Das weiß ich nicht. Manchmal denke ich, Mitchell lebt in seiner ganz eigenen Welt. Kennst du ihn schon länger?«

»Ich habe ihn einmal getroffen. Wir drei haben letzten Freitag in dem kleinen Pita-Sandwich-Imbiss auf dem Broadway zu Mittag gegessen.«

Wir liefen den gewundenen Gehweg zur Zentralbibliothek entlang. Die Abendluft kühlte rasch ab.

»Er ist ein ziemlich netter Kerl.«

»Erin würde ihm nicht mal die Uhrzeit verraten, wenn er das nicht wäre.«

»Trotzdem solltest du vielleicht lieber die Augen offenhalten, nur für alle Fälle.« Ich lächelte.

»Ich bin mir sicher, dass Erin auf sich selbst aufpassen kann.«

Als wir uns dem Tillman-Aubrey-Center näherten, begann Jennys Körper mit der Abenddämmerung zu verschmelzen.

»Ich werde mich noch einmal ziemlich schnell verabschieden müssen, Jack. Hier findet das Treffen statt.«

Jenny stieg die erste der breiten Betonstufen der Bibliothek hinauf und drehte sich um. Hinter ihr war die Fassade von gelbem Licht aus großen, rechteckigen Fenstern erleuchtet. Der Geruch vom Rauch eines Lagerfeuers wehte durch die Luft, als Jenny sich zum zweiten Mal an diesem Tag von mir verabschiedete.

»Noch einmal auf Wiedersehen«, sagte ich. »Ich hoffe, das Treffen wird gut, und ich wünsche dir einen tollen Geburtstag morgen. Ähm … das habe ich schon mal gesagt, oder?«

Sie lächelte mich freundlich an.

Aus einem Impuls heraus fügte ich hinzu, »Tja, wenn du gern mit jemandem zu Abend essen würdest, der deinen Geburtstag liebend gern zu etwas Besonderem machen würde …« Die Worte kamen ungestüm und etwas dreist heraus und hingen bedenklich in der Luft, bis Jenny antwortete und meine ungeschickten Worte in eine freundliche Einladung verwandelte.

»Das ist sehr nett von dir, Jack«, sagte sie. Sie schwieg einen kurzen Augenblick lang. Wahrscheinlich musste sie meine holprig vorgetragene Bitte erst verarbeiten. »Eigentlich bin ich mir ziemlich sicher, dass sich Erin und Mitchell gern treffen wollen. Würdest du morgen Abend mit Mitchell zum Kuchenessen vorbeikommen?«

Ich hatte meine Antwort schon griffbereit und vorformuliert, bevor sie ihre Frage beendet hatte.

»Ja. Wir kommen sehr gern zum Kuchenessen vorbei. Wir bringen Eis mit.«

»Damit ist Erin sicher einverstanden.« Wir starrten einander im letzten Licht der Dämmerung an. »Gute Nacht, Jack. Bis morgen.«

Sie ging die Treppe hinauf und betrat das Gebäude, und ich drehte mich um und ging nach Hause. Der Eindruck, den sie auf mich gemacht hatte, war immer noch überwältigend. Ich hatte das Gefühl, dass die Art, wie wir uns kennengelernt und dann noch einmal getroffen hatten, etwas Bedeutungsvolles an sich hatte. Dass Jenny uns eingeladen hatte zuzuschauen, wie sie die Kerzen auf ihrem Geburtstagskuchen ausblies. Dass ich so viel Glück hatte, einer der beiden einzigen Männer auf dem ganzen Campus – oder auf der ganzen Welt – zu sein, der solch eine Einladung bekommen hatte.

Als ich in meinen schweißnassen Laufklamotten zurück zu unserem Appartement ging, spielte ich im Kopf immer wieder alles durch, was geschehen war. Die kalte Luft und den Geruch der brennenden Lagerfeuer bemerkte ich kaum.

# Zehn

*At night I wake up with the sheets soaking wet*
*and a freight train running through the middle of my head.*

*Nachts wache ich auf und mein Bettzeug ist tropfnass*
*und ein Güterzug fährt mir mitten durch den Kopf.*

Bruce Springsteen
*»I'm on Fire«*

Am nächsten Morgen schlug ich die Augen auf und fand mich in einer fremden Umgebung wieder. Ein fantastisch blauer Himmel füllte das riesige Hotelfenster aus. Ich stieg aus dem Doppelbett und lehnte mich an die Scheibe, um eine bessere Sicht zu haben. Noch nie zuvor hatte ich Providence von so weit oben gesehen und die Stadt sah so malerisch aus, wie ein Dorf aus Schnee. Doch es war ein stilles Dorf, verschwunden unter einer Decke aus frischem, nassen Schnee. Nichts bewegte sich auf den Straßen.

Ich schaute mich bei Tageslicht im Zimmer um.

Meine Suite war reichlich mit allen möglichen Annehmlichkeiten ausgestattet, von teurem Mineralwasser bis zu Zahnbürste und Zahncreme, Deodorant und Schokoriegeln. Ein gelber Schreibblock und schwarze Filzschreiber luden mich ein, mich hinzusetzen und am Schreibtisch zu schreiben. Ich ignorierte sie, rief den Zimmerservice an und bestellte Eier, Schinken und eine Kanne koffeinfreien Kaffee. Niemand wusste, dass ich hier war, außer dem Concierge, und wenn er nicht redete, tat ich es auch nicht. Beim Einchecken war ich angespannt wie eine Klaviersaite gewesen. Aber was für eine Art, sich zu entspannen!

Während ich auf das Frühstück wartete, rief ich Peter auf seinem Mobiltelefon an. »Hallo, hier ist Peter.«

»Ich bin nicht gefeuert, stimmt's? Ich darf wieder zur Arbeit kommen, wenn das Buch fertig ist?«

»Nein, du bist gefeuert«, sagte er. Im Scherz. Hoffte ich.

»In diesem Fall *werde* ich darüber nachdenken, nach Jamaica zu ziehen. Ich könnte mich an ein bisschen Erholung gewöhnen.«

Peter Brenner war zwanzig Kilometer von Providence entfernt aufgewachsen. Er war kaum zwei Jahre nach mir an Bord gekommen, und wir hatten uns auf Anhieb verstanden. Peter war für mich wie ein Bruder. Er rief am Wochenende an und fragte, wie es mir geht. Einmal hatte er mich nach einem kleineren Eingriff aus der Arztpraxis abgeholt und nach Hause gefahren. Und er hatte mir bei meinem Umzug in mein neues Haus geholfen.

»Aaron meinte, er hätte dich gestern Nachmittag im Büro gesehen. Diese Stippvisiten werden doch hoffentlich nicht zur Gewohnheit, oder?«

»Nein, für jetzt bin ich fertig, Peter. Ich musste den CMD aus dem Kopf bekommen, und jetzt komme ich nicht wieder.« Natürlich meinte ich ›während meiner Freistellung‹, aber die Worte klangen nachdrücklicher und vielleicht prophetischer als beabsichtigt.

»Wo wart ihr denn alle? Ich dachte, ich würde zumindest Mrs. Burman antreffen.«

»Schaust du da, wo du wohnst, keinen Wetterbericht, Jack? Aaron hat gestern halb drei das Büro geschlossen, damit wir es noch vor dem Schneesturm nach Hause schaffen. Wir haben gestern über dreißig Zentimeter Neuschnee bekommen. Jeder, der auch nur ein bisschen bei Verstand ist, ist gestern bis Mittag verschwunden.«

»Im Ernst?« Ich nahm das Telefon mit hinüber zum Fenster und schaute noch einmal auf die Straße hinunter. Ich konnte nur den weiß überzogenen Beton sehen und riesige Verwehungen, die sich bei näherem Hinschauen als unter Schnee begrabene Autos herausstellten. »Irgendwas Neues?«

»Das Büro ist ohne dich nicht das Gleiche, wenn du das hören wolltest. Aaron hat Nancy gebeten, wieder auf eine Fünf-Tage-Woche umzusteigen.«

»Was hat sie dazu gesagt?«

»Sie möchte es eigentlich nicht, aber wir sind einer weniger. Ich meine, ich bin froh, dass du dir freigenommen hast … wirklich … aber der Januar wird eine echte Herausforderung, wenn wir jetzt nicht den Überblick behalten.«

»Ich finde nicht, dass Nancy das tun sollte. Aaron sollte jemand anderen einstellen, jemand neuen.« Zufällig erblickte ich mein Spiegelbild. Selbst wenn ich meine vom Schlafen zerzausten Haare ignorierte, sah ich abgerissen aus.

»Er hat nichts gesagt, aber ich glaube, er denkt darüber nach. Ich habe auch schon Andeutungen gemacht; nicht, dass wir dich ersetzen wollten, alter Kumpel. Ich meine, ist das überhaupt möglich?« Er lachte.

»Ich werde mit Aaron reden«, versprach ich Peter.

»Genug von der Arbeit. Erzähl doch mal, wie läuft es mit dem Buch?«

»Ich hätte es doch beinahe für eine Sekunde vergessen.« Ich nahm die Fernbedienung zur Hand und schaltete auf den Wetterkanal.

»So schlimm?«

»Ich kriege die Worte schon aufs Papier, Peter, aber ich bin nicht der Superstar, für den mich die Leute halten. Das ist ganz bestimmt nicht das Buch, das Arthur erwartet.«

»Und was für ein Buch wäre das?«

»Du weißt schon. ›Ich habe es richtig angepackt. Ich sorge mich um andere Menschen, mein Leben ist perfekt, geh hin und tue desgleichen.‹ Der übliche geistliche Aufmunterungsappell.«

»Du versuchst doch nicht, es allen recht zu machen, oder? Du weißt, dass das nicht geht.«

»Vielleicht.« Ich wanderte in die Küchenecke, öffnete den Kühlschrank und suchte nach weiteren Überraschungen. »Peter, du kennst mich seit zehn Jahren. Was denkst du denn, was ich schreibe?«

»Du bist aus Iowa – den Teil solltest du vielleicht weglassen. Du hast deinen Abschluss am Providence College gemacht, warst ein paar Jahre weg, wahrscheinlich, um wilden Frauen hinterherzujagen und dir die Hörner abzustoßen. Dann bist du zur Vernunft gekommen und hast dazu beigetragen, eine ganze Nation dazu zu inspirieren, ihren Nächsten zu lieben und den Armen zu dienen. Ende.«

»Eine Inspiration?«

»Hör mal, Jack, ganz im Ernst, das bist du. Das heißt nicht, dass du keine Fehler hast. Das Kapitel über die kann ich selbst schreiben, wenn du willst. Aber du hast genug getan. Die Leute werden inspiriert sein. Was ist denn so falsch daran?«

»Falsch daran ist, dass die Leute manchmal sogar ihren besten Freunden nicht erzählen, was sie durchgemacht haben.«

»Was hast du mir nicht erzählt?«

Der Kühlschrank war leer. Ich ging zurück ins Wohnzimmer. »So ziemlich alles; das ist alles.«

»Was hast du gemacht ... jemanden umgebracht?«

Ich schwieg.

»Jack, hör mal, ich habe keine Ahnung, was du schreibst, nicht im Entferntesten, aber wenn du glaubst, dass es das ist, was Gott von dir will, dann erzähle deine Geschichte. Es wird etwas Gutes daraus entstehen. Und wenn sich dabei etwas ergibt, das ...«

Seine Stimme verlor sich. Er dachte darüber nach, wozu ich wohl in meinen jungen Jahren fähig gewesen war. Er dachte darüber nach, wie es wohl sein musste, wenn der eigene Schatten vom Scheinwerferlicht überflutet wird.

»Verstehst du, Peter, genau das ist das Problem«, sagte ich und rettete ihn vor unangenehmem Schweigen. »Ich dachte, ich könnte die Geschichte meines Lebens skizzieren – wo ich aufgewachsen bin, meine Jahre als Student in Providence, was geschah, als ich zurückkam und wie ich *Arbeiter im Weinberg* geschrieben habe. Aber das ist nicht die Geschichte, von der Gott will, dass ich sie erzähle, und ich würde am liebsten weglaufen wie Jona.«

»Und schau, was ihm passiert ist.«

»Weißt du, wie furchterregend es ist, vor der ganzen Welt aufzustehen und die Wahrheit über sich selbst zu erzählen?«

»Ooooh«, stöhnte Peter.

»Ich erwarte nicht, dass du dieses Problem lösen kannst«, sagte ich.

»Ich versuche nicht, es zu lösen, aber wenigstens kapiere ich jetzt besser, warum du in der Sitzung so gezögert hast. Aaron dachte, du bist einfach nur zu bescheiden.«

Ich lachte. »Betest du bitte für mich? Ich könnte deine Unterstützung gebrauchen.«

»Na klar. Immer doch. Sag mal, wo steckst du, Mann?«

»Auf dem Meer in meinem kleinen Boot. Wale beobachten.«

»Geh bloß nicht verloren da draußen.«

»Werde ich nicht. Hoffe ich.«

Peter und ich legten auf und ich machte einen zweiten Anruf. Dieses Mal beim Concierge.

»Guten Morgen, Mr. Clayton«, sagte eine Stimme am anderen Ende der Leitung.

»Guten Morgen. Können Sie mir einen Herrenausstatter in der Innenstadt empfehlen, der heute offen haben könnte?«

»Wenn Sie mir Ihre Maße geben, Mr. Clayton, rufe ich bei Duroth's Menswear an. Falls dort geöffnet ist, kann man Ihnen ganz sicher alles liefern, was Sie brauchen.«

»Nicht nötig«, sagte ich, »ich kann doch hingehen.«

Einen Augenblick später klopfte der Zimmerservice an meine Tür. Ein junger Mann rollte einen Frühstückswagen herein. Ich hatte kein Bargeld mehr, also bat ich ihn, 20 Prozent Trinkgeld auf meine Rechnung aufschlagen zu lassen. Er dankte mir und ging. Ich war bei meiner zweiten Tasse Kaffee, als der Concierge mit der Nachricht anrief, dass Duroth's geöffnet hatte. Er gab mir eine Wegbeschreibung, bei der der schwarze Filzschreiber und der gelbe Schreibblock zum Einsatz kamen.

Charles Duroth war ein untersetzter Mann Mitte fünfzig mit einem Kopf voller schwarzer Haare. Er sah hundertprozentig so aus ein Schneider in seiner weiß-silbernen Weste mit Hahnentrittmuster über einem frisch gestärkten weißen Hemd, die Ärmel bis zum Ellenbogen hochgeschlagen. Er begrüßte mich an der Tür. Ich trat aus der eisigen Kälte ein und bekam den wärmsten Empfang, an den ich mich überhaupt je erinnern kann.

»Mr. Clayton!« Charles Duroth klatschte in die Hände und betonte meinen Namen. »Ich habe gehört, Sie suchen nach neuen Kleidern?« Der Concierge hatte offenbar meinen Namen erwähnt.

»Ja«, erklärte ich ihm. »Nur ein paar Sachen … Hosen, ein Hemd …«

»Mr. Clayton.« Mr. Duroth schüttelte den Kopf. »Ein Mann wie Sie … sollte so gut aussehen wie irgend möglich. Was Sie brauchen, ist erstklassige Kleidung. Habe ich recht, Sir?«

Etwas sagte mir, dass Mr. Duroth das *Time*-Magazin abonniert hatte. Ich hatte den heimlichen Verdacht, dass er froh war, sein Geschäft an diesem Sonnabendmorgen trotz des Wetters geöffnet zu haben. Sicher würde er mir seinen teuersten Anzug verkaufen, mit passendem Hemd und Krawatte. Ich vermutete, dass die Wärme seiner Begrüßung noch mit der Aussicht auf ein lukratives Geschäft angeheizt worden war.

»Ich suche eigentlich nur einen neuen Anzug.«

»Und genau dabei werde ich Ihnen helfen. Macht es Ihnen etwas aus, wenn ich ein paar Maße nehme?« Er hob das Maßband auf seinen Schultern ein paar Zentimeter an und hielt es fest, während er auf meine Antwort wartete.

»Natürlich nicht«, sagte ich.

Mit der offenen Handfläche seiner kleinen Hand deutete Mr. Duroth auf die Anprobeschemel, die vor einem dreiteiligen Spiegel standen.

»Treten Sie bitte hier herauf, Mr. Clayton. Wahrscheinlich kennen Sie Ihre Maße bereits, aber ich würde sie trotzdem gern noch einmal nehmen, damit alles hundertprozentig passt.«

»Kein Problem«, sagte ich und stelle mich auf den Schemel, während er sich rasch und effizient an die Arbeit machte. »Sie arbeiten schnell, Mr. Duroth.«

»Sie sind ein viel beschäftigter Mann, Mr. Clayton. Das verstehe ich. Genau genommen verstehe ich die Menschen. Man ist nicht fünfunddreißig Jahre in dieser Branche tätig, ohne etwas über die Menschen zu lernen.«

Mr. Duroth kniete, um meine Hosenmaße zu nehmen. Der Schneesturm hatte andere Kunden ferngehalten, und wenn keiner von uns beiden sprach, herrschte völlige Stille im Raum. Mein Blick wanderte über die Auslagen. Ich sah einen Kleiderständer mit Jacketts – Sonderanfertigungen –, den Mr. Duroth sicher in Erwartung meiner Ankunft herbeigerollt hatte. Dort hingen mindestens fünfzehn Kleidungsstücke, Jacketts in verschiedenen Ausführungen und Farben für alle geschäftlichen und vergnüglichen Gelegenheiten.

»Bitte machen Sie sich nicht zu viel Mühe, Mr. Duroth. Ich brauche nicht viel. Mein Aufenthalt in der Innenstadt dieses Wochenende war unerwartet, und ich habe keine Sachen zum Wechseln mitgebracht.«

Er schaute nicht von seiner Arbeit auf. »Das ist mein Geschäft, Mr. Clayton. Genau dafür sorge ich. Einen Kleiderwechsel. Einen Stilwechsel.«

Ich musste zugeben, dass ich von Mr. Duroths Gewandtheit beeindruckt war. Er würde sich nicht von mir sagen lassen, was ich brauchte.

»Was tragen Sie … eine Achtunddreißig Normalgröße?«

»Eigentlich eine Vierzig.«

»Nein, ich denke, Sie sind mehr eine Achtunddreißig. Hier, probieren Sie das mal an.« Mr. Duroth richtete sich auf und legte das Maßband wieder auf seine schmalen Schultern. Er zog ein braun kariertes Sportsakko von einem Kleiderbügel und schob es mir über die Arme. »Schauen Sie sich dieses Jackett einmal gut im Spiegel an, Mr. Clayton, und sagen Sie mir, ob das nicht ein wunderbares Stück ist.«

Ich drehte mich zum Spiegel um und musste zugeben, dass es ein traumhaftes Sportsakko war. Während ich es zurechtrückte und mein neues Aussehen bewunderte, brachte mir Mr. Duroth zwei Paar Hosen, olivfarben und beige. Er deutete auf die mit Vorhängen abgetrennten Umkleidekabinen.

»Probieren Sie die doch mal an, Mr. Clayton.«

Ich stieg von dem Schemel herunter, immer noch in dem Sakko, und nahm die Hosen mit in die winzige Umkleidekabine. Mr. Duroth hatte viel Sympathisches an sich. Er war ein wenig übereifrig, aber wie Debbie Holms im *Liberty Deli* arbeitete er hart und wusste offensichtlich ganz genau, was er tat.

Ich zog die olivfarbenen Hosen an und trat wieder hinaus. Noch einmal schaute ich mein dreiteiliges Spiegelbild an. Ich wusste nicht, ob ich je zuvor so gut ausgesehen hatte. Sieg für Mr. Duroth.

»Ich nehme sie«, sagte ich.

»Wenn Ihnen der Sitz der olivfarbenen Hose gefällt, dann nehmen Sie auch die beigefarbene – die beiden haben den gleichen Schnitt. So können Sie variieren. Und Sie brauchen auch noch Oberhemden.«

Ich musste lächeln. »Mr. Duroth, Sie sind durch und durch ein Verkäufer«, sagte ich und meinte es als ehrliches Kompliment. »Ich nehme die Hosen, die Hemden und das Sakko.«

»Und was ist mit Schuhen? Bitte sagen Sie mir, dass Sie nicht einer dieser Männer sind, die Turnschuhe zum Sakko tragen«, sagte er.

»Ich bedauere, Mr. Duroth. Bitte zeigen Sie mir ein Paar braune Schuhe Größe 42.«

Beinahe augenblicklich hob er einen Schuhkarton hoch und raschelte mit dem Seidenpapier, als er ein Paar dunkelrotbrauner handgenähter Lederslipper herausnahm. Schuhe, die man nicht für unter zweihundert Dollar bekommt.

»Das sind *die* Schuhe zu diesem Sakko, Mr. Clayton. Wenn Sie die tragen, ist das ein Millionen-Dollar-Gefühl«, erklärte er. Ich hoffte, das war keine Anspielung auf den Preis.

Mr. Duroth schaute mich hinterm Ladentisch her an, und jetzt war ich an der Reihe. Er hatte mir sein Bestes gegeben – würde ich es nehmen oder nicht? Ich fragte den Boss, den einen, dem ich alle Fragen stelle. Den einen, der mir sagt, ob ich zurück oder vorwärtsgehen soll. Er antwortete postwendend.

»Packen Sie sie ein. Ich nehme sie.«

Ich hängte mein neues Sakko zurück auf den Kleiderständer und stieg wieder in die Sachen, die ich beim Hereinkommen getragen hatte und die im Vergleich eher schäbig abschnitten. Als ich aus der Umkleidekabine trat, war schon alles in Tüten verpackt, außer den Hosen, die Mr. Duroth noch an einer Nähmaschine hinter dem Ladentisch säumte. Ich griff nach meiner Brieftasche.

Charles Duroth schob die Hosen sorgfältig auf Kleiderbügel aus Holz, mit den gleichen fließenden Bewegungen eines Malers, der Wasserfarben auf eine Leinwand aufträgt. Seine schwarz gerahmte Brille rutschte ihm beim Arbeiten auf die Nasenspitze.

»Ich frage mich, ob Sie meinen Sohn kennen, Mr. Clayton. Er war Absolvent am Providence-College und hat Ihr … wie nennen Sie es … Trainingsprogramm mitgemacht.«

»Wirklich?«, fragte ich. An den Namen Duroth konnte ich mich nicht erinnern. »Wie heißt denn Ihr Sohn?«

Mit einem Blick über den Rand seiner Brille sah Mr. Duroth aus wie ein alter europäischer Handwerksmeister. »Justin«, sagte er. »Er ist ein gut aussehender, großer junger Mann. Einsachtundachtzig genau, braune Haare.«

»Ich weiß nicht, wo ich ihn hinstecken soll … das ist seltsam.«

Der Handwerksmeister fuhr mit seiner Arbeit fort.

»Er hat immer so nette Sachen über Sie gesagt. Er hat uns eines Ihrer Bücher geschenkt – ich glaube zu Ostern, oder vielleicht zu Weihnachten. Signiert. Es war sehr schön«, sagte er, weil es ein Geschenk von seinem Sohn war, nicht, weil es mein Buch war.

»Ich freue mich, dass es Ihnen gefallen hat. Was macht Justin denn jetzt?«, fragte ich und hoffte, dass zusätzliche Informationen meinem Gedächtnis auf die Sprünge helfen würden.

»Er ist Missionar in London. Arbeitet bei *World Missions Outreach*. Haben Sie schon einmal von einem Mann namens Howard Cameron gehört?«

Der Ausdruck »die Welt ist ein Dorf« bekam eine ganz neue Bedeutung. Es lief mir eiskalt den Rücken herunter. Ich bekam eine dicke Gänsehaut. *Mr. Duroth, Sie betreten gerade meinen Keller. Sie stehen in der Nähe meiner ungeöffneten Kisten.*

»Ja«, antwortete ich.

»Er und seine Frau haben dort eine missionarische Gemeindearbeit gegründet. Justin ist seit ungefähr einem Jahr an Bord. Er arbeitet mit den Camerons. Sie haben ihre ganze Familie drüben. Die Tochter arbeitet auch mit ihnen zusammen.«

Winzige Schweißperlen traten auf meine Schläfen.

»Was gibt es denn Neues von Justin?« Ich fragte mich, ob Gott mir gleich ein Telegramm schicken würde.

»Oh, ihm geht es sehr gut. Er hat gleich nach dem Abschluss geheiratet und ist dann mit seiner Frau direkt nach London gezogen. Es gefällt ihnen sehr gut dort. Wir haben jetzt zwei Enkel – Zwillinge. Meine Frau und ich haben sie letzten August besucht.«

*Wie ist das? Eine Familie zu haben, meine ich.*

»Sie und Ihre Frau hatten sicher einen wundervollen Urlaub.«

Er lächelte und ich wusste, dass es so gewesen war.

»Ja, das kann man wohl sagen. Wir haben uns alle zusammen den Buckingham-Palast angeschaut. Also, die Zwillinge nicht. Howards Tochter Jenny hat auf sie aufgepasst.«

*Ich kann nicht glauben, dass ich hier bin, Mr. Duroth.*

Ich trat näher an den Ladentisch und hielt mich daran fest, damit ich vor Schreck nicht umfiel. Ich war hergekommen, um ein paar Sachen zum Wechseln zu bekommen. Was ich bekam, war der erste Bericht über Jenny nach über zwölf Jahren.

»Sie hat also auf die Zwillinge aufgepasst. Da hatte sie sicher ganz schön zu tun«, sagte ich.

»Na ja, sie hat ja selbst zwei Jungs. Süße kleine Burschen.«

*Wussten Sie, dass ich im College die erste große Liebe dieses Mädchens war? Ich bin nie darüber hinweggekommen. Hat sie die silberne Halskette getragen, die ich ihr gekauft habe? Hat sie von mir gesprochen?*

»Wie lange sind Sie schon im Geschäft, sagten Sie?«, fragte ich.

»Fünfunddreißig Jahre bin ich schon hier, bei Regen und Sonnenschein, Schneesturm, Eissturm, guter oder schlechter Wirtschaftslage …

ganz egal. Es ist nicht leicht, im Geschäft zu bleiben, wenn alle im Einkaufszentrum einkaufen wollen.«

»Nein, vermutlich nicht. Aber ich glaube nicht, dass es im Einkaufszentrum einen Service wie Ihren gibt.«

»Ich denke gerne, dass es *nirgendwo* in der freien Welt einen solchen Service gibt, Mr. Clayton.« Er lächelte ein warmes, friedliches Lächeln, während er das letzte Kleidungsstück in die Tüte legte.

»Was schulde ich Ihnen?«, fragte ich und stählte mich innerlich für eine astronomische Summe.

»Nichts, Mr. Clayton. Ihr Geld ist hier nichts wert.«

Ich studierte das Gesicht des Schneiders. Das friedliche Lächeln war gramgezeichneten, härteren Zügen gewichen. Sein Gesicht offenbarte tief eingegrabene Sorgenfalten, wie ein Teppich, der Spuren von jahrelangen Schritten zeigt.

»Warum sagen Sie das?«

»Mr. Clayton, in all diesen Jahren haben Sie nie einen Fuß in mein Geschäft gesetzt. Ich weiß nicht warum ... Vielleicht kaufen Sie Ihre Kleidung im Einkaufszentrum wie alle anderen auch. Vielleicht kommen Sie nicht oft in die Innenstadt. Aber wenn Sie schon einmal vor dem heutigen Tag hergekommen wären, hätte ich Ihnen erzählt, was ich Ihnen jetzt erzählen werde.« Mr. Duroth zog die Brille vom Nasenrücken und wischte sich mit einem Taschentuch übers Gesicht, das er aus seiner Brusttasche gezogen hatte.

»Justin war immer ein guter Junge. Aber in der Highschool bekam er Drogenprobleme. Brach die Schule ab. Flog beim Dealen auf und musste zehn Monate in Jugendhaft. Während er dort war, kamen Sie zu einem Vortrag in sein Gefängnis.«

»Ah ...« Endlich erinnerte ich mich an ein Stück dieser Geschichte.

»Er las Ihr Buch, und da beschloss er, dass er hier studieren und an Ihrem Programm teilnehmen wollte. Das hat sein Leben verändert.«

»Gott verändert das Leben von Menschen, Mr. Duroth«, erinnerte ich ihn und hoffte, dass es nicht wie eine Belehrung klang.

»Da haben Sie recht, Mr. Clayton. Aber Gott braucht keine neuen Hosen ... Sie schon. Sonst wären Sie doch heute nicht hierhergekommen.«

Ich bat Mr. Duroth noch einmal, mich die Kleidung bezahlen zu lassen, aber er weigerte sich.

»Mr. Clayton, ich hoffe, Sie haben viel Freude an Ihren neuen Sachen. Sie wissen schon … jeder Mann sollte sich immer so gut wie möglich kleiden.«

»Danke. Und wenn Sie das nächste Mal mit Justin sprechen, richten Sie ihm bitte Grüße von mir aus.«

Während ich zurück ins Hotel ging, öffneten noch weitere Geschäfte in der Innenstadt. Das Mittagessen mit Howard und Angela war für ein Uhr im *Schneider Haus* geplant, einem deutschen Restaurant ein wenig westlich von der Innenstadt. Die Chancen standen gut, dass es jetzt geöffnet hatte. Ob Howard und Angela dort sein würden, wusste ich nicht genau. Was ich allerdings genau wusste, war, dass ich die Telefonnummer der Oslanders zu Hause vergessen hatte.

Howard liebte das *Schneider Haus*. Zumindest war das vor zwanzig Jahren so gewesen, als er und Angela Jenny und mich dorthin zum Essen ausgeführt hatten, als sie in Providence zu Besuch waren. Howard hat eine Vorliebe für alles Europäische, eine Eigenschaft, die ganz sicher seiner Arbeit in England in all den Jahren zuträglich gewesen war.

Als ich mich in meinem Hotelzimmer in meinen neuen Kleidern sah, war ich zufrieden, dass ich dieses Mal nicht wie üblich im Einkaufszentrum Klamotten kaufen gegangen war. Das war genau der Eindruck, den ich auf Howard und Angela machen wollte. Und überhaupt.

Howard und Angela liebten ihre Tochter. Wie viele Eltern hatten sie sie unbedingt vor den Gefahren schützen wollen, die oft mit der ersten großen Liebe einhergehen. Ich dachte an die Geschichten, die sie vor Jahren gehört haben mussten, und fragte mich, ob sie mir gegenüber noch Verbitterung empfanden. Howard hatte erwähnt, dass mein Buch einen positiven Eindruck hinterlassen hatte. Aber warum machten sie sich die Mühe, sich nach so langer Zeit mit mir zu treffen?

Ich schaltete das Badezimmerlicht aus und zog meine Jacke an. Sie passte nicht zu dem neuen Sakko, also ließ ich sie in meinem Zimmer und stieg vor dem *Hyatt* in ein Taxi. In weniger als zwanzig Minuten würde ich mit zwei der wichtigsten Menschen in meinem Leben zu Mittag essen.

Als das Taxi vom Bordstein wegfuhr, überlegte ich, ob es noch eine andere Situation gab, in der die Figuren aus einem Buch zum Leben erwachten. Und der Autor, ganz fein in seine neue Garderobe gekleidet, fährt in einem Taxi davon, um sich mit ihnen zu treffen.

# Elf

*Ooh baby, do you know what's that worth?*

*O mein Schatz, weißt du, was das wert ist?*

Belinda Carlisle
*»Heaven Is a Place on Earth«*

Mitchell und ich standen am Vordereingang von *Lillian Hall*. Dieses Mal trugen wir keine Sportklamotten, sondern Sakkos, ohne Krawatte. In der kühlen Abendluft waren wir ganz aufgeregt von unserem Appartement losgegangen und hatten uns Gedanken gemacht, wie wir Jennys Geburtstag angemessen feiern könnten.

Am Nachmittag hatten wir ausgefallene Eiscreme aus einem Geschäft namens *I LUV MOO* (Ich liebe Kühe) besorgt. Wir ließen Billy Joels Album *An Innocent Man* laufen – Musik, bei der es mehr ums Verlieben geht als um Unschuld. Zu »Uptown Girl« bügelte ich ein Paar Khakihosen und ein weißes Oberhemd, mein bestes Party-Outfit in einem Schrank voller Jeans und Sweatshirts.

Wir wurden in *Lillian Hall* von einem Mädchen eingelassen, das an der Rezeption eine Zeitschrift las. Sie kannte Mitch, also bekamen wir die Erlaubnis, ohne Eskorte oder Anstandsdame nach oben zu gehen.

Auf der dritten Etage zogen wir erstaunte Blicke von Frauen in Jogginghosen auf uns, als wir an ihren offenen Türen vorbeigingen. Ich nehme an, wir stachen irgendwie hervor. Immerhin waren wir die einzigen Männer auf der Etage … und wir hatten zwei Liter Eiscreme dabei und eine riesige Flasche alkoholfreien Sekt.

Mitch klopfte am Ende des Ganges an eine Tür, Zimmer 335. Jenny öffnete und wir legten auf der Stelle mit einer disharmonischen Version von »Happy Birthday« los; das einzige im Voraus geplante Ereignis dieses Abends. Gesichter von neidischen Frauen kamen an allen möglichen Türen auf dem Flur zum Vorschein, gefolgt von lautem Applaus und zügellosem Quietschen.

»Kommt rein, Jungs. Das war *wunderbar*!«

Ihr Wohnheimzimmer war klein im Vergleich zu unserem Appartement. Genau genommen war es sogar klein im Vergleich zu einem Auto. Sie hatten jeden Quadratzentimeter ausgenutzt wie Matrosen, die sich auf einem Schiff eine Kajüte teilen. Ein Geburtstagsspruchband hing über dem Ankleidespiegel und ein Strauß weißer und pinkfarbener Luftballons war auf der Kommode platziert.

Mitchell begrüßte Erin mit einer Umarmung und einem Kuss, als ob sie sich schon seit Jahren kannten. Jenny und ich sagten »Hallo« und »So treffen wir uns also wieder«, und so weiter. Es war kein bisschen peinlich. Na gut, vielleicht doch.

»Darf ich euch Jungs was zum Trinken bringen?« Erin nahm mir die schwere Flasche aus den Händen und knickte beinahe unter ihrem Gewicht ein. Mitchell kam ihr zu Hilfe.

»Warum machen wir *die* nicht ein bisschen leichter?«, meinte er.

»Es überrascht mich, dass ihr damit überhaupt reingekommen seid.«

»Das ist Traubensaft«, sagte ich. »Ist nur wie Sekt abgefüllt.«

Die Mädchen drehten sich um und holten vier Gläser, und Mitchell und ich wechselten einen wissenden Blick. Wir wussten, dass wir Pluspunkte gesammelt hatten, denn weder Erin noch Jenny tranken Alkohol.

»Könnte einer von euch starken Männern dieses Ding aufmachen?«, fragte Jenny.

Ich riss die extravagante Folienverpackung auf und ließ den Korken knallen, als wäre es Silvester. Wir jubelten und füllten die Gläser mit schäumendem Traubensaft.

Wir vier verstanden uns glänzend. Vielleicht lag es daran, dass jede zwanzigjährige Frau sich wünscht, dass jemand an ihren Geburtstag denkt und ihn mit ihr feiert. Vielleicht lag es daran, dass Mitchell Erin bereits gesagt hatte, dass er sie liebte, und dass sie schon begriffen hatte, dass sie sich in ihn verliebte. Ich war einfach ein Studienanfänger aus Overton, der zur richtigen Zeit am richtigen Ort gewesen war und die Hauptrolle des noch-nicht-ganz-besonderen Mannes in Jennys Leben übernahm. Sie kannte mich nicht, aber sie war dankbar für die Freundlichkeit, die Aufmerksamkeit, die Mitch und ich ihr schenkten.

Jenny setzte gnädigerweise den gepunkteten Papphut auf, da wir darauf bestanden, während sie die Kerzen ausblies. Ihr Gesichtsausdruck war erst albern, dann ganz ernst, als sie die Augen schloss, um sich etwas zu wünschen. Mit einem perfekten Luftstoß von perfekten Lippen löschte sie den Kreis von blauen Kerzen auf dem schokoladenüberzogenen Kuchen.

Wir vier unterhielten uns, aßen Kuchen und Eis und stießen mit dem falschen Sekt an. Wir tauschten uns über unser Leben aus und offenbarten die ungeheuerlichsten Eskapaden, die Art Geschichten, die sich nur lebenslange Freunde erzählen, in der Gewissheit, dass die Geschichten nicht den sicheren Rahmen einer Freundschaft verlassen würden.

Wir sprachen übers College, über die Kurse, die wir belegten, darüber, was Erin und Jenny nach dem Studium machen wollten – eine Zukunft, die nur ein Jahr entfernt lag. An jenem Abend verstärkte sich meine Zuneigung zu Jenny. Es war die Art und Weise, wie sie aussah, wenn sie über ihre Familie sprach, der Tonfall und Rhythmus ihrer Stimme.

Ich beobachtete Erin und Mitchell, wie sie sich einen Gutenachtkuss gaben, als wir gehen wollten. Das war keine Highschoolromanze. Ich bezweifelte, dass Mitch mir seine Gefühle für Erin anvertrauen würde, wenn wir zurück zu unserer Wohnung gingen, aber das musste er auch gar nicht.

Jenny und ich beendeten den Abend ungeschickt. Wir gaben uns die Hand, als hätten wir gerade ein Vorstellungsgespräch hinter uns gebracht. Ich hatte Gefühle für Jenny, aber die waren ganz eindeutig unerwidert.

Später an jenem Abend, bevor ich einschlief, wurde der Wind stärker. Er blies kräftig und deutete auf rauere, kältere Tage hin. Die Wolken schlossen unseren Spätsommer mit dem blauen Himmel ab wie schwere rote Samtvorhänge ein Theaterstück. Als ich im Bett lag und meinen letzten bewussten Gedanken dachte, fragte ich mich, ob die Zeit für Jenny und mich ebenfalls hinter diesen Vorhängen eingeschlossen worden war.

# Zwölf

*Every day is Christmas, and every night is New Year's Eve.*

*Jeder Tag ist Weihnachten und jede Nacht ist Silvester.*

Sade
*»The Sweetest Taboo«*

Als ich am *Schneider Haus* ankam, saßen Howard und Angela Cameron schon an einem Tisch. Ich blieb regungslos an der Tür stehen, versteckt hinter den geriffelten Säulen und einer überdimensionalen Farnpflanze, durch die hindurch ich sie beobachtete. Sie sahen jünger aus als ich erwartet hatte, in Anbetracht der Tatsache, dass zwanzig Jahre vergangen waren, seit ich sie zuletzt gesehen hatte. Damals waren sie Anfang fünfzig gewesen.

Ich war angespannt und besorgt. Auch Schuldgefühle plagten mich, wenn ich daran dachte, wie ich Jenny damals behandelt hatte. Zweifellos hatten sie mitbekommen, wie Jack Clayton ihrer Tochter das Herz gebrochen hatte. Ich musste mir eigentlich keine Gedanken machen, denn sicher hatten sie mir schon lange vergeben. Aber ich machte mir trotzdem welche. Warum wollten sie mich sehen? Waren sie nur auf der Durchreise und hatten sich durch mein Buch wieder an mich erinnert? Vielleicht waren sie auch unterwegs, um Spenden für die Missionsarbeit zu sammeln. Ich hätte kein Problem damit. Ich würde ihnen geben, was immer sie wollten.

Als ich das *Schneider Haus* betrat, trat ich direkt in Howards Blickfeld. Er winkte mich zu ihrem Tisch herüber und stand auf, um mir die Hand zu schütteln.

»Wie geht es dir, Jack?«, fragte er. Sein Händedruck war fest und kraftvoll.

Angela erhob sich und umarmte mich.

»Gut. Schön, euch zu sehen.«

Howard strahlte. Der einsachtzig große, lebenslustige Mann schüttelte meine Hand zum zweiten Mal so kräftig und warmherzig, als ob wir uns nicht vor zwanzig Jahren, sondern erst gestern zum letzten Mal gesehen hätten.

»Jack! Es ist schön, dich zu sehen. Du hast dich kaum verändert.«

»Hoffentlich nicht«, erwiderte ich in einem Versuch, mich von seiner Fröhlichkeit anstecken zu lassen.

Howards Lebenslust war immer noch dieselbe, aber die Falten in seinem Gesicht waren tiefer geworden. Angela war noch immer schlank, aber ihr einstmals pechschwarzes Haar war nun weiß und sie trug es in einem dicken Pferdeschwanz zusammengebunden. Heute sah sie eher Audrey Hepburn als Pocahontas ähnlich. Wir setzten uns.

»Es ist so schön, euch beide wiederzusehen.«

»Das Singleleben hat dafür gesorgt, dass du dünn geblieben bist!«, lachte Howard. »Wir haben uns darauf gefreut, dich wiederzusehen, Jack. Angela und ich haben dein Buch gelesen ... wann war es?« – er schaute zu Angela hinüber –, »vor einem Jahr, oder?«

»Ja, so ungefähr«, sagte sie.

»Jedenfalls waren wir in England. Wir waren so stolz auf dich. Und dann kamen wir eines Tages vom Weihnachtseinkauf mit guten Freunden in Boston zurück – also, eigentlich in Quincy –, und wen sahen wir auf dem Titelblatt von *Time*? Jack Clayton. Bemerkenswert, Jack. Wirklich bemerkenswert, was aus dir geworden ist.«

»Dem Herrn sei Dank.«

»Ja, dem Herrn sei Dank, wirklich.« Über den Tisch hinweg legte Howard seine Hand auf meine. »Bevor wir das Buch gelesen hatten, wussten wir nicht, was aus dir geworden war. Natürlich haben wir gehofft, dass es etwas Gutes war!« Er lachte erneut, und ich fragte mich, was sein Geheimnis war. Angela lächelte still und zurückhaltend. Sie konnte sich wohl noch besser an die Vergangenheit erinnern als er.

»Vielen Dank. Und ... ihr seid immer noch Missionare in England? Eure Nachrichten klangen danach.«

»Wir haben zweiundzwanzig Jahre lang in London unseren Dienst getan. Jetzt sind wir zum ersten Mal nach drei Jahren wieder in den USA. Wir haben eine Woche in Boston verbracht, und nun fahren wir nach Indianapolis. Wir werden eine Weile in den Staaten bleiben.«

»Wirklich?«, fragte ich. Die Neuigkeiten zogen durch meinen Kopf wie ein Schlagzeilen-Newsticker auf CNN.

»Zweiundzwanzig Jahre sind eine lange Zeit. Wir sind so lange dort geblieben, wie der Herr uns dort wollte.«

»Das ist eine unglaubliche Leistung. Ihr könnt stolz sein.«

»Nicht stolz«, entgegnete Howard. »Zufrieden. Der Herr hat uns ein erfülltes und wunderbares Leben geschenkt. Wir würden es für nichts in der Welt hergeben. Er hat uns dort gesegnet, und jetzt stellt er uns an einen neuen Platz.«

Er nahm einen Schluck von seinem eisgekühlten Wasser.

»In den nächsten Monaten werden wir bei Tessa und Mike wohnen«, sagte Angela. »Du erinnerst dich doch noch an sie, Jack, oder?«

Ja, ich erinnerte mich an sie. Kurz nachdem ich Jenny kennengelernt hatte, an unserem ersten gemeinsamen Weihnachtsfest, wurde ich von ihnen eingeladen, um Jennys Eltern, ihre Schwester Tessa und ihren Schwager Mike kennenzulernen.

»Natürlich. Wie geht es ihnen?«

Die Kellnerin kam an unseren Tisch. Howard und Angela bestellten Sauerbraten und ich eine Tasse Hühnernudelsuppe.

Angela nahm ihre Brille ab und legte sie auf den Tisch. »Es geht ihnen ausgezeichnet. Sie haben mittlerweile drei Kinder – die Älteste, Virginia, ist fünfzehn, Thomas ist zwölf, und dann haben sie noch ein siebenjähriges Adoptivkind aus China, Ming Chao. Mike ist jetzt Teilhaber in seiner Kanzlei, und Tessa arbeitet halbtags von zu Hause aus, immer noch im Kommunalrecht.«

»Grüßt sie von mir. Schön zu hören, dass es ihnen gut geht.«

Howard legte seine Hand auf meine Schulter. »Jack, wir wollten dir sagen, wie stolz wir auf dich sind. Gott hat wunderbare Dinge mit deinem Leben getan.«

»Ja, er ist sehr gnädig gewesen.« Ich hoffte, dass meine Worte den Eindruck eines zerknirschten Herzens erweckten.

»Denk nur an alle Menschen, die durch deine Arbeit gesegnet wurden, nicht nur hier in Providence, sondern in der ganzen Welt.« Wenn Angela redete, sah sie genauso aus wie Jenny. Sie waren sich schon immer sehr ähnlich gewesen, aber als sie mich mit diesem begeisterten Ausdruck in ihren Augen ansah, *war* sie Jenny.

»Wie geht es Jenny?« Die Frage ließ sich nicht länger vermeiden.

»Oh, es geht ihr gut«, antwortete Angela. »Du weißt ja, dass sie immer noch in London ist. Sie hat zwei hübsche Jungen. Andrew ist zehn, Nate ist sieben.«

»Das ist toll, wirklich toll«, sagte ich. Aber dann wusste ich nicht mehr, was ich sagen sollte. »Wie haben sie und ihr Mann sich eigentlich kennengelernt?« Das war vielleicht nicht der allerbeste Übergang, aber immerhin hielt er das Gespräch am Laufen.

»Du weißt von Murphy?«, fragte Angela.

»Ja«, erwiderte ich. Ich war auch einmal in London gewesen.

»Sie haben sich einige Wochen nach ihrer Ankunft in London getroffen. Er hat sie auf Händen getragen, wollte ihr unbedingt seine Freunde vorstellen und hat sie fast jeden Abend ausgeführt. Sie waren das perfekte Paar.«

»Als sie sich kennenlernten, arbeitete er für die Arthur-Tidwell-Versicherungen«, führte Howard die Geschichte weiter.

»Engländer?«

»Amerikaner. Wurde nach London versetzt, als die Firma sich vergrößerte. Für ihn war das ein Glücksfall. Als Versicherungsvertreter in Connecticut hatte er ziemliche Schwierigkeiten, aber drüben in England blühte er auf. Murphy wurde im Londoner Büro einer ihrer Spitzenleute und schließlich wurde er der Leiter der Niederlassung.«

»Das ist beeindruckend«, sagte ich. »Also ... haben sie sich in London kennengelernt?«

»Ja, bei einer Auktion für Wohltätigkeitszwecke im Regent's Park«, sagte Angela. »Wir hatten die Veranstaltung organisiert. Es ist eine großartige Möglichkeit für Missionare, ihre Kräfte zu bündeln und Geld aufzubringen. Es gab viel Krimskrams, den man versteigern konnte – Möbel, Fußball-Fanartikel ... – dort drüben ist Fußball ziemlich beliebt, weißt du.«

»Ja«, sagte ich.

»Es war so lustig«, erzählte Angela mit einem Lachen. »Jenny war beim Organisationskomitee, und eine ihrer Aufgaben war es, die Sachen zur Auktionsbühne zu bringen. Na ja, und du kennst ja Jenny ...«

*Früher kannte ich sie ...*

»... einige der größeren Stücke – wie ein paar Holzregale oder ein riesiger Überseekoffer – waren einfach *zu* schwer für sie und sie brachte sie nicht auf die Bühne hinauf. Die Leute fanden das wohl ziemlich komisch, dieses kleine schmächtige Mädchen zu beobachten, das mit aller Entschlossenheit diese schweren Sachen auf die Bühne bringen wollte. Murphy war auch bei der Auktion dabei, und es dauerte nicht lange, bis er mit anpackte und die schweren Sachen schleppte.«

»Also haben sie sich bei einer Auktion kennengelernt …«

»Damit hat alles angefangen«, sagte sie. »Sie haben Weihnachten zusammen gefeiert, und nicht lange danach machte Murphy ihr einen Heiratsantrag. Sie haben am 2. März geheiratet. Erin war auch da.«

»Wow. Und sie haben Söhne?«

»Ja. Wir sind natürlich voreingenommen, aber sie sind hinreißend.«

»Wir sind eben Großeltern«, fügte Howard hinzu. »Da dürfen wir voreingenommen sein!«

»Möchtest du Bilder von ihnen sehen?« Angela nahm ihre Brieftasche heraus.

*Herr, bitte lass es keine Familienfotos sein. Dafür bin ich noch nicht bereit … Danke, Herr. Nur Schulfotos.*

»Ja, du hast recht, Angela. Sie sind reizend.«

Ich hielt die Fotos in der Hand und freute mich für Jenny. Ich freute mich wirklich. Und vielleicht schämte ich mich auch ein wenig für meine anhaltende Sehnsucht nach ihr. Niemand will gerne hören, dass jemand, den man liebt – oder *geliebt hat* –, unglücklich ist. Sie war die Mutter zweier großartiger Söhne, die Frau eines erfolgreichen Mannes und Missionarin in London, gemeinsam mit ihren Eltern. Sie hatte ein wunderbares Leben.

»Ich vermute, unser Essen wird gleich kommen«, sagte Angela. »Wenn ihr mich entschuldigt, gehe ich kurz und mache mich schnell frisch, bevor es da ist.«

Howard und ich standen auf, und da sah ich, wie zerbrechlich Angela geworden war. Ich fragte mich, ob die beiden aus gesundheitlichen Gründen in die USA zurückgekehrt waren. Howard half ihr beim Aufstehen und sie ging langsam zu den Toiletten hinüber.

»Geht es Angela gut?«, fragte ich. Es ging mich eigentlich nichts an, aber ich ließ mich von meiner Besorgnis hinreißen.

»Das nennt man ›Alter‹, Jack. Es geht ihr gut. Die Jahre zwingen uns eben doch, einen Gang zurückzuschalten. Du kannst noch auf vollen Touren laufen, aber wir müssen ein wenig langsamer machen.«

Ich konnte durch ein kleines Fenster in die Küche sehen. Der Koch hatte gerade einen der Sauerbraten auf einen hohen Tresen gestellt, was bedeutete, dass auch der zweite nicht mehr lange auf sich warten lassen würde.

»Solange Angela weg ist, würde ich dich gern etwas fragen, das mich beschäftigt, seit ich deine erste Nachricht bekommen habe.« Eigentlich beschäftigte mich die Frage schon viel länger, aber bisher hatte es noch keine Gelegenheit gegeben, sie zu stellen.

»Howard, ich schreibe gerade ein neues Buch – eines, das mich zwingt, meine Vergangenheit noch einmal aufzurollen. Und, nun ja, ich schäme mich für einiges, was ich vor langer Zeit getan habe. Weißt du, ob mir Jenny vergeben hat, dass ich …« Ich konnte nicht die richtigen Worte finden.

Howard nahm das Papier in die Hand, in das sein Strohhalm eingewickelt gewesen war, und begann damit herumzuspielen und es zu verknoten. Meinem Magen ging es ähnlich.

»Du hast sie verletzt. Das kann man nicht anders sagen. Aber Murphy hat diese Wunden wieder geheilt, und sie hat ihr Leben weitergelebt. Sie hat eine unglaublich starke Beziehung zu Gott. Also falls du dir Sorgen machst, ob es ihr gut geht, hör auf damit. Es geht ihr wunderbar.«

»Ich freue mich für sie«, sagte ich. Meine Stimme klang heiser, die Worte kamen heraus wie eine Beichte vor dem Priester. Meine Hände unter dem Tisch waren so kalt wie Eisklumpen. Es war, als hätte ich einen Korken herausgezogen, um die Worte herauszulassen, und was mit ihnen heraussprudelte, ließ mich erschaudern und versetzte mein Inneres in Aufruhr.

»Es bedeutet mir sehr viel zu wissen, dass es ihr gut geht. Hat sie mich jemals wieder erwähnt?« In dem Moment, in dem ich die Worte aussprach, wusste ich, dass ich sie lieber nicht hätte sagen sollen.

Howard schaute auf. »Dich? Es ist lange her, Jack.«

»Ich weiß.« *Selbstsüchtiger konnte ich ja kaum klingen.*

»Ich bin mir sicher, dass sie die Sache mit dir überwunden hat. Wenn man sie fragen würde, würde sie sicher hoffen, dass es dir gut geht. Ich bin mir sicher, dass sie das tut. Ich glaube nicht, dass sie deinetwegen noch irgendwelche negativen Gefühle hat.«

Angela kehrte genau in dem Moment zu unserem Tisch zurück, als das Essen serviert wurde.

»Gerade richtig!«

»Ich spreche das Tischgebet«, sagte Howard.

Wir baten Gott um seinen Segen und begannen zu essen.

»Angela, Jack und ich haben gerade über etwas gesprochen. Er wollte wissen, ob Jenny jemals …«

»O, Jack, das erinnert mich an etwas. Jenny fand dein Buch außerordentlich gut.«

Ich schaute von meiner Suppenschale auf. »Wirklich?«

»Sie hat nicht viel Zeit zum Lesen, also kaufte sie sich Kassetten fürs Auto und hörte sie, wenn sie Besorgungen machen musste. Sie würde dich sicher gern wissen lassen, wie gut sie es fand.«

Das war gut zu wissen. Ich hatte schon seit Jahren nichts mehr von ihr gehört. Das letzte Mal hatten wir uns in einem Restaurant weit weg von Providence getroffen.

»Sie war überrascht, dass du nie geheiratet hast. Sie dachte immer, du würdest einmal mit einer richtigen Schönheit enden.« Sie lächelte.

»Nein, ich habe nie geheiratet.« Ich wurde rot. Also hatte sie *doch* an mich gedacht. »Einmal war ich nahe dran. Aber das Mädchen war schon verlobt.«

Das Mittagessen war vorbei, bevor wir es richtig merkten. Das Essen war vorzüglich und wir unterhielten uns ausgezeichnet. Ich deutete der Kellnerin an, mir die Rechnung zu bringen.

»O nein, Jack. Ich bezahle«, sagte Howard.

»Du hast das letzte Mal vor zwanzig Jahren bezahlt, Howard. Diesmal bin ich dran.«

Die Kellnerin legte die Rechnung in die Mitte des Tisches und Howard schnappte sie sich. »Hab sie!«

»Das war ein wunderbares Essen. Ich freue mich, dass wir uns getroffen haben«, sagte Angela und legte ihre Hand auf meine.

»Ihr werdet also eine Weile in den Staaten bleiben?«, fragte ich.

»Wir sind fast im Ruhestand«, sagte Howard und zählte das Geld aus seiner Brieftasche ab. »Wir wollen bei Indianapolis in der Nähe von den Kindern ein Haus bauen oder kaufen.«

»Fast im Ruhestand … Das kann ich mir fast nicht vorstellen.«

»Die Zeit vergeht schnell, Jack«, sagte Angela. »Howard und ich sind fünfundvierzig Jahre lang Missionare gewesen.«

»Da könnt ihr eine Pause sicher gut gebrauchen.«

»Wir würden trotzdem gern noch irgendwo mitarbeiten.«

Howard legte die Scheine auf den Tisch.

Ich liebte Howard und Angela, auch wenn sie das nicht wussten und wahrscheinlich nie wissen würden. Sie hatten einen großen Einfluss auf mein Leben gehabt.

»Wenn ihr ein Startkapital braucht …«

»Jack, wir sind nicht hergekommen, um dich um Unterstützung zu bitten.« Howard half Angela beim Aufstehen. »Wir wollten dich nur wiedersehen.«

»Falls irgendetwas ist, das Angebot steht.«

Ich begleitete die beiden zu ihrem Auto, einem Mietwagen, der in der Nähe vom Eingang geparkt war. »Ihr habt ja meine Nummer hier in Providence. Ich hoffe, diesmal wird es keine zwanzig Jahre dauern, bis wir uns wiedersehen.« Ich streckte meine Hand aus und Howard ergriff sie.

»Es war eine Freude, Jack.« Angela beugte sich zu mir. Wir umarmten uns und sie küsste mich auf die Wange. »Pass auf dich auf. Alles Gute.«

Ich schaute ihnen nach, wie sie losfuhren, an einer roten Ampel anhielten und schließlich aus meinem Blick verschwanden.

Die Vergangenheit, für kurze Zeit in die Gegenwart zurückgeholt, war wieder unter die Oberfläche abgetaucht. Ich kehrte in mein Hotel zurück, in Gedanken bei dem, was alles hätte sein können. Im *Hyatt* konzentrierte ich mich wieder auf die schwarze Tinte, die aus der Spitze meines Stiftes floss. Das Ergebnis der ersten Woche Marathonschreiben waren sechzig Seiten. Ein beachtlicher Start.

Das Essen mit den Camerons hatte meine Erinnerungen angefacht und sie kamen mir schnell und deutlich wieder zu Bewusstsein. Ich schrieb auf, was mir in den Sinn kam; ein Gedanke folgte dem anderen. Ein Gedankenblitz über ein wichtiges Ereignis, ein kleines Bruchstück, das ich aus dem Sand des Unterbewusstseins ausgraben konnte. Die Erinnerungen waren wie zerbrochene Töpferwaren, die bei einer archäologischen Ausgrabung ans Licht kommen. Meine Aufgabe war es, sie behutsam auszugraben und die einzelnen Teile wieder zusammenzufügen.

# Dreizehn

*I hear your name in certain circles, and it always makes me smile.*

*Ich höre deinen Namen in bestimmten Kreisen,*
*und immer bringt er mich zum Lächeln.*

John Waite
*»Missing You«*

Im Verlauf des ersten Semesters am College wurde Erin zu einem festen Bezugspunkt in Mitchells und meinem Leben. Ich mochte sie, was dazu beitrug, mögliche Spannungen zwischen Mitch und mir zu verringern. Immerhin nahm sie den größten Teil seiner Zeit in Anspruch. Es fiel mir nicht schwer, mich daran zu gewöhnen, dass Mitchell an den meisten Abenden (wegen Arbeit oder Unterricht) abwesend war und Erin in unserer Wohnung wartete, bis er wieder nach Hause kam.

Die beiden brauchten viel Platz zum Fernsehen und Reden. Erin war freundlich, ein wirklich warmherziger Mensch mit vielen Eigenschaften, die ich auch an Jenny entdeckt hatte. Beide waren geradlinige Frauen, denen wirklich etwas an anderen Menschen lag. Sie waren liebenswürdig und gaben gern um anderen Menschen zu helfen. Sie waren nicht eitel – was sie nur noch attraktiver machte. Und … sie waren klug.

Eines Abends, als Mitch sich fertig machte, um mit Erin auszugehen, hatte ich eine der seltenen Gelegenheiten, allein mit ihr zu reden. Ich brachte das Gespräch auf das Thema, das meine Gedanken mittlerweile ganz und gar beherrschte.

»Was gibt es so Neues von Jenny?«, fragte ich, während ich mich an die Küchentür lehnte.

»Es geht ihr gut. Viel zu tun. Sie schreibt gerade an einer Monsterhausarbeit, die sie am Ende des Semesters abgeben muss. Also ist sie praktisch in die Bibliothek gezogen. Sie sagt, man sollte dort Liegen aufstellen.« Erin lachte. »Letztes Wochenende ist sie an einem Tisch in der Bibliothek eingeschlafen und einer der Hausmeister musste sie wecken, als die Bibliothek schließen wollte!«

»Schreibt sie eine Hausarbeit über die Schlafqualität auf harten Oberflächen?«

»Das muss es sein. Sie betreibt Feldforschung.«

Ich ging ins Wohnzimmer und setzte mich auf eine Armlehne von Mitchs Sessel, auf dem er immer saß, wenn er seine Hausaufgaben erledigte.

»Arbeitet sie immer noch in diesem Forschungsprogramm mit?«

»Ja, das kommt noch dazu. Ihr Professor hat Teams in arme Gegenden geschickt, um mit den Familien zu reden und ihre Situation zu dokumentieren. Damit wollen sie herausfinden, welche Bedürfnisse die wichtigsten sind. Ich glaube, an dem Projekt arbeiten ungefähr sechs Studenten mit.«

»Erstaunlich, dass sie noch Zeit für ein Privatleben hat.«

»Hat sie nicht. Dan will immer, dass sie mehr Zeit mit ihm verbringt. Wenn er Glück hat, sehen sie sich jeden zweiten Freitag.«

»Dan? Ist das ihr Freund?«

»Hmm … ich würde nicht sagen, dass er ihr Freund ist … Eher jemand, mit dem sie ausgeht. Dan ist so ein Partytyp, und er geht immer zum Football.«

»Er spielt Football?«

»Eher nicht. An den Freitagen vor einem Spiel feiern er und seine Kumpels zusammen, samstags drängeln sie sich im Stadion, und wenn Providence gewinnt, feiern sie noch mehr. Männer mögen so was anscheinend.«

Erin sprach über diese Dinge, als gehörten sie nicht zu ihrer Welt. Ich fragte mich im Stillen, ob sie zu Jennys Welt gehörten.

»Dan hat sie auf ein paar der Partys eingeladen, aber sie konnte nicht hingehen.«

*Verflixt.*

Mitch kam aus seinem Zimmer und sofort war Erins Interesse an unserem Gespräch verflogen. Ich hatte gedacht, Erin und ich hätten uns unterhalten, aber in Wirklichkeit hatte sie nur auf Mitchell gewartet.

»Bist du fertig, Schatz?« Erin stand vom Sofa auf und griff nach Mantel und Handtasche.

*Schatz? Du machst wohl Witze.*

»Na klar … und Jack, du musst nicht auf uns warten. Wir werden so richtig einen draufmachen!«

»Mitchell!« Gut gelaunt wies Erin ihn zurecht.

»Macht das, Mitch. Ich werde hierbleiben und den Kuchen deiner Mutter aufessen.«

Ein paar Tage später klopfte jemand höflich an die Wohnungstür. Ich dachte, es sei einer der Jungs aus der Etage über uns. Ich legte den Apfel, den ich gerade angebissen hatte, auf ein Bücherregal und öffnete die Tür. Es war niemand von oben, es war nicht einmal die hübsche Jennifer Carswell von gegenüber. Es war Jenny Cameron. Sie trug eine gelbe Skijacke mit passenden Handschuhen und Ohrenschützern. Sie sah so hübsch aus wie … wie Jenny eben.

Wir standen beide in der Tür, ohne ein Wort zu sagen. Dann erschien ein winzig kleines Lächeln in ihren Mundwinkeln und sie hob die behandschuhte Hand. Ich konnte mir nicht vorstellen, warum sie hergekommen war – meine Lieblingsfantasie allerdings bestand darin, dass sie mir ihre unsterbliche Liebe gestand.

»Hi Jack«, sagte sie. »Erinnerst du dich noch an mich?«

»Ich denke schon. Verkaufst du Kekse?«

Ihr Lächeln wurde breiter. »Heute nicht. Ich will nur Erins Büchertasche abholen. Sie sagte, sie hätte sie hier vergessen.«

Mitch hatte erwähnt, dass Erin ihre Büchertasche vergessen hatte, aber er hatte nicht gesagt, dass Jenny sie abholen würde. Ich machte mir eine mentale Notiz, dass ich mich später bei ihm dafür bedanken musste.

»Oh, klar«, sagte ich. »Komm rein. Mitchell ist nicht da, aber ich kann dir ja sicher auch weiterhelfen.«

Sie kam herein und rieb sich die behandschuhten Hände, als sie in der warmen Wohnung stand.

»Danke. Es ist gerade kein guter Zeitpunkt, um seine Mitschriften zu verlegen.«

»Da hast du recht«, erwiderte ich und verschwand in Mitchells Zimmer, um die Büchertasche zu suchen. »Was hast du so gemacht, seit du zwanzig geworden bist?«

»Meistens gearbeitet. Ich bin gerade dabei, eine Hausarbeit in Sozialwissenschaft abzuschließen und mich für ein Praktikum im Sommer zu bewerben.«

»Gearbeitet? Im Institut?«, rief ich von Mitchs Schreibtisch herüber, wo Erins Büchertasche unübersehbar auf dem Stuhl stand.

»Ja, wir sammeln Daten. Viel Recherche und Umfragen. Unsere Arbeitsgruppe verfasst ein Antragsschreiben, mit dem alleinerziehende Mütter finanzielle Unterstützung beantragen können.«

Ich griff nach der Büchertasche und hängte sie mir über die Schulter. »Ja, ich erinnere mich, du hast auf der Party so etwas gesagt.« Ich ging zurück ins Wohnzimmer. »Wie groß sind die Chancen, dass du das Praktikum bekommst?«

»Na ja, es ist eher unwahrscheinlich. Es ist in New York, also sehr teuer, vor allem im Sommer. Sie stellen nur eine begrenzte Anzahl von Wohnungen zur Verfügung, also mal sehen.«

Schweigen breitete sich aus. Wir standen einige Meter voneinander entfernt und uns war beiden klar, dass das Objekt, dessentwegen Jenny hier war, an meiner Schulter hing.

Sie griff nicht nach der Tasche und ich hielt sie ihr nicht hin. Die Gelegenheit zum Small Talk war vorbei. Ich konnte ihr entweder die Tasche geben und sie gehen lassen, oder ich musste etwas sagen.

»Ich finde deine Arbeit faszinierend, Jenny. Meinst du, wir könnten uns irgendwann einmal darüber unterhalten?«

»Es gibt haufenweise Material dazu im zweiten Stock von meinem Institut.« Sie machte eine höfliche Handbewegung in Richtung der Tasche und ich gab sie ihr. Sie hängte sie sich über die Schulter und fragte: »Weißt du, wo …?«

»Ich weiß, wo dein Institut ist. Ich wollte eher wissen, ob *wir* uns mal treffen könnten. Um über das Programm zu reden, meine ich.«

Ich gab mir Mühe, meine Worte sehr sorgfältig zu wählen und mich damit Jennys Sprechweise anzupassen. Seit der Party hatte ich ständig an dieses Mädchen gedacht. Nun, da sie mir gegenüberstand, musste ich herausfinden, ob sie jemals an mich dachte – ob sie an jenem Abend irgendetwas gespürt hatte.

»Ich weiß nicht, ob das eine gute Idee ist.« Sie sah mich direkt an. »Ich habe auf Arbeit und für das College viel zu tun und ich befinde mich in einer halbfesten Beziehung.«

Genau in diesem Moment öffnete sich die Tür und Mitchell trat herein. Er stolperte fast über uns mit seinem schrecklich schlechten Timing. »Oh, entschuldigt! Ich wollte nicht stören.«

»Du störst nicht, Mitchell«, sagte Jenny. »Ich wollte gerade gehen.« Und damit trat Jenny rückwärts aus der offenen Tür. Sie sah mir tief in die Augen. »Danke für deine Hilfe, Jack. Ach ja, und Mitchell … Erin hat gesagt, du kannst sie nach fünf bei der Arbeit anrufen.«

»Richtig«, sagte Mitch und zog seine Jacke aus. Er schien die Spannung nicht zu bemerken, die in der Luft hing.

Jenny warf mir einen Blick zu. »Danke«, sagte sie und verschwand auf der Treppe.

Ich schloss die Tür und drehte mich zu Mitch um. »Bist du komplett bescheuert?«, fragte ich.

»Was habe ich getan? Wieso bist du so gereizt?«

»Ich bin gereizt, weil …« Meine Stimme wurde lauter. Ich nahm den Apfel vom Bücherregal. Er war dunkel und braun geworden. »Das war Jenny, wie du vielleicht gemerkt hast.«

»Ja, ich sehe sie zehnmal die Woche.«

»Aber *ich* sehe sie nicht zehnmal die Woche.« Ich deutete mit dem braunen Apfel auf die Tür. »Auch wenn ich das gern würde. Und dann kommst du und unterbrichst das erste Gespräch, das wir seit einem Monat haben.«

Je mehr Zeit verging, umso alberner kam ich mir vor, immer noch etwas für ein Mädchen zu empfinden, das ich kaum kannte. »Ich weiß nicht, ob du etwas davon mitgekriegt hast, aber sie ist … sie ist …« Ich hielt inne.

»Jack!« Ich hörte Mitchell lachen. Er sah mich mit einem Blick an, mit dem er mich immer ansah, wenn er der Meinung war, dass ich mich gerade wie ein Idiot aufführte. »Es ist nicht schlimm, jemanden zu mögen.«

Ich verdrehte die Augen und wiederholte seine Worte lautlos mit stillem Sarkasmus. Ich grummelte vor mich hin, schnappte mir meine Jacke und stürmte hinaus. Als ich am Fuß der Treppe ankam, sah ich eine bekannte gelbe Jacke vor mir. Jenny. Ich verlangsamte meinen Schritt.

»Wenn wir uns treffen, dann treffen wir uns immer gleich zweimal hintereinander«, sagte ich.

»Anscheinend. Ich wollte gerade noch einmal raufkommen, um mit dir zu reden.« Jenny trat näher. Feine Schneeflocken rieselten vom stillen

Himmel herab. »Ich weiß, dass ich das schon einmal gesagt habe, aber ich glaube, ich wirke immer so schroff und unhöflich, obwohl ich das gar nicht will, und ich wollte dir sagen, dass es mir leidtut.«

»Du darfst es wieder gutmachen«, sagte ich.

»Irgendwie treffe ich dich immer, wenn ich gerade beschäftigt bin oder es eilig habe. Immer im ungünstigsten Moment. Es tut mir leid, wenn ich unnahbar oder unfreundlich wirke.«

»Ich kenne dich nicht sehr gut«, sagte ich. »Aber ich habe schon beschlossen, dass ich lieber dich unnahbar und unfreundlich sehe als jede andere, die freundlich und aufgeschlossen ist.«

Sie schien wirklich geschmeichelt zu sein. »Du bist ja süß«, sagte sie, machte aber immer noch deutlich, dass sie kein Interesse hatte.

Ich entschied mich für einen Frontalangriff. »Würdest du mit mir ausgehen?«

»Im Moment ist ziemlich viel los«, sagte sie. Ihre Worte waren sanft und wohlüberlegt. »Und ich bin wirklich mit jemandem ausgegangen, auch wenn das jetzt vielleicht vorbei ist. Ich kann nicht mit dir ausgehen, weil …« Sie machte eine Pause. Zarte Schneeflöckchen setzten sich auf ihr Haar. »Es tut mir leid … Es ist gerade ein äußerst ungünstiger Zeitpunkt und Ort für dieses Gespräch.«

»Wann wäre es denn besser?«, fragte ich.

»Kannst du heute Abend bei uns vorbeikommen? Ich kann verstehen, wenn du es nicht schaffst. Aber ich habe es gerade eilig, und alles, was ich gern sagen würde, kommt vielleicht nicht so heraus, wie es sollte. Wenn du heute Abend kommst, kann ich bis dahin meine Gedanken sammeln.«

»Ich kann kommen«, sagte ich.

Große, schwere Schneeflocken fielen auf ihre Wimpern und schmolzen auf ihren Wangen. Sie nickte.

»Gut. Ich muss unbedingt weiter, aber wir sehen uns heute Abend. In Ordnung?«

»In Ordnung.«

Ich sah ihr nach, wie sie die Burrows Avenue entlangging, ein gelber Anorak, der mit jedem weiteren Schritt allmählich im weißen Gewirbel des Schneesturms verschwand.

»Jenny«, rief ich ihr nach, als sie die Ecke erreicht hatte.

Sie drehte sich um und schaute zurück.

»Du darfst dich noch öfter entschuldigen. Das waren bisher immer die besten Gespräche.«

Sie lächelte und winkte mir zu. Ihre helle Gestalt leuchtete im Schneetreiben. Ich fragte mich, wie es wohl wäre, sie zu küssen.

# Vierzehn

*I am the eye in the sky*
*Looking at you*
*I can read your mind.*

*Ich bin das Auge am Himmel*
*Schaue dich an*
*Ich kann deine Gedanken lesen.*

Alan Parsons Project
*»Eye in the Sky«*

Ich fuhr mit dem Hotelaufzug von der siebenten Etage ins Erdgeschoss und trat in die Empfangshalle. In meinem neuen, maßgeschneiderten Outfit sah ich besonders schick aus. Am Freitagabend waren die Geräusche von Konferenzteilnehmern und ihren Geschäftspartnern, die sich in der Cocktaillounge unterhielten, durch den Innenhof gehallt. Heute, am Samstagabend, stand ein einsamer Angestellter an der Rezeption, fröhlich beschäftigt mit einem intensiven Telefonat, mit seiner Freundin vermutlich. Außer der Fahrstuhlmusik-Version eines Songs von *Kool and the Gang*, die aus versteckten Lautsprechern sickerte, war die Empfangshalle totenstill.

Draußen bat ich den Portier, mir ein Taxi heranzurufen. Er blies einmal in seine Pfeife, und das einzige Taxi am Stand schaltete seine tief liegenden Scheinwerfer an und rollte auf uns zu.

»Wohin?«, fragte der Portier.

»Ich weiß nicht genau. Irgendwo zum Abendessen«, erwiderte ich und stieg auf den Rücksitz des Taxis.

»Mögen Sie italienisch?«

»Ich liebe es.«

Der Portier sprach mit dem Taxifahrer. »Bringen Sie diesen Herrn bitte zu *Antonio's*.« Er klopfte zweimal auf das Taxidach und schon fuhren wir los.

Ein paar Minuten später hielt das Taxi vor einem kleinen italienischen Restaurant – das einzige, das in diesem Block geöffnet hatte. *Antonio's* stand in grünen Neonbuchstaben über einem großen Spiegelglasfenster geschrieben. Ich bezahlte den Taxifahrer und ging hinein.

Das Restaurant war verraucht und laut. Es war brechend voll mit Gästen, aber das waren keine College-Studenten, wie ich es gewöhnt war. Die Decke war niedrig und verstärkte den Lärm nur noch. Die zwanzig Tische klangen wie vierzig.

Kellner in weißen Oberhemden eilten von der Küche in den Gastraum und lieferten das Essen wie gehorsame Drohnen. Ein dünner Mann mit leerem Gesicht, ungefähr fünfunddreißig Jahre alt, spähte durch die zweiflügelige Küchentür und rief mir entgegen: »Wie viele?«

»Einer.«

Seine Augen überflogen den Raum und suchten nach einem freien Platz. Er winkte einer auffallenden schwarzhaarigen Frau, die ein volles Getränketablett trug.

»Vivian, hast du einen Tisch für eine Person?«

Sie schüttelte den Kopf, als ob sie sagen wollte: »Machst du Witze?«

Dann rief er wieder mir zu: »Zwanzig Minuten. Setzen Sie sich doch an die Bar.«

Ich nickte. Der Mann mit dem ausdruckslosen Gesicht verschwand wieder durch die Küchentüren und ich setzte mich auf einen roten drehbaren Barhocker. Ich bestellte ein Glas Rotwein, obwohl ich eigentlich kein großer Weintrinker bin. Genau genommen würde ich gar keinen Alkohol trinken, wenn ich nicht versuchen würde, der Empfehlung meines Arztes zu folgen. Er meinte, ab und zu würde mir ein Glas Rotwein guttun. Das wäre jetzt also mein viertes Glas in sechs Monaten.

Ich betrachtete die anderen Männer und Frauen an der Bar und fragte mich, wie lange es wohl her war, seit ich in solch einem Restaurant gewesen war. Der unvermeidliche Rauch, der großzügig fließende Alkohol und die ebenso großzügig fließenden Gespräche. Ich schaute mich um, um zu sehen, ob ich irgendjemanden kannte, aber ich erkannte kein einziges Gesicht.

Die meisten Männer an der Bar schauten wie gebannt einem Footballspiel der Providence-Mannschaft zu, das in einem kleinen Farbfernseher hoch über der Bar lief. Wir lagen zehn Punkte gegen Ohio vorn. In Providence hatte ich rasch gelernt, dass es Pflicht war, Ohio zu hassen. Zumindest, wenn es um Sport ging.

Das Gespräch zwischen den Zuschauern lief ganz mühelos. »Mach bloß keinen Mist! Noch zwei Minuten! Wenn sie jetzt keinen Touchdown durchlassen, ist es die beste Halbzeit, die wir je gespielt haben.«

Derek Smith, ein Providence-Student, der als Freiwilliger in Norwood mitgearbeitet hatte, war ein strategisch wichtiger Spieler bei den *Badgers*. Es waren noch zwei Minuten zu spielen, und Derek fing einen raketenartigen Ball an der Dreißig-Yard-Linie ab, den der Quarterback Amos Bantley geworfen hatte, und schoss an drei Verteidigern vorbei in die Endzone. Es war ein Gedicht.

»JA! JA! JA!« *Antonio's* verwandelte sich plötzlich in eine Sportbar, voller Lärm von Jungs, die nun mal Jungs waren. Restaurantgäste, die dem Spiel bisher keine Beachtung geschenkt hatten, schauten herüber zum Fernseher.

»Hey, stell doch mal lauter. Stell mal lauter!«

Der Barkeeper hob die Fernbedienung an und drehte den heiseren Jubel der Fans im Providence-Stadion, das keine acht Kilometer östlich von uns lag, noch lauter. Nach einem langen Anstoß und einer starken Defensivszene übernahmen wir den Ball und gaben ihn bis zum Ende der Spielzeit nicht mehr her. Die *Badgers* verließen den Platz als Sieger, 27:10.

Auf dem Bildschirm wurde ein Werbespot eingeblendet und der Ton wurde abgeschaltet. Wir an der Bar begannen mit unserer Analyse des brillanten Finales, dessen Zeugen wir soeben geworden waren. Joe, der Mann, der am weitesten von mir entfernt saß, schielte plötzlich seltsam zu mir herüber.

»Hey ...«, sagte er und zeigte mit dem Finger in meine Richtung. »Hey, sind Sie nicht der Kerl, der dieses Buch geschrieben hat?«

Plötzlich fühlte ich mich wie ein Außenseiter. Ich war froh, dass er nicht sagte »der Kerl vom *Time*-Magazin«.

»Kommt drauf an, von welchem Buch Sie sprechen.«

Joe lächelte. »Sie wissen schon, welches Buch ich meine ... Das Buch über die armen Leute hier in Providence? Das, das sich so gut verkauft hat, Nummer eins und so?«

»*Arbeiter im Weinberg.*«

»Yeeeaaah! Ich dachte mir schon, dass Sie das sind«, sagte Joe. »Sie sind auf der Titelseite vom *Time*-Magazin!«

Ich nickte und wusste nicht genau, was ich sagen sollte. Ich hoffte, dass

Joes Begeisterung sich rasch legen würde und seine Lautstärke ebenso. Ich wünschte, der Barkeeper könnte Joe stummschalten, wie er den Fernseher stummgeschaltet hatte. Aber Joe drehte seinen Barhocker auf dreiviertel neun und starrte mich direkt an. »Was machen Sie hier unten?«

»Nur einen Happen essen«, sagte ich und versuchte, es so normal klingen zu lassen, wie es war.

Joe drehte seinen Hocker in die andere Richtung und brüllte in Richtung Küche: »Hey, Antonio! Guck mal hier!«

Antonio kam aus der Küche, um zu sehen, was die Ursache der Aufregung war.

»Das ist dieser Autor! Der die ganzen Bücher da verkauft hat!« Joe drehte sich wieder zu mir um. »Hey, wie war noch mal Ihr Name?«

Antonio schaute mich an. Die Kellnerin schaute mich an. Jeder in dem jetzt ganz ruhigen Raum schaute mich an.

»Jack Clayton«, sagte ich beinahe flüsternd zu ihm und tat so, als führten wir noch immer ein Gespräch unter vier Augen. »Sagen Sie doch Jack zu mir.«

»Jack Clayton!«, brüllte er, seine Lautstärke verdoppelt von den Drinks, die er bereits intus hatte. »Sie sind unglaublich, Mann! Was Sie für diese Leute gemacht haben! Hey, und keine Sorge mit dem Wein, okay, Pastor? Hier wird niemand nix sagen.«

»Ich bin kein Pastor, Joe, und es ist okay, wenn ich Wein trinke.«

Der Geräuschpegel im Restaurant ging schlagartig gegen Null. Einer der Stammgäste hatte die Bremse gezogen. Der dunkelhaarige Mann mit dem Schnauzer stellte sich als *ein* Antonio heraus, aber nicht als *der* Antonio. Genau in diesem Augenblick stand *der* Antonio von seinem Tisch im hinteren Teil des Gastraums auf und sprach mich über den Raum hinweg an.

»Sind Sie Jack Clayton?«, fragte der stämmige sechzigjährige Mann und stopfte mit diesen Worten auch dem allerletzten im Raum den Mund, einschließlich Joe.

»Ja«, sagte ich von meinem Platz an der Bar aus.

Der große Antonio richtete den Zeigefinger auf mich und deutete dann im Raum herum. »Alles, was Sie heute Abend wollen«, sagte er mit Autorität, »geht aufs Haus. Egal, was Sie wollen.« Dann zum anderen Antonio: »Du kümmerst dich um ihn.«

Der stille Antonio mit dem ernsten Gesicht nickte dem Eigentümer übereifrig zu und schnippte mit den Fingern, um einen Hilfskellner anzutreiben, der gerade einen frei gewordenen Tisch abräumte.

»Yeah!«, rief Joe aus und stieß die Faust in die Luft, wie er es gerade eben bei Derek Smiths Touchdown gemacht hatte. Ein paar andere Gäste jubelten in ihren Sitzecken. Diese Leute wollten feiern. Antonio sprach weiter.

»Was bringt Sie heute Abend so allein hierher?«

»Jemand wollte, dass ich das beste italienische Essen in der Stadt bekomme, also hat er mich hergeschickt.«

Damit explodierte der Raum in Applaus. Die Gäste feierten nicht nur das gute Essen, sondern auch, dass sie an diesem Abend zur richtigen Zeit am richtigen Ort waren.

Antonio lächelte, zufrieden mit meiner Antwort. Er hob die Hände und sog den Applaus in sich auf, eine Bestätigung für das, was er seinen Gästen seit Jahren erzählte.

Bevor das Klatschen verebbte, ging Antonio um die Bar herum, um mir die Hand zu schütteln. Ich erhob mich. Er legte mir die Hand auf die Schulter und drehte sich mit mir um, sodass wir mit dem Gesicht zu den Gästen standen. Er sprach in den Raum hinein wie ein Dorfbürgermeister, der seine Einwohner anspricht.

»Für diejenigen von Ihnen, die nicht wissen, wer dieser Mann ist: Das ist Jack Clayton, der Mann, der den größten Bestseller geschrieben hat, der je aus Providence kam.« Das Restaurant johlte wieder auf.

»Meine Frau Louise hat sein Buch für mich gekauft, und ich habe es gelesen und war begeistert, und ich empfehle es weiter.« Er schaute mich an. »Nicht, dass Sie noch mehr Verkäufe bräuchten, richtig, Jack?«

Gelächter brach aus und ich schaute mich im Raum um, sah die freundliche Menge und lachte dann selbst ein bisschen. Als Antonio mich von meinem Platz zog, hörte ich ein tiefes Brummen in meinen Ohren und konnte spüren, wie mir der Schweiß in den Kragen lief.

Hundert Augen schauten zu mir auf und alle lächelten. Ich konzentrierte mich auf meinen Atem – und betete, dass er mich nicht fragen würde, ob ich nicht ein paar Worte sagen könnte.

»Warum sagen Sie nicht ein paar Worte zu den Leuten hier? Ich weiß genau, sie würden Sie sehr gern reden hören.«

Antonio und ich standen zusammen mitten im Gastraum. Er hatte den

Arm um meine Schulter gelegt, als wäre ich sein Sohn. Der erste Gedanke, der mir kam, war: »Was denn?« Glücklicherweise konnte ich diese hirnverbrannte Antwort noch rechtzeitig unterdrücken. Ich schaute in die Gesichter und war überrascht, etwas zu sehen, das ich nie hätte vorhersehen können: Diese Leute schienen glücklich über die Unterbrechung zu sein. Der Raum wurde unscharf und alles um mich herum begann, in Zeitlupe abzulaufen. Ich spürte Gottes Gegenwart in diesem Restaurant. Im Stillen gab ich dem Applaus einen neuen Rahmen – er galt nicht mir, sondern dem, was Gott in ihrer Stadt bewirkt hatte. Er galt den gebrachten Opfern und der neu geweckten Hoffnung. Ich betete um Worte – Weisheit und Worte.

»Sicher sind Sie alle heute Abend in der Hoffnung hierhergekommen, dass ein Schriftsteller aufsteht und eine Rede hält.« Damit erntete ich Gelächter. »Ich möchte Antonio für seine herzliche Gastfreundschaft danken und seine freundliche Vorstellung.« Ich hatte bei genügend Spenden-, Fakultäts- und Absolventenveranstaltungen gesprochen, um zu wissen, wie wichtig es war, allen für ihre Anwesenheit zu danken. Aber mehr hatte ich nicht. Nur ein Stoßgebet, und ich öffnete den Mund und sprach.

»Die letzten Jahre waren für mich ... ziemlich unglaublich. Ich kann Ihnen nicht einmal im Entferntesten erklären, was es bedeutet, dass so viele Leute ein Buch lesen und sich für die gleichen Dinge interessieren, die einem selbst am Herzen liegen. Ich habe die Geschichte von vielen Leuten hier in Providence erzählt, und Sie wissen, was es bedeutet, wenn jemand mal zuhört. Ich bin kein Pastor, ich bin einfach ein normaler Kerl, Ihr Nachbar, jemand, der zufällig in Providence wohnt. Ich arbeite jeden Tag am College und bringe Studenten bei, auch an Menschen in Not zu denken.«

Ich war etwas abgeschweift, aber ich wusste, wo ich hinwollte. Ich sah es in ihren Gesichtern. Sie waren nicht begeistert, weil ein Autor vor ihnen stand. Sie waren begeistert, dass jemand, der Gott kannte, in ihre verrauchte Welt kam und mit ihnen auf ihrem Fernseher ein Footballspiel anschaute. Sie wollten nichts von mir hören. Sie wollten etwas von Gott hören. Ich sprach die Worte, die Gott mir gab, als ob sie vor mir auf einem Teleprompter erschienen.

»Jeder Mensch will wissen, ob es einen Gott gibt. Jeder will wissen, ob Gott ihn liebt. Ich bin heute Abend hier, um Ihnen zu sagen, dass er lebt und dass er für alle Menschen gestorben ist. Und dass er möchte, dass Sie nach Hause kommen, zu ihm.«

Ich hielt einen Moment inne, wartete, ob noch mehr kam, aber es kam nichts mehr. »Danke. Danke, dass Sie zugehört haben.«

Ich drehte mich um, um zurück an die Bar zu gehen, aber Antonio ergriff meinen Arm und eskortierte mich zu seinem persönlichen Tisch. Aus der Stille und Ehrerbietung des Augenblicks wurden wieder normale Gespräche, und Antonio setzte sich mit mir hin. Er gab meine Bestellung beim Kellner auf.

»Jake, San Marino, Portobello-Pilze ... und bring noch ein Glas Wein.«

Jake war sofort wieder verschwunden und Antonio richtete seine freundlichen, etwas müden Augen auf mich.

»Mr. Clayton, es ist wunderbar, Sie hier zu haben, und wo Sie einmal hier sind, genießen Sie es bitte auch. Ich werde dafür sorgen, dass die Leute Sie nicht belästigen.«

»Sie werden mich nicht belästigen.«

»Nein, nein. Sie sollen in Ruhe essen.«

»Sie sind sehr freundlich, Antonio.«

Er lehnte sich auf seinem Platz zurück und lächelte wie ein stolzer Vater. »Das bedeutet mir sehr viel, dass Sie hierhergekommen sind. Ich möchte, dass Sie das wissen.«

»Sie haben ein tolles Restaurant hier.«

»Ich wollte Ihnen sagen ... Ihr Buch, das hat etwas bei mir bewirkt.« Er zeigte hinauf über die Bar. »Sehen Sie das Bild dort hinter der Bar?«

Ich drehte mich um und schaute hin. Hoch oben an der Wand war ein Din-A-4-großes Farbfoto von einem Kinderbaseballteam in blauen Trikots und weißen Hosen. Alle Spieler in der Mannschaft waren Schwarze. Antonio und zwei andere Männer standen hinter ihnen.

»Das ist eine Mannschaft in Indianapolis, die *Blue Jays*. Wir haben eine Patenschaft für die Mannschaft übernommen ... Sie wissen schon, wir bezahlen ihre Trikots, die Ausrüstung und die Auslagen. Am Ende jeder Saison, egal ob wir gewonnen oder verloren haben, laden wir alle Spieler und ihre Familien ins *Antonio's* zu einer Pizzaparty ein.«

»Das ist bestimmt ein Hit.«

»Was sollte es sonst sein; das ist das *Antonio's*!« Er grinste. Dann wurde er still, beugte sich über den Tisch und streckte den Arm auf dem weißen

Tischtuch aus. »Ihr Buch, Mr. Clayton, hat mich dazu gebracht, diese Jungs anders zu sehen. Diese Jungs …« er deutete auf das Foto, »… sie sind das Baseballteam im *Boys Club.*«

»Sie tun da eine gute Sache.«

Antonio beugte sich noch näher zu mir und sprach leise, so leise, dass ich ihm von den Lippen ablesen musste, um ihn bei dem Geräuschpegel im Restaurant zu verstehen. »Mr. Clayton, ich mag keine Schwarzen.«

Er wartete auf eine Reaktion von mir, aber ich zeigte ihm keine.

»Ich bin zweiundsechzig, und ich habe nie Schwarze gemocht. Aber wissen Sie … diese Jungs aus den kaputten Elternhäusern … *ich* komme aus einem kaputten Elternhaus. Ich habe mich in Ihrem Buch wiedererkannt, Mr. Clayton. Und dann sah ich diese Kinder und mir wurde klar, dass sie Hilfe brauchen. Da haben wir angefangen, Patenschaften für Teams zu übernehmen. Wir haben jetzt drei davon in Indianapolis. Könnten Sie uns vielleicht helfen, hier so etwas Ähnliches anzufangen?«

»Liebend gern.«

Nach dem Abendessen dankte ich Antonio und hinterließ ein meiner Ansicht nach vernünftiges Trinkgeld. Immerhin hatten sie mir das beste Essen des Hauses kostenlos serviert. Ein Taxi brachte mich zurück zum Hotel.

Wieder in meiner Suite, zog ich das Sakko aus und hängte es sorgfältig auf den Kleiderbügel aus Holz. Ich ließ mich in einen weichen Ledersessel sinken und griff nach dem gelben Schreibblock, um die Gedankenbruchstücke zu notieren, die mir während der Taxifahrt gekommen waren. Die Seiten begannen sich zu stapeln.

Ich wusste, während ich schrieb, dass dies mein letztes Buch sein würde. Nachdem ich es geschrieben hatte, würde ich die Literaturwelt den richtigen Schriftstellern überlassen. Wenn *Arbeiter im Weinberg* der Hit war, war dies meine Zugabe. Der letzte Teil in meiner vier Bücher kurzen Karriere.

Als ich so dort saß, wurde mir klar, dass die Erinnerung an Jenny, Mitch und Erin die Reise wert war. Sie war die Tränen wert, wenn die Erinnerungen zu schwer und übermächtig wurden. Ich würde dieses Buch schreiben, um mich zu erinnern – und für alle anderen jungen College-

Studenten, die so waren wie wir damals: Für immer jung, voller Träume und Unschuld und Liebe.

Dass ich an jenem Wochenende mit der Hand schrieb, machte die Geschichte intimer, wie die Briefe, die ich immer an Jenny geschrieben hatte.

Ich schaltete eine Unmenge an Lichtern aus und stieg ins Bett. Die Laken waren glatt und frisch. Ich machte die Nachttischlampe aus und drehte mich um, sodass ich den Providence-Mond sehen konnte, der hell durch mein Fenster schien. Ein Gedanke kam mir, ein Tagtraum, das Buch bis zum Morgen zu beenden: Ich würde in meinen neuen Sachen auschecken, das Manuskript in einen anonymen Briefkasten stecken und dann für immer verschwinden.

# Fünfzehn

*And when we hear the voices sing*
*The book of love will open up and let us in.*

*Und wenn wir die Stimmen singen hören*
*Wird sich das Buch der Liebe öffnen und uns hineinlassen.*

Mr. Mister
*»Broken Wings«*

Es war ein Gespräch, keine Verabredung. Ich wusste das. Trotzdem duschte ich und kämmte mich sorgfältig vor dem Badezimmerspiegel. Ich war froh, dass meine besten Khakihosen gewaschen waren. Ich borgte mir ein gestreiftes gelb-weißes Poloshirt aus Mitchells Schrank, sprühte mich mit einem guten Duft ein und machte mich zu Fuß auf zu meinem dritten Besuch in *Lillian Hall*. Dieses Mal würde es anders sein. Ich ging hin, weil Jenny Cameron mich darum gebeten hatte. Ich fragte mich, warum sie mit mir sprechen wollte. Ein paar Möglichkeiten gingen mir durch den Kopf: Ich hatte etwas gesagt, das sie gekränkt hatte; oder sie hatte einen anderen und wollte nicht meine Gefühle verletzen; oder ich war ein Studienanfänger und sie stand nur eineinhalb Jahre vor ihrem Abschluss, und sich jetzt mit mir abzugeben würde nur unweigerlich zu gebrochenen Herzen führen … in eineinhalb Jahren.

Der Grund war egal. Der Gedanke, Zeit mit ihr zu verbringen, beschwingte mich. Trotzdem … egal, was sie zu sagen hatte, es musste wichtig sein. Etwas Belangloses hätte sie mir auf der Straße erzählt.

»Dein Name?« Die braunhaarige Studentin an der Rezeption schaute mich kaum an.

»Jack Clayton.«

»Dann unterschreib mal.«

Ich kritzelte meinen Namen auf ein Klemmbrett, während sie die Nummer von Jennys Zimmer wählte.

»Jenny, hier ist jemand für dich.«

»Bin gleich da.«

Kaum hatte ich den Stift zurückgegeben, war Jenny schon bei uns. Ihr kastanienbraunes Haar hatte sie mit einem schwarzen Band zusammengebunden und sie trug ein einfaches Goldkreuz, das über dem obersten Knopf ihrer weißen Bluse sichtbar war.

»Hallo«, sagte sie, als ob wir das ständig machten. »Möchtest du mit hochkommen?«

Sie nahm mich mit in einen kleinen Aufenthaltsraum auf der zweiten Etage. Darin gab es nicht viel mehr als ein paar Lese-Sessel, eine Couch, einen Fernseher und einen Couchtisch, der mit Zeitschriften übersät war. Der Raum war im Moment leer, aber ich bezweifelte, dass er es lange bleiben würde.

Ich setzte mich auf das Sofa. Jenny setzte sich in einen der Sessel. Sie vergeudete keine Zeit, sondern kam gleich zur Sache.

»Jack, ich habe darüber nachgedacht, was ich dir eigentlich sagen will. Ich habe es noch nicht ganz durchdacht, aber ich glaube, es ist wichtig, dass ich einfach damit herausrücke und es sage.«

Bald sollte ich lernen, dass das Jennys typische Ausdrucksweise war. Sie wählte ihre Worte so sorgfältig wie ein Chefkoch, der die feinsten Zutaten auswählt und sie dann in der richtigen Menge abwiegt, bevor er sie zu einem Gourmetessen zusammenstellt.

»Heute Nachmittag hast du gefragt, ob wir Zeit miteinander verbringen könnten, und ich habe Nein gesagt. Du wolltest wissen warum, und ich glaube, dazu hast du jedes Recht, aber …« Jenny hielt einen Augenblick lang inne und fuhr dann fort. »Was jetzt kommt, ist schwierig in Worte zu fassen«, sagte sie, faltete die Hände, verschränkte ihre Finger. »Was ich heute Nachmittag nicht bereit war dir zu sagen und der Grund, warum ich Nein gesagt habe, ist … ich merke, dass ich seit der Party neulich viel an dich denke.« Sie unterbrach sich, um zu sehen, wie viel davon ich verstand.

»Ich habe viel an dich gedacht … was generell nichts Schlechtes ist, außer man geht mit einem anderen Mann aus, konzentriert sich auf eine wichtige Hausarbeit, bewirbt sich für ein Praktikum und vergräbt sich voll und ganz in eine Arbeit, an die man glaubt. Dann hat es keinen Sinn. Verstehst du, was ich meine?«

»Verstehe … Hast du noch was oder soll ich was sagen?«

»Eigentlich würde ich gern weitersprechen. Du kannst gleich etwas dazu sagen.«

Ich ließ mir nichts anmerken, aber das gelang mir nur gerade eben. Ihre Worte hatten eine Kerze in meinem Herzen angezündet.

»Obwohl es nicht so gut ist, dich immer im Kopf zu haben, konnte ich dich da nicht rausbekommen.« Sie endete ungeschickt, saß schweigend da, die Augenbrauen hochgezogen, und wartete auf meine Reaktion.

»Tja, wenn du das sagst, um mich aus dem Kopf zu bekommen, dann muss ich dich warnen. Der Schuss könnte nach hinten losgehen.« Ich lächelte sie an.

Jenny lächelte ebenfalls und sie sah schön aus, weil sie glücklich war, weil alles in Ordnung war. Wir saßen lang genug da, um zu verarbeiten, was wir gerade gesagt hatten.

»Wo sind nur meine Manieren? Möchtest du etwas trinken? Cola, Tee, Wasser?«

»Cola oder Wasser, egal.«

Zwei Mädchen, die in ein Gespräch vertieft waren, kamen in den Raum. Sie schwiegen abrupt, als sie uns sahen. Eine fragte, ob es okay wäre, wenn sie fernsahen, und mir dämmerte, wie schwer es sein würde, in einem Haus wie diesem etwas Privatsphäre zu finden.

»Das ist kein Problem«, sagte Jenny zu ihnen. Sie winkte mir, ich solle ihr folgen, und wir gingen die Treppe hinunter in die Küche. Wir machten Kakao mit heißem Wasser aus der Kaffeemaschine und nahmen ihn mit nach oben in den Aufenthaltsraum.

Der Raum war nun voller Mädchen, die sich um den Fernseher versammelt hatten, um *Das Model und der Schnüffler* zu schauen. Wir alle saßen auf dem Fußboden und lachten zusammen. Damals lernte ich, dass fernsehen in einer Gruppe der absolute Hit sein kann. Die Mädchen beäugten »David Addison« alias Bruce Willis, und Jenny und ich tranken unseren Kakao. Manchmal trafen sich unsere Blicke. Als die Serie zu Ende war, leerte sich der Raum so rasch, wie er sich gefüllt hatte. Es war spät geworden.

»Das war ein schöner Abschluss für diesen Tag«, sagte Jenny, stand auf und lehnte sich dann müde und träge an den Türrahmen.

Ich trat nah genug zu ihr heran, um ihre beiden Hände berühren zu können. Mein Herz hämmerte so laut in meinem Brustkorb, dass ich dachte, meine Zähne fangen gleich an zu klappern.

»Besser als schön«, sagte ich. »Danke für die Einladung.«

Jenny entspannte sich. Ich hob die Hand, berührte ihr Gesicht und zog ihren Mund nahe an meinen. Ihre Arme schlangen sich um meine Taille und wir küssten uns. Ich versank sofort in ihr, in einem tiefen, vielversprechenden, geheimen Ort hinter ihren Augen. Es entstand ein Band, das unendlich und mächtig wirkte. Unser Lippen drückten sich aufeinander und formten eine neue Welt, einen Ort der Behaglichkeit und Vertrautheit … und Möglichkeiten.

Ich öffnete die Augen. Vorher war Jenny schläfrig gewesen, weich und geschmeidig, aber jetzt waren ihre grünen Augen hellwach.

»Ich wollte dich küssen seit dem Augenblick, als ich dich das erste Mal sah«, flüsterte ich, ihre Hände in meinen. »Du bist die schönste Frau, die ich je gesehen habe«, fuhr ich fort. Ich sagte zu viel, ging zu schnell voran.

Ich ließ meine Worte verhallen, ließ ihre Hände los, bevor sie Gelegenheit hatte zu antworten. Ich drehte mich um, um meine Jacke zu holen, die noch über einem Stuhlrücken hing. Ich fühlte mich, als hätte mich jemand mit einem Elektroschocker getroffen. War es das, was Mitchell und Erin spürten, wenn sie zusammen waren?

Ich zog meine Jacke an und hoffte, dass, wenn ich mich umdrehte, Jenny bereits in den Flur hinausgeschlüpft war. Doch ihre Augen starrten mich noch immer mit der gleichen Zärtlichkeit an.

»Ich hatte nicht erwartet, dass das heute Abend passiert«, sagte sie in einem Tonfall ruhiger Kapitulation.

»Ich hatte nicht erwartet, dass es das überhaupt jemals geben würde«, sagte ich. Jedes Wort, das ich sagte, kam mir überlebensgroß vor. Aber ich wollte nicht zu viel sagen. Ich wollte nicht ruinieren, was Worte nicht beschreiben konnten. Ich trat näher zu ihr. Irgendwie waren wir wieder allein in diesem geschäftigen Wohnheim.

»Ich muss gehen«, sagte ich und schob mich an Jenny vorbei durch die Tür. Ich versuchte, weitere Berührungen zu vermeiden.

Sie legte ihre Hand auf meine Schulter. »Jack, ich weiß nicht, was heute Abend hier passiert ist.« Ihre Stimme war kaum ein Flüstern. »Aber es war … ich weiß nicht, welches Wort dafür passend wäre. Ich möchte nicht, dass wir wieder so auseinandergehen wie die letzten Male, ohne zu wissen, wann wir einander wiedersehen.«

»Ich gehe jetzt heim«, sagte ich, ins Wanken gebracht von einer Welle neuer Gefühle. »Wir können morgen darüber reden.«

Ich machte einen Schritt und ihre Hand rutschte von meiner Schulter. Als sie sanft meinen Arm hinunterglitt, lief mir ein Schauder über den Rücken. Ich spürte eine tiefgründige Botschaft in ihrer Berührung. Eine Botschaft zu groß für Worte.

»Ich habe dich gefunden.«

# Sechzehn

*When I was young I thought of growing old*
*Of what my life would mean to me*
*Would I have followed down my chosen road*
*Or only wished what I could be?*

*Als ich jung war, dachte ich daran, wie es wohl wäre, alt zu sein*
*Was mein Leben mir dann bedeuten würde*
*Wäre ich dem Weg gefolgt, den ich eingeschlagen habe*
*Oder hätte ich nur davon geträumt, was ich eines Tages sein könnte?*

Mr. Mister
*»Kyrie«*

Das Hoteltelefon klingelte früh am Sonntagmorgen. Ich nahm ab und wurde mehr als unsanft von einer schrillen Stimme am anderen Ende aus dem Tiefschlaf gerissen. Sie gehörte Arthur Reed.

»Jack, was in aller Welt machst du im *Hyatt*?« Er klang wie ein wütender Vater, dessen Kind abends zu lange weggeblieben war.

Ich überlegte, woher Arthur wissen könnte, wo ich zu finden war. Wenn ich ein bisschen wacher gewesen wäre, hätte ich mir ausrechnen können, dass er Peter angerufen hatte, der dank Anrufererkennung wahrscheinlich schon die ganze Zeit wusste, wo ich war.

»Warum rufst du mich an, Arthur?« Die digitale Uhr auf dem Nachttisch zeigte 7.34 Uhr an.

»Ich habe jeden Menschen auf dieser Erde angerufen, um dich aufzuspüren. Hast du heute Morgen schon die Zeitung gesehen?« Seine Stimme war voller Missbilligung.

»Nein. Ich habe geschlafen, Arthur. Was ist los. Ist jemand gestorben?«

»Nur dein guter Ruf. Kennst du einen Journalisten namens Bud Abbott?«

Ich schlug die Decke zurück, setzte mich auf die Bettkante und rieb meine brennenden Augen. »Er hat am Freitag angerufen und ein paar Fragen gestellt wegen eines Artikels, den er schreiben wollte. Warum fragst du das?«

»Tja, also, er hat seine Story geschrieben. Hast du die Zeitung von heute?«

»Was? Was sagst du da?« Ich zog den Hotelbademantel über und schlurfte zur Tür. Ich erinnerte mich, dass gestern Morgen ein Freiexemplar des *Indy Star* draußen gelegen hatte. Da war sie, die Sonntagmorgenausgabe. Ich hob sie auf, ging wieder zurück ins Zimmer, öffnete die einzelnen Teile und ließ sie auf den Glastisch fallen.

»Schau mal in den Lifestyle-Teil, Jack.«

Buds Story war nicht auf Seite eins, aber ich musste nicht lange suchen. Neben einem Artikel über Hollywood-Schauspieler, die einen Weihnachts-Benefiz-Auftritt in Los Angeles gegeben hatten, stand die folgende Geschichte:

*EINSIEDLERISCHER AUTOR FÜR DIE ARMEN LEBT IN SAUS UND BRAUS*

*Bud Abbott,* Chicago Tribune

*Providence, Indiana – Es ist Weihnachten und die Obdachlosen in Amerika kämpfen darum, sich während eines der härtesten Winter aller Zeiten warm zu halten. Währenddessen wohnt Jack Clayton, der vom* Time-*Magazin zur* Persönlichkeit des Jahres *gewählt wurde und Verfasser des Bestsellers* Arbeiter im Weinberg *ist, in Luxushotels, trägt maßgeschneiderte Anzüge und beschäftigt eine private Haushälterin. Der extravagante Lebensstil dieses selbst ernannten »Anwalts der Armen« liegt weit jenseits der Möglichkeiten des Durchschnittsamerikaners, ganz zu schweigen von den Armen.*

*Von* Arbeiter im Weinberg *wurden allein in den Vereinigten Staaten über 18 Millionen Exemplare verkauft. Das Buch beschreibt die Arbeit des* Campus-Missionsdienstes *in den ärmeren Vierteln von Providence und ist zu einer internationalen Sensation geworden. Clayton hat damit über 20 Millionen Dollar an Honoraren verdient.*

*Sein extravaganter Lebensstil wirft nun natürlich Fragen über sein Vermögen und den möglichen Missbrauch von Geldern auf, die er an den Armen verdient hat, denen zu dienen er vorgibt. Der zurückgezogen lebende vierzigjährige Clayton hat noch nie einem Interview über seine Arbeit oder Finanzen zugestimmt. Andere Fragen, die Journalisten ihm gerne stellen würden, rühren von mehreren Konflikten mit dem Gesetz her, darunter zwei mysteriose Schießereien, eine in Chicago und die andere in der Nähe von Clovis, New Mexiko. Diese Fragen, ebenso wie wiederholte Anrufe in seinem Büro, blieben bis heute unbeantwortet.*

»Kannst du das glauben?«, schäumte Arthur. »Er hat alles verdreht. Wenn ich nicht die Sorge hätte, damit noch mehr schlechte Presse zu provozieren, würde ich ihn verklagen.«

In Arthurs Stimme lag Empörung, aber er bat mich nicht um eine Erklärung oder ein Dementi. Fragte er sich nicht, woher diese Anschuldigungen kamen? Wollte er nicht wissen, ob irgendeine dieser Aussagen der Wahrheit entsprach?

*Zwei Schießereien …*

»Die Leute glauben nicht alles, was sie lesen.«

»Jack, wach auf. Dein Ruf wurde gerade zerstört. Verstehst du das? Ganz zu schweigen von deinem guten Ansehen. Jemand hat dir das angetan. Wir müssen etwas tun. Das College wird darunter leiden, dein Programm wird darunter leiden, und du musst auch an deine Memoiren denken!« Arthur war so aufgebracht wie ein Hornissennest, in das man hineingestochert hatte.

»Ich bin mir sicher, das alles wird sich bald im Sand verlaufen. Wie weit kann das schon führen?«

»Wie weit das führen kann? Denk mal an ein kalifornisches Buschfeuer in einer langen Sommerdürre. Die Story ist heute Morgen schon in allen elektronischen Nachrichtenagenturen, in der gleichen Woche, in der dein Gesicht auf dem Titelblatt von *Time* war. Die Zeitungen werden sie auf jeden Fall bringen, und morgen um diese Zeit bist du auch überall im Fernsehen.«

Ich stand über den Tisch gebeugt und las noch einmal den Artikel, der mein Leben bloßlegte. Warum passierte das? Bud Abbott hatte unrecht, was meinen Einsatz für Norwood und mein normalerweise spartanisches Leben betraf. Ganz sicher würden das alle verstehen.

»Wir müssen eine Pressekonferenz geben. Du musst herkommen, Jack. Wir können das nicht so stehen lassen. Wir nehmen jede Anschuldigung, die dieser Tintenkleckser vorgebracht hat, und stopfen sie ihm wieder in den Rachen.«

»Ich gebe keine Pressekonferenz.«

»Ich sehe keinen anderen Weg.«

»Eine Story reicht nicht, damit ich zum nächsten Mikrofon renne und anfange, mich zu verteidigen.«

»Jack, du hast keine Ahnung, wie heikel dieser Kram ist. Das Blut ist im

Wasser und die Haie lauern schon. Das ist nur der Blitz. Der Donner kommt morgen nach. Wenn sie noch mehr rausfinden, Jack, ist dein Name wochenlang, wenn nicht sogar monatelang in den Zeitungen.«

Ich hätte am liebsten Mr. Duroths maßgeschneiderte Anzüge eingepackt und wäre vom Tatort geflohen. In meinem alten Leben hätte ich noch geschlafen. Mein alter Wecker hätte erst in einer Stunde geklingelt. Doch der Ruhm hatte mich ereilt, und mich vor der Öffentlichkeit zu verstecken, verursachte nur noch mehr voyeuristisches Interesse. Sosehr ich den Geschmack eines guten Lebens in diesem Hotelzimmer genossen hatte, ich zog das einfache Leben vor. Aufwachen und eine Kanne Kaffee kochen. Orangensaft direkt aus der Packung trinken, wenn ich noch den Schlafanzug anhatte. Mich auf die Verbundenheit freuen, die ich in der Gemeinde mit Gott und den Menschen empfand. Das waren die Dinge, die mir wichtig waren. Sonntags hatte ich nie Termine. Nur Pläne, das Hühnchen aufzuwärmen, das Mrs. Hernandez mir dagelassen hatte, und Football zu schauen. Ich wollte dieses Leben zurück, wusste aber instinktiv, dass das im Licht von Bud Abbotts kleinem Artikel schwierig, wenn nicht sogar unmöglich werden würde.

»Es ist jetzt gleich acht«, erklärte ich Arthur. »Ich gehe in die Kirche. Wir können dieses Gespräch heute Nachmittag fortsetzen oder heute Abend, wenn das nötig ist.«

»Wenn das nötig ist? Du musst die Kirche ausfallen lassen und so schnell wie möglich nach Indianapolis kommen, damit wir eine Strategie ausarbeiten können. Wir müssen heute mehr arbeiten, als wir Zeit dafür haben.«

Ich schloss die Augen, überfordert von den Ausmaßen der sich entwickelnden Umstände. Es war eine Sache, dass mein Name in der Zeitung in den Dreck gezogen wurde, aber ich sah auch andere Konsequenzen. Die Folgen, die diese Angelegenheit für das College, das Programm, die Menschen in Norwood haben würde. Ein Feind versuchte mich vom Kurs abzubringen. Ich atmete aus und kämpfte den ersten kleinen Kampf – den Kampf um meinen Willen.

»Nein«, sagte ich. »Ich rufe dich nach der Kirche an.«

»Jack, hör mal –«

Ich verabschiedete mich von Arthur und legte auf. Er war außer Kontrolle … und Bud Abbott auch. Arthurs Motivation bestand in der Sicherung seines Einkommens – mein nächstes Buch. Aber was hatte Bud Abbott provoziert?

Eilig duschte ich und zog mich an. Die Sachen, die Mr. Duroth mir geschenkt hatte, legte ich zusammen und schob sie in einen Plastikbeutel, das einzige Transportbehältnis, das ich finden konnte. Kaum eine Viertelstunde später setzte ich meine Sonnebrille auf und ging auf den Fahrstuhl zu. Mein Aufenthalt in dieser Oase der Entspannung war vorüber. Ich würde es vermissen, so hoch über allem Lärm zu wohnen.

Die sieben Etagen fuhr ich allein im Aufzug hinunter. Ich konnte es kaum erwarten, in die Kirche zu kommen, wo ich Gottes Gegenwart erleben konnte, die mich umspülen würde wie kühles Flusswasser glatte Steine.

Als sich die Aufzugtüren öffneten, überfielen mich zwei örtliche Nachrichtenteams mit tragbaren Kameras und blendenden Scheinwerfern. Ein Mob von Fernsehreportern stürzte auf mich zu.

»Mr. Clayton, stimmt es, dass Sie hier im *Providence Hyatt* wohnen? Planen Sie, es zu kaufen?«

»Mr. Clayton, was sagen Sie zu den Anschuldigungen, dass Sie die Armen hier in Providence ausnutzen?«

»Mr. Clayton, stimmt es, dass Sie kürzlich von Ihrer Arbeitsstelle entlassen wurden?«

Ich bahnte mir einen Weg mitten durch die Menge, und wie vorherzusehen gewesen war, folgten sie mir Schritt für Schritt in die Tiefgarage. Noch nie in meinem Leben war ich glücklicher gewesen, dass ich keinen Cadillac besaß. Mein 2000er Jeep mit kaputtem Seitenspiegel und fehlendem Radio war in der Nähe der Tür geparkt und ich stieg ein. Ich ließ den Motor an und fuhr rückwärts aus der Parklücke. Die Reporterschar teilte sich in kleinere, umherhuschende Gruppen auf.

Zwischen Ü-Wagen, die mit Fotos von lächelnden 18-Uhr-Nachrichtenteams überzogen waren, fuhr ich zurück in die schutzlose *richtige* Welt. Ich bog in die Ames Road ab und warf einen Blick in den Rückspiegel, um zu sehen, ob ich verfolgt wurde. Ich beschloss, nicht nach Hause zu fahren, da ich erwartete, dort noch mehr Reporter vorzufinden. Peters Haus lag sieben Kilometer außerhalb der Stadt. Ich hoffte, dass er noch zu Hause war.

Ich fuhr von hinten an sein Haus heran und stellte den Motor ab. Durch das Küchenfenster konnte ich Peter sehen, der mich mit einem amüsierten

Gesichtsausdruck anschaute. Ich hatte keine Ahnung, was daran lustig war. Die letzte Woche war wie ein steiniger Pfad gewesen. Peter sah das anders, als ob das lediglich die Schritte waren, die *Jesus* mir aufgetragen hatte.

»Weißt du, für einen Kerl, der keine Aufmerksamkeit mag, erregst du ganz schön viel davon.« Peter empfing mich an der Hintertür.

»Das ist nicht der richtige Zeitpunkt für Witze, Peter. Zuerst das Buch, dann Arthurs Manipulationen, dann ein Anruf von diesem Reporter aus Chicago. Und heute Morgen haben mir Reporter aufgelauert. Nichts davon ist lustig.«

»Ich lache nicht über dich. Heute Morgen hast du mein Mitgefühl. Wie wär's mit Kaffee?«

»Wie spät ist es denn? Gehst du in die Kirche?«

»Entspann dich. Wir haben noch jede Menge Zeit. Setz dich hin und hol erst mal Luft.«

Peter nahm eine Tasse vom Haken und goss Kaffee hinein.

Ich atmete langsam aus. »Wenn Arthur recht hat, und sich Skandale wie ein Lauffeuer verbreiten«, sagte ich, »dann trifft das bei religiösen Persönlichkeiten in doppeltem Maße zu. Die sind noch explosiver.«

»Das stimmt wahrscheinlich, aber hör doch mal auf, dir Sorgen darüber zu machen.« Peter reichte mir den Kaffee und setzte sich an den Tisch.

»Es spielt keine Rolle, dass diese Anschuldigungen weit hergeholt sind«, sagte ich. »Was, wenn sie das Programm torpedieren? Die Menschen in Norwood könnten das Vertrauen verlieren. Das wäre tragisch.«

»Lass dich doch nicht von ein paar Fliegen stören, die um deinen Kopf schwirren. Wenn Menschen Gutes tun, wollen andere Menschen es immer verderben. Du weißt besser als irgendjemand sonst, vor wie vielen Hindernissen wir in Norwood standen. Dann sind wir mit dem Buch unter Beschuss geraten, und dann kamen die Reporter und die Umgewöhnungszeit. Du fängst etwas Neues an, etwas Gutes, also wird dir noch mehr Dreck entgegengeschleudert.«

»Denkst du, das ist es?«, fragte ich. »Ein geistlicher Kampf?«

»Spielt das eine Rolle? Geistliche Angriffe, die Gedankenlosigkeit von Menschen. Vielleicht ist es nur Neid. Wenn der Luftballon von jemandem zu groß wird, kommt jemand anderes mit einer Nadel daher. Jedenfalls sollte deine Reaktion nicht anders als sonst ausfallen. Bete und dann geh vorwärts. Lass dich nicht von bellenden Hunden einschüchtern.«

»Mich hat mal ein Hund gebissen.«

»Beiß zurück. Ich würde nur ungern sehen, dass dieses kleine Ärgernis deinem Wellnessplan im *Hyatt* in die Quere kommt«, neckte er mich.

»Sehr witzig. Ich bin da nur hingegangen, um zu schreiben, Peter. Weil es geschneit hat, weil ich melancholisch drauf war. Du warst derjenige, der mir gesagt hat, ich sollte mal Urlaub nehmen. Wieso wird mir das jetzt zum Verhängnis?«

»Jack, tief Luft holen. Es ist zu früh, um den wirklich tiefen Fragen auf den Grund zu gehen. Versuchen wir es mal mit einer einfacheren: Kommst du mit in die Kirche?«

»Nur wenn ich nicht den Gottesdienst störe und für eine Szene sorge.«

»Das ist die richtige Einstellung. Jedenfalls bist du schon mal richtig angezogen.«

Peter fuhr und ich saß daneben, so wie Mitchell und ich es immer gemacht hatten. Die Sonne wärmte mir den Nacken, während ich im Stillen betete, dass vor der Kirche keine Kamerateams auf uns warteten. Aber in der Kirche war es glücklicherweise – ein zusätzliches Lächeln und ein aufmunterndes Winken hier und da ausgenommen – als wäre der Artikel nie geschrieben worden.

Es war ein inspirierender Gottesdienst. Wir beteten Jesus mit der Musik an und die Predigt von Pastor Lawrence über Durchhaltevermögen kam genau richtig. Es war eine Stunde, in der ich mich nur auf Gott konzentrieren durfte, und sein Friede, »der größer ist, als unser menschlicher Verstand es je begreifen kann«, zog in meine Seele ein. Ich sah Segen in jedem Gesicht, jedem Fremden und Freund, der um mich herum saß.

Nach dem Gottesdienst warteten wir, bis alle Gottesdienstbesucher gegangen waren. Ein paar blieben stehen, um einige ermutigende Worte zu sagen.

»Wie sieht dein Plan aus?«, fragte Peter und brachte die Realität der Welt draußen zurück.

»Ich weiß nicht. Ich bin noch nicht bereit, zurückzugehen und mich diesem surrealen Leben zu stellen. Ich muss erst mal nach Hause, aber ich habe den nagenden Verdacht, dass ich dort nicht allein sein werde.«

»Du kannst nicht davonlaufen.«

»Werde ich auch nicht.« Ich stand auf und schaute hoch zu der Decke aus Zedernholz zwölf Meter über uns. Sonnenlicht strahlte durch die hohen Fenster. Staubflocken, die zwischen den Balken schwebten, warfen das Licht zurück. »Ich muss mit Aaron sprechen und sehen, was das College von mir will. Arthur meinte, ich sollte eine Stellungnahme schreiben.«

Pastor Lawrence kam in dem langen Mittelgang auf uns zu. Seine Schritte waren rasch und kräftig, und sein weißer Talar flatterte. »Guten Morgen, Jack … Peter.«

»'Morgen«, erwiderten wir.

Ich hielt die Luft an und hoffte, dass Pastor Lawrence mir glaubte, dass ich kein Betrüger war. Sein anfängliches Vertrauen hatte großen Einfluss darauf gehabt, dass Norwood sich für unseren Dienst öffnete.

»Jack, ich habe den Artikel gelesen. Ich wollte dir nur sagen, dass ich für dich da bin, wenn du eine Stellungnahme brauchst.«

»Eine Stellungnahme?«

»Ja, eine Stellungnahme. Ich nehme an, dass du dagegen angehen wirst. Jemand hat deinen guten Namen genommen und durch den Dreck gezogen. Wenn ich du wäre, würde ich dagegen angehen. Wenn ich etwas für dich schreiben soll, werde ich das tun. Als dein Pastor, als jemand, der die ganzen Jahre mit dir gegangen ist, und als jemand, der Norwood gut kennt, glaube ich an dich.«

Pastor Lawrences Predigt hatte mir neue Kraft gegeben. Jetzt gaben seine Worte mir die nötige Zuversicht um zu kämpfen. Sein Vertrauen zu mir war wie ein ganzes Bataillon Verstärkung.

»Danke, Pastor.«

»Ruf mich an, wenn du mich brauchst, Jack.«

Pastor Lawrence ging zurück zur Kanzel. Er war stark und muskulös, und die Stärke seiner Seele zeigte sich in seiner äußeren Erscheinung. Früher war er ein armer schwarzer Jugendlicher aus Alabama gewesen, der auf dem Footballplatz geschwitzt hatte, bis er ein Stipendium für Auburn bekommen hatte. Er hatte sich durch das theologische Seminar gearbeitet und war der Hauptpastor einer der größten weißen Kirchen von Providence geworden. Pastor Lawrence wusste, was widrige Umstände sind, und er wusste, wie man aufsteht und kämpft.

Und ich auch.

# Siebzehn

*Why don't they*
*Do what they say, say what they mean?*

*Warum tun sie nicht*
*Was sie sagen und sagen nicht, was sie meinen?*

The Fixx
*»One Thing Leads to Another«*

Zwanzig Minuten später bog ich in meine Auffahrt ein. Ein mir unbekannter weißer Chevrolet mit getönten Scheiben parkte einen halben Block weiter auf der Straße. Ansonsten war alles ruhig. Oben zeigte der Anrufbeantworter eine blinkende rote »46« an. Ziemlich viele Nachrichten für einen Kerl, dessen Nummer nicht im Telefonbuch stand.

Ich hängte mein neues Sakko in den Schrank und ging wieder hinunter in die Küche, um mir ein Sandwich zu machen. Irgendwo zwischen dem oberen und mittleren Treppenabsatz kam mir plötzlich ein seltsamer Gedanke. Er war so bizarr, dass ich irgendwie wusste, dass er wahr sein musste. Ich schnappte mir die Fernbedienung und schaltete CNN ein. Und da war ich, als ich gerade von meinem Aufenthalt im *Hyatt* auftauchte, in einem maßgeschneiderten Anzug und mit einer Fünf-Dollar-Sonnenbrille. Letztere gab mir ein distanziertes Aussehen, wie ein Hollywoodschauspieler, der den Paparazzi aus dem Weg ging. Verdächtigerweise fehlte das Video, wie ich in meinem schäbigen 5000-Dollar-Jeep davonraste. Ich stellte den Fernseher lauter, um hören zu können, wie der Reporter im Prinzip den Zeitungsartikel nacherzählte, nur mit einer neuen unheilvollen Wendung:

*Man weiß nur wenig über Clayton, der vor drei Jahren die Bestsellerlisten sprengte. Sein Buch* Arbeiter im Weinberg *wurde zu einem der verkaufsstärksten Sachbuchtitel aller Zeiten. Jahrelang ging er hartnäckig Reportern aus dem Weg und weigerte sich, Interviews zu geben, was dazu führte, dass die Medien darüber spekulieren, was er wohl verstecken könnte.*

*Verstecken. Die sagen, ich verstecke etwas.* Ich schaltete den Ton ab. Das Telefon klingelte. An der Anrufererkennung sah ich, dass es Arthur war.

»Gut, endlich bist du zu Hause. Was machst du gerade?« Er gab mir keine Zeit zu antworten. »Wir müssen das in den Griff bekommen, Jack. Die Geschichte von Bud Abbott ist schon im Fernsehen.«

»Ja, ich weiß. Hab's gesehen.«

»Und jeder andere in den Vereinigten Staaten und wahrscheinlich auf der ganzen Welt ebenfalls. Spätestens morgen Abend werden sich alle Sender zur besten Sendezeit Zeit dafür nehmen. Das ist *nicht* gut für das, was wir mit dem neuen Buch versuchen wollen.«

Ich wünschte mir, Arthur hätte gesagt, dass es nicht gut für den CMD oder das College oder das Norwood-Programm war, oder auch nur für meinen Ruf. Ich wünschte mir, es wäre nicht so schreiend offensichtlich, was Arthur am wichtigsten war.

»Ich dachte, jede Werbung ist gute Werbung.«

»Wenn das Buch in den Läden liegt, vielleicht, aber nicht in dieser Phase. Lass mal Dienstagmorgen werden, und die ersten Käufer werden ihre Bestellungen stornieren und keine Vorabexemplare mehr reservieren. Schlechte Presse wendet die Meinung der Leute gegen dich, Jack, und wahrscheinlich werden sie die Glaubwürdigkeit von allem infrage stellen, was du schreibst.«

Ich stellte mir Risse vor, die sich in einem Damm bildeten: Wasser tröpfelte aus den Spalten, Beton wurde Stück für Stück abgetragen, bis der Strom zu einer Flut wurde. Die Mauer meines Privatlebens brach um mich herum zusammen.

»Jack, ich habe einen Plan, wie wir das wieder hinbiegen, aber ich brauche deine völlige Kooperation.«

»Ich bin ganz deiner Meinung, dass wir irgendeine Art von Reaktion veröffentlichen müssen.«

»Tja, gut«, sagte Arthur, überrascht, dass ich ihm ohne viel Armdrücken zustimmte. »Das wird auch Zeit. Wir müssen uns alle zusammen reinhängen, um das hinzukriegen.«

Der weiße Chevrolet rollte vor mein Haus und hielt geräuschlos an. Das getönte Fenster auf der Fahrerseite wurde heruntergelassen und ein langes Weitwinkelobjektiv kam zum Vorschein, das direkt auf mich gerichtet war.

»Du wirst es kaum glauben, aber ich werde von Paparazzi fotografiert.«

»Geh weg vom Fenster.« Ich trat aus dem Blickfeld der Kameralinse und sah, wie der Wagen langsam um die Ecke bog, den Hügel hinauffuhr und in einer Seitenstraße parkte.

»Sind sie weg?«

»Vorläufig.«

Am unteren Rand meines Fernsehbildschirms sah ich meinen Namen im Newsticker vorbeikriechen:

AUTOR DER ARMEN WEICHT FRAGEN ÜBER SEIN LUXUSLEBEN AUS – AUTOR VON *ARBEITER IM WEINBERG* JACK CLAYTON WEIGERT SICH, FRAGEN ZU FINANZEN UND EXTRAVAGANTEM LEBEN ZU BEANTWORTEN.

»Das unterstreicht nur, wie schnell wir uns um diesen Skandal kümmern müssen.«

*Skandal*. Ich war in einen Skandal verwickelt. Arthur hatte recht. Diese Geschichte musste gestoppt werden.

»Im Augenblick gibt es in deiner Geschichte mehr Fragen als Antworten. Die Reporter werden Sachen ausgraben, wenn wir ihnen nicht vorher Antworten liefern.«

»Warum hast du mich nicht nach den Dingen gefragt, die in diesem Artikel stehen?«, wollte ich wissen. Ich wanderte durchs Haus und schaute aus dem Fenster, ob ich weitere »unauffällige« Autos sah.

»Weil es mir egal ist. Mein Job ist es, deine Bücher zu veröffentlichen und meine Investitionen zu schützen. Ich bin diesbezüglich dein Verteidiger. Deine Schuld oder Unschuld ändert meine Arbeit nicht um einen Pinselstrich. Das Einzige, was mir wichtig ist, ist deinen Namen reinzuwaschen und die Angelegenheit wieder dahin zu bekommen, wo sie hingehört.«

»Mir ist es wichtig, das Programm und das College zu schützen, und meinen Ruf – in der Reihenfolge. Ich bin bereit, eine Stellungnahme abzugeben, oder schreib meinetwegen eine Pressemitteilung. Schreib, was du willst, aber ich will es zuerst sehen.«

»Ich glaube, es ist viel mehr als das nötig, Jack.«

»Was schlägst du vor?«

»Eine Pressemitteilung, eine TV-Pressekonferenz, Fernsehauftritte, Talkshows – das Übliche. Wir müssen dein Gesicht unter die Leute bringen. Ich kenne eine PR-Firma hier in Indianapolis – McKinney & Co. Susan McKinney ist die Geschäftsführerin. Sie ist fabelhaft. Ich habe schon

Kontakt zu ihr aufgenommen, und sie ist einverstanden, mit uns zu arbeiten. Ihre Spezialität sind Kunden mit … Flecken auf der Weste.«

»Ist es das, was ich habe – Flecken auf der Weste? Es ist doch wohl eher so, dass sie die Tatsachen verdreht haben.« Das Ganze geriet außer Kontrolle.

»Ja, sie haben die Tatsachen verdreht, aber um sie wieder richtigzustellen, brauchen wir mehr als nur eine Pressemitteilung. Vielleicht fällt es dir schwer, das zu glauben, Jack, aber die Leute lügen ständig in Pressemitteilungen. Die Öffentlichkeit interessiert das nicht. Deswegen müssen wir Susan an Bord holen. Sie wird mehr als nur ein paar gute Ideen haben.«

»Wann können wir uns treffen?«

»Heute. Und Jack, bitte hör auf Susans Rat. Sie weiß, was sie tut. Viele unschuldige Menschen werden unnötig verletzt, wenn wir jetzt nicht etwas tun.«

Wir vereinbarten, uns um vier in meinem Haus zu treffen.

Susan McKinney stellte sich vor, indem sie eine Liste der Klienten präsentierte, mit denen sie gearbeitet hatte: Profisportler, deren öffentliche Torturen ihrem Ruf geschadet hatten, und Vorstandsvorsitzende, die ihre öffentliche Wahrnehmung »aufpolieren« wollten. Sie hatte sogar mit dem Büro des Gouverneurs zusammengearbeitet.

»Jack, Arthur hat mir von Ihrer Situation berichtet. Ich habe heute Vormittag die Nachrichtenseiten im Internet durchgeschaut und runtergeladen, was in Zeitungen überall im Land gedruckt wurde. Ich habe auch die Fernsehnachrichten gesehen. Es tut mir leid, dass Sie in diese Situation geraten sind; die Geschichte klingt nicht fair. Allerdings glaube ich nicht, dass es so verheerend ist, wie Arthur und Sie es vielleicht wahrnehmen. Tatsächlich sollte das relativ leicht aus der Welt zu schaffen sein, wenn Sie bereit sind, ein paar Dinge zu tun, die bisher nicht passiert sind.«

»Zum Beispiel?«

»Antworten Sie geradeheraus auf die Anschuldigungen. Der erste Vorwurf gegen Sie ist, dass Sie Interviews ausweichen. Das können Sie widerlegen, indem Sie eines geben.«

»Jack«, warf Arthur ein, »Susan und ich haben darüber schon im Auto gesprochen und sie denkt, dass es einige landesweite Sendungen gibt, in denen wir dich unterbringen könnten. *Larry King, Good Morning America, Fox News.*«

»Wir suchen leichte Interviews aus, nicht die scharfen Hunde«, setzte Susan hinzu. »Man wird Sie bitten, Ihre Geschichte zu erzählen und Ihnen dann die weich gespülte Version der Fragen zuwerfen, die die Presse gestellt hat. Ganz einfach. Eine unkomplizierte Sache. Wenn wir schnell genug sind, können wir Ihre Version rasch genug unter die Leute bringen, damit die selbst entscheiden können.«

»Ich gebe keine Interviews.«

Arthur und Susan wechselten einen besorgten Blick.

»Ich weiß, Jack«, sagte Arthur. »Das hast du absolut klargestellt. Aber möchtest du nicht deinen Namen reinwaschen? Es ist egal, wie du in diese Situation geraten bist. Was zählt, ist, wie du da wieder herauskommst.«

»Wir schicken eine Stellungnahme an alle Fernsehsender und Printmedien, in der wir jede der sogenannten Anschuldigungen ansprechen«, fuhr Susan fort. »Wir können alle Informationen einbringen, mit deren Veröffentlichung Sie einverstanden sind.«

Sie griff in ihre große Ledertasche und zog einen kleinen Notizblock mit Spiralbindung hervor. Sie blätterte ein paar Seiten mit vorbereitenden Notizen um, bis sie ein leeres Blatt fand.

»Okay. Das erste Thema, das wir ansprechen müssen, ist die Frage, wohin Ihr Geld geht – Fragen des Lebensstils, wie extravagant Sie wirklich leben. Ich kann an Ihrem Haus sehen – ist das Ihr einziges? –, dass die Presse ganz sicher nicht gut recherchiert hat, bevor die Story gedruckt wurde. Arthur hat mir erzählt, dass Sie bei sich selbst sparsam und großzügig bei anderen sind. Ich denke, wir können das so drehen, dass wir von Ihrer Großzügigkeit sprechen können, ohne dass Sie wie ein Heiliger aussehen. Dann haben wir noch die Haushälterin. Ich schlage vor, dass Sie sie als eine Frau präsentieren, die Ihnen hilft, weil Sie Junggeselle und sehr beschäftigt sind. Sie arbeitet nur in Teilzeit für Sie, richtig? Ich hoffe, ich bin Ihnen nicht zu schnell. Ich möchte nur alle Punkte auf den Tisch bringen, für die wir eine Strategie entwerfen können, mit der Sie sich wohlfühlen.«

Ich konnte sehen, dass Arthur darum kämpfte, sich zurückzuhalten und Susan nicht zu unterbrechen.

»Wenn Sie doch am Ende im Fernsehen auftreten«, fuhr sie fort, »wird man Ihnen Fragen zu den Umständen stellen, unter denen Sie das Geld verdient haben.« Susan ließ den Block auf ihren Schoß sinken und atmete entspannt aus. »Um ganz offen zu sprechen, manche Leute werden fragen, wie ein weißer Mann in eine schwarze Gegend geht, ein Buch über ihre Geschichten schreibt und dann mit zwanzig Millionen Dollar rausgeht. Ich weiß, dass Ihr Programm Wunder gewirkt hat, aber diese Leute leben im Prinzip immer noch in der gleichen sozio-ökonomischen Umgebung.« Sie hob ihren Stift, als wollte sie meine Antwort stoppen. »Für manche wird das wie die immer gleiche rassistische Geschichte aussehen: Weiß nutzt Schwarz aus.«

Susan blätterte zu einer neuen Seite in ihrem Notizblock um. Es sah aus, als hätte sie einen ziemlichen Verschleiß. »Das letzte wichtige Thema ist der Vorwurf, Sie hätten, warten Sie mal ...« Sie zog einen Papphefter aus ihrer Ledertasche. Darin waren ein Zeitungsausschnitt und mehrere Ausdrucke aus dem Internet. Sie hielt ein Blatt Papier vor sich und studierte es wie belastendes Beweismaterial.

»Der Vorwurf, Sie seien ... mehrmals mit dem Gesetz in Konflikt geraten. Darunter seien Schießereien, eine in Chicago und eine in der Nähe von Clovis, New Mexiko.« Sie ließ den Zeitungsausschnitt sinken und starrte mich an.

»Fahren Sie fort«, sagte ich ohne anzubeißen. Sie ließ ihre Zunge über ihre Oberlippe gleiten.

»Jack, Probleme mit dem Gesetz sind eine andere Geschichte. Manche Dinge ... verzeihen die Leute nicht so leicht. Es ist *sehr entscheidend* für unsere PR-Strategie, ob noch mehr Fakten über diese Ereignisse auftauchen. Gibt es Details in dieser Geschichte, die wir kennen sollten?«

Alle Augen und Ohren erwarteten meine Antwort. Ich schob für den Augenblick beiseite, dass das niemanden etwas anging. Ich versuchte auch zu vergessen, dass das Etikett »Nachrichten«, das man dem Privatleben von Personen des öffentlichen Lebens aufdrückte, den Medien die Lizenz gab, ernste, nüchterne Gesichter aufzusetzen, während sie nichts weiter als Klatsch und Tratsch verbreiteten.

»Sie fragen, ob noch eine weitere Zeitbombe tickt?« Sie nickte. »Susan, ich weiß wirklich zu schätzen, dass Sie meinetwegen an einem Sonntagnachmittag hierhergekommen sind. Ich werde ganz offen sprechen, weil ich Ihnen wenigstens das schuldig bin. Jeden Tag sitze ich acht Stunden lang vor einem Computerbildschirm und ziehe mit einer Pinzette Fragmente aus meiner Vergangenheit. Das ist so, wie wenn man Granatsplitter unter der Haut hervorzieht.« Arthur reagierte gereizt auf diese Bemerkung. Ich vermutete, er hätte nie gedacht, dass Schreiben ein schmerzhafter Prozess sein könnte. Ich fuhr fort: »Gibt es Angelegenheiten in Ihrem persönlichen Leben, Dinge, die besonders schwierig sind, denen Sie sich kaum in Ihrem stillen Kämmerlein stellen können? Dinge, über die Sie vielleicht mit einem Psychologen oder Geistlichen sprechen?« Susan nickte wieder. »Stellen Sie sich einmal vor, Sie müssten diese Dinge vor aller Welt aufarbeiten, Susan, umgeben von Journalisten und Kameraleuten.«

Susan schwieg.

»Ich kann nicht ins landesweite Fernsehen gehen. Nicht, weil ich ein sturer Mensch bin, sondern weil ich ein Mensch mit einem Privatleben bin. Ich werde mich nicht auf dem Altar der 24-Stunden-Nachrichten opfern.«

Es folgten einige Sekunden Schweigen, eine Sackgasse.

»Darf ich etwas sagen?«, meldete sich Susans Assistentin Mary Young zu Wort. Ich drehte mich zu ihr um.

»Ja.«

»Mr. Clayton, es muss schwer sein, dass so viele Menschen wollen, dass Sie über Ihr Privatleben sprechen, aber viele junge Leute schauen wirklich zu Ihnen auf. Denken Sie doch mal daran, wie diese Leute sich fühlen, wenn Sie *nicht* auf all diese Vorwürfe reagieren. Sie könnten die Hoffnung verlieren, die sie durch das bekommen haben, was sie in Norwood gesehen haben. Sie würden sich fragen, ob nicht alles nur eine einzige große Lüge war. Ich habe alle drei Bücher von Ihnen gelesen, und ich muss gestehen, als ich die Geschichte in den Nachrichten gehört habe, war ich am Boden zerstört. Nachdem ich Sie jetzt kennengelernt und Ihnen zugehört habe, schäme ich mich, dass ich das Zeug auch nur eine Sekunde lang geglaubt habe. Aber nicht alle haben die Chance, zu Ihnen zu kommen und eine Stunde mit Ihnen zu verbringen.«

»Danke, Mary. Glauben Sie mir, Leuten die Hoffnung zu nehmen, die Hoffnung mehr als alles andere brauchen, ist das Letzte, was ich will.«

Ich drehte mich zum Rest der kleinen Gruppe um. »Oben auf meinem Anrufbeantworter sind Dutzende Nachrichten – die meisten davon ziem-

lich surreal. Ein ärgerliches Vorstandsmitglied der Mission hat angerufen – obwohl der Mann mich seit zwölf Jahren kennt – und verlangt, dass ich mich diese Woche einer außerplanmäßigen Versammlung stelle und ihre Fragen beantworte. Ich habe verrückte Anrufe bekommen und Drohungen von Reportern, die verlangen, dass ich sie zurückrufe und alles ausspucke, oder sie werden berichten, dass ich ihnen aus dem Weg gehe.« Ich erhob mich und spürte, wie ich wieder wütend wurde. »Ich habe die ganze Sache wirklich satt.« Ich schaute zu Arthur. »Ich wollte meine Memoiren nicht schreiben. Ich habe nicht darum gebeten, achtzehn Millionen Bücher zu verkaufen! Ich habe nur darum gebeten, Gott folgen zu dürfen…«
*Ich habe nur darum gebeten, Gott folgen zu dürfen, selbst wenn das Leben verrückt wird. Um etwas anderes habe ich die ganze Zeit nicht gebetet. Gott gibt mir, worum ich gebeten habe.*

»Es stimmt, dass ich Interviews aus dem Weg gegangen bin, weil ich nicht ihre Spielchen mitspielen und meine Finanzen und medizinischen Akten offenlegen will. Ich will mich nicht in ihre Fernsehshows setzen und ihre Fragen über mein vergangenes und gegenwärtiges Leben beantworten.«

Ich blieb hinter einem Stuhl stehen und umfasste die Lehne, um meine Selbstbeherrschung wiederzufinden. »Also, Folgendes werde ich tun oder nicht tun. Susan, schicken Sie eine Antwort auf den Artikel raus, den unser Freund Bud Abbott geschrieben hat. Ich bin mir sicher, dass Sie genug haben, um die meisten Anschuldigungen zu entkräften. Ich werde keine Interviews geben oder meine Finanzen offenlegen.«

»Du *musst*, Jack«, beharrte Arthur.

»Nein, ich muss nicht. Mein Buch kommt im Sommer raus. Darin behandle ich die finanziellen Fragen, aber in einer würdevollen Art und Weise.« Ich kämpfte darum, die Zwangsjacke auszuziehen, in die mich so viele Fremde stecken wollten. »Es gibt noch eine Sache, die ich, glaube ich, tun kann, aber da muss ich später noch einmal mit dir reden, Arthur.«

Susans Augenbrauen schossen auf und nieder. Ihr weiser Rat war abgelehnt worden. »Jack, Sie sollten zumindest über irgendeine Art zweiseitiger Kommunikation nachdenken.«

»Zum Beispiel?«

»Vielleicht eine Internetkonferenz. Die Leute könnten ihre Fragen per E-Mail schicken. Oder wir … Sie könnten mit einem Vertreter der Medien sprechen, dem Sie vertrauen, wie dem Autor dieses Artikels im *Time*-Magazin.«

»Nein. Sie werden mir vertrauen müssen. Ich glaube, ich weiß, wie ich das in Ordnung bringen kann.«

»Tja, würde es dir etwas ausmachen, uns deine Pläne mitzuteilen?«, fragte Arthur.

»Noch nicht, Arthur. Aber bald.«

Um achtzehn Uhr war das Trio wieder auf dem Weg nach Indianapolis. Susan dachte wahrscheinlich, ich bräuchte psychiatrische Hilfe. Arthur hätte vermutlich unsere zunehmend konfliktgeladene Beziehung auf der Stelle beendet, wenn da nicht dieses kleine Buch wäre, das ich noch schrieb. Vor nur einer Woche hatte ich angefangen, meine Lebensgeschichte aufzuschreiben. Jetzt schmiedete ich einen Plan, wie ich mich aus diesem Schlamassel befreien konnte. Ich war zuversichtlich, dass dieser mich aus der Defensive holen und wieder an den Ball bringen würde. Ich würde es machen wie ein Footballspieler, der auf die Torzone zulief. Ich hatte noch genug Zeit. Ich brauchte nur die Verteidiger, die mir den Weg freihielten.

Wieder in meinem Büro, schaltete ich meinen PC an. Mit dem Plan kam das Gefühl, ich würde das Gras vom Footballplatz im College riechen. Ich dachte an kühle Oktobertage und an das Ende jener ersten Footballsaison in Providence. Der sommerwarme Tag im November und die verschneiten Wochenenden, die folgten. Und all das hatte dazu geführt, dass eine sanfte Hand auf einer Schulter lag und unausgesprochene Worte eine elektrisierende Berührung auslösten.

*Ich habe dich gefunden.*

Ein Teil von mir sehnte sich nach einer Zeitreise in die Vergangenheit. Ich hatte keine Zeitmaschine, aber wenigstens hatte ich diesen Computer. Ich ging zurück nach Providence. Diese Stadt, der gleiche Ort, vertraute Orientierungspunkte, alles war noch da. Aber es war eine andere Zeit, es waren andere Menschen. Ich konnte sie in der physischen Welt nicht erreichen, aber trotzdem würde ich bald bei ihnen sein.

# Achtzehn

*Some walk by night*
*Some fly by day …*
*Moonlighting strangers*
*Who just met on the way.*

*Manche gehen bei Nacht*
*Manche fliegen bei Tag …*
*Fremde im Mondlicht*
*Die sich unterwegs trafen.*

Al Jarreau
*»Moonlighting«*

Nach jenem Abend in *Lillian Hall* trat Jenny Cameron voll und ganz in meine Welt ein. Welcher Zauber auch immer mit dem Beginn einer jungen Liebe einhergeht, ich hatte ihn. Ich hatte das, was ich in Erins Augen für Mitchell und in seinen Augen für sie gesehen hatte, dieses bezaubernde Gefühl, das sanfte Schatten auf ganz persönliche Augenblicke wirft. Während jener Monate des Entdeckens erlebte ich die Intensität einer ersten Liebe. Vielleicht geht es jedem so, der sich verliebt, oder vielleicht ist die Liebe auch so einzigartig, dass das, was zwischen zwei Menschen erschaffen wird, nur ihnen gehört und nicht wiederholt werden kann.

Das Leben veränderte sich nach diesem Abend im Wohnheim, an dem Bruce Willis in *Das Model und der Schnüffler* Cybill Shepherd nachgestiegen war. Zuerst waren es die kleinen Dinge. Zum Beispiel, dass Jenny mich aus heiterem Himmel anrief, um mich zu fragen, wie es mir ging, oder dass sie kleine »Vergissmeinnicht« in die oberste Schublade meines Schreibtisches schob, oder handgeschriebene Liebesbriefchen in meinen Jackentaschen versteckte.

Im Dezember, zwei Wochen vor Ende des Herbstsemesters, fand im frisch renovierten Gebäude des Studentenwerks eine offizielle Weihnachtsfeier statt. Jenny trug ein hübsches rot-schwarzes Kleid. Ihr Haar hatte sie auf Schulterlänge kürzen lassen und hinter die Ohren geschoben, an denen silberne Ohrringe in der Form von Mini-Weihnachtsbäumen hingen. An jenem Abend tanzten wir zur Musik einer kleinen Band, die in dem kathedralenartigen Raum spielte. Jenny hatte ihre Hände locker in meinem Nacken verschränkt und wiegte sich zur Musik. Wir sprachen über unsere Weihnachtspläne. Ich erzählte ihr von Mariannes angedeuteter Einladung zum Weihnachtsfest in Overton, aber ich hatte mich noch nicht festgelegt.

»Ich finde, du solltest hinfahren. Du kannst Weihnachten nicht allein in deiner Wohnung verbringen, Jack.«

»So einfach ist das nicht. In Overton gibt es zu viele Erinnerungen … Es ist kompliziert.«

»Warum kompliziert?«

»Weißt du noch, wie ich dir von meiner Schwester Ruthie erzählt habe? So ein leeres Haus zu Weihnachten ist einfach traurig.«

»Ich kann nachvollziehen, was deine Mutter bewegt. Während du zwei wichtige Menschen aus deiner Familie verloren hast, hat sie drei verloren.«

»Als Thomas Wolfe sagte, man kann nicht wieder nach Hause gehen, war das meiner Meinung eine gute Beschreibung.«

»Seit letztem Sommer hat sich viel verändert, Jack. Du hast dein erstes Semester am College hinter dir, du hast eine Arbeit, deine eigene Wohnung und eine bezaubernde und wunderschöne Freundin.« Sie lächelte und zog mich näher zu sich.

»Ja, das stimmt.«

»Und du kannst nicht ganz allein hier in Providence bleiben – das ist einfach eine zu deprimierende Vorstellung. Was hältst du davon, für einen Teil der Weihnachtsferien mit mir nach Hause zu kommen?«, fragte sie.

»Ich denke, deine Eltern sind noch außer Landes?«

»Habe ich dir das nicht erzählt? Sie kommen am Zweiundzwanzigsten. Im neuen Jahr fangen sie ein neues Projekt in London an.«

»London? Wo muss ich unterschreiben, um Missionar zu werden?«

»Das ist kein Scherz. Wir haben sogar zwei Jahre in Suffolk gelebt, als ich zwölf war. Meine Eltern werden nur kurz hier sein. Ich hätte gern, dass sie dich kennenlernen.«

»Das ist möglich. Wann fahren du und Erin?«

»Du meinst Erin, Mitchell und ich?« Das hörte ich zum ersten Mal.

»Sie verbringen Weihnachten bei Erins Familie und fahren dann über Silvester zu Mitchell. Wir fahren zusammen, zumindest die erste Strecke.«

»Ich hatte ja keine Ahnung, dass ihr alles schon durchgeplant hattet.«

»Das hat sich ganz schnell so ergeben. Ist doch toll, dass das so spontan klappt.«

»Und ist es okay für deine Eltern, wenn ich mitkomme?«

»Ich glaube schon. Ich habe mit meiner Schwester am Telefon darüber geredet und fand es problemlos. Wir haben jede Menge Platz. Ich spreche dieses Wochenende mit meiner Mutter darüber. Aber was ist jetzt mit *deiner* Mutter? Was wirst du tun?«

»Ihr ein hübsches Geschenk schicken?«

»Jack!« Jenny gab mir einen Klaps auf den Arm.

»Was sollte ich denn deiner Meinung nach tun?«, fragte ich.

»Ich finde, wir sollten alle über Weihnachten nach Indianapolis fahren. Dann können wir vor Silvester zusammen nach Overton fahren und sehen, was es mit dieser mythischen Stadt auf sich hat.«

»Du würdest mit mir zu meiner Mom gehen?«

»Wenn du mich nett darum bittest.« Jenny schaute zu mir hoch. Ihr Körper entspannte sich, als sie sich auf der Tanzfläche an mich drückte. »Überrascht?«

»Angenehm überrascht.«

»Vielleicht ist es an der Zeit, dem alten Haus ein bisschen Leben einzuhauchen.« Ein Kuss besiegelte unsere Abmachung.

Meine letzte Prüfung war an einem Donnerstag. Erin und Jenny hatten ihre am Freitagvormittag. Bis Mittag hatten Mitch und ich den Cutlass für unseren Weihnachtsausflug gepackt.

Kurz vor Mittag öffnete der Himmel seine Schleusen und überschüttete uns mit Schnee. *Lillian House* wurde zum Irrenhaus. Jeder Student in Providence wollte über die Feiertage nach Hause. Die Autoschlange vor dem hinteren Parkplatz von *Lillian Hall* war gigantisch. Eltern, die im September ihre Töchter zum Studienbeginn abgesetzt hatten, kamen wieder, um sie aus einem Winter-Wunderland abzuholen. Freunde holten ihre Freundinnen ab. Gruppen von jüngeren Studenten packten sich auf die Rücksitze von riesigen Limousinen. Ihre Eltern wiegten sich in dem ganzen Metall in falscher Sicherheit.

Mitchell steuerte den Cutlass über den Bordstein und auf den verschneiten Rasen neben dem Parkplatz. Jenny winkte uns wild von der Hintertür zu, die von irgendwelchen Koffern aufgehalten wurde. Wir bahnten uns einen Weg durch das Gewirr von Koffern, Autohecks und offenen Autotüren.

»Kommt und rettet uns!«, rief Jenny.

In ihrem Wohnheimzimmer sammelten wir zwei Koffersets ein, eine kleine aber schwere Kühlbox mit allen möglichen Snacks und zwei Frauen, die bereit zur Abreise waren. Mitch und ich schoben uns durch das Chaos und schützten uns mit den Reisetaschen vor den arktischen Luftböen, die die Treppe hinaufbliesen, sobald die Hintertür ein wenig geöffnet wurde.

Wir stürmten hinaus und warfen die Taschen in den riesigen Kofferraum des Cutlass, während Mitchell den Motor anließ. Mitchs Hinterreifen schleuderten frisch gefallenen Schnee hoch, als er über den Rasen rutschte, vorbei am langen Autostau. Wir entflohen dem Aufruhr des letzten Semestertages in blizzardähnlichen Wetterverhältnissen.

Fünfzehn Minuten später waren wir auf dem Highway, noch knapp zweihundert Kilometer von Indianapolis entfernt.

»Ihr Jungs seid fantastisch!«

»Ich bin sooo froh, endlich hier rauszukommen«, sagte Jenny. »Montag hatte ich meine Hausarbeit fertiggeschrieben und dann habe ich eine Woche lang nicht geschlafen, während Erin und ich uns jede Einzelheit aus dem Lehrbuch in die Köpfe gehämmert haben. Ich dachte, dieses Semester endet nie!«

»Ich möchte die nächsten zwei Wochen kein Buch mehr sehen«, setzte Erin hinzu. »Ich will auch keine Zeitung lesen. Ich will nicht einmal mehr den Aufdruck auf einer Schachtel Aspirin lesen!«

Wir lachten.

»Spätestens um vier ist Providence eine Geisterstadt«, sagte Mitchell.

Die Mädchen öffneten die Kühlbox und kramten etwas zu essen für Mitch und mich hervor.

»Was ist mit dir, Jack? Wie sind deine Prüfungen gelaufen?«

»Ich weiß nicht, was ihr alle habt. Ich könnte das gleich noch mal machen. Kinderkram!«

»Halt die Klappe!!!«

Um vier Uhr nachmittags hatten wir den Norden von Indianapolis erreicht, nachdem wir nonstop mit 90 km/h gefahren waren und eine Zeitzonengrenze überquert hatten. Als Jenny in der u-förmigen Einfahrt einen Mietwagen sah, wurde sie merklich aufgeregt. Sie hatte ihre Eltern über ein Jahr lang nicht gesehen.

»Hallo alle zusammen!« Jennys Mutter Angela öffnete die Haustür, um uns zu begrüßen. Rasch holte sie uns vier College-Studenten aus der Kälte in die gemütliche Wärme des Farmhauses.

Mitchell und ich schauten zu, wie Erin und Jenny umarmt und liebkost wurden. Mike und Tessa warteten, bis sie an der Reihe waren.

»Ihr seid alle so kalt«, sagte Angela und hielt Jennys Gesicht in ihren Händen.

»Howard Cameron.« Howard streckte mir die Hand entgegen und ich schüttelte sie, schwer darum bemüht, einen guten ersten Eindruck zu machen. Er war stark, um die Fünfzig, mit muskulösem Körperbau und einem breiten Lächeln. Er begrüßte mich so freundlich, wie ich es bisher kaum einmal erlebt hatte.

»Mom und Dad, das sind unsere Freunde«, sagte Jenny und wir alle lachten über ihre Direktheit. »Das ist Mitchell McDaniels; er gehört zu Erin. Und das ist Jack … der ist meiner.«

Die Atmosphäre in Mikes und Tessas Haus war wie in einem Frank-Capra-Film. Perry Como sang »Chestnuts roasting on an open fire«, als ob er irgendwie den großen, offenen Kamin aus Feldsteinen sehen könnte. Ein zweieinhalb Meter hoher Weihnachtsbaum in der Ecke des Raumes erstrahlte in eleganter weißer Beleuchtung und teurem Schmuck. Es war nicht *mein* Zuhause, aber es fühlte sich wie ein Zuhause an.

»Wir freuen uns, dich kennenzulernen«, sagte Angela. Sie umarmte mich, als wäre ich ein lange verlorener Sohn.

»Mom adoptiert junge Leute, Jack. Das ist das Erste, das du wissen solltest«, sagte Tessa.

Mitch und Erin blieben nicht lang, aber wir schmiedeten Pläne für gemeinsame Weihnachtseinkäufe am Sonnabendvormittag im Einkaufszentrum.

Nachdem ich ausgepackt und meine Sachen im Gästezimmer im Untergeschoss verstaut hatte, machte ich mich für das Abendessen mit der Familie frisch. Wir sechs saßen um den rustikalen Tisch im Esszimmer. Sie hatten ein Festmahl vorbereitet, das wie ein Thanksgiving-Essen aussah, erweitert durch ungewöhnliche Leckereien wie Aufschnitt und Käse, Muschelsuppe und Frühlingsrollen. Nach dem Tischgebet wurden die Platten und Schüsseln herumgereicht und die Gespräche begannen.

»Jack, Angela und ich arbeiten bei einem Missionswerk, das in verschiedenen Gebieten der Erde Gemeinden gründet, um sich um die Menschen zu kümmern, Englisch zu unterrichten und bei jeder möglichen Gelegenheit von Jesus zu erzählen.«

»Wohin gehen Sie als Nächstes?«, fragte ich.

»Nach Neujahr geht's nach London. Ich habe so ein Gefühl, dass wir sehr lange dort sein werden.«

Jenny übernahm die Rolle der Gastgeberin. Sie lenkte den Strom der Gespräche, indem sie jeden fragte, was er oder sie in letzter Zeit gemacht hatte.

»Mike arbeitet im Büro des Generalstaatsanwalts. Das ist offenbar der aufregendste Moment seiner Karriere, da er gar nicht aufhören kann, davon zu sprechen«, sagte Tessa.

»Hey, dieser Job war der Wunschtraum meines gesamten Jurastudiums! Was soll ich sagen?« Mike errötete.

»Inzwischen quäle ich mich immer noch in meiner privaten Kanzlei ab. Ich konnte im Oktober allerdings einen Rechtsanwaltsgehilfen einstellen, und das ist eine riesige Hilfe.« Tessa nippte an ihrem Glas. »Was ist mit dir, Schwesterherz?«

»Meine freie Zeit wird von einem Pilotprojekt aufgefressen, das Dr. Holland in Providence gestartet hat. Wir untersuchen die Bedürfnisse in der Innenstadt. Dieses Semester haben wir hauptsächlich den Status quo bestimmt, denn das war schon genug Arbeit. Niemand weiß genau, wie er an diese riesige Aufgabe herangehen soll. Jedes Mal, wenn wir denken, wir haben alles gesehen, tauchen neue Probleme auf.«

»Und was ist mit dir, Jack?« Angela ließ ihren Blick von Jenny zu mir wandern. »Wie war dein erstes Jahr am College bisher?«

»Es war ganz außerordentlich, Mrs. Cameron. Manchmal kann ich kaum glauben, dass ich vor acht Monaten noch in der Highschool war.«

Tessa hob die Augenbrauen.

»Deine Eltern sind sicher stolz auf dich. Jenny hat uns erzählt, wie sehr du dich auf deine Arbeit konzentrierst … und aufs Studium.«

»Meine Mom ist schon stolz, glaube ich.«

»Jacks Eltern haben sich vor ein paar Jahren scheiden lassen«, sagte Jenny.

Ich war mir sicher, dass sie ihrer Mutter bereits von meiner Situation erzählt hatte.

»Das tut mir leid, Jack. Leben deine Eltern noch beide in Iowa?«

»Mein Vater ist in Kalifornien. Wir bekommen ihn nicht mehr oft zu sehen.«

Tessa entschuldigte sich und ging in die Küche.

»Weißt du schon, was du nach dem College machen möchtest?«, fragte Howard.

Tessa kam mit einem echten New Yorker Käsekuchen zurück. »Okay, alle zusammen. Hier ist … der beste Käsekuchen auf diesem Planeten. Heute Morgen per Kurier aus Manhattan eingetroffen.«

Es folgte ein Oh und Ah von uns fünf. Sie teilte Dessertteller aus und der Geruch von frisch aufgebrühtem Kaffee schwebte aus der Küche herein.

»Also, Jack?« Wahrscheinlich machten sich Howard und Angela Notizen in ihrer mentalen Personalakte, aber es kam mir nicht so vor. Ich wäre nervöser gewesen, hätte ich gewusst, dass Jenny noch nie zuvor einen Jungen mit nach Hause gebracht hatte.

»Nach dem College? Ich weiß, ich sollte schon alles geplant haben, aber –«

»Quatsch«, sagte Angela. »Welcher junge Mann hat schon sein Leben geplant, wenn er gerade mit dem College angefangen hat? Ich weiß jedenfalls, dass es bei Howard nicht so war.« Sie berührte seinen Arm und lächelte ihn an. »Er wusste, dass es sein Ziel und seine Berufung war, Gott zu dienen. Das hat ihn überhaupt erst nach Chicago gebracht, aber das war's auch schon. Howard und ich lernten uns im College kennen, als er gerade angefangen hatte zu studieren und ich in meinem vorletzten Jahr war. Meine Eltern waren Missionare in Indien und auf den Philippinen gewesen. Ich wusste, dass Gott mich rief, aber Howard war einfach offen und wartete.«

»Sie sagte mir, wir würden auf Weltreise gehen«, sagte Howard und erntete den ersten großen Lacher des Abends.

»Habe ich nicht!«, erwiderte Angela. Sie sahen aus, als hätten sie sich genau wie wir erst im Oktober ineinander verliebt.

»Jack, ich glaube, der Herr hat wunderbare Dinge für dein Leben vorbereitet, und wenn du nach diesen Dingen Ausschau hältst und seiner Führung folgst, wird er sich um den Rest kümmern.«

Angelas Worte stellten sich über die Jahre hinweg als wahr heraus, so wahr wie nur irgendetwas. Doch damals hatte ich ihre Bedeutung noch nicht begriffen.

»Ich kenne dich noch nicht lange, aber du bist ein besonderer Mensch, das merke ich. Ich bin dankbar, dass du Weihnachten bei uns verbringst.« Damit hob Angela ihr Glas in meine Richtung und ich fühlte mich angenommen.

»Danke.«

Nach dem Abendessen saßen Jenny und ich allein auf dem Sofa im Gästezimmer. Unser langer, abenteuerlicher Tag klang langsam aus, verzaubert von einem guten Abendessen und der späten Stunde. Wir ruhten uns aus. Jenny streckte sich auf der rot karierten Couch aus. Strähnen ihres kastanienbraunen Haares fielen ihr ins Gesicht.

»Ich glaube, du hast meine Familie im Sturm erobert«, flüsterte sie, die Augen kaum geöffnet.

»Sie sind wunderbar. Du hast Glück, dass du sie hast.«

»Ich betrachte es nicht als Glück. Ich nehme es als Gottes Segen.«

»Okay. Dann bist du gesegnet.« Mit geschlossenen Augen lächelte sie.

Ich hatte Jennys ehrlichen Glauben in ihrem täglichen Leben gesehen. Schon der Titel des Buches, das sie immer dabeihatte, sagte alles: *Überlebenstipps für Frauen, die glauben* von Allison Miller. Das kleine Andachtsbuch begleitete sie überallhin, steckte mit dem Rest ihrer Lehrbücher in ihrer roten Büchertasche. Ich hatte ihren Glauben in Dr. Hollands Klinik gesehen, wenn sie sich hinkniete, um ein ängstliches Kind zu trösten, oder einer Mutter geduldig etwas erklärte, die nur gebrochen Englisch sprach. Sie reagierte voll Mitgefühl auf die Frustrationen des Lebens oder wenn sie es mit unangenehmen, unglücklichen Leuten zu tun hatte.

»Bist du früher in die Kirche gegangen?«, fragte Jenny. Ihre Augen öffneten sich im sanften Schein einer Lampe.

»Meine Eltern haben uns mitgenommen, als wir noch klein waren, aber ich erinnere mich nicht an besonders viel.«

»Wir gehen am Sonntag. Willst du mitkommen? Es gibt auch einen Heiligabendgottesdienst, in den wir jedes Jahr gehen.«

»Ja«, sagte ich und fragte mich, ob ich dort finden konnte, was die Camerons schon gefunden hatten.

»Du weißt doch, dass Gott dich liebt, Jack, oder? Ich meine, das hat dir doch mal jemand erklärt?«

»Mehr oder weniger.«

»Dieser Besuch könnte in vielerlei Hinsicht gut für dich sein«, sagte sie und setzte sich auf. Sie war wieder wach. »Gewöhnst du dich langsam daran, mich in deinem Leben zu haben?«

»Zu sehr«, antwortete ich ohne nachzudenken.

»Was heißt das?«

»Manchmal denke ich, wir kommen uns zu nah, und das macht mir Sorgen.«

Jenny schaltete eine weitere Lampe an. Dabei streifte ihre Hand die Fransen am Lampenschirm.

»Warum sollte dir das Sorgen machen?«, fragte sie.

»Sorgen ist nicht das richtige Wort«, erklärte ich. »Ich will nur sagen, dass ich manchmal ganz durcheinander bin. Du machst nächstes Jahr deinen Abschluss und ich fange gerade erst an. Ich weiß nicht, was danach passiert. Denkst du jemals darüber nach?«

Wir hatten bisher kaum über die Zukunft gesprochen, aber wie alle jungen, verliebten Leute wissen, ist das ein Thema, ob nun ausgesprochen oder nicht. Unsere Liebesgeschichte war untrennbar mit unserem Studentendasein verbunden. Ich war noch lange nicht reif genug, mir unsere Beziehung nach dem College vorstellen zu können.

»Jack, Schatz, wenn ich an uns denke, dann denke ich daran, dass ich dich liebe.« Jenny wog jedes Wort ab. »Wenn ich an die Zukunft denke, denke ich an *uns*. Was aus *uns* wird.« Ihre Stimme war ruhig und sicher. »Ich glaube, zusammen wird es uns gut gehen, richtig gut.«

Sie schlug die Beine zum Schneidersitz unter und nahm meine Hände. »Jack, weißt du noch, wie ich dir erzählt habe, dass ich zum Teil in England aufgewachsen bin?«

»Ja.«

»Als ich noch ein Teenager war, setzte ich mich manchmal nachts auf und schaute aus dem Schlafzimmerfenster. Ich fragte Gott, ob er einen besonderen Mann für mich ausgesucht hat, der eines Tages mein Ehemann wird. Ich dachte nicht, dass es ein Engländer ist, aber ich glaubte daran, dass Gott jemand Besonderen für mich hat. Er konnte irgendwo in der Welt sein oder auch am anderen Ende der Stadt.«

Sie starrte ins Leere. Der goldene Lampenschein malte einen Lichtkranz auf ihr Haar. »Wenn es Gottes Wille ist, dass ich einen Ehemann bekomme«, sagte Jenny, schlang ihre Finger um meine Hand und drückte sie, »dann hätte ich gern, dass du derjenige bist, mit dem ich mein Leben leben werde.«

Ist man vierzig, verlangt der Satz »dann hätte ich gern, dass ich mein Leben mit dir leben kann« eine Antwort. Für einen Teenager ist der Wunsch an sich genug. Das Gespräch brauchte nicht weitergeführt zu werden.

Das war alles so neu für mich. Mir ist klar, dass dieser Satz nicht besonders tiefsinnig ist. Aber noch nie hatte ich eine Frau so lange in den Armen gehalten, dass ich noch Stunden und sogar Tage später die Struktur ihrer Kleidung an meinen Fingerspitzen fühlen konnte oder die Weichheit ihres Gesichts, das an meiner Schulter ruhte. Ich hatte nichts von der Verantwortung geahnt, die mit ihrem Wunsch verbunden war. Ich war alt genug, um verliebt zu sein, nur nicht alt genug um zu wissen, wie selten so etwas vorkam.

Jenny griff nach einer dünnen orangefarbenen Decke, die auf der Sofalehne lag, und breitete sie über uns beide. Sie kuschelte sich an mich. Ihr Körper passte perfekt an meinen. Meine Lippen näherten sich den ihren und wir küssten uns. In der Welt, die wir nur mit geschlossenen Augen sehen können, gab sie mir ein Versprechen, knüpfte ein Band. Sie gab mir ihr Herz und versprach mir, mich immer zu lieben.

Die Kellertür öffnete sich mit einem Kratzen und wir hörten Angelas Stimme oben an der Treppe. »Jenny, es ist schon bald Mitternacht. Du musst Jack auch mal schlafen lassen.«

»Okay.«

Ich habe schöne Erinnerungen an die Zeit, als Jenny und ich uns unter dem wachsamen und schützenden Blick ihrer Eltern befanden, obwohl wir beide vor dem Gesetz Erwachsene waren.

»Ich komme gleich«, sagte sie und wir hörten, wie sich die Tür oben wieder schloss.

Ganz im Stillen und ohne es ganz zu verstehen, gab ich mich ihr an diesem Abend hin. Ich hatte keine Ahnung, dass ich zwanzig Jahre später immer noch an jenen Moment denken würde. Dass ich zwanzig Jahre später über diesen Abend schreiben würde, bis die Zeiger einer alten Uhr 2.37 Uhr morgens anzeigten.

In jener Nacht vor zwanzig Jahren dachte ich nicht an den nächsten oder übernächsten Tag. Wir waren zusammen und es gab keinen Ort auf der Welt, wo ich lieber gewesen wäre.

# Neunzehn

*Motoring*
*What's your price for flight?*

*Unterwegs*
*Welchen Preis zahlst du für die Flucht?*

Night Ranger
*»Sister Christian«*

»Wir haben unsere Antwort auf den Abbott-Artikel fertig. Wir geben ihn heute Vormittag an die Presse.« Arthur Reed war bereit zum Kampf. »Susan und ich haben gestern Abend auf unserer Rückfahrt nach Indianapolis daran gearbeitet. Ich denke, du solltest wissen, dass wir ihn nicht mit Samthandschuhen anfassen.«

»Kannst du mir am Telefon vorlesen, was ihr geschrieben habt? Ich muss genau wissen, was du mit ›nicht mit Samthandschuhen‹ meinst.«

»Ähm, im Moment noch nicht«, sagte Arthur. »Ich faxe dir später ein Exemplar zur Freigabe.«

Es war Montagmorgen. D-Day für den Defensivschlag, den auszuführen Arthur kaum erwarten konnte.

»Susan möchte den Text so weit wie möglich verbreitet haben, bevor die Journalisten zum Mittagessen vom Schreibtisch aufstehen. Sie schickt die Stellungnahme an Zeitungen, Nachrichtenagenturen, Printmedien, Fernseh- und Radiosender, Internetblogger und Klatschkolumnisten. Überallhin, wo McKinney & Co. Kontakte hat. Bis heute Abend wird sie über vierzehnhundert E-Mails und Faxe rausgeschickt haben.«

»Beeindruckend«, sagte ich.

»Bitte denk mal darüber nach, ob Susan nicht doch etwas für das Fernsehen arrangieren soll. Wir könnten auf jeden Fall O'Reilly kriegen. Der Kerl kann dich nicht riechen. Sein Produzent hat heute Morgen schon zweimal in meinem Büro angerufen. Sie planen, dich heute Abend in der Sendung in Stücke zu reißen. Ich schätze, er kann gemeinnützige Organisationen nicht ausstehen, die scheinbar ihren privilegierten Status ausnutzen.«

»Klingt, als könnte es Spaß machen, aber ich arbeite an einem anderen Plan.«

Trotz all seiner Proteste vermutete ich, dass es Arthur insgeheim gefiel, was passierte. Teilweise hatte es mit den Verkaufszahlen meines Buchs zu tun, aber am meisten gefiel es ihm, glaube ich, in der Oberliga mitspielen zu dürfen. Sein Starautor war ein frischgebackener Promi, der in einen riesigen Skandal verwickelt war, welcher eine noch riesigere Reaktion verlangte. Arthur genoss das Leben im Großformat.

»Ich möchte, dass du noch einmal darüber nachdenkst. Sie würden dir zwanzig Minuten geben. Wir könnten heute Nachmittag nach New York fliegen und du könntest der Welt deine Geschichte erzählen – alles aufklären, noch bevor du heute Abend ins Bett gehst.«

Ich nahm die Fernbedienung zur Hand, die neben einer Schüssel mit roten und grünen M&Ms lag, und schaltete den Fernseher wieder an. Die gleiche unvollständige Geschichte lief über den unteren Bildschirmrand. »Ich verzichte.«

»Und welche Idee hast du?«

»Ich sage es dir früh genug, aber keine Fernsehauftritte«, sagte ich.

»Was wir hier machen, erfordert Teamarbeit. Wir müssen alle auf dem gleichen Stand sein. Wenn du einen Plan hast, der –«

»Setz mich nicht unter Druck, Arthur.« Die abrupte Unterbrechung verschlug Arthur die Sprache. »Du und Susan, ihr müsst eure Arbeit machen, und wenn es so weit ist, sage ich euch, woran ich arbeite. Wirklich. Das sollte bald genug geschehen.«

»Wie kommst du mit dem Buch voran?« Arthur wechselte zu dem anderen Thema, an dem er ein persönliches Interesse hatte.

»Frag mich auch nicht mehr nach dem Buch. Du bekommst es pünktlich«, sagte ich.

An Arthurs Ende der Leitung herrschte Schweigen. Drei Jahre lang hatte er alles bekommen, was er wollte, aber ein Pfeil steigt nur eine Zeit lang in den Himmel auf, bevor er wieder zur Erde zurückkehrt. Arthurs Pfeil hatte seinen Höhepunkt erreicht. Ich schuldete ihm ein Buch und nicht mein Leben. Heute sah es vielleicht anders aus, aber es würde ein Tag kommen, an dem Hektik und Feuerwerk vorbei waren. Im Moment aber hing unsere Freundschaft am seidenen Faden.

»Wie du meinst, Jack.«

Eine Stunde später fuhr ich in nördlicher Richtung die I-65 hinauf nach Chicago zu meiner ersten Verbrecherjagd. Ich plante, einen Starjournalisten aufzuspüren, auf den die Beschreibung Feigling und Lügner passte. Ich arbeitete mit einem unfertigen Plan, einem Plan, der mit persönlicher Konfrontation zu tun hatte. Die dürfte Bud Abbott in der vermauerten Stadt der *Chicago Tribune* wohl noch kaum erlebt haben.

Ich hatte eine Weile in Chicago, der »windigen Stadt« gelebt, also wusste ich, dass ich am Lake Shore Drive abfahren und mich bis zum Gebäude der *Tribune* in der Michigan Avenue vorarbeiten musste. Trotz des neuerlichen Schneefalls am See hatte ich es bis Mittag in die Innenstadt geschafft und parkte in einem Parkhaus, das an das Gebäude angrenzte. Ich überquerte die Michigan Avenue und trat durch die Drehtür ein.

Mein ehrliches und berühmtes Gesicht war ein »Sesam öffne dich«, ein Schlüssel, der mir die Türen vom Erdgeschoss bis zur Rezeptionistin auf der Etage der Tribune öffnete. Ich suchte mir einen Weg durch einen riesigen Raum voller kleiner brauner Arbeitsnischen und fand Bud Abbott, der gerade an seinem Schreibtisch Mittag aß. Ich blieb an seiner Tür stehen, das erregte sofort seine Aufmerksamkeit.

»Clayton?« Ein nervöser, circa dreißigjähriger Junge von einem Reporter schaute zu mir hoch. Seine Gesichtszüge erstarrten. Wahrscheinlich fragte er sich, ob es mir gelungen war, eine Maschinenpistole ins Gebäude zu schmuggeln.

»Ich bin's, Bud«, sagte ich und klang mehr nach Dirty Harry als nach Jack Clayton, dem Gutmenschen und Bestsellerautor.

Er griff nach dem Telefon, überlegte es sich aber anders. Seine Hand hing mitten in der Luft am Ende eines langen, dünnen Arms. An seinem Handgelenk war ein leichtes Zittern erkennbar. Ich bin nicht besonders groß und kräftig, aber die Überraschung meines plötzlichen Auftauchens, nur eine Armlänge von ihm entfernt in einem engen Kabuff, ließ Bud Abbott erstarren. Seine Emotionen waren ihm wie mit Druckerschwärze ins Gesicht geschrieben.

»Was wollen Sie?«

»Tja, Bud, ich will etwas. Und Sie werden mir genau das geben, weswegen ich hergekommen bin.«

Ich konnte sehen, wie sich dutzende Szenarien in seinen Augen spiegelten. Konnte ein einsiedlerischer Schriftsteller unter dem Druck eines Zeitungsartikels austicken? Konnte schlechte Presse den narzisstischen Einsiedler dazu bringen, seine Hütte zu verlassen und mit Rachegedanken in die große Stadt zu kommen? Würde die Schlagzeile von morgen lauten, »*Tribune*-Reporter nach kritischem Artikel umgebracht«?

»Was wollen Sie?«, fragte er noch einmal. Die Worte kamen ihm so trocken von den Lippen, dass sie beinahe staubten.

»Ich will Sie, Bud. Ich will den nächsten Monat Ihres Lebens. Ich werde in Ihrem Haus einziehen, in Ihrer Küche essen und bei Ihnen fernsehen. Und Sie werden mich das tun lassen, denn die Geschichte, die Sie da geschrieben haben, war eine Lüge. Sie kennen mich nicht, Bud, aber Sie werden mich kennenlernen, und danach werden Sie alles richtigstellen.«

Jesus gebietet uns, unsere Feinde zu lieben. Wenn jemand dich auf die rechte Wange schlägt, halte ihm auch die linke hin. Wenn jemand verlangt, sein Gepäck eine Meile weit zu tragen, trag es zwei Meilen weit. Ich hatte Buds brennenden Pfeil abgefangen und schoss ihn nun mit versengten Fingern zurück an seine Tür.

Bud Abbott wusste nicht, mit wem er es zu tun hatte. Niemand wusste, wer der wahre Jack Clayton war oder warum er die Öffentlichkeit mied. Vielleicht fragte sich Bud gerade, ob es nicht doch dunkle und unheimliche Gründe dafür gab. Völlig verdattert saß er da, mit offenem Mund und blinzelnden Augen hinter seiner Nickelbrille.

»Was wollen Sie *wirklich*, Clayton? Wenn Sie hergekommen sind, um Psychospielchen zu spielen, dann vergessen Sie es: Ich spiele nicht mit. Wenn Sie wütend über den Artikel sind, schreiben Sie doch einen Leserbrief. Ansonsten verschwinden Sie aus meinem Büro, oder ich rufe den Sicherheitsdienst«, sagte er und erhob sich zu seiner ganzen Länge von einsachtundachtzig.

Jetzt fragte *ich* mich, ob ich gleich ein paar Schläge einstecken würde.

»Sie haben mich zu einem Interview aufgefordert, Bud. Sie werden mich nicht rauswerfen, wenn ich genau deswegen den ganzen Weg nach Chicago gefahren bin, oder?«

Er sah mich ungläubig an. Wir beide wussten, dass er nicht mit einem

Interview gerechnet hatte. Er hatte mich nur ein bisschen aus der Ruhe bringen, mich dazu provozieren wollen, im Zorn etwas Unbedachtes zu sagen. Auch wenn viele Journalisten ständig die Macht und herausgehobene Stellung der Presse betonten, war ihre Arbeit für manche doch nur ein Spiel.

Abbotts Wochenendartikel war quer durchs ganze Land gegangen und vom Zeitungsstand bis ins Kabelfernsehen geflogen. Selbst sein Chefredakteur hatte ihn zu Hause angerufen. Die Rückmeldung war mehr, als Bud zu träumen gewagt hätte.

»Dass ich das richtig verstehe: Sie stimmen einem Interview mit mir zu?«, fragte er wie ein Staatsanwalt einen verdächtigen Zeugen.

»Unter gewissen Umständen, ja.«

»Unter welchen Umständen?« Er setzte sich wieder auf seinen Stuhl.

»Das wäre kein gewöhnliches Interview, Bud«, sagte ich und achtete darauf, dass er mir folgte. »Ich geben Ihnen die einmalige Gelegenheit, mir in einer *Reihe* von Interviews Fragen zu stellen – exklusiv. Und dann werden Sie mein letztes Buch fertig schreiben.«

Völlig überrumpelt schüttelte Bud ungläubig den Kopf.

»Ruhm, Reichtum und die Chance, das heißeste Interview überhaupt zu führen. Nur ein Idiot würde Nein sagen, Bud. Was sagen Sie?«

»Sie meinen das nicht ernst.«

»Ich *meine* es ernst. Ich brauche in acht Wochen einen fertigen Entwurf des Buchs. Machen Sie es?«

Es war keine Falle. Ich machte ein echtes Angebot, und zwar ein verflixt gutes. Wenn sich der Nebel in Buds Kopf gelichtet hatte, würde er die Gelegenheit erkennen, den Karriereschub, die Interviews in den großen Nachrichtensendungen. Selbst wenn ich mich als völlig irre herausstellte.

Er kaute auf dem Ende eines gelben Bleistifts und klapperte dann damit nervös gegen seine Zähne.

»Sie denken, es ist eine Falle«, sagte ich, »aber es ist keine. Sie bekommen, was Sie wollen, und ich bekomme, was ich will.«

»Und was wollen Sie, Clayton?«

»Ich glaube, das habe ich Ihnen bereits erklärt«, erwiderte ich.

»Mal angenommen, ich sage Ja, Clayton. Was schlagen Sie genau vor? Eine Art Interview für Ihr Buch?«

»Es wäre kein Interview, Bud. Sie würden das Buch *mit* mir schreiben.

Es geht um meine Lebensgeschichte, Bud. Sie könnten mir jede Frage stellen. Und Ihr Name wird mit meinem auf dem Cover stehen.«

»Wo ist der Haken?«

»Es gibt keinen Haken, Bud«, log ich, denn es gab einen. Den größten Haken überhaupt.

»Klar«, sagte er. Er glaubte mir kein Wort.

»Ich biete Ihnen eine einzigartige Gelegenheit, nämlich die Fortsetzung eines Bestsellers zu schreiben. Doch natürlich ist das Ihre Entscheidung, Bud. Sie können immer noch Nein sagen. Glauben Sie, es gibt auch nur *einen* Reporter in diesem Gebäude, der nicht sofort kündigen würde, um noch heute Nachmittag bei mir anzufangen?«

Das Spiel, das ich spielte, war nicht nur außerhalb seines Horizontes, es war jenseits jeder Galaxie.

Seine Augen schossen in dem unordentlichen Raum umher und suchten nach etwas, das diese unwirkliche Situation wieder seinem Verständnis von Normalität angleichen würde.

»Wo würden diese Interviews stattfinden? Und wie viele?«

»Sie würden in den nächsten acht Wochen Ihre ganze Aufmerksamkeit fordern.«

»Sie wollen, dass ich kündige?«, schrie er auf und schüttelte den Kopf.

»Oder unbezahlten Urlaub nehmen.«

»Ich kriege keine zwei Monate frei. Wollen Sie, dass ich gefeuert werde? Ist das Ihr Spiel?«

»Wenn Sie nicht können, verstehe ich das. Natürlich würde Ihnen mein Verleger eine Honorarvorauszahlung für Ihre Arbeit leisten.«

Damit hatte ich wieder seine Aufmerksamkeit. »Wie viel?«

»Fünfundzwanzigtausend Dollar.«

Ich hatte ihn an der Angel. Es gefiel ihm gar nicht, sich die Konsequenzen meines Vorschlags vorzustellen; er schaute angesäuert, jedes Mal, wenn er ernsthaft darüber nachzudenken schien. Ich hielt mir vor Augen, wie er mit meinem Angebot rang und sich wahrscheinlich fragte, ob er, wie Fortunato in Poe's Erzählung »*Das Fass Amontillado*«, in den Keller gelockt wurde, um von dem Sherry zu kosten und dann für immer eingeschlossen zu werden.

»Sorry, Clayton. Ich kann mir nicht vorstellen, in nächster Zeit nach Providence, Indiana, zu fahren. Das wäre ein mörd-«

»Genau genommen bleibe ich eine Weile in Chicago, Bud«, sagte ich. »Ich glaube, ich werde bei Ihnen einziehen.«

Ihm wich alles Blut aus dem Gesicht, gefolgt von einem heftigen Kopfschütteln. »Auf keinen Fall! Auf *keinen Fall* werden Sie in mein Haus einziehen!« Er spuckte meinen Vorschlag aus wie saure Milch. »Glauben Sie im Ernst, dass Sie hier in mein Büro kommen, mich mit Ihrem perversen Angebot ködern und dann verlangen können, in meinem Haus zu wohnen? Sie haben den Verstand verloren. Wissen Sie das? Auf keinen Fall werde ich mit Ihnen arbeiten.«

Ich trat aus seinem Mini-Büro und bemerkte, dass wir nicht mehr allein waren. Ein halbes Dutzend Journalisten und andere Mitarbeiter steckten ihre Köpfe über die Trennwände und lauschten.

»Das ist ein ernsthaftes Angebot, Bud. Ich brauche Ihre volle Mitarbeit. Ich kann das Buch nicht abends und am Wochenende schreiben. Aber wenn Sie nicht den Mumm aufbringen können, mehr zu schreiben als dilettantische Artikel mit ein paar Zufallstreffern, dann verstehe ich das.«

Ich knöpfte meinen Mantel zu. »Ich wohne im *Westin* hier in der Stadt. Sie können mich dort erreichen, wenn Sie doch interessiert sein sollten.«

Ich drehte mich um, um zu gehen. Ich hatte keinen so dramatischen Abgang geplant, aber wie konnte es anders ausgehen? Grüppchen von *Tribune*-Angestellten duckten sich wieder hinter ihre Trennwände, als der »einsiedlerische Autor« an ihnen vorbei zum Aufzug ging. Vielleicht wünschten sie sich insgeheim, ich hätte einem von ihnen einen Faustschlag versetzt, nur um dramatisch von Sicherheitsleuten überwältigt zu werden. Das wäre mit Sicherheit eine Schlagzeile für die Titelseite gewesen.

Ich verließ das Gebäude und ging die Michigan Avenue hinauf. Die windige Stadt machte ihrem Namen alle Ehre. Der unbarmherzige Chicagoer Wind schlug in mein ungeschütztes Gesicht. Es war mir egal. Ich hatte gerade eine einzigartige Unverfrorenheit an den Tag gelegt. Das war ein fantastisches Gefühl.

Ein paar Blocks die Michigan Avenue hinunter betrat ich ein Restaurant namens *Melvin's Underground* und bestellte einen Hamburger. Er wurde mir dampfend heiß serviert und ich aß ihn innerhalb weniger Minuten.

Ich hatte getan, was ich tun musste, aber blindlings. Ich wusste, dass ich Bud Abbott verwirrt hatte, aber ich war mir selbst auch nicht so ganz sicher. Ich wusste nur, dass es das war, was *Gott* von mir wollte. Vielleicht hätte er gewollt, dass ich ein bisschen weniger barsch bin, aber trotzdem war ich gehorsam gewesen. Das Einzige, das uns abverlangt wird.

Eine klassische Jukebox leierte am anderen Ende des Raumes Platten ab. Gerade spielte sie »Almost Paradise«. Einer von Erins Lieblingssongs, ein Titel aus dem Film *Footloose.* Jenny hatte ihn auch gemocht. Ich sah mich auf Frank Willis' Traktor, in dem Sommer, nach dem ich Overton verlassen hatte. War das Leben damals einfacher gewesen? Damals hatte ich noch nicht gewusst, wie das Leben werden würde, wenn Mitch und ich nach Providence zogen. Aber ich war mir sicher gewesen, dass es gut werden würde.

Dort auf der kleinen Sitzecke in *Melvin's Underground* fühlte ich mich alles andere als sicher. Mein Unbehagen war so schwer wie der Geruch von Bratfett und schalem Bier. Ich verließ mich auf das, was alles verändern konnte: Die Hoffnung, dass das alles zum Besten führen musste.

# Zwanzig

*I swear that I can see forever in your eyes.*

*Ich schwöre, dass ich bis in alle Ewigkeit in deine Augen sehen kann.*

Mike Reno und Ann Wilson
*»Almost Paradise«*

Während der sechs Tage bei den Camerons spielten wir acht Partien Schach, fünf Runden Mensch-ärgere-dich-nicht und eine Marathonnacht Monopoly. Wir redeten ununterbrochen und lernten uns gut kennen. Es gab Einkaufstouren in letzter Minute ins Fairfield-Einkaufszentrum, lange, spontane Mittagsschläfchen und zwei Gelegenheiten, mit Mitch, Erin und Jenny etwas Zeit in Indianapolis zu verbringen.

Am 27. Dezember verabschiedeten wir uns von Howard, Angela, Tessa und Mike. Jenny und ich umarmten alle und ich dankte den Camerons, dass sie mir das schönste Weihnachten geschenkt hatten, an das ich mich erinnern konnte.

Jenny war gespannt darauf, Marianne kennenzulernen. Ich fragte mich, welche Art Begrüßung wir dort wohl in Anbetracht meiner Abschiedsszene bekommen würden, aber Marianne war gastfreundlich und herzlich.

»Willkommen zu Hause.« Marianne umarmte erst mich, dann Jenny. »Du musst Jenny sein«, sagte sie und drückte sie, als schuldete sie ihr etwas. Dankbarkeit vielleicht. Die dritte Umarmung ging an Erin, die mit hereingekommen war, um mein Zuhause anzuschauen, bevor sie ihre beste Freundin dort zurückließ.

»Mitchell ist im Auto«, sagte Erin, »und wir müssen noch weiter. Jenny, ruf uns doch morgen an. Vielleicht können wir uns alle treffen.«

Erin ging. Wir hörten, wie die schwere Autotür geöffnet und zugeschlagen wurde und dann den gleichen dröhnenden Auspuff, auf dessen Geräusch ich am Tag meines Auszugs gewartet hatte. Er klang lauter in der Kälte.

Ich trug Jennys Gepäck hinauf in Ruthies Zimmer. Diese Nacht würde anders als andere Nächte zu Hause werden. Jenny würde in einem Zimmer schlafen, in dem in den letzten drei Jahren niemand gewohnt hatte. Ein Mädchen in Ruthies Zimmer zu sehen brachte eine mächtige Flut an Erinnerungen zurück. Ich würde wieder in meinem alten Zimmer schlafen.

Jenny packte ihren Koffer auf dem Bett aus. Um sie herum waren all die Dinge, die dieses Zimmer zu Ruthies Zimmer machten. Eine Sammlung von Porzellanfiguren – ein scheuer Bassett, ein treuer Collie; Souvenirs, die Marianne ihr aus Davenport und Des Moines mitgebracht hatte. Ein Schmuckkästchen aus Mahagoni mit handgemalten gelben Narzissen auf dem Deckel, ein rosafarbenes Satinkissen auf dem Bett, auf das die Worte *Macht euch locker!* gestickt waren. Ruthies Sachen hingen noch im Schrank und unter ihnen lag der Kasten mit ihrer Klarinette aus der Highschool-Band. Mein Zimmer sah auch nicht anders aus als an dem Tag, als ich es verlassen hatte. Nichts hatte sich verändert; unsere Zimmer waren Abbilder unserer selbst, so, wie wir einmal in einer anderen Zeit gewesen waren.

Die Tage in Overton waren bemerkenswert. Meine Mutter und Tante Nancy fühlten sich auf der Stelle in Jennys Gegenwart wohl. Sie war vollkommen zufrieden damit, am Abend mit meiner Mutter *Jeopardy* zu schauen und mit ihr im Familienzimmer zu schwatzen.

Den Silvestertag verbrachten wir bei *Pizza Hut* in Davenport. Hinterher trafen Jenny und ich uns mit Erin und Mitchell bei den McDaniels', und wir vier spielten mit seinen Eltern bis Mitternacht Karten. Dann küssten wir unsere Mädchen und sangen »Auld Lang Syne«, begleitet von der Musik aus einem uralten Grammophon.

Am Neujahrsnachmittag fuhren wir vier wieder nach Providence zurück und fühlten uns wie Rockstars nach einer zehntägigen Tournee. Jenny und ich unterhielten uns leise auf dem Rücksitz des Cutlass, während die Spätnachmittagssonne in den Abend überging.

»Hat dir dein Weihnachtsfest gefallen?«, fragte ich.

»Ich habe alles bekommen, was ich wollte. Zeit mit meinen Eltern, Zeit mit dir.«

»Weißt du, wie glücklich es mich macht, dich glücklich zu sehen?« Es klang blöd, aber sie seufzte trotzdem zustimmend. »Hast du gemerkt, wie sehr meine Mutter dich mag?«

»Ich mag sie auch. Sie ist eine starke Frau.«

»Hast du gemerkt, wie alle Mitch und mich wie Erwachsene behandelt haben?«

»Du bist ja auch erwachsen, Jack. Deine Mutter und Mitchs Familie sehen euch beide jetzt anders, weil ihr weggezogen seid, weil ihr erfolgreich im Studium seid und weil ihr zwei schlaue Mädels mit nach Hause gebracht habt, die euch nichts durchgehen lassen.« Sie kicherte und ich versetzte ihr einen gutmütigen Rippenstoß.

Die hereinbrechende Dunkelheit verjagte das letzte Sonnenlicht. Erin lehnte den Kopf an Mitchs Schulter. Ein paar einzelne Autos fuhren auf dem Highway an uns vorbei. Das warme Brummen des Motors und der bequeme Rücksitz sorgten dafür, dass unser Gespräch sich vertiefte.

»Also, was denkst du über Mitch und Erin? Findest du, dass sie sich näherkommen?«

»Tja, er hat ihr einen Heiratsantrag gemacht. Ich würde sagen, das ist ziemlich nahe.«

»Machst du Witze?«, fragte ich völlig überrascht. »Wann?«

»Er hat sie gefragt, als sie bei Erins Eltern waren. Sag nichts zu ihm, denn er will nicht, dass es jemand weiß, besonders du nicht.«

»Besonders ich nicht. Warum das denn?«

»Weil er keine Witze über eine Beziehung hören will, die ihm so viel bedeutet.«

»Und das mache ich?«

Jenny rückte näher an mich heran. Ihr Mund war nur wenige Zentimeter von meinem Ohr entfernt. »Jack, Mitchell hat ein Mädchen gefunden, das er liebt. Ich glaube nicht, dass es ihm gefällt, wenn du ihn mit seinen ganzen Highschool-Freundinnen aufziehst. Mitch hat sich verändert. Wusstest du, dass er sich mit einem der Pastoren in unserer Gemeinde getroffen hat?«

»Warum?«

»Wegen seines Glaubens. Er hat sein Leben Jesus anvertraut und wollte darüber sprechen, sich taufen zu lassen. Ich glaube, er nimmt jetzt vieles im Leben ernster, Dinge, über die er keine Witze von dir hören will.«

»So unsensibel bin ich doch wohl nicht, oder?«

»Nein, Jack, du bist nicht unsensibel. Aber du und Mitchell, ihr seid zusammen aufgewachsen, habt zusammen Football gespielt und Musik gehört und euch gegenseitig zum Lachen gebracht. Was er heute macht, hat mit alldem nichts mehr zu tun.«

»Das verletzt mich.«

»Das sollte es nicht. Er hat dich sehr, sehr gern. Er ist jetzt einfach … anders. Ganz sicher wird er mit dir darüber reden, wenn er so weit ist. Also, willst du jetzt noch mehr über die Verlobung hören?«

»Ja.«

»Ich weiß nicht, wann oder ob sie es offiziell machen wollen, aber es ist ihm definitiv ernst. Ihnen beiden.«

»Wie ernst kann es ihnen schon sein?«, fragte ich und klang wie der Vater eines verliebten Teenagers. »Er hat doch gerade erst die Highschool beendet.«

»Ganz viele Leute heiraten direkt nach der Highschool. Außerdem ist *sie* nicht gerade erst aus der Schule gekommen.«

»Also liegt es im Bereich des Möglichen, dass sie in ein oder zwei Jahren heiraten?«, fragte ich und war immer noch verletzt, dass Mitch über eine so große Entscheidung nachdachte, ohne mit mir zu reden.

»Jack, es liegt im Bereich des Möglichen, dass sie nächste Woche heiraten.«

Ich saß schweigend da. Ich hatte mir ein paar Veränderungen gewünscht, als ich Overton vor wenigen Monaten verlassen hatte, aber jetzt … was hatte sich eigentlich *nicht* verändert?

»Lass es ihn dir sagen, wenn *er* so weit ist.« Sie streckte in der Dunkelheit die Hand nach meinem Arm aus, nach meiner Hand und hielt sie fest. »Jack, ist es dir mit uns ernst?«

»Ich weiß, was ich für dich empfinde. Das ist ernst.«

»Ich meine nicht nur unsere Gefühle füreinander. Denkst du manchmal über unsere Zukunft nach?«

»So weit denke ich noch nicht. Ich weiß, du denkst über so etwas nach. Aber … also … reicht es nicht, dass wir das Hier und Jetzt haben?«

Das hätte ein Warnzeichen für Jenny sein sollen, ein blinkendes rotes Licht, das ihr signalisierte, das Tempo wegzunehmen. Wir hatten alles, was wir brauchten, um die perfekte Beziehung aufzubauen, nur eines fehlte auf meiner Seite: der Wille zu Verbindlichkeit auf lange Sicht. Diese unbeholfenen Augenblicke zwischen uns waren kleine, versteckte Hinweise, dass etwas Unheilvolles seine Schatten vorauswarf. Aus ganz unterschiedlichen Gründen hatten wir uns beide eigene Erklärungen zurechtgelegt, mit denen wir die Unruhe abschütteln konnten.

»Ich will dich nicht drängen, Jack«, sagte sie. Offensichtlich spürte sie mein Unbehagen.

Sie hatte, ebensowenig wie ich, Einsicht in die unbewussten Überzeugungen, die ich nicht einmal dann hätte ausdrücken können, wenn ich von ihnen gewusst hätte. Wir setzten unsere Unterhaltung fort, während wir das letzte Stück Weg auf dem Highway nach Providence zurücklegten, aber worüber wir sprachen, das weiß ich nicht mehr. Ich erinnere mich jedoch daran, dass sich ein Schatten über uns legte. Ein abscheuliches Gefühl, dass etwas anderes aufkeimte, obwohl meine Liebe zu Jenny mit jedem Tag wuchs. Sie war verliebt und bereit zu einer langfristigen Bindung. Ich war nur verliebt.

# Einundzwanzig

*Your kiss is on my list of the best things in life.*

*Dein Kuss ist auf meiner Liste der besten Dinge im Leben.*

Hall and Oates
*»Kiss on My List«*

Ein bitterkalter Wind pfiff durch alle einunddreißig Tage des Januars 1986. Er schnitt Furchen in den überfrorenen Schnee und meißelte abstrakte Eisskulpturen an den vier Ecken des Campus. Er schlug gegen die Häuserwände und schleuderte Wolken von Schneeflocken hoch in den farblosen Abend. Und er brachte die Studenten dazu, sich freiwillig in ihren warmen Wohnungen zu verschanzen und sich nur für den Unterricht und bei Notfällen in die gefrorene Außenwelt zu wagen.

Unser Appartement hatten wir auf kuschelige dreiundzwanzig Grad geheizt, dank zwei massiver gusseiserner Heizkörper, die wir wie ein Paar Packesel antrieben. Durch die großen Fenster im Wohnzimmer sah ich die eingemummten Gesichter der College-Studenten, die von einigen späten Kursen zurückkamen, eingepackt in dicke Schichten Kleidung.

Mein Tag war schon halb drei zu Ende gewesen. Nach einer arktischen Wanderung nach Hause freute ich mich über die Wärme und den Schutz unserer Wohnung. Ich hatte am Abend zuvor gearbeitet und war dankbar, dass ich nicht rausgehen und im *City Club* kellnern musste. Mitchell und Erin waren in Ontario in Kanada auf einem Kurzzeit-Missionseinsatz und würden erst Sonntag wiederkommen. Jenny hatte den Vormittag im Unterricht und den Nachmittag in einem Unibüro verbracht. Vor einer Stunde hatte sie angerufen.

»Hallo, ist da der Mann, der immer in diesen süßen Shorts über den Campus gejoggt ist?«, neckte sie mich.

»Am Apparat.«

»Ich möchte Beschwerde einreichen.«

»Weswegen?«

»Ich möchte mich über dieses skandalöse Wetter beschweren, das es mir verweigert, dich in diesen Shorts zu sehen.«

Ich grinste über den Flirt.

»Tut mir leid, ich darf mich nicht auf öffentlichen Straßen zeigen. Aber ich veranstalte noch private Vorführungen.«

Sie lachte. »Was machst du denn gerade?«

»Ich putze diesen abscheulichen Schweinestall, den ich mein Zuhause nenne. Aber ich habe einen Lagerkoller. Wolltest du eventuell auf einen Überraschungsbesuch vorbeikommen?«

»Nur, wenn ich dich dazu verführen kann, das Putzen sein zu lassen.«

»Ich dachte, du hast den ganzen Tag Unterricht und Praktikum?«

»Ich *hatte* all das. Es ist halb fünf. Ich bin hier seit acht.«

»Ach, verstehe. Du hattest einen harten Tag im Büro und jetzt willst du nach Hause kommen, zu jemandem, der dir Abendessen kocht und dir deine Pfeife und Hauspantoffeln holt.«

»Und meine Zeitung«, setzte sie nahtlos hinzu. »Und wenn du einmal dabei bist, sag doch alle meine Termine für morgen ab. Ich könnte eine Pause gebrauchen.«

»Tja, ich bin nicht deine Sekretärin, aber das mit dem Abendessen kriege ich hin. Die Wohnung ist schon sauber; das ist Grund genug vorbeizukommen.«

»Was gibt's denn zu essen?«

Die Schränke waren leer außer Mitchells letzter Dose Tomatensuppe. »Sagen wir mal, das wird eine Überraschung.«

»Klingt köstlich.« Sie spielte mit. »Gib mir noch zwanzig Minuten, dann mache ich mich auf den Weg.«

Ich ging in das Lebensmittelgeschäft an der Ecke, nahm eine Flasche Cola light, Linguini und eine Dose Spaghettisoße. Ich bemerkte einen Himbeerkuchen mit weißem Zuckerguss – ihr liebstes Seelenfutter – und packte ihn ebenfalls ein. Dann bezahlte ich und trug alles nach Hause.

Ein paar durchgefrorene Eskimos, betäubt von der Kälte, bahnten sich in der Dunkelheit ihren Weg an meinem Fenster vorbei. Dann sah ich Jenny, die den Gehweg entlangkam. Ich schoss durchs Zimmer und öffnete die Tür, noch bevor sie die oberste Treppenstufe erreicht hatte. Bitterkalte Luft ließ meine Arme und Füße, die nur in Socken steckten, fast erfrieren.

»Rein mit dir!«, sagte ich.

Jenny huschte herein. Ich schloss die Tür, hielt ihre behandschuhten Hände in meinen und rieb die Kälte weg.

»Ich werde das nur *einmal* sagen, und dann höre ich auf, mich zu beschweren: Mann, es ist eiskalt da draußen!«

Mit großem Tamtam setzte ich sie aufs Sofa und half ihr aus der Jacke und den eisigen Handschuhen. Dann nahm ich sie fest in die Arme und wärmte ihren durchgefrorenen Körper.

»Das ist die Art Begrüßung, auf die ich gehofft hatte«, sagte sie.

Ich drückte mein Gesicht in ihren eiskalten Nacken.

Sie kicherte und wand sich. »Jack, lass das lieber!«

Ich schob sie auf Armeslänge zurück und schaute sie an. Wir hatten uns seit vierundzwanzig Stunden nicht gesehen. Viel zu lange. Sie schlang die Arme um meinen Hals.

»Ich habe dich vermisst, Jack Clayton.«

»Ich lass dich nie mehr weg.«

»Versprochen?«

Ich lächelte. Ich wusste keine Antwort.

Jenny sah keinen Studienanfänger in ihren Armen und auch keinen Jungen aus einer Kleinstadt im ländlichen Iowa. Sie sah ihren besten Freund und ihren Verehrer, einen Mann und die Liebe zu ihm, die wie eine Rose in ihrem großzügigen Herz wuchs. Sie war klug genug zu wissen, dass alle Rosen Dornen haben, aber die Unerfahrenheit gaukelte ihr vor, dass diese Dornen weggeschnitten werden konnten. Sie sollte mehr als alles andere meine Ehefrau sein, meine beste Freundin und meine Geliebte. Wir beide spürten die Intensität, die sie in unsere Beziehung brachte.

»Hast du Hunger?«, fragte ich.

»Nein, ich könnte bloß ein Pferd oder zwei verdrücken.«

»Wie wär's mit Spaghetti?«

»Mmm.« Jenny löste widerstrebend ihre Umarmung und wir gingen in die Küche. Sie stöberte im Kühlschrank und zog die Flasche Cola light heraus.

»Auf dem Tisch steht Kuchen. Fang doch schon mal damit an. Wie lange bleibst du?«

»Ein Weilchen«, erwiderte sie und riss die Schachtel aus Pappe und Folie auf. »Ich muss heute Abend noch meine Mutter anrufen, wenn sie von der Arbeit heimkommt, und ich muss Anne aus meiner Lerngruppe noch eine Nachricht weiterleiten. Aber abgesehen davon gehöre ich ganz dir.«

»Hast du was von Erin gehört?«, fragte ich, während ich die Spaghettisoße in einen Topf goss und auf den Herd setzte. »Mitch weiß ja nicht, wie man ein Telefon bedient.«

»Sie hat gestern Abend angerufen. Alles in Ordnung. Es geht ihnen beiden gut.«

»Und sie kriegt auch noch einen Seminarschein für diesen romantischen Ausflug.«

»Genau. Ich habe noch nie zwei Leute gesehen, die so magnetisch zueinander hingezogen sind.«

»Haben sie noch etwas übers Heiraten gesagt?«

»Da kann ich nur raten, aber ich denke, sie werden warten, bis Erin ihren Abschluss hat. Sie hat jeden Sommer Kurse belegt, also ist das Herbstsemester ihr letztes Semester.«

Jenny kam in die Küche getänzelt und schob mir ein dünnes Stück süßen Kuchen in den Mund. Nach einem Kuss, einem flüchtigen, unspektakulären Küsschen, lehnte sie den Kopf an meine Brust und wir wiegten uns sanft; ein privater Tanz in unserem von Kerzenlicht erhellten Küchen-Tanzsaal. In diesem Augenblick wurde mir bewusst, wie romantisch und zeitlos die Situation war. Leiser Schneefall hatte Providence still und leer gemalt, aber in meiner Wohnung fühlte ich mich erfüllt und vollständig. Alles, was ich liebte, hielt ich in meinen Armen.

»Weißt du, dass du ein viel geliebter Mann bist, Jack Clayton?« Jennys Körper passte perfekt zu meinem. »Es wird nie jemanden geben, der dich so sehr liebt wie ich.«

»Woher willst du das wissen?«, fragte ich.

Sie schaute zu mir auf und hielt meine Hände in ihren. »Jack, als ich sechzehn war, hat mein Vater mich einmal auf einen Wochenendausflug in eine Hütte am See mitgenommen, nur wir zwei. Er hat mir erzählt, wie er und meine Mutter sich kennengelernt und ineinander verliebt haben. Damals durfte ich noch nicht mit Jungs ausgehen, erst mit achtzehn, aber mein Vater schenkte mir ein Tagebuch. Dort habe ich meine Gedanken und Träume über den Mann aufgeschrieben, den ich eines Tages von ganzem Herzen lieben würde. Dieses Tagebuch … es hat sich herausgestellt, dass ich über dich geschrieben habe, Jack.«

»Jenny, es gibt nichts, was ich nicht für dich tun würde. Manchmal kann ich kaum glauben, dass du so für mich empfindest.« Ich dachte an den Tag zurück, als wir uns vor *Lillian Hall* kennengelernt hatten.

Jenny lachte. »Ich bin nicht perfekt.«

»Ich darf dich aber doch trotzdem bewundern, oder?«

Jenny ließ meine Hände los und ging rückwärts auf die andere Seite der Küche. »Versprichst du mir etwas, Jack? Versprich mir, dass du mich nie verlassen wirst, ja?«, bat sie. »Machst du das?«

Ihr Gesicht war plötzlich ernst geworden. Ihre Liebe legte ihr zärtliches, verletzliches Herz offen vor mich hin. Ihre Frage war existenziell. Meine Unerfahrenheit mit dem anderen Geschlecht hinderte mich nicht zu erkennen, wie tief ihre Gefühle waren, von denen einige mir ganz unerwartet entgegenschlugen.

Ihre Bitte klang wie ein Vertrag – und vielleicht war es auch einer. Ein Versprechen, das für die Ewigkeit ausgesprochen wurde. Ich ging auf sie zu und erwiderte in dem Tonfall, der einen Eid begleitet: »Jenny, ich werde dich niemals verlassen. Ich werde dich immer, immer lieben.«

Sie schloss die Augen. Zwei Tränen rannen über ihr Gesicht und wir umarmten uns wieder.

Nach dem Abendessen saßen wir auf dem Teppich neben der Küche. Das Wohnzimmer war dunkel, abgesehen vom Schein einer Kerze und einer kleinen Lampe an der Tür. Ich lehnte mich an die Wand und hielt sie ganz fest. Ich würde sie niemals verlassen. Wie könnte ich? Sie schlief in meiner Umarmung ein, fest überzeugt, dass wir eins waren. Ich döste kurz nach ihr ein.

Es war schon nach Mitternacht, als ich wieder wach wurde. Jenny schlief noch fest.

»Jenny«, flüsterte ich.

Sofort öffnete sie die Augen. Offenbar wusste sie nicht, wo sie war. Der Ausdruck in ihren Augen war wie der eines Kindes.

»Komm«, sagte ich.

Ich half ihr auf die Beine und führte sie durch die dunkle Wohnung in mein Zimmer. Sie setzte sich auf die Bettkante und ich kniete mich hin, um ihr die Schuhe auszuziehen. Jenny, die kaum wach war, saß still da und schlief beinahe wieder ein. Sie stellte weder die Situation noch meine Absichten infrage. Sie vertraute mir, als ich ihr die Socken von den Füßen rollte. Ich versuchte, ihr beim Hinlegen zu helfen, aber sie hielt mich mit einer Handbewegung auf, stand auf und verschwand ins Badezimmer.

Einen Augenblick später kam sie wieder heraus. Der helle Lichtstrahl, der aus der Tür drang, blendete mich. Sie schaltete das Licht aus, aber da konnte ich schon nichts mehr in der Dunkelheit sehen. Das Einzige, was ich noch sah, waren ihre Umrisse, die sich hinter meinen Augenlidern abzeichneten. Bevor ich die Augen wieder öffnete, spürte ich Jennys Lippen auf meinen. Dann hörte ich ihre sanfte Stimme. »So gern ich auch den Rest der Nacht bei dir verbringen würde – ich muss nach Hause.«

»Ich weiß«, sagte ich. »Ich kann dich hinbringen oder dir ein Taxi rufen.«

Ihr Wunsch zu bleiben war beinahe übermächtig. Jenny saß neben mir auf dem Bett und ich konnte ihre Gedanken lesen, als sie den Kopf auf meine Schulter legte.

»Ich wünschte, ich könnte einfach bleiben«, sagte sie träumerisch.

»Vielleicht eines Tages.«

Zehn Minuten später schloss ich die Tür eines Taxis und reichte dem Fahrer einen Fünf-Dollar-Schein. Jenny war nur ein Umriss auf dem Rücksitz, aber ich wusste, dass ihre Augen mich weit geöffnet anschauten. Ihre Gedanken drangen durch die Scheibe wie eine Flamme.

»Eines Tages.«

# Zweiundzwanzig

*You look at me once, you look at me twice*
*Look at me again and there's gonna be a fight.*

*Du schaust mich einmal an, du schaust mich zweimal an*
*Schau mich noch mal an, und es gibt Ärger.*

Stray Cats
*»Rock This Town«*

Bud Abbott rief mich um neun Uhr am nächsten Morgen an und legte noch mehr der widerlichen Eigenschaften an den Tag, die ich bereits in ihm gesehen hatte: Misstrauen, Argwohn. Er war die halbe Nacht aufgewesen und hatte über mein Angebot nachgegrübelt. Es heißt, man sollte den Tag mit dem unangenehmsten Anruf beginnen. Es einfach hinter sich bringen. Sein Anruf kam, während ich am Schreibtisch in einem weiteren noblen Hotelzimmer saß und gerade den letzten lauwarmen Schluck von dem Kaffee trinken wollte, von dem ich vor einer Stunde eine ganze Kanne gekocht hatte. Die Morgenzeitung lag ausgebreitet vor mir, glücklicherweise frei von irgendwelchen Geschichten über mich.

»Morgen, Bud.«

»Guten Morgen«, sagte er. »Ich wollte anrufen und ein paar Fragen wegen … dieser Schreibgeschichte stellen.« Bud wollte also übers Geschäft reden.

»Schießen Sie los.« Ich hörte etwas, das wie das Rascheln von Papieren klang. Vielleicht las er von einem Notizblatt ab.

»Ich muss wissen, ob Sie das ernst meinen. Wenn es nur ein Spielchen ist, sagen Sie es mir.«

»Das ist kein Spiel.«

Bud schwieg. Ich ließ ihn nachdenken. »Okay. Also, falls ich mich dazu entscheide, das zu machen – wobei ich nicht denke, dass es eine gute Idee wäre –, wo sollte ich dann arbeiten?«

»Sie haben zwei Möglichkeiten. Entweder können wir uns einen Arbeitsplatz irgendwo in der Nähe meines Hotels einrichten …« Ich überlegte sorgfältig, wie ich den nächsten Teil formulieren sollte. »… oder ich quartiere mich in Ihrem Gästezimmer ein und wir könnten bei Ihnen zu Hause arbeiten. Ach, und falls Ihnen das bei der Entscheidungsfindung hilft: Ich mag pochierte Eier zum Frühstück. Sie wissen doch, wie man pochierte Eier macht, oder?«

»Ich hasse pochierte Eier. Und *auf keinen Fall* werden Sie in meinem Haus wohnen, Clayton«, sagte er. »Falls ich mich entscheide mitzumachen, kann ich mir nicht vorstellen, wochenlang oder bis spät in die Nacht daran zu arbeiten. Und ich brauche eine höhere Vorauszahlung. Fünfzigtausend Dollar, bevor ich auch nur ein Wort schreibe.«

Einen Zeitungsartikel zu schreiben, um mich fertigzumachen, war eine Sache; im selben Raum mit mir zu arbeiten, war eine andere – etwas, das Bud bestenfalls nicht behagte, schlimmstenfalls abstieß. Aber alles hatte seinen Preis und ich konnte an Buds Verhalten ablesen, dass er seinen Preis sorgfältig kalkuliert hatte. Diese Aufgabe würde jeder Karriere einen Schub geben, den die meisten Journalisten ohne hinzusehen ergreifen würden, aber Bud wollte irgendeine Art Versicherung, oder vielleicht auch nur eine Entschädigung, die die Arbeit mit einem reichen, religiösen Heuchler wie mir weniger ekelhaft machen würde. Bud war an diesem Tag nicht bewusst, was ihm sicher am Tag zuvor durch den Kopf gegangen war – ich brauchte ihn nicht, um dieses Buch zu schreiben. Ich konnte Bücher schreiben, ohne dass er mich als Sekretär dabei unterstützte. Doch er benahm sich, als wären seine Talente vonnöten, und benutzte seine scheinbar einzigartige Position als Verhandlungsmaterial.

»Ich werde mich hier in Chicago zum Arbeiten niederlassen. Die Arbeit wird so lange dauern, bis ich damit zufrieden bin. Ich werde meinen Verleger bitten, Ihnen jetzt fünfundzwanzigtausend Dollar zu schicken und die anderen fünfundzwanzigtausend, wenn das Projekt beendet ist.«

An Buds Ende der Leitung war es wieder still. Es war eine bizarre Spielshow. Welches Tor würde er nehmen? Was war der echte Preis, der dahinter wartete?

»Okay«, sagte er. »Wann fangen wir an?«

Bud Abbott, der einzige Mann in diesem Land, den ich unter Umständen als Feind betrachten konnte, hatte sich gerade verpflichtet, mich bei dem persönlichsten und intimsten Buch zu unterstützen, das ich je angegangen war. Es war nicht gerade das, was man als ›normal‹ bezeichnen würde, und, ja, Arthur flippte aus.

»Du hast diesen Blödmann … angeheuert, um für dich zu arbeiten?«, brüllte er.

»Ja, das ist der Plan, von dem ich dir erzählt habe. Bud Abbott wird in den nächsten sechs Wochen auf einem Stuhl mir gegenüber am Tisch sitzen und jede Erinnerung aufschreiben, die ich ausgraben kann.«

Arthur gab kampflos auf. »Solange dich das nicht davon abhält, das Buch rechtzeitig abzuliefern, ist es mir völlig egal.«

»Ich bin froh, das zu hören, denn du musst ihm fünfundzwanzigtausend Dollar schicken.«

»Fünfundzwanzigtausend Dollar! Du machst wohl Witze? Ich habe nicht mal *dir* fünfundzwanzigtausend Dollar bezahlt!«

»Schreib einfach den Scheck und schick ihn an Bud. Ich maile Shirley seine Adresse.«

»Du bist wahnsinnig geworden, Jack. Das Ganze wird dir um die Ohren fliegen! Ich weiß nicht, was du erwartest, aber Bud Abbott wird dich nicht einfach anfangen zu mögen wie in einer drittklassigen Seifenoper. Er wird zuhören und tippen und zuhören und tippen und im Hinterstübchen gegen dich intrigieren.«

»Sobald wir mit dem Buch fertig sind, gibt es nichts mehr zu ›enthüllen‹, Art.«

Das änderte sofort Arthurs Einstellung. »Du wirst alles erzählen … *alles*?«

»Ja.«

»Oh, das gefällt mir, das gefällt mir«, sagte er und sabberte dabei vor Gier. »Denk nur an den Abgabetermin. Ich möchte nicht eingreifen müssen und –«

»Art, ich bin dir noch immer dankbar für das Vertrauen, das du mir als Autor vor Jahren entgegengebracht hast und für die Rolle, die du bei *Arbeiter im Weinberg* gespielt hast, aber du wirst hier in *gar nichts* eingreifen. Was ich schreibe und wie ich es fertig kriege, das lass nicht deine Sorge sein.«

»Du musst nicht so laut bellen, Jack. Mein Job ist es, dass der Zug pünktlich fährt, das ist alles. Wenn ich einen Wolf auf den Gleisen sehe, pfeife ich, aber ich ziehe nicht die Notbremse. Der Zug muss weiterfahren. Wir müssen einen Fahrplan einhalten und der Zug muss es in den Bahnhof schaffen, Jack. Selbst wenn so ein blödes Raubtier davor herumläuft.«

»Wer ist das Raubtier – Bud Abbott oder ich?«

»Weder noch. Es ist die ganze Situation. Du gehst nach Chicago, setzt dein Vertrauen in einen Feind, legst dein wichtigstes Werk in seine Hände. Meine Firma hängt davon ab.«

»Schreib einfach den Scheck, Art. Ich habe mein Vertrauen nicht in Bud Abbott gesetzt und auch nicht in dein Geschick als Zugführer. Gott wird den Zug rechtzeitig ankommen lassen, nach seinem eigenen Fahrplan. Und nur er kennt den Bahnhof.«

»Jack, du weißt, dass ich dir nicht folgen kann, wenn du Gott ins Gespräch bringst.«

»Kannst du denn nicht Gottes Plan sehen? Er baut etwas Wunderbares auf, etwas so Wunderbares, dass es schon zufriedenstellend ist, nur zuzusehen, wie sich alles zusammenfügt. Du kannst ja deine eigenen Pläne haben, Art, aber sie sind nicht annähernd so spektakulär wie das, was Gott tut.«

»Wir müssen irgendwann mal in Ruhe darüber sprechen, Jack. Für den Moment, setz dich einfach hin und schreib.«

Mein nächster Anruf ging an Maureen Mallei, eine Immobilienmaklerin, die ich per Zufallsprinzip aus den Gelben Seiten ausgewählt hatte. Ich fragte nach, ob auf der Michigan Avenue in der Nähe von *Melvin's* kurzfristig ein Büro zu vermieten wäre. Eine Stunde später zeigte sie mir einen achtzig Quadratmeter großen Büroraum zwei Blocks von dem Restaurant entfernt. Er war mit allem ausgestattet, was ich brauchte: Einem inspirierenden Ausblick aus der zweiundzwanzigsten Etage und viel Platz für einen Schreibtisch, eine Küche und ein Schlafzimmer, in dem ich am Ende jedes langen Tages einfach ins Bett fallen konnte.

»Es wird Ihnen in diesem Gebäude gefallen, Mr. Clayton«, sagte Maureen. »Sie sind unter Drehbuchautoren und Werbefachleuten. Ich glaube, Sie passen da genau hinein.«

Ich zahlte die Kaution und zwei Monate Miete. Am nächsten Tag lieferte mir ein Großmarkt Büromaterialien, darunter einen neuen PC mit Drucker für mich. Zu Bud Abbott waren fünfundzwanzigtausend Dollar unterwegs, also konnte er seinen eigenen Computer mitbringen.

Ich druckte aus, was ich bisher geschrieben hatte, und schickte die Seiten zu Bud nach Hause. Ich wusste, es war eine Herausforderung, Bud in den Schreibprozess einzubeziehen, aber ich hatte das getan, was ich mir auch zum Beruf gemacht hatte: Dem unfassbaren Heiligen Geist folgen.

Ich schaute hinaus auf die nächtliche Skyline von Chicago, auf erleuchtete Fenster, die wie auf einem Schachbrett aufleuchteten, aß die letzten mitgebrachten Reste von *Melvin's* auf und ging zeitig zu Bett. Morgen würde ein neues Kapitel beginnen, sowohl in meinem Leben als auch in meinem Buch. Ich wollte gut ausgeschlafen sein.

Um 9.15 Uhr am nächsten Morgen klopfte es fünfmal nachdrücklich an der Tür. Ich öffnete und sah einen unpünktlichen, unrasierten Bud Abbott, der ein paar Geschenke mitbrachte – zwei Becher Kaffee von *Starbucks* und eine Schachtel Donuts. Über der Schulter trug er eine Tasche aus weichem Leder und unter dem Arm zusammengefaltet die Morgenausgabe der *Tribune*. Zwischen seinen Zähnen klemmte ein Donut.

»Tut mir leid, dass ich zu spät komme«, nuschelte er, nahm den Donut aus dem Mund und ging an mir vorbei in die Küche.

Ich sah, wie er einzog, mein neuer Teilzeit-Mitbewohner. Er ließ die Donuts auf die Arbeitsplatte fallen und machte es sich auf einem Ende des Ledersofas bequem.

»Ich hoffe, der Verkehr war nicht allzu schlimm.«

»Bin dran gewöhnt.« Er schälte sich aus der Jacke und klappte seinen Laptop auf. Bisher hatte er mir noch nicht einmal in die Augen geschaut.

Hinter seiner Silhouette stachen die Wolkenkratzer in den wolkigen, schweren Himmel. Ich fühlte mich zutiefst unbehaglich und er vermutlich auch – wie Zimmergenossen am College, die sich zum ersten Mal sahen.

»Danke für den Kaffee«, sagte ich. Ich wollte noch hinzusetzen, »wenigstens sind wir uns bei *einer* Sache einig«, aber ich ließ es bleiben.

»Kein Problem.«

»Ich möchte gleich anfangen. Ich erkläre Ihnen, wie diese Situation meiner Meinung nach am besten funktioniert. Haben Sie das Manuskript bekommen?«

»Ja, ich hab es bekommen, aber ich hatte noch keine Gelegenheit, es mir anzuschauen.«

Er klang wie ein Schuljunge, der sich für eine vergessene Hausaufgabe entschuldigt. Ich ignorierte das Gefühl, dass Bud mir möglicherweise keine große Hilfe sein würde.

Bud zog die zusammengerollten Seiten aus seinem Rucksack.

»Ich möchte Ihnen eine Chance geben, auf den aktuellen Stand zu kommen.«

Ich wiederholte, was ich ihm schon gesagt hatte – dass er bei einer Lüge ertappt worden war und jetzt die nächsten sechs Wochen mit dem Kerl nachsitzen musste, über den er gelogen hatte.

»Ich erzähle Ihnen meine Geschichte und Sie schreiben sie auf. Ich schreibe normalerweise sechs oder sieben Seiten pro Tag. Ein paar Abschnitte, von denen ich Ihnen nicht erzählen will oder die ich lieber allein mache, werde ich selbst schreiben. Am Ende jedes Tages schicken wir das, was wir geschrieben haben, an meine Lektorin.«

»Wie Sie wollen.«

Wir kamen nur langsam voran. Bud empfand noch keinerlei Leidenschaft für dieses Projekt. Ich betete im Stillen.

»Bud, Sie haben mich angerufen, weil Sie ein Interview wollten. Möchten Sie das immer noch?«

»Sie meinen, etwas, das ich in der Zeitung schreiben kann?«

»Nein, ich meine hier und jetzt. Sie zweifeln meinen Charakter an, meine Integrität, meinen Glauben, meine Finanzen. Warum führen Sie nicht *jetzt* Ihr Interview mit mir?«

»Sie lassen mich *jede* Frage stellen und Sie beantworten sie?«

»Das wollte ich damit sagen, Bud.«

»Woher soll ich wissen, dass Sie mir die Wahrheit sagen?«

»Ich schätze, Sie werden mir einfach vertrauen müssen.«

»Ich vertraue nicht ohne nachzuprüfen. Und nur fürs Protokoll, ich vertraue wohlhabenden religiösen Heuchlern nicht besonders, die vorgeben, sich mit den Armen zu solidarisieren. Ich glaube, Sie verschweigen eine zweifelhafte Vergangenheit und vielleicht noch sehr viel mehr. Und wenn Sie glauben, dass Sie mich kaufen können, um Ihren Ruf wiederherzustellen, sind Sie wirklich durchgeknallt. Also, nein, ich denke nicht, dass ich Ihnen einfach vertrauen werde.«

»Offenbar haben Sie sich schon alles zurechtgelegt. Aber können Sie es aushalten, sich meine Seite der Geschichte anzuhören? Oder haben Sie es sich mit der Lüge schon zu bequem gemacht? Manche Leute glauben lieber eine Lüge, weil es tatsächlich ein paar Überlegungen verlangt, sich die Wahrheit anzuhören. So arbeitet eigentlich kein Journalist. Was ist mit Ihnen?«

»Ich kann die Wahrheit vertragen. Ich glaube nur nicht, dass Sie die Wahrheit sagen werden.«

»Wenn wir heute noch irgendwie weiterkommen wollen, müssen wir über diese Stufe hinauskommen.« Ich setzte mich auf einen der hohen Drehhocker in der Küche. »Also los ... fragen Sie.«

»Nur damit Sie's wissen ... wenn ich nicht hier bin, recherchiere ich Ihre Antworten. Und wenn ich Ungereimtheiten finde, sage ich es der ganzen Welt.« Bud stand auf, schnappte sich seine Büchertasche und ging dann zur Tür. Mein Manuskript hielt er mit der linken Hand umklammert.

»Ich lese es und überlege mir meine Fragen. Bis später.« Die Tür schloss sich hinter ihm.

Bud kam eine Stunde später wieder. Er hatte in einem der Restaurants unten gefrühstückt, während er sich mein Manuskript durchgelesen hatte. Die Gewitterstimmung war verflogen. Entweder die Geschichte oder die Pfannkuchen hatten ihn friedlicher gestimmt.

Er setzte sich auf einen Barhocker am Küchentresen und schlug seinen Notizblock auf. Er war gefüllt mit Fragen in großen Buchstaben, eine kaum lesbare Kombination aus Druck- und Schreibschrift. Offenbar hatte er sich während des Frühstücks vorbereitet.

»Reden wir mal über Geld. Sie besitzen ein Haus in Providence. Was können Sie mir über Ihre anderen Grundstücke, Eigentumswohnungen oder Schlösser erzählen?«

»Es gibt keine, Bud.«

»Keine?« Seine Augen blitzten über den Rand seines Notizblocks. Er erinnerte mich an einen Anwalt im Kreuzverhör.

»So ist es.«

»Nichts?«

»Genau.«

»Ich weiß nicht, ob ich Ihnen das abkaufe, aber machen wir weiter. Sie fahren einen 2001er Jeep Wrangler. Nennen Sie alle anderen Fahrzeuge, die Sie besitzen.«

Ich ignorierte seinen nervtötenden Verhörstil und antwortete: »Nur den Jeep, Bud. Und es ist ein 2000er.«

»Warum nur einen Jeep?«

»Ich mag den Jeep.«

Er versuchte, meinem Gedächtnis auf die Sprünge zu helfen. »Kommen Sie schon ... Sportwagen, SUVs, Hummer ...?«

»Nein, nein und nein.«

»Auf welchen Betrag beläuft sich Ihr Vermögen? Wie viel Geld besitzen Sie tatsächlich?«

Ich seufzte. »Keine Ahnung, Bud. Mein Steuerberater Richard Hines weiß das besser als ich.«

»Es macht Ihnen doch nichts aus, wenn ich ein Interview mit ihm arrangiere, oder?«

Ich hatte diese Art Gespräch gefürchtet, seit ich über Nacht berühmt geworden war. »Ich habe ein paar tausend Dollar auf meinem Girokonto, ungefähr sechstausend auf einem Sparkonto, ein paar hundert in der Brieftasche, ein paar Dollar Kleingeld auf meiner Kommode zu Hause.«

»Noch etwas?« Er klang wie ein Metzger, der sich in der Kunst des suggestiven Verkaufens versuchte.

»Das war's in etwa.«

Er schaute wieder hoch. »Sie haben über zwanzig Millionen Dollar verdient. Wo ist das alles hin?«

»Ich habe es weggegeben, Bud.«

»Sie haben alles weggegeben?«

Ich stemmte mich von dem Ledersofa hoch und stellte mich auf den dicken orientalischen Teppich in der Mitte des Raumes.

»Die Leute fragen sich immer, was sie mit dieser Menge Geld machen würden. Ich habe Folgendes gemacht: Im ersten Jahr habe ich allen beim CMD einen Scheck über zehntausend Dollar gegeben. Das kam bei allen Mitarbeitern gut an. Ich habe versucht, einem Freund von mir, Raymond Mac, den gleichen Betrag zu geben. Ich dachte, er würde es vielleicht gern nutzen, um seine Schwester in Baltimore zu besuchen. Er sagte, ›Was soll ich denn damit?‹ und lehnte es ab.«

»Millionen gingen an den CMD. Jedes Projekt, von dem Aaron je geträumt hatte, wurde damit finanziert, bekam grünes Licht und wurde gestartet. Er baute eine Klinik in Norwood. Wissen Sie, wie viele Leute in Norwood keine Brille hatten, die sie eigentlich gebraucht hätten? Die Klinik hat eine 24-Stunden-Notversorgung, die jetzt auch Menschen zu Fuß erreichen können, die seit Jahren nicht beim Arzt waren.

Wir haben die Norwood-Akademie gegründet. Nichts hat solche Auswirkungen auf die Gegend gehabt wie diese Schule, Bud. Tagsüber werden dort Kinder unterrichtet und abends Erwachsene. Präsident Bush hat 2004 unsere Schule in seinem Wahlkampf besucht und gesehen, welchen Einfluss sie auf die Gemeinde hat. Der CMD hat auch die *Norwood-Community-Church* gebaut.«

»Hat mal jemand gesagt, dass Sie zu viel für die Gesellschaft tun? Ich meine, man kann auch zu viel für die Leute tun, oder?«, fragte Bud.

»Wir unterstützen diejenigen, die sich verantwortungsbewusst verhalten, aber ich denke, wahrscheinlich nicht einmal *Sie* denken, dass die Leute sich das Recht auf Dinge wie medizinische Versorgung, Bildung und eine Kirche erst verdienen müssen. Und wegen dieser Schule … Die Eltern haben sich fast einstimmig für Schuluniformen ausgesprochen. Von den Schülern wird erwartet, dass sie einen guten Notendurchschnitt haben und halten. Von den Eltern wird erwartet, dass sie sich im Gegenzug für die Stipendien ehrenamtlich engagieren. Wir haben auch eine Null-Toleranz-Politik was Drogen und Waffen betrifft.«

»Und das Ergebnis?«

»Die Verhaftungen wegen Drogendelikten sind um 65 Prozent gesunken. Gewaltverbrechen sind auf dem niedrigsten Stand seit 1981. Vergleichen Sie das doch mal mit den Statistiken über die Studentenwohnsiedlungen in Providence. Dort ist die Verbrechensrate seit 1998 jedes Jahr gestiegen.

So wurde mein Geld verwendet, Bud. Durch *Arbeiter im Weinberg* lernen erwachsene Analphabeten lesen, Männer und Frauen können ihren Lebensstandard verbessern und jedes Jahr wird der Durchschnitt der erzielten Prüfungsergebnisse besser.«

»Okay, also, es ist etwas Gutes aus Ihrem Erfolg entstanden, aber –«

»Bud, ich nutze Schwarze nicht aus – und auch keinen anderen. Ich habe in dem Hotel gewohnt – etwas, was ich sonst *nie* tue – weil … weil ich mal Urlaub brauchte. Ja, ich habe Millionen verdient, aber das meiste davon ging an den CMD.«

»Ich weiß«, sagte er.

Ich war mir nicht ganz sicher, ob ich ihn richtig verstanden hatte.

»Verzeihung … was haben Sie gerade gesagt?«

»Ich weiß. Ich habe Ihre Steuerakte eingesehen. Die ist öffentlich zugänglich, weil Sie für eine gemeinnützige Organisation arbeiten. Ich habe auch Ihre Kreditkartenabrechnungen der letzten drei Jahre gesehen. Sie leben mit wenig, Clayton. Sie geben so gut wie kein Geld aus.«

»Sie haben das alles gewusst und *trotzdem* diesen Artikel geschrieben?«

»Ja, habe ich. Ich bin ein böser Junge.« Er schaute halb frech, halb betreten. »Ich wusste es nicht, *bevor* ich den Artikel schrieb, aber ich wusste es, als die entsprechende Zeitungsausgabe erschien. Ich hatte so ein Bauchgefühl, dass Sie Dreck am Stecken haben, und wahrscheinlich ist das auch so. Ich glaube immer noch, Sie haben etwas zu verbergen. Aber das mit dem Hotel und dass Sie nur diesen lausigen Jeep fahren – das stimmt alles.«

Ich war stinksauer. »Ich habe nichts Heuchlerisches oder Illegales getan. Ihre eigenen Nachforschungen haben das ganz klar ergeben, und trotzdem haben Sie diesen irreführenden Artikel geschrieben!«

»So läuft das Spiel nun einmal. Wenn jemand sauber ist, kommt die Wahrheit am Ende raus.«

»Monate später, nachdem Leben zerstört worden sind. Warum schreiben Sie jetzt nicht eine Richtigstellung und beenden das Elend, das Sie mir und anderen angetan haben?«

»Kann ich nicht. Ich habe noch nicht alle Fragen gestellt.«

Ich ging in die kleine Küche und ließ Wasser in die Spüle laufen. Es war sofort eiskalt und ich spritzte es mir ins Gesicht, in dem Versuch, meine aufbrodelnde Wut zu bezähmen. Ich drehte den Wasserhahn zu, das Gesicht tropfnass.

»Schön. Sie werden recherchieren, bis Ihnen die Augen tränen. Sie werden mehr über mich in Erfahrung bringen, als Sie je für möglich gehalten hätten, und dann werden Sie meinen Namen reinwaschen«, schrie ich ihn an und ging mit wenigen Schritten auf ihn zu. »Und Sie werden die Geschichte *gut* schreiben, Bud. Denn dafür werden Sie bezahlt.«

Ich riss meine Jacke vom Stuhlrücken und öffnete die Tür, um zu gehen. Bud antwortete in der gleichen Lautstärke aus der Schreibecke.

»Sie werden mir alles *erzählen*, was ich wissen muss. Sind Sie bereit, das zu tun? Und wenn ich herausfinde, dass Sie gelogen haben, werde ich ein zweites Buch schreiben, eine unautorisierte Biografie. Eine, in der die Wahrheit steht.«

Ich drehte mich im Flur um und ging wieder hinein. Ich weigerte mich, herumgeschubst zu werden. »Ich habe nichts weiter zu sagen als die Wahrheit. Sie müssen dann entscheiden, ob Sie damit zufrieden sind oder nicht.«

Es gab keine offizielle Dokumentation unserer vereinbarten Geschäftsbedingungen, aber wir machten uns trotzdem an die Arbeit. Bud stellte seine Fragen, tippte auf seinem Laptop und füllte Diktiergerätkassetten mit den Details meines Lebens. Halb Interview, halb Verhör.

Wir arbeiteten an unserer Zusammenarbeit. Es war ein Job, den wir beide hassten.

# Dreiundzwanzig

*Vacation*
*All I ever wanted*
*Vacation*
*Had to get away*
*Vacation*
*Meant to be spent alone.*

*Urlaub*
*Mehr wollte ich nie*
*Urlaub*
*Musste mal weg*
*Urlaub*
*Wollte ihn allein verbringen.*

The Go-Go's
»*Vacation*«

Das Sommersemester endete am 26. Mai, genau ein Jahr nach unserem Highschool-Abschluss. Mitch und ich wollten den Sommer über in unserem Appartement bleiben. Die Mädchen sagten dem Wohnheimleben Lebewohl und mieteten sich eine eigene Wohnung. Am ersten Samstag im Monat zogen sie mithilfe von Howard und Angela Cameron, Mitch und mir ein.

»Ich habe Erin einen Heiratsantrag gemacht«, sagte Mitchell, als wir Erins schwere Aussteuertruhe anhoben und in das Appartement in Meadowbrook watschelten.

»Ich habe davon gehört«, sagte ich. »Habt ihr schon ein Datum festgelegt?«

»Wir denken, nächsten Juni. Ich habe auch mein Hauptfach festgelegt – Betriebswirtschaft. Entweder mache ich meinen Abschluss in Rechnungswesen oder in allgemeiner Unternehmenswirtschaft. Dank der Sommerkurse werde ich nächstes Jahr im Herbst schon ins letzte Jahr einsteigen können.«

Alle Veränderungen, die ich in meinem ersten Jahr in Providence durchgemacht hatte, verblassten im Vergleich zu dem, was in Mitchells Leben passierte.

Erin würde im Dezember ihr Studium beenden. Jenny hatte beschlossen, das Praktikum nicht weiterzuführen und hatte stattdessen eine bezahlte Stelle als Studentenbetreuerin in Dr. Hollands Programm angenommen.

Und dann war da noch ich.

Ich war ruhelos, wollte es mir aber nicht eingestehen. Meine Pläne für den Sommer waren einfach. Ich wollte Doppelschichten im *City Club* schieben, da meine Ersparnisse auf unter elftausend Dollar zusammengeschrumpft waren. Mein Sommer 1986 drehte sich um Jenny, den *City Club* und Baseballspiele der *Cincinnati Reds*, die ich mir mit unseren Nachbarn Brian Aspen und Reggie Mohler anschaute. In meinem Leben gab es gerade genug Gutes, um es perfekt erscheinen zu lassen. Was ich nicht sah – was keiner von uns sah –, waren die Eisberge, die in der Ferne schwammen und sich unter der Oberfläche versteckten.

Jenny war nicht nach Providence gekommen, um sich zu verlieben und ihren zukünftigen Ehemann kennenzulernen. Aber ich wusste, dass sie über das Geschehene nachdachte. Und darüber, wie es wohl wäre, eine Familie zu gründen. Ich hatte die Angst in ihren Augen gesehen, wenn sie sich klarmachte, dass wir einmal nicht mehr zusammen sein könnten. Ich fragte mich, was sie in meinen Augen sah, wenn ich ihr sagte, dass ich etwas Raum brauchte. Dass ich Zeit für mich allein brauchte. Sie sah Mitchells und Erins Beziehung als Vorbild für das, was sich ganz natürlich auch für uns beide ergeben würde.

Im August brach Brian Aspen das College ab und ging zurück nach Chicago. Er bekam eine Stelle als Barkeeper in einer angesagten Disco in der Innenstadt. Ich schrieb mich für das Herbstsemester ein. Damit war nur noch die Hälfte meiner Ersparnisse übrig. Aber ein paar Wochen nach Semesterbeginn merkte ich, dass etwas nicht in Ordnung war. Ich war nicht mehr so zufrieden mit dem Studium. Die Kurse interessierten mich nicht. Meine schwindenden Ersparnisse raubten mir die Nerven. Dann fand ich heraus, dass ich die Hälfte der Studiengebühren zurückbekommen würde, wenn ich weniger als sechs Wochen nach Semesterbeginn abbrach.

Ich traf die verhängnisvolle Entscheidung, das Studium aufzugeben. Für Jenny war das ein totaler Schock.

»Du machst wohl Witze! Jack, das ist das Dümmste, das ich je gehört habe! Du hast doch gerade erst angefangen!« Ihre Stimme war ungewöhnlich schrill.

»Es ist nicht das, was ich gerade tun will. Meine Noten sind schlecht, mein Geld ist zur Hälfte weg. Ihr drei wisst, was ihr wollt, aber ich bin mir über meine Pläne im Moment nicht mehr so sicher wie zu dem Zeitpunkt, als ich hierher kam.«

Ich hatte keine Ahnung, wie sehr ich Jenny damit wehtat. Ihr Gesicht wurde rot und sie begann zu zittern.

»Brian Aspen ist jetzt in Chicago. Er arbeitet in einer Disco und verdient zweihundert Dollar am Abend.«

Jenny schaute mich ungläubig an. »Bitte sag mir jetzt nicht, dass du weggehst ...« Dieser Gedanke brachte sie aus der Fassung und sie versuchte ein vernünftiges Argument zu finden, um mich aufzuhalten.

Wir hatten die berühmte Katze erst halb aus dem Sack gelassen, also trat ich die Flucht nach vorn an. »Ich brauche ein bisschen Zeit um herauszufinden, was ich mit meinem Leben anfangen soll.«

Tränen stiegen in Jennys Augen, bis sie über ihr Gesicht rannen. Schnell fasste sie sich wieder.

»*Ich* bin das, was du mit deinem Leben anfangen sollst, Jack! Was denkst du dir eigentlich?«, fragte sie. »Was, denkst du, soll dann aus uns werden? Bedeute ich dir denn gar nichts?«

»Natürlich bedeutest du mir etwas!«

»Wie kannst du das dann tun?«

Ich wollte nur weg. Ich wollte vor den Dingen fliehen, die mir im Leben am meisten Angst machten. Ich wusste, meine Entscheidung war nicht rational, aber ich wollte lieber meine Beziehung zu Jenny aufgeben als die wahnsinnige Jagd nach innerem Frieden.

»Jenny, hattest du denn noch nie das Gefühl, dass es etwas gibt, das du unbedingt tun musst? Dass du keine Ruhe findest, bevor du nicht weißt, wer du einmal sein sollst?«

Jenny nickte in völliger Übereinstimmung. »Ja, Jack, und wenn du es gefunden hast, dann *behältst* du es. Du hältst daran fest. Du wirfst es nicht einfach weg.« Sie schwieg einen Moment und sammelte sich. »Schatz, du sagst, du möchtest herausfinden, wer du bist. Das verstehe ich und das wünsche ich mir auch für dich.« Sie packte mich bei der Jacke und zog mich sanft zu sich, damit ich mich auf ihre Worte konzentrierte. »Aber Jack, Schatz, hör mal: Das hier ist es. Siehst du denn nicht, wie einzigartig das ist, was wir haben? Siehst du denn nicht, dass wir etwas Besonderes haben?«

Ich wusste, dass es etwas Besonderes war. Aber ich wusste nicht, wie sich alles in Nichts auflösen kann, wie Herzen gebrochen werden können. »Ja, ich weiß. Aber ich … ich bin nicht wie Mitchell oder Erin. Oder wie du. Ich weiß nicht, ob ich schon bereit für das Leben als Erwachsener bin.«

»Du klingst, als hättest du *Angst*, erwachsen zu werden.«

»Ich muss auch mal was für mich machen!«, rief ich in dem armseligen Versuch, das zu kompensieren, was mir an ihrer emotionalen Intelligenz fehlte.

»Jack«, sagte Jenny, »denkst du denn nicht darüber nach, wie deine Entscheidungen sich auf andere auswirken? Wenn der Mann, den ich liebe, dreihundert Kilometer weit wegzieht, glaubst du denn nicht, dass dann auch mein Leben davon betroffen ist?«

Jenny schluchzte weiter, als wir uns hinsetzten und uns bei den Händen hielten. Ich wollte nur noch raus. Ich sprach so langsam und sanft, wie ich konnte.

»Ich möchte dir nicht wehtun, aber ich muss gehen.«

Jenny kniff die Augen zu, als wollte sie den Schmerz aussperren. »Jack …« Sie rang darum, ihre Fassung wiederzufinden. »Geh nicht.«

Sie kniete sich auf den Boden und legte den Kopf auf meine Knie. Ich strich ihr übers Haar und sah sie weinen. Ihr ganzer Körper bebte.

Ich stand auf. »Du wirst darüber hinwegkommen. Das ist doch nicht das Ende unserer Beziehung. Wir sind doch wieder zusammen, wenn ich wiederkomme.«

»Wenn du wiederkommst? Und wann wird das sein?«

Ich drückte die Türklinke herunter.

»Das war's also, Jack? Du gehst einfach? Was ist nur mit dir passiert? Wo ist der Jack, den ich früher kannte?«

Ich antwortete nicht. Ich hatte keine Antwort.

»Jack …« Jenny öffnete den Mund zu ruhigeren Worten, aber sie brachen in einem schrillen Schrei hervor. »GEH NICHT!«

Vor Angst stellten sich mir die Nackenhaare auf.
»Ich muss gehen.«

# Vierundzwanzig

*I never meant to be so bad to you*
*One thing I said that I would never do.*

*Ich hatte nie vor, dich so schlecht zu behandeln*
*Ich hatte versprochen, dass ich das nie tun würde.*

Asia
*»Heat of the Moment«*

»Also haben Sie Providence verlassen und sind nach Chicago gekommen?«, fragte Bud und füllte seine Kaffeetasse wieder auf. In der weiß gefliesten Küche schien es immer kalt zu sein.

»Genau. Das war Mitte Oktober 1986.«

»Sie haben die Frau verlassen, die Sie liebte?«, fuhr er fort.

Mein Schweigen war Antwort genug.

Bud trug die heiße Tasse zurück in unsere Arbeitsecke, setzte sie auf einem Korkuntersetzer ab und wandte sich wieder seinem Notizblock zu. Er stellte das kleine Diktiergerät auf den Tisch zwischen uns.

*Ich suche dir einen Ghostwriter. Du musst dich einfach nur erinnern und reden. Das kannst du doch, oder?*

»Sie sind nach Chicago gegangen … und dann?«

»Bin bei Brian eingezogen. Er arbeitete in einer Disco namens *XN-tricity* und wollte mir dort einen Job besorgen.«

»Ich erinnere mich an den Laden«, sagte Bud mit beinahe zärtlicher Erinnerung. »Hat vor zehn Jahren zugemacht, aber ich war mal da.« Er stieß einen Pfiff aus. »Ziemlich heißer Schuppen.«

»Jedenfalls hatte mich Brian eingeladen, nach Chicago zu ziehen und ein wenig Spaß zu haben, deshalb bin ich bei ihm eingezogen. Und am Anfang habe ich mich auch amüsiert. Es dauerte nur ein paar Tage, bis ich in der Disco anfangen konnte und genau das Geld verdiente, von dem Brian geredet hatte.«

»Wie war es denn, dort zu arbeiten?«

Bud hielt den Blick auf seine Aufzeichnungen gerichtet, tippte ab und zu ein paar Notizen in seinen Laptop oder schrieb manchmal auch auf seinen Block. Ich ignorierte die Panik, die das sich langsam drehende Rädchen des Diktiergeräts auslöste. Ich versuchte, nicht daran zu denken, wo diese Kassetten eines Tages landen könnten. Bud war nicht mein Psychiater, obwohl es im Moment ganz danach aussah. Er war auch an keine Schweigepflicht gebunden. Ich vertraute ihm nicht, aber ich vertraute Gott, und so erzählte ich meine Geschichte, so gut ich mich noch daran erinnern konnte.

»Der erste Abend war hektisch und berauschend. Es war schwere Arbeit, weil viel los war und wir ständig in Bewegung waren, aber es gab gutes Geld. Zweihundert Dollar pro Abend Minimum – bar auf die Hand. An manchen Abenden ging ich sogar mit dreihundert Dollar nach Hause. Natürlich war erst drei Uhr morgens Feierabend. Wir verließen die Disco immer halb verhungert und zu aufgedreht, um ins Bett zu gehen.«

»Geld ist Ihnen nicht fremd, oder, Jack?«

»Ich habe hart dafür gearbeitet, von siebzehn Uhr bis drei Uhr morgens, ständig auf den Beinen, ohne Pausen.«

»Ja, ja, ich weiß, und Sie sind zehn Kilometer weit durch drei Meter tiefen Schnee zur Schule gestiefelt.«

»Warum können Sie mich nicht leiden, Bud? Hab ich Ihnen was getan? Das würde mich wirklich mal interessieren.«

»Ich ziehe den Kommentar zurück.« Bud hob die rechte Hand, in der er einen schwarzen Filzstift hielt. »Machen wir weiter.«

Bud spielte Spielchen mit mir, aber er hatte zuerst gezuckt. Es stimmte, dass er mich nicht mochte, aber entweder wusste er den Grund dafür nicht oder er *wollte* ihn nicht wissen.

»Was haben Sie mit Ihrem kleinen Vermögen angestellt?«

»Es wird Sie freuen zu erfahren, dass ich alles auf den Kopf gehauen habe. Ich habe mir neue Klamotten gekauft, die zu meinem neuen Lebensstil passten. Ich habe mir ein Auto gekauft. Ich habe meine Miete einen Monat im Voraus bezahlt. Ich aß, was ich wollte, wann ich wollte und wo ich wollte. Kein Restaurant war zu teuer.«

»Klingt ja sehr gesund. Und was haben Mitchell, Erin und Jenny die ganze Zeit gemacht?«

»Sie haben weiterstudiert. Mitch behielt die Wohnung und Brians alter Mitbewohner Reggie Mohler zog ein. Ich hatte weiterhin Kontakt zu Mitchell, aber nicht allzu oft.«

»Wie oft?«

»Ich weiß nicht. Einmal im Monat, schätze ich. Er hielt mich auf dem Laufenden über Jenny. Als es Weihnachten wurde, vermisste ich sie und wollte anrufen, aber –«

»Sie hatten die ganze Zeit nicht mit ihr geredet?«

»Nein. Ich dachte, es wäre nicht richtig, sie daran zu erinnern, dass es mich noch gab. Ich dachte, dass sie etwas Freiraum brauchte.«

»Ich dachte, *Sie* wären derjenige gewesen, der Freiraum brauchte.«

»Ah … erwischt. Stimmt. Ich dachte wahrscheinlich, es wäre einfacher, wenn wir eine Weile keinen Kontakt hätten.«

»Also hatten Sie sich getrennt?«

»Ich weiß nicht. Ich dachte nicht so darüber. Es war mehr eine Pause, eine unbefristete Pause, aber ich hoffte irgendwie immer noch, dass es ein weiteres gemeinsames Kapitel geben würde.«

»Haben Sie beide jemals wieder miteinander gesprochen?«

»Ja, zu Weihnachten. Ich rief bei ihren Eltern zu Hause an und sprach mit ihrer Mutter. Die war inzwischen davon überzeugt, dass ich ein schwerer Schlag für das Leben ihrer Tochter gewesen war.«

»Sie hatte recht.« Buds ätzende Einwürfe gefielen mir nicht – besonders, wenn sie wahr waren.

»Seit ich mit Jenny über Weihnachten bei ihren Eltern gewesen war, hatte sich viel verändert.«

»Was ist dann geschehen?«

Ich stand auf, legte die Hände auf den Kopf und unterbrach das Interview.

Bud schaute auf. »Wo liegt das Problem, Jack?«

»Bescheuert, bescheuert …«

Ich nahm eine Flasche Wasser aus dem Kühlschrank. Ein ekelerregendes Gefühl in mir wurde immer stärker. »Das Problem liegt zwanzig Jahre zurück unter Verschluss, Bud. Ich habe jetzt den Schlüssel, aber es ist zwanzig Jahre zu spät. Das ist das Problem.«

»Sie … Sie haben immer noch Gefühle für das Mädchen.« Bud lachte. »Sie haben also zum falschen Zeitpunkt das Falsche getan, und sie hat Sie hangen lassen. Autsch, das tut weh, Kumpel. Sollten Sie nicht langsam über sie hinwegkommen, Clayton?«

Es war schon schwierig genug gewesen, mich in der Geborgenheit meines Zuhauses an die Vergangenheit zu wagen. Umso aufreibend war es, sie an der Seite eines feindseligen Mitarbeiters aufzuarbeiten.

»Machen wir mal eine Pause.«

Fünfzehn Minuten später gesellte ich mich wieder zu Bud und wir machten weiter, wo wir aufgehört hatten.

»Tut mir leid, dass ich vorhin gelacht habe, Jack. Kommt nicht wieder vor.«

»Es ist Ihnen vielleicht nicht klar, aber Sie tun mir etwas Gutes. Sie entfernen gerade auch noch die letzten Reste meines Stolzes. In den letzten zwanzig Jahren hatte ich das Gefühl, dass ich in einer Schraubzwinge zusammengepresst werde. Ich glaube, Sie sind hier, um auch noch das Letzte aus mir rauszuprügeln.«

Bud starrte mich an. »Sie sind nicht gerade das, was man unbekümmert nennt, oder, Jack?«

Ich lachte, wir beide lachten.

»Also, haben Sie noch mit Jenny gesprochen, oder was?«

»Ja. Angela legte den Hörer hin, und als ich Jennys Schritte näherkommen hörte, machte ich mich auf eine Abfuhr gefasst.«

»Was hat sie gesagt?«

»›Hallo.‹«

Wir beide lachten wieder. Die langen Stunden Arbeit hatten ihre Spuren hinterlassen.

»Hey, lachen Sie nicht; das ist eine ernste Sache!«

»Jack, Sie sind besser, wenn Sie nicht so ernst sind. Hat Ihnen das schon mal jemand gesagt?«

»Niemand, den ich mag.« Ich lachte.

»Darf ich mal was dazu sagen? Sie gehen zu hart mit sich selbst ins Gericht, Jack. Ich meine, Sie haben sich im College verliebt und waren nicht bereit, eine lebenslange Verpflichtung daraus zu machen. Was soll's? Fast jeder Kerl, der mal am College war, hat so eine Geschichte. Ich war damals mit einem Mädchen namens Bethany Carson zusammen, und wir sprachen ständig vom Heiraten. Aber dazu kam es nie. Und ganz sicher ist sie heute genauso froh darüber wie ich. Meine Frau Katie übrigens auch.«

»Für Sie gab es eine Katie. Für mich nicht. Das ist nicht der einzige Grund, warum ich immer noch an Jenny denke … Und fürs Protokoll: Ich habe nicht all die Jahre einsam geschmachtet. Ich habe längst Frieden mit den Dingen geschlossen, die ich nicht ändern kann. Trotzdem wurde Jenny nie mein Feind. Sie hat nie ein böses Wort gesagt, selbst wenn ich mich benommen habe, wie es schlimmer gar nicht mehr ging.« Ich beugte mich vor; ich wollte, dass Bud hörte, wie schwerwiegend meine Worte waren. »Trotzdem habe ich sie so wie alle anderen behandelt, als gäbe es Tausende von ihrer Sorte. Aber die Wahrheit ist, wir waren zusammen, auch wenn wir getrennt waren. Unterschiedliche Städte, unterschiedliche Orte, aber immer miteinander verbunden. Es gab kaum einen Tag, an dem ich nicht an sie gedacht habe.«

»Sie haben sich in etwas verrannt. Niemand ist so viel Kopfzerbrechen wert.«

»Das war schon mehr.«

»Okay, kein Widerspruch. Was haben Sie gesagt, als sie ans Telefon kam?«

»Ich habe mich dafür entschuldigt, wie ich sie behandelt habe. Ich habe sie gefragt, ob sie mir vergeben kann. Ich hatte erwartet, dass sie es *nicht* kann, aber sie war weit entfernt von jeder Art Rachegedanken. Sie freute sich, von mir zu hören. Die Zeit, in der wir getrennt gewesen waren, spielte keine Rolle. Sie wiederholte nur noch einmal, was sie schon früher gesagt hatte – dass wir zusammengehörten.«

»Sind Sie in Chicago mit anderen Frauen ausgegangen?«

»Nein. Manchmal unternahmen wir etwas in der Gruppe in der Stadt, aber das Leben war ziemlich oberflächlich.«

»Und was war dann?«

»Wir redeten eine Stunde lang miteinander. Ich sagte ihr, dass es mir gut geht, und lud sie nach Chicago ein. Ich versprach, ich würde ihr dann die Stadt zeigen. Sie sagte: ›Sag das nicht, wenn du es nicht auch so meinst. Ich könnte dich beim Wort nehmen.‹«

»Sie hat Ihnen vergeben?«

»Ja. Ich hatte ihr ein paar Tage zuvor etwas mit der Post geschickt.«

»Was denn?«

»Einen Bildband über die Gärten von London – ich wusste, das würde ihr gefallen – und ein Paar Saphir-Ohrringe, von denen ich hoffte, dass sie helfen würden, die Wunden zu heilen.«

»Netter Zug.«

»Sie sagte, es gäbe nichts, was jemals ihre Liebe zu mir zerstören könnte.«

»Ist sie nach Chicago gekommen?«

»Nein. Wir haben aufgelegt und wieder monatelang nicht miteinander gesprochen. Sie studierte im letzten Semester und ich kam nicht zurück. Wir setzten unser Leben fort. Es war eine Art Starre. Ich schlug über die Stränge und sie wartete auf eine verbindliche Zusage von mir.«

Das Telefon klingelte. Ich warf einen Blick auf die Anrufererkennung. »*Arthur Reed Pub*« erschien auf dem Display, und ich legte den Anruf auf den Lautsprecher.

»Hallo Arthur.«

Bud ging in die Küche und machte sich ein Sandwich.

»Jack, Jack, Jack. Mein persönlicher Jackpot.« Arthurs Stimme klang am Telefon albern und gierig.

»Was ist los?«

»Ich habe Neuigkeiten für dich, Jack. Ich dachte, du könntest eine kleine Schreibpause gebrauchen. Hast du schon mal von dem Hollywoodregisseur Adi Seffe gehört?«

»Nein.«

»Tja, dann solltest du ihn kennenlernen, denn heute Morgen hat er die Filmrechte von *Arbeiter im Weinberg* gekauft«, platzte Arthur heraus.

»Du machst Witze.«

Ich schaute Bud an, der gerade Mayonnaise auf eine Scheibe Brot strich. Er verdrehte die Augen, angewidert von dem Güterzug voller Segen, der wieder einmal in meinen Bahnhof einfuhr.

»Wenn es um Geld geht, mache ich nie Witze. Es ist eine tolle Story. Ich habe heute Morgen mit ihm und seinem Agenten geredet. Es war die *Time*-Titelstory, die den Deal perfekt gemacht hat. Er sagte, dass sie an Nate Hillman und Rachel LoMack für die Hauptrollen denken.«

»Die wen spielen?«

»Dich und deine Herzdame natürlich.«

»Ich habe keine Herzdame.«

»Das ist Hollywood.«

Bud und ich verzogen beide das Gesicht.

»Aber die Glaubensinhalte bleiben schon erhalten, oder?«, fragte ich. »Du würdest doch keinen Vertrag mit ihnen abschließen, ohne sicherzustellen, dass …«

»Adi Seffe ist ein oscarnominierter Regisseur. Soweit ich das verstanden habe, ist er Christ. Er sagte, er wollte der ›geistlichen Geschichte in der menschlichen Geschichte‹ nachgehen. Er redet fast so wie du.«

Arthur schwärmte weiter von dem Film. Nachdem ich Buds Handzeichen übersetzt hatte, erinnerte ich Arthur daran, dass er ihm den Scheck schicken sollte.

Wir beide arbeiteten den ganzen Nachmittag und nahmen uns eine dreistündige Pause, damit Bud zum Abendessen nach Hause gehen und seine Familie sehen konnte. Ich rief Bud zu Hause an und sagte, er solle einfach daheimbleiben. Wir konnten nach Weihnachten weitermachen.

Buds Frau Katie war ans Telefon gegangen. Sie sagte mir, dass sie *Arbeiter im Weinberg* gelesen hatte und begeistert davon war. Man stelle sich das vor. Bud Abbott lebt mit einem Jack-Clayton-Fan zusammen. Ich traute Bud immer noch nicht, aber ich hatte Hoffnung.

An jenem Abend, unter der doppelten Last von Zweifel und Angst, schrieb ich weiter. Die nächste Station auf der Reise war die schwerste von allen.

# Fünfundzwanzig

*This is the sound of my soul,*
*this is the sound.*

*Das ist der Klang meiner Seele,*
*das ist der Klang.*

Spandau Ballet
*»True«*

Hätte ich gewusst, dass nur fünf Stunden später mein bester Freund tot sein würde, hätte ich ausgenüchtert mein Leben in Chicago sofort über Bord geworfen. Oder ich hätte mein eigenes Leben eingesetzt. Wie ein heißes Eisen auf Leder hat dieser Tag sein Brandzeichen in meiner Seele hinterlassen. Die Welt änderte sich für immer in dem Augenblick, als Mitchells Leben endete. Ich trage die Schuld und Trauer in mir wie einen Tumor, und es vergeht kein Tag, an dem ich nicht an diesen Tod denke, für den ich verantwortlich war. Es tut mir leid, Mitch. Ich habe diese Worte schon tausendmal zu dir gesagt, und doch nicht oft genug.

»Wenn ich hier fertig bin, will ich in zwei Sekunden oder so aus der Wohnung sein«, rief Brian aus dem Badezimmer, wo er sich am Waschbecken rasierte.

Über seine rechte Schulter konnte ich mein Spiegelbild im Medizinschrank sehen. Ein dünner schwarzer Gürtel schnürte seine Hosen an seinen sechzig Kilo fest.

Mitchell saß bei mir im Wohnzimmer. Es war Anfang Juni. Jenny hatte gerade ihren Abschluss gemacht. Sie hatte mir eine Karte mit einem hübschen Foto geschickt und einen zweiseitigen Brief. Erin und Jenny gingen nach der Feier zurück nach Indianapolis und ich hatte Mitchell gefragt, ob er mich in Chicago besuchen wollte.

Mitch arbeitete hart daran, Erin einzuholen. Er hatte den Cutlass verkauft, um seine Studiengebühren zahlen zu können, und hatte seine Harley-Davidson in Overton zum Verkauf gestellt, um die Hochzeit im August bezahlen zu können. Er war an diesem Nachmittag mit dem Bus aus Providence gekommen und ich plante, ihn am Sonntag zurückzufahren – ein kleiner, fünfstündiger Ausflug.

»Was hältst du von Chicago?«

»Es ist cool. Und es wird mir noch besser gefallen, wenn ich die Pizza bekomme, die du versprochen hast.«

»Wirst du … morgen. Heute Abend nehme ich dich auf eine Party mit, die dich aus den Socken haut.«

»Ich bin nicht hergekommen, um Party zu machen. Ich bin hergekommen, um Zeit mit Jack Clayton zu verbringen. Niemand weiß genau, was aus ihm geworden ist.«

»Schau her.« Ich breitete die Arme aus.

Er war nicht beeindruckt. »Ich verstehe nicht, warum du dafür Providence verlassen hast. Du hast mit niemandem darüber geredet, nicht mal mit mir.«

»Ich habe schlechte Noten und Geldsorgen gegen weniger Stress und viel Geld eingetauscht. Alles in allem würde ich sagen, es hat ganz gut funktioniert.«

»Nicht so sehr für Jenny –«

»Jetzt fang nicht …«

»Was ist mit deinem Studium? Hast du ganz abgebrochen?«

»Nein … Aber was soll die Eile? Ich freue mich, dass *du* Erin gefunden hast. Warum kannst du dich nicht für mich freuen?«

Ich ging in die Küche.

»Hey, wenn du schon mal da bist, bring mir ein Bier mit«, rief Brian aus dem Bad. Nach jedem Zug mit dem Rasierer spülte er die Klinge in einer Art und Weise in dem schmutzigen Wasser ab, die mich an ein Pendel erinnerte, das in einer Uhr schwang.

Ich warf Brian eine ungeöffnete Dose Bier zu und setzte mich neben Mitch.

»Du hast mich überrascht, als du gegangen bist. Du hast uns alle überrascht. Ich dachte nicht, dass so etwas in dir steckt. Weißt du nicht mehr, wie du mich überhaupt erst nach Providence geschleppt hast?«

»Hat doch anscheinend funktioniert.«

»Ein Jahr später verschwindest du und reißt ein Loch in Jennys Herz.«

»Hör mal, wir haben das geklärt, okay? Warum kannst du das nicht verstehen? Ich habe vor Kurzem mit ihr telefoniert –«

»Das war Weihnachten, Jack. Vor sechs Monaten. Du hast alles getan, was du konntest, damit sie sich in dich verliebt, dann hast du ihr das Herz gebrochen, dann hast du angerufen, um es wiedergutzumachen, hast ihr aus lauter Schuldgefühlen ein Geschenk geschickt, und dann bist du wieder verschwunden.«

»Ich wusste nicht, dass du mein Leben so in allen Einzelheiten kennst.«

»Ja, ich weiß alles darüber«, sagte Mitch. »Jedes Mal, wenn Jenny wegen dir weint, ist Erin da und hört ihr zu. Weißt du nicht, was du ihr angetan hast? Ich weiß, wir waren mal beste Freunde. Aber ich bin nur hier, weil Erin versuchen will, dich wieder zurückzuholen.«

*Wir* waren *mal beste Freunde?*

Brian kam aus dem Bad. »Wir sollen uns um acht am *Fire Yard* mit Jason und Terry treffen. Das wird die Nacht unseres Lebens, meine Herren. Das *verspreche* ich. Mitchell, ich hoffe, du amüsierst dich gern, denn genau das machen wir heute Nacht, mein Freund.«

Ich lächelte und wollte sehen, ob die gute Stimmung auf Mitchell übergriff. Sie tat es nicht.

»Bevor wir heute Abend Party machen, müssen wir noch was erledigen«, sagte Brian. Sein Ton war beiläufig und ruhig. »Ich muss mich noch mit einem Freund wegen eines Geschäfts treffen.«

»Welche Art von Geschäft?«, fragte Mitch.

Brian verdrehte die Augen und ging zurück ins Bad. Mitch wollte nicht zu der Party gehen, er wollte stattdessen irgendwo Pizza essen. Aber ich wollte ihm das Chicago zeigen, in dem ich mich herumtrieb. Vielleicht würde er dann sehen, was hinter meinen Entscheidungen steckte. Ich wollte, dass er wieder der Mitchell war, der mit mir nach Providence gegangen war.

»Ich bin jetzt anders«, erklärte er mir. »Ich bin jetzt Christ. Ich wurde in Erins und Jennys Gemeinde getauft. Ich möchte nicht zu dieser Party gehen. Warum machen *wir* nicht was zusammen, nur wir beide, und lassen Brian seiner Wege gehen?«

»Hör mal, lass uns für eine Stunde hingehen. Wenn du die Party nicht fantastisch findest, nehmen wir uns ein Taxi und machen, was du willst. Okay?«

Brian nahm seine Schlüssel vom Tisch. »Sind die Damen bereit für den Ball? Dann los.«

Brians schwarzer BMW flog durch die Straßen der Stadt, bis wir in Stadtteile kamen, die ich nicht kannte. In der Dunkelheit, auf dem Weg einen steilen Hügel hinauf, überquerten wir die unsichtbare Grenze zwischen der »guten Gegend« und einem Gebiet, in dem alle Straßenlaternen ausgebrannt oder ausgeschossen worden waren. Ich schaute Mitchell an, der in der Dunkelheit auf dem Rücksitz kauerte.

»Alles klar, Kumpel?«

Mitchell nickte jammervoll.

Manchmal, wenn ich von jener Nacht träume, ist alles anders. Wir gehen nicht zu der Party. Wir gehen in die Stadt in die *Pizzeria Uno* und setzen uns an einen Tisch. Wir reden und lachen bis spät in die Nacht und er sagt mir, dass er versteht, warum ich gehen musste, aber dass es an der Zeit ist, nach Hause zu kommen. Dass ich zurück nach Providence muss. Und in diesem Traum weiß ich einfach, dass er recht hat. Wir fahren die Nacht durch und überraschen die Mädels am nächsten Morgen in Indianapolis. Wir frühstücken im *Waffle House* und alles kommt wieder in Ordnung.

»Wie weit noch?«, fragte ich. Die Straßen begannen, wie Kriegsgebiete auszusehen. Es gab kaputte Autos und Gebäude mit vernagelten Fenstern.

»Halber Kilometer«, sagte Brian, aber in seiner Stimme lag Angst. Seine knochigen Hände umklammerten das Lenkrad allzu fest, und er hielt den Kopf so dicht darüber geduckt, dass er seine Nase daran hätte kleben können.

Im Appartement war er noch großspurig gewesen, aber nicht hier. Ich spürte, wie mir die blanke Wut einen Adrenalinstoß versetzte. Er hatte gesagt, dass es ungefährlich war, aber das war es nicht. Wir waren nicht nur seine Mitfahrer, wir waren seine Schutzschilde.

»Brian«, sagte ich mit einer Stimme, die ihn aufschreckte. »Dreh um.«

»Halt die Klappe. Wir sind schon fast da.«

»Dreh um. Du machst dir doch gleich in die Hosen. Du weißt etwas, das du uns verschweigst.«

»Sei kein Feigling. Wir sind hier und wir ziehen das durch.«

Brian bog in eine Einfahrt ein, das letzte Haus in einer Sackgasse, schaltete das Automatikgetriebe auf »Parken« und ließ den Motor laufen. Eine einsame Straßenlaterne hinter uns warf ein düsteres Licht auf eine Reihe von Slumhäusern.

»Was machen wir hier?«, fragte Mitchell.

»Entspann dich«, befahl Brian. »Ich bin in zwei Minuten zurück.« Er öffnete das Handschuhfach und eine Pistole kam zum Vorschein.

»Was machst du da?«

Er ermahnte mich, leiser zu sprechen, und glitt aus dem Auto. »Benutze sie, wenn nötig.«

Brian ging durch das Tor in einem Maschendrahtzaun. Im Schatten sahen wir seine dunkle Gestalt die Stufen zur Veranda hochsteigen und an die Tür klopfen. Sie öffnete sich und er schlüpfte hinein.

Mitch und ich saßen schweigend da. Wir waren keine albernen Studenten mehr, die zu einer Party wollten. Diese Welt hatten wir vor sechs Blocks verlassen.

»Tja, das ist interessant«, sagte Mitchell.

Draußen war die Nacht warm und schwül. Ich konnte spüren, wie mir Schweißtropfen am Körper herunterliefen, und mir juckte die Haut, als liefen mir Ameisen den Rücken hinauf.

»Das wird schon«, sagte ich, ebenso sehr zu Mitch wie zu mir selbst.

Fünf Minuten vergingen, und kein Brian. Dann wurde die Stille vom Quietschen einer Haustür durchbrochen. Zwei Männer standen im Schatten auf der Veranda nebenan. Das orangefarbene Glimmen ihrer Zigaretten leuchtete hell auf, wenn sie daran zogen.

»Das hatte ich nicht geplant«, sagte ich.

»Ich hatte es mir auch nicht so vorgestellt.«

»Ich weiß, ich mache nicht alles so, wie ich es sollte, aber –«

»Hier läuft *nichts* richtig.« Mitchell war nervös *und* verärgert. »Ich habe dich nie als Verlierer betrachtet, aber genau das ist aus dir geworden.«

»Ich bin kein Verlierer. Ich habe dir schon gesagt, das ist nicht meine Szene. Ich nehme keine Drogen. Das ist Brians Ding.«

»Ja, und schau, wer mit ihm zusammenwohnt! Schau, wer zu seinen Partys geht und auch alles andere mitmacht, was er tut. Du wusstest, dass er heute Abend einen Drogendeal durchzieht.«

»Das wusste ich nicht … Okay, ich wusste, dass es um Drogen geht, aber ich wusste nicht, dass wir hier landen würden.«

»Was dachtest du denn, wo wir hinfahren? In den Supermarkt? Du solltest mal den Tatsachen ins Auge sehen! Du hast Providence verlassen, du bist bei einem Drogendealer eingezogen, du gehst zu seinen Partys. Das ist nicht nur sein Leben, Jack, es ist auch deines.«

Brian tauchte aus dem dunklen Haus auf und schloss die Tür hinter sich. Als er durch den Vorgarten zu uns zurücklief, sagte einer der rauchenden Männer etwas zu ihm und Brian drehte sich um.

»Warum kümmerst du dich nicht um deinen eigenen Dreck?«, fauchte er, plötzlich wieder ganz großspurig.

Auf der Stelle sprangen die Schattengestalten über die hohe Mauer und landeten mit beiden Beinen im Vorgarten. Im dicken, traumlosen Halbdunkel konnten wir ihre Gesichter sehen. Beide hatten rasierte Köpfe und einen muskulösen Körperbau. Einer der Männer bewegte sich aggressiv auf Brian zu, der sich auf dem Absatz umdrehte und abwehrend die Hände hob.

»Hey, Mann, ganz ruhig. War nur'n Witz. Ganz ruhig, ganz ruhig!«

Der Mann ging weiter auf Brian zu. Sein Schritt wurde langsamer.

Mitch sagte: »Sieht so aus, als hätte er Gesellschaft.«

Noch drei Kerle tauchten in der Straße hinter uns auf. Einer klopfte mit dem Lauf einer Pistole an Mitchs Fenster.

Brian redete mit dem ersten Kerl in einem Ton, der klang, als verhandelte er über seinen Rückzug; dann bluffte und drohte er. Schließlich sagte er: »Hör mal, lass mich das Ganze doch in Ordnung bringen.« Er griff in seine Jackentasche, zog einen kleinen Plastikbeutel hervor und legte ihn aufs Auto. Der Mann riss den Beutel von der Motorhaube und öffnete ihn. Er nahm ihn mit zurück zur Veranda.

Wir saßen auf Messers Schneide, bereit, jede Sekunde aus dem Auto zu springen und um unser Leben zu kämpfen.

Der Mann kehrte zurück und verlangte Brians Geld. Mein Mund war trocken und ich schloss die Augen, um zu beten. Brian ging rückwärts auf das Auto zu.

»Du willst Geld?«, fragte er.

Schritt.

»Du willst *mein* Geld?«

Schritt.

»Du nimmst mir alles weg, Mann!« Brian streckte die Hand nach dem Türgriff aus. »Ich habe tausend Dollar im Handschuhfach. Du kannst das

Geld haben, aber dann hauen wir ab.« Er öffnete lässig die Autotür. Seine Körpersprache sagte: »Ich gehe nirgendwohin. Ich gebe dir tausend Dollar.«

Aber der Mann kam näher. Es war ein Rennen in Zeitlupe, doch Brian hatte einen Vorsprung. Er stützte sein Knie auf den Fahrersitz und griff ins Handschuhfach. Der Mann starrte ihn feindselig an.

Brian flüsterte: »Wenn ich ›jetzt‹ sage, duckt euch.« Er zog die Waffe aus dem Handschuhfach, zusammen mit ein paar Landkarten. »Fünf Sekunden.«

In dem schwachen Licht der Straßenlaterne hielt Brian dem Mann die Karten entgegen. »Du willst mein besch… Geld? Hier!« Er warf die Karten über die Motorhaube und in den Vorgarten.

Als der Mann sich in der Dunkelheit nach seinen tausend Dollar bückte, flüsterte Brian »Jetzt!« und sprang ins Auto. Er legte den Rückwärtsgang ein, trat aufs Gas und rammte mit der hinteren Stoßstange den hinteren Mann zu Boden.

Wir gingen in Deckung, als das Geräusch von Schüssen die unheimliche Stille zerriss. Brian zog den Kopf ein, schaltete in den Vorwärtsgang und trat das Gaspedal bis zum Bodenblech durch. Reifenquietschen und der ekelerregende Geruch von versengtem Gummi füllte das Auto.

*Peng, peng, peng.*

Kleine Löcher erschienen im Fenster. Eine Sekunde später waren wir weg, zwei Blocks entfernt, mit neunzig Sachen durch die dunklen Straßen unterwegs.

Im Auto war es still. Ich schüttelte ungläubig den Kopf und dachte daran, wie ich Brian in die Mangel nehmen würde, sobald wir zu Hause waren. Ich klopfte mir die Glassplitter von Hemd und Jeans und drehte mich dann wieder um, um nach Mitchell zu sehen. Er lag immer noch am Boden und zitterte vor Angst.

»Hey, Kumpel, alles klar. Komm schon. Hoch mit dir.«

Aber Mitchell bewegte sich nicht. Ich packte seinen Arm und schob ihn auf den Rücksitz. Auf seinem Gesicht, in seinem Haar, an seinen Händen war Blut.

»Mitchell ist getroffen! Brian, fahr zum Krankenhaus!«

Brian wurde langsamer und wog ab, was es bedeuten würde, einen Angeschossenen ins Krankenhaus zu bringen und sich mit der Polizei auseinanderzusetzen.

»Brian, sofort!«, brüllte ich.

»Schon gut!«

Ich stieg auf den Rücksitz, um Mitchell zu untersuchen. Die Straßenlaternen über uns leuchteten in regelmäßigem Rhythmus ins Auto, heller, wenn wir näherkamen, dämmriger, wenn wir vorbei waren. Mitchell war über und über mit Blut bedeckt. Zu viel Blut.

»Mitchell, halt durch. Wir bringen dich ins Krankenhaus.« Ich hielt seine blutige Hand und drückte sie. Er erwiderte den Druck nicht.

»Mitchell!«, schrie ich auf, aber seine Augen sahen mich nicht. Zum ersten Mal seit Jahren betete ich. *Lieber Gott, bitte lass ihn nicht sterben!*

*Es tut mir leid. Es tut mir leid, Mitchell. Halte durch. Bitte stirb nicht!*

Mitchell drehte den Kopf zu mir und sagte mit rauer Stimme: »Ist schon gut.«

»Mitchell, ich liebe dich wie einen Bruder. Es tut mir leid. Es tut mir so leid, was heute Nacht passiert ist!« Ich hielt ihn in den Armen und flüsterte ihm zu, während unser Auto sich der Notaufnahme näherte. »Ist schon gut, Mitchell. Wir sind bald zu Hause.«

Ich sah Mitchells Leben vor mir ablaufen, und wissen Sie, woran ich dachte? Wie Mitchell und ich uns als Kinder einen Football zugeworfen hatten. Sein Vater hatte ihn mir gerade gekauft. Ein zertifizierter Lederfootball in offizieller Größe.

»Kannst du dich noch an den Football erinnern, Mitch?«

Sein Körper ruhte an meinem und ich strich ihm die Haare aus dem Gesicht. Als wir in die hell erleuchtete Einfahrt der Notaufnahme einbogen, wurden die schwarzen Flecken auf seinen Kleidern und dem Sitz dunkelrot und seine Augen starrten in meine. Er sagte nur eins.

»Aus.«

Es war sein letztes Wort.

# Sechsundzwanzig

*Coming up close*
*Everything sounds like welcome home*
*Come home.*

*Bei näherem Hinhören*
*klingt alles wie »Willkommen zu Hause*
*komm nach Hause.«*

Til Tuesday
*»Coming up close«*

Ich fuhr zurück nach Providence, um meinen gestressten Kopf zu beruhigen. Ich hatte es vermisst, in meinem Bett aus Schmiedeeisen und Holz zu schlafen, das ich mir ein Jahr vor dem Buch gekauft hatte. Ich hatte Mrs. Hernandez vermisst, das weihnachtlich geschmückte Providence und mein Zuhause. Da ich Bud eine Auszeit gegönnt hatte, wollte ich das Gleiche für mich tun.

Nachdem ich mein Gepäck im Haus abgeladen hatte, fuhr ich ins Stadtviertel *Old Village* und parkte den Jeep auf einer der von Gaslaternen beleuchteten Straßen von West Providence. Das Kaufhaus *Shafford's* war Tradition. Ähnlich wie *Duroth's* war es eines der wenigen Geschäfte in der Innenstadt, das den Ansturm der Einkaufszentren in den Vororten überlebt hatte. Das Geschäft macht seinen Umsatz in der Zeit von Oktober bis Dezember, wenn die Kunden auf der Suche nach eleganten Geschenken und lieben Traditionen waren. Hier gab es Vergangenheit zum Anfassen, da *Shafford's* sich in den vergangenen vierzig Jahren nicht sehr verändert hatte.

Eine kleine silberne Glocke läutete, als ich die Tür öffnete. Mich begrüßte das gleiche Schachmuster aus weißen und braunen Linoleumfliesen, das mich hier schon immer begrüßt hatte. Ich kaufte in der Süßigkeitenecke eine Tüte Sahnebonbons. Es war Jahre her, seit ich das letzte Mal bei *Shafford's* gewesen war.

»Kann ich Ihnen behilflich sein?«

Ich drehte mich zu einer schönen, dunkelhaarigen Verkäuferin Anfang vierzig um. Sie trug eine Brille mit ovalen, in ein braunes Gestell gefassten Gläsern, die sicher an einer Silberkette befestigt war.

»Ich suche etwas Besonderes für Weihnachten«, erklärte ich ihr.

»Etwas für Ihre Frau? Kinder?« Sie stellte normale Verkäuferinnenfragen, aber zu Weihnachten erinnerten sie mich nur daran, dass ich allein war.

»Kollegen«, sagte ich.

Die Frau trat hinter einer Glasvitrine hervor, die sie gerade umgeräumt hatte, und glättete eine Falte in ihrem Rock.

»Ich suche nach etwas, das ich mehreren Personen schenken kann, etwas Unvergessliches. Eine Art Andenken.«

»Haben Sie eine Preisvorstellung?«

»Nein. Es soll nur etwas Schönes sein, das für Männer und Frauen passend ist.«

Ich folgte ihr zu einer Vitrine mit einer Glasabdeckung in der Ecke des Ladens. »Sie brauchen mehr als ein Stück? Das grenzt die Auswahl ein wenig ein. Wie viele möchten Sie?«

Ich zählte laut. »Mal sehen ... Arthur und Aaron, Peter, Nancy ... Mrs. Hernandez und Raymond ... sechs, würde ich sagen.«

Die Frau nahm ihre Brille ab und ließ sie auf ihren blauen Pullover gleiten.

*Sie kommt mir so bekannt vor. Haben wir uns schon einmal getroffen?*

»Wenn Sie etwas Unverwechselbares suchen, könnte Sie dieses Stück eventuell interessieren.« Sie zog ein Kästchen aus der Vitrine und stellte es auf den Ladentisch. Sie öffnete es und hob eine erlesene Uhr heraus – eine Uhr aus Kristall. Sie legte sie vorsichtig auf ein dunkelviolettes Vorführtuch aus Samt, so behutsam, wie man ein neugeborenes Kätzchen behandeln würde.

»Das ist eine Schweizer Uhr von *Louis Demler*. Es ist kein antikes Stück, aber sehr gute Qualität. Diese Uhr ist von Hand gefertigt und wird in Boston zusammengesetzt. Wenn Sie genau hinschauen, sehen Sie die verschiedenen Email-Schichten auf dem Ziffernblatt.«

*Ich kann ihr Gesicht nicht einordnen ... vielleicht die Stimme ...*

»Das Uhrwerk ist aus Schweizer Quarz und hält garantiert hundert Jahre.«

»Das ist länger, als es mich geben wird«, sagte ich und sie lächelte.

Die Glocke an der Tür klingelte wieder und ich warf einen Blick über meine Schulter. Zwei weißhaarige Damen schlurften aus der Kälte herein.

»Sie ist sehr schön«, sagte ich. »Wenn Sie genügend davon haben, nehme ich sie.«

»Wir haben zwei hier, aber ich kann nachfragen, ob noch mehr erhältlich sind.«

»Danke.«

Sie drückte eine Schnellwahltaste. »Es ist etwas ungewöhnlich, jedem auf der Weihnachtsliste das gleiche Geschenk zu machen«, sagte sie, während sie wartete, dass sich jemand am anderen Ende der Leitung meldete.

»Normalerweise kaufe ich jedem etwas Unterschiedliches, aber dieses Jahr – und vielleicht klingt das widersinnig – ist es so vielleicht umso mehr etwas Besonderes.«

»Möchten Sie den Preis wissen?«, fragte sie.

»Eigentlich nicht«, erklärte ich. Das klang protzig, anders, als ich es beabsichtigt hatte. Sie hob die Augenbrauen und ich vermutete, dass ich gewirkt hatte wie einer dieser Neureichen mit einer Kreditkarte ohne Limit. Rasch setzte ich hinzu: »Aber vielleicht sagen Sie ihn mir lieber trotzdem.«

»Sie kosten zwölfhundert Dollar pro Stück.«

»Das ist in Ordnung«, erklärte ich. Es war mir egal, wie viel sie kosteten. Ich konnte mir eine in Arthurs Büro vorstellen, neben seinen Flaschen mit zwanzig Jahre altem Scotch. Peter stellte seine bestimmt auf sein Regal im Büro und Mrs. Hernandez geriet sicher ins Schwärmen, wenn sie ihre zum ersten Mal sah. »Bieten Sie immer noch den Service an, die Geschenke in Geschenkpapier verpackt auszuliefern?«

»Ja. Normalerweise kostet das extra, aber ich werde darauf verzichten, da es eine so große Bestellung ist. … Hi Jill, hier ist Jennifer bei *Shafford's* in Providence. Könntest du bitte mal schauen, ob ihr einen bestimmten Artikel vorrätig habt? Ja, danke.« Sie wartete wieder.

*Jennifer.*

»Ja, ich versuche, vier *Louis-Demler*-Uhren zu finden. Ich habe die Artikelnummer für dich.« Sie begann, die Uhr wieder einzupacken und nickte mir zu, dass es tatsächlich gab, was ich brauchte. Ich zog meine Visakarte hervor und schob sie über den Glastresen. »Kann ich dich in zehn Minuten zurückrufen und dir die Lieferinformationen durchgeben? Danke, Jill.«

Sie legte auf. »Das ist Ihr Tag. Wenn Sie die Lieferadressen auf dieses Blatt schreiben, werden Sie direkt von unserer Filiale in Indianapolis aus versendet.«

»Sie haben mir das Einkaufen leicht gemacht. Vielen Dank.«

»Gern geschehen, Mr. Clayton. An meinem Beruf gefällt mir besonders gut, wenn ich jemandem helfen kann, etwas zu finden, wonach er sucht.« Sie nahm meine Visakarte und zog sie durch das Lesegerät.

»Sie kennen meinen Namen?«

»Ich habe ihn auf Ihrer Karte gelesen, aber wir haben uns schon einmal getroffen. Und da fällt mir ein, ich habe auch Ihr Buch gelesen, also kenne ich Sie in mehrerlei Hinsicht.« Sie lächelte und machte damit alles nur noch geheimnisvoller. »Ich nehme nicht an, dass Sie mich wiedererkennen?«

»Sie kommen mir bekannt vor, so abgedroschen das auch klingt. Wo haben wir uns schon einmal gesehen?«

Sie streckte mir die Hand entgegen und schüttelte meine. »Ich bin Jennifer Shafford, aber vor meiner Hochzeit hieß ich Jennifer Carswell. Ich habe auf der anderen Seite des Flurs in Ihrem Appartement an der Ecke Alder und Thatcher gewohnt.«

»Du meine Güte!«, sagte ich und streckte mich instinktiv über den Ladentisch, um sie zu umarmen. »Ich habe dich seit meinem ersten Studienjahr nicht mehr gesehen!«

»Es ist eine Weile her. Ich schätze, du hast es aus der Gerüchteküche erfahren, aber ich habe das Studium in dem Jahr unterbrochen, weil ich ein Baby bekommen habe. Er ist heute einundzwanzig Jahre alt.« Wir schüttelten ungläubig die Köpfe.

»Ich fühle mich alt.«

»Und Roger und ich haben eine Tochter, die fünfzehn ist.«

»Das ist ja unglaublich. Ich habe in all den Jahren immer mal wieder an dich gedacht und mich gefragt, was passiert war. Sieht so aus, als hätte sich für dich alles zum Guten gewendet.«

»Ich habe weiterstudiert, nachdem Jason geboren war, und meinen Abschluss gemacht. Und während ich hier war, haben Roger und ich geheiratet.«

Die Kasse druckte die Quittung aus und sie riss sie ab, behielt sie aber in der Hand. Sie schien in der Zeit zurückzureisen, ins Jahr 1985.

»Weißt du, es war eine schwere Entscheidung, ob ich das Baby behalten soll oder nicht.«

Ich hörte zu, in dem Wissen, dass niemand sonst in Hörweite war.

»Heute kann ich mir die Alternative nicht einmal mehr vorstellen. Jason ist so ein toller junger Mann. Aber damals …« Jennifers Stimme wurde so leise wie die eines Kirchgängers im Beichtstuhl.

»Eine Freundin von mir hat mich in der ganzen Schwangerschaft begleitet. Meine Eltern waren durcheinander, todunglücklich … und enttäuscht.«

Ich streckte die Hand aus und drückte ihre.

»Meine Freundin hatte so einen starken Glauben an Jesus. Ich bin inzwischen Christ geworden, wie du ja offensichtlich auch.«

Ihre dunklen Augen bohrten sich in meine, nicht romantisch, sondern mit der Verbindung, die Menschen haben, die einen Augenblick in der Ewigkeit miteinander geteilt haben.

»Ja, ich bin später auch Christ geworden.«

»Das habe ich irgendwie deinem Buch entnommen. Du bist jetzt ein anderer Mensch als der, an den ich mich aus den alten Zeiten erinnere. Es ist schon seltsam, wie Gott alles zum Guten wendet. Eine neue Schöpfung; das Alte ist vergangen.«

»Ja«, stimmte ich ihr zu.

»Ich war zwei Jahre in Delton, habe Jason großgezogen, bin in die Kirche gegangen, habe die Bibel gelesen. Ich habe einfach Gott vertraut und gehofft, dass er ein neues Leben für mich hat. Und so war es«, sagte Jennifer und ging dann wieder an die Arbeit, indem sie mir die Quittung reichte. »Hast du je darüber nachgedacht, wo du heute ohne Jesus wärst?«

Das hatte ich. Ich war gerade dabei, den Menschen wieder auszugraben, der ich einmal gewesen war.

Sie lachte ein glückliches, unbeschwertes Lachen. »Er hat mich durch die Schwangerschaft gebracht, hat Roger in mein Leben geschickt. Selbst dass ich hier in diesem Geschäft arbeite, ist sein Wunder.«

»Wie das?«

Sie sprudelte geradezu über. »Ich habe meinen Abschluss für Einzelhandelsvertrieb gemacht und wollte immer als Einkäuferin durch Europa reisen. Aber mit Jason sah ich einfach keinen Weg, wie das möglich sein sollte. Ich dachte daran, nach New York zu ziehen und für die großen

Einzelhändler zu arbeiten.« Sie schüttelte den Kopf. »Tja, Roger fliegt jedes Jahr nach London, um für den Laden einzukaufen ...«

*London ...*

»Jedes Mal, wenn das Fahrwerk in Heathrow aufsetzt, danke ich Gott, dass er so gnädig zu mir gewesen ist. Er hat die Scherben wieder zusammengesetzt.« Ihr Gesicht strahlte, als sie von dem Segen erzählte, den Gott in ihr Herz gelegt hatte.

Ich verließ *Shafford's* und ging zum Jeep. Jennifers Worte hallten noch immer in meinen Gedanken nach. Sie war eine Erinnerung aus Fleisch und Blut an meine Vergangenheit in Providence. Wie kurz unsere Begegnung in jenem Sommer 1985 auch gewesen war – sie wiederzusehen, weckte wieder neue Erinnerungen.

Auf dem Weg nach Hause machte ich in einem Burger-Restaurant halt und nahm mir etwas zu essen mit. Zurück in meinem Büro fuhr ich meinen iMac hoch und öffnete ein neues Dokument. Ich schrieb weiter an meiner Geschichte aus Wehmut und Wundern und übertrug meine Erinnerungen auf den Computer. Wieder einmal reiste ich zurück in das Land, in dem die Geister der Vergangenheit aus ihren Verstecken stiegen, sich den Staub von den Kleidern klopften und mich zur Erinnerung zwangen.

# Siebenundzwanzig

*When you go you're gone forever.*

*Wenn du gehst, bist du für immer fort.*

Culture Club
*»Karma Chameleon«*

Die Beerdigung war an einem Montag. An seinem Grab begriff ich, was Mitchell versucht hatte, mir zu sagen. Selbst wenn ich tausend Jahre alt werden würde, würde ich niemals Jenny und Erin in ihren schwarzen Kleidern vergessen, die nicht nur das Ende von Mitchs Leben symbolisierten, sondern auch das Ende unserer Collegezeit, das Ende unserer Unschuld.

Hinterher saß ich auf der hinteren Veranda und hörte, wie die gedämpften, freudlosen Stimmen meiner Mutter Marianne und meines Onkels Carlton aus der Küche drangen. Dann milderte der Klang von Jennys Stimme die Bitterkeit wie Sahne einen schwarzen Kaffee. Nachdem die beruhigende Wirkung ihrer Worte verklungen war, hörte ich, wie sich die Hintertür quietschend öffnete. Dann spürte ich ihre sanften Hände hinter mir.

»Es tut mir so leid, was mit Mitchell passiert ist«, hauchte sie. Ihre Worte legten sich beruhigend auf mein in tausend Stücke zerschlagenes Herz.

Sie kniete sich hin und legte die Arme um mich. Ich ließ den Kopf auf ihren Arm sinken, aber ich fand keine Worte. Ich empfand eine Schuld, die mir Übelkeit verursachte. Ebenso gut hätte ich in jener Nacht die Waffe abfeuern können, die Mitchell getötet hatte. Ich ging Mitchells letzten Tag in meinen Gedanken immer und immer wieder durch und suchte nach einem Tor in die Vergangenheit, durch das ich hindurchgreifen und Mitch in Sicherheit ziehen konnte. Es hätte nicht passieren dürfen.

»Kann ich irgendetwas für dich tun?«, fragte sie.

»Chicago ist für mich erledigt«, sagte ich. Eine kühle Brise blies vom Farmland her in den Garten. Kurzes, noch grünes Getreide wogte wie von einer unsichtbaren Hand gestreift.

»Ich habe ihn umgebracht, Jenny. Ich habe Mitchell umgebracht. Er hätte nie nach Chicago kommen sollen.«

»Nein, du hast ihn nicht umgebracht, Jack. Gib dir nicht die Schuld daran.«

»Ich habe ihn gedrängt mitzukommen! Er wollte nicht, aber ich habe ihn gedrängt. Das werde ich mir nie verzeihen. Gott wird mich dafür bestrafen.«

Jenny beruhigte mich wie ein Kind. Sie legte die Kraft ihrer Seele und ihr tiefes Wissen um den Retter Jesus Christus in ihre Worte: »Gott will dich nicht bestrafen, Jack. Er liebt dich. Und er hat Mitchell geliebt.«

Wir saßen beieinander, allein auf der hinteren Veranda, in der Abendstille. »Jack, bitte komm mit mir zurück nach Providence. Ich möchte, dass wir zusammen sind. Dass wir … füreinander eine Familie sind.«

»Mitchell«, sagte ich, ohne es zu merken. »Mitchell, wo bist du?«

»Jack, schau mich an.«

»Mitchell. Es tut mir leid, Mitchell. Es tut mir so leid.«

Der Digitalwecker zeigte 19.35 Uhr an. Es war dunkel und ich wusste nicht, wo ich war. Die kühle Brise eines aufziehenden Gewitters wehte durch ein offenes Fenster. Alles erinnerte an eine Nacht am Anfang, vor tausend Jahren. Die Tür öffnete sich einen Spalt weit und ein schmaler Lichtstrahl fiel ins Zimmer. Jenny kam herein und kroch in der Dunkelheit zu mir ins Bett.

»Geht es dir gut?«, fragte sie.

»Wo bin ich? Was ist los?«

»Deine Mutter ist unten und räumt das Haus auf. Du hast ein paar Stunden geschlafen.«

»Tut mir leid, dass ich so ein Wrack bin. Danke, dass du bei mir geblieben bist.«

»Jack, ich liebe dich, und ich verspreche dir, egal was passiert, ich werde immer bei dir bleiben.«

Ich legte beide Arme um ihre schlanke Taille und zog sie auf mich. Ihre Lippen und meine trafen sich in der Dunkelheit. Mit dem Handrücken wischte sie mir den Schweiß von der Stirn. Ihr Herzschlag klopfte auf meiner Brust.

»Ich erinnere mich noch an den Tag, als ich dich zum ersten Mal sah«, sagte ich. »Du bist den *Augustine Hill* zu deinem Wohnheim hinaufgelaufen, in diesen beigefarbenen Leggings, dem hellbraunen Rock und den Cordschuhen.«

Jenny lachte.

»Ich habe mich in dein Gesicht verliebt. Wusstest du das?«, fragte ich und sah jenen Moment deutlich vor meinem inneren Auge. »Du hattest etwas an dir, das mir nie erreichbar schien.«

»Psst, Jack«, sagte sie, perfekte Worte im richtigen Augenblick. »Bitte beleidige nicht den Mann, den ich liebe.«

Unten brummte und fauchte der Geschirrspüler, wusch Krümel von dem guten Porzellan und Schokoladenglasur von kaum benutzten Desserttellern.

»Schade, dass du nicht die ganze Nacht hier schlafen kannst.«

»Ja, schade.«

»Ich würde alles tun, um jetzt mit dir verheiratet zu sein«, sagte ich. Und ich meinte es so. »Bei dir schlafen zu können, bis die Sonne aufgeht. Wir könnten dann zuschauen, wie sie über den Ulmen im Fenster aufgeht.«

Jenny legte den Kopf auf meine Brust und seufzte zufrieden. »Weißt du schon, was du morgen machst?«

»Ich gehe rüber zu den McDaniels'. Wusstest du, dass Mitch eine Harley-Davidson hatte?«

»Ja. Er wollte sie verkaufen, oder?«

»Mitchs Eltern wollen sie mir schenken.«

»Warum?«

»Sein Vater vermutet, dass Mitch sie mir gerne geben würde. Ich habe Nein gesagt, aber sie wollen sie mir trotzdem schenken.«

»Denkst du, das ist ihre Art Vergebung auszudrücken?«, fragte Jenny.

»Ich weiß nicht. Mr. McDaniels hat bei der Beerdigung mit mir gesprochen, aber seine Worte waren sehr zurückhaltend, als ob er nur tun würde, was von ihm erwartet wird. Er sagte, dass alle noch unter Schock stehen und aufgebracht sind, aber dass sie es verstehen – was auch immer das bedeutet.«

»Sie versuchen das nur irgendwie zu verarbeiten … wir alle. Ich bin mir sicher, dass sie dir vergeben werden, wenn es soweit ist –«

»Wie könnten sie?«, sagte ich und unterbrach ihre sanften Worte. »Was geschehen ist, kann niemand mehr ungeschehen machen, nie wieder. Ich verdiene ihre Vergebung nicht, und ich will Mitchs Motorrad nicht. Aber ich schätze, ich habe keine Wahl. Ich werde es morgen abholen.«

»Soll ich mitkommen?«

»Nein. Ich muss ihnen allein gegenübertreten.«

»Was hast du noch zu Mr. McDaniels gesagt?«

»Ich habe ihm gesagt, wie leid mir das alles tut … Nicht, dass diese Worte irgendwas bedeuten, wenn man getan hat, was ich getan habe, aber ich habe es trotzdem gesagt.«

»Und was hat er darauf erwidert?«

»Nichts. Er hat versucht zu lächeln, aber es ist ihm nicht gelungen. Er hat einfach den Blick gesenkt und hat sich umgedreht.«

Darauf sagte Jenny nichts. Ihr Mitgefühl hatte sie vielleicht dazu gebracht, mich zu trösten, aber sie wusste, dass ich etwas Falsches getan hatte und dass Mitchell deswegen gestorben war. Mein bester Freund, Erins Verlobter.

Keiner von uns wusste, wie er mit dem Verlust oder der Schuld oder der Scham leben sollte. Aber in jenem Augenblick wollte ich überhaupt nicht leben.

»Was machst du dann mit dem Motorrad?«, fragte Jenny.

Ich hatte das Gefühl, dass wir dieses Gespräch irgendwo schon einmal geführt hatten.

# Achtundzwanzig

*You broke the bonds and you*
*Loosed the chains*
*Carried the cross*
*Of my shame*
*Of my shame.*

*Du hast die Fesseln zerrissen und*
*die Ketten gesprengt*
*hast das Kreuz*
*meiner Schande getragen*
*meiner Schande.*

U2
*»I Still Haven't Found What I'm Looking For«*

Die Geschichte von Mitchells Tod kam zentimeterweise aus meinem Drucker. Ich faxte sie an unser behelfsmäßiges Büro in Chicago, damit Bud sie fand, wenn er kam, und ich nicht dort sein musste, wenn er sie las. Ich rief Howard Cameron an und fragte, ob er Zeit hätte, sich noch vor Weihnachten mit mir zu treffen. Howard lud mich für den nächsten Tag zu Mike und Tessa ein.

Am Morgen des 24. Dezembers verließ ich Providence, um nach Indianapolis zu fahren, die gleiche Route, die wir alle an jenem ersten Weihnachten gefahren waren. Ich parkte in der Einfahrt neben einem sportlichen Lexus, einem Minivan und einem Kleinlaster. Mikes und Tessas Haus war genau so, wie ich es in Erinnerung hatte, nur dass der Ahorn und die Birken doppelt so groß und der Garten von einem professionellen Gärtner gestaltet worden war.

Dieses Mal kam ich nicht als Jennys neuer Freund vom College, sondern als vierzigjähriger Geist aus der Vergangenheit.

Ich klingelte und wartete auf der Veranda, während ich die frische, kühle Winterluft einatmete. Tessa öffnete die Tür.

»Hallo, hallo, hallo! Schaut mal, wer hier ist! Hi Jack, komm rein!«

Ich trat ein und Tessa gab mir einen Kuss auf die Wange. Dann umarmte sie mich zur Begrüßung.

»Schön, dich nach all den Jahren wiederzusehen.«

»Ja, ich finde es auch schön, dich wiederzusehen.«

Sie hatte sich nicht sehr verändert. Angela, Mike und Howard kamen herbei, als sie die Tür klappen hörten, gefolgt von drei kleinen Kindern.

»Fröhliche Weihnachten, Jack!« Howard klopfte mir auf die Schulter.

»Lange nicht gesehen«, sagte Mike und schüttelte mir die Hand. Er war noch immer ein kräftiger Kerl, wenn auch in der Mitte inzwischen etwas rundlicher.

Ein Junge stand höflich vor Tessa. »Wir hatten etwas Zuwachs, seit du das letzte Mal hier warst. Das ist Tom; er ist zwölf. Da drüben ist unsere Älteste, Virginia, und hier ist unsere Jüngste, Ming Chao. Sie ist diesen Monat sieben geworden.«

»Schön, euch alle zu sehen. Ich hoffe, ich störe nicht eure Weihnachtsfeier.«

»Natürlich nicht. Sei doch nicht albern.« Angela hakte sich bei mir unter und eskortierte mich ins Familienzimmer. Ein echtes Holzfeuer brannte im Kamin aus Natursteinen.

»Jack, Mom und ich haben gerade Kaffee aufgesetzt. Möchtest du eine Tasse?«

»Danke, Tessa. Das wäre schön.«

Die Kinder waren begeistert, dass ein Fremder im Haus war. Die Neugier trieb Ming Chao so dicht an mich heran, wie sie es wagte, während sie sich hinter Opas Bein versteckte.

»Magst du ihn immer noch schwarz?«

»Milch, wenn du welche da hast.«

Nachdem wir eine Weile Neuigkeiten ausgetauscht hatten, machte Howard eine Ansage an die Familie. »Hört mal, ich weiß, dass Jack die Aufmerksamkeit zu schätzen weiß. Immerhin ist es schon eine ganze Woche her, seit er auf der Titelseite von *Time* war.« Alle lachten. »Aber ich werde ihn euch jetzt mal für ein Vier-Augen-Gespräch entführen.«

Angela wandte sich den Kindern zu. »Gehen wir doch nach unten und holen die Schlittschuhe raus. Das ist ein perfekter Tag zum Schlittschuhlaufen!«

»Schlittschuhlaufen?«, fragte ich.

Mike füllte gerade seine Kaffeetasse in der Küche nach. »Wir haben einen Teich draußen im Garten, der ganz schön zufriert. Ich habe heute Morgen den Schnee weggeräumt. Die Oberfläche ist jetzt sicher glatt genug zum Eislaufen.«

Während alle anderen nach unten drängten, um sich dick anzuziehen und die Schlittschuhe zu schnüren, setzten Howard und ich uns an den Küchentisch.

»Jack, ich bin froh, dass du angerufen hast. Was ist los?«

»Danke, dass du dir die Zeit für mich nimmst, Howard. Ich habe schon eine Weile etwas auf dem Herzen und ich würde gern mit dir darüber reden.«

»Ich bin ganz Ohr. Leg los.«

»Mein Verleger hat mich gebeten, meine Memoiren zu schreiben, und ich habe diesen Monat daran gearbeitet. Das hat aber eine Menge Erinnerungen hochgeholt – viele, auf die ich nicht stolz bin.«

»Jack, wenn du hier bist, um für etwas um Vergebung zu bitten, das zwanzig Jahre her ist, dann mach dir keine Sorgen. Wir haben dir schon lange vergeben.« Howard lachte leise und klopfte mir aufs Knie.

»Es gibt tatsächlich ein paar Dinge, für die ich gern eure Vergebung hätte –«

»Jack«, unterbrach mich Howard, »ich weiß nicht, ob dir das schon mal jemand gesagt hat oder nicht, aber die Vergangenheit ist vorbei. Was auch immer vor langer Zeit passiert ist, wir haben uns damals damit auseinandergesetzt und es ist erledigt. Ich denke nicht mehr daran.«

»Ich weiß. Ich bereue einfach, wie ich Jenny behandelt habe.«

»Ich glaube nicht, dass sie auch nur ein Gramm böser Gefühle gegen dich hegt, Jack. Murphy hat ihr die Ehe und Familie gegeben, die sie sich immer gewünscht hat.«

»Es tut mir leid, dass es nicht anders ausgegangen ist. Ich bin danach mein Leben lang Single geblieben, also verstehst du vielleicht, dass ich mich gefragt habe, was hätte sein können …«

»Ich verstehe, aber eines solltest du dir bewusst machen: Du warst noch nicht bereit. Deswegen war es dir unmöglich, dich ganz auf sie einzulassen. Spiel nicht das Was-wäre-wenn-Spiel. Das ist sinnlos. In Anbetracht dessen, wer du damals warst, konntest du Jenny ja unmöglich etwas geben, was du nicht hattest.«

Ich setzte zu einer Erwiderung an, hielt aber inne. Ich hatte das Gefühl, dass Howard noch mehr Wichtiges zu sagen hatte.

»Es ist nicht so, als hättest du den Wecker überhört und würdest rechtzeitig aufwachen, wenn du nur eine zweite Chance dazu bekommen würdest. Es ist eher so, dass du eine Raupe warst und Jenny ein Schmetterling. Jetzt, wo du älter und klüger bist, wünschst du dir, du könntest zurückgehen und auch ein Schmetterling gewesen sein. Aber damals warst du eben *kein* Schmetterling, Jack.«

»Natürlich hast du recht. Wenn ich an die Vergangenheit denke, denke ich immer, ich könnte so zurückgehen, wie ich jetzt bin, und nicht so, wie ich damals war.«

»Wenn wir eine Zeitmaschine hätten und ich dich so zurückschicken würde, wie du heute bist, wäre die Sache zwischen euch beiden ganz anders verlaufen. Aber wenn wir dich so zurückschicken würden, wie du damals warst, meinst du denn, es wäre anders ausgegangen?«

»Nein.«

»Das denke ich auch.« In Howards Augen lag unendliches Mitgefühl und Liebe. »Es gibt viele Gelegenheiten, Gutes zu tun, Jack, aber Tatsache ist, dass man immer ein paar davon verpasst. Möchtest du meinen Rat hören?«

»Ja, gerne.«

»Tu *heute*, was du kannst. *Heute* ist der einzige Tag, den wir wirklich haben. Und wenn du heute etwas tun kannst, das Jesus uns aufs Herz gelegt hat, dann tust du das, was er von dir möchte, und dein Leben hat einen Sinn. Du wirst nichts bereuen, besonders, wenn du lernst, andere Menschen mehr als alles andere zu lieben ... außer Gott, natürlich. Schreib dir das für dein nächstes Buch auf: Wenn du etwas für andere tun kannst, gib alles.«

Ich lächelte und Howard fuhr fort.

»Du kannst es auch so sehen: Als du zwanzig warst, dachtest du mit deinem eigenen Verstand, meistens an dich selbst und an das, was du wolltest – und schau, wo es dich hingebracht hat. Aber heute denkst du Gottes Gedanken und dir ist wichtig, was ihn interessiert. Und schau dir das Ergebnis an: Gott hat dich und andere durch deine Arbeit gesegnet.«

Howard hatte die große Gabe, Dinge zum Abschluss zu bringen. Was er sagte, war mir nicht völlig neu, aber als ich es von ihm mit seiner ruhigen, sicheren Stimme hörte, verstand ich es endlich. Er sagte mir mehr als nur Worte.

»Ich könnte jemanden wie dich ständig gebrauchen, Howard. Ich weiß nicht, wann jemand das letzte Mal so klar und deutlich mit mir geredet hat.«

»Ich bin Seelsorger, Jack. Das ist eine Tätigkeit, kein Zustand.«

Angela kam herein, um nach uns zu sehen. »Alles in Ordnung bei euch beiden?«

»Jack scheint es ganz gut zu gehen.«

»Möchtet ihr was Niedliches sehen? Dann schaut mal raus.« Angela deutete an uns vorbei. Wir drehten uns um und sahen drei dick eingemummelte Pakete auf Schlittschuhen, die sich mit sehr unterschiedlicher Geschicklichkeit auf dem Eis fortbewegten. Mike war auch dort, mit dem Schneeschieber und den Hunden.

»Sieht so aus, als hätten sie Spaß.« Howard zog die Gardine zurück, um einen besseren Blick zu haben.

»Es wäre schön, wenn die Jungs jetzt auch hier wären«, sagte Angela.

»Nun ja«, ich stand vom Tisch auf. »Ich glaube, ich lasse euch jetzt mal euer Weihnachtsfest fortsetzen.«

»Wir freuen uns, dass du gekommen bist. Es war für uns alle schön, dich wiederzusehen, Jack. Jetzt, wo wir alle wieder in Indiana sind, lass dich immer mal blicken!«

»Bestimmt. Das verspreche ich«, sagte ich. Ich nahm meine Jacke von der Sofalehne und zog sie an.

»Ich habe keine Ahnung, wie du es schaffst, in dem Jeep warm zu bleiben, Jack. Ich würde in dem Ding erfrieren!« Angela rieb sich die Arme.

»Es ist leichter, im Sommer nicht darin zu schwitzen. Da lasse ich einfach das Verdeck herunter.« Ich lächelte und ging zur Tür. »Also dann, fröhliche Weihnachten. Nochmals danke, dass ich kommen durfte, Howard. Und für deine weisen Worte.«

Angela trat näher und umarmte mich so fest, wie sie es normalerweise bei Jenny tat. »Fröhliche Weihnachten. Gott mit dir.« Ihre Augen strahlten echte Wärme aus. Ich hatte endlich Frieden mit meiner Vergangenheit geschlossen.

»Und mit euch. Und wenn ihr das nächste Mal mit Jenny sprecht, bitte richtet ihr Grüße und ›Fröhliche Weihnachten‹ aus.«

»Das kannst du ihr selbst sagen«, sagte Howard.

»Wie bitte?«

»Sie kommt in sechs Wochen.«

»Sie kommt ... Sechs Wochen?«, stotterte ich.

»Wir kehren alle aus London zurück. Jenny ist noch geblieben, um den Übergang für den neuen Direktor zu erleichtern, aber Mitte Februar ist sie dann auch wieder hier.«

»Ich ... ich kann's kaum glauben! Vor ein paar Wochen wart ihr alle noch so weit weg. Ich hätte nie gedacht, dass ihr alles zusammenpackt und nach Indiana zurückkommt.«

»Jack«, sagte Howard langsam und deutlich, damit ich es ein für alle Mal begriff. »Wir waren *zwanzig Jahre* dort.«

»Was ist mit Murphy? Kann er sich denn auch nach Indianapolis versetzen lassen?« Die beiden schauten mich verständnislos an.

»Ach Jack.« Angelas Gesicht nahm einen gequälten, verlegenen Ausdruck an. »Es tut mir leid; es klang so, als wüsstest du Bescheid. Murphy ist vor zwei Jahren gestorben.«

»Was?«, fragte ich, maßlos erschrocken.

»Es tut mir so leid. Als ich dich fragte, ob du über Murphy Bescheid weißt und du Ja sagtest, klang es einfach, als wüsstest du es.«

»Herzinfarkt«, sagte Howard. »Er war erst zweiundvierzig.«

# Neunundzwanzig

*I hear the secrets that you keep*
*When you're talking in your sleep*

*Ich höre deine Geheimnisse*
*wenn du im Schlaf redest*

The Romantics
*»Talking in Your Sleep«*

Wie vor den Kopf geschlagen fuhr ich von Mikes und Tessas Haus weg. Jenny kam zurück nach Indiana, eine vertraute zweistündige Autofahrt von Providence entfernt. England war hingegen ein weit entlegener Ort aus einem Märchenbuch, unerreichbar; der Atlantik ein unüberwindbarer Burggraben, der Jennys Schloss umgeben hatte.

Natürlich hatte es noch weitere Mauern gegeben, die um Jennys Herz. Wir hatten über all die Jahre den Kontakt zueinander verloren, weil ich Fehler gemacht hatte. Ich hatte ihr Verletzungen zugefügt, die die Tür zu ihrem Herzen verschlossen hatten. Natürlich hatte ich aufgehört zu überlegen, wie ich den Riss flicken, wie ich sie zurückgewinnen könnte, als ich herausgefunden hatte, dass Gott Jennys Herzenswünsche in einem guten Mann – in Murphy – erfüllt hatte.

Angelas Eröffnung ließ meine Gedanken in tausend Richtungen schwirren. Es machte mich unendlich traurig, von Murphys Tod zu hören. Ich empfand eine tiefe Traurigkeit für Jenny, so als wäre er erst gestern gestorben. Und dann, über all dieser Traurigkeit – oder auch darunter, oder vielleicht mitten darin – spürte ich einen winzigen Hoffnungsschimmer, eine Hoffnung, die mir beinahe falsch vorkam. Aber sie *war* nicht falsch. Es war die von Gott geleitete Hoffnung, dass ich Jenny wiedersehen würde, wenn auch nur, um sie um Vergebung zu bitten und zu versuchen, Wiedergutmachung zu leisten.

Ich hatte seit fast zwanzig Jahren nicht mehr mit Jenny gesprochen, doch ich hatte eine einseitige Unterhaltung mit ihr geführt – durch die Worte, die in einem Buch abgedruckt waren. Aber sie hatte es nicht gelesen; sie hatte es sich auf Kassette angehört – *sie hatte meine Stimme gehört.* Sie hatte gehört, wie ich über Norwood sprach, den Ort, wo ich gelernt hatte, Liebe zu leben, als ich keine Jenny mehr hatte, mit der ich üben konnte.

Übers Mobiltelefon rief ich Peter an um zu fragen, ob er in den Heiligabendgottesdienst ging. Es war kurzfristig, aber da ich die letzte Zeit in ein gewisses Buch vertieft gewesen war, hatte das Weihnachtsfest sich irgendwie an mich herangeschlichen. Peter war nicht zu Hause. Ich hinterließ ihm eine Nachricht und fuhr weiter nach Providence.

Mrs. Hernandez machte ihre Runde. Sie hatte mein Haus bereits auf Hochglanz poliert und den Kühlschrank gefüllt. Der Anrufbeantworter blinkte. Einen Augenblick lang hing ich der Frage nach, ob es jemals eine Nachricht von Jenny auf meinem Anrufbeantworter geben würde.

Ich drückte den Wiedergabeknopf. Die erste Nachricht kam von Peter, der wissen wollte, wo ich steckte. Die zweite war von Bud. Er hatte die Seiten über Mitchell gelesen, und seine Worte klangen wie eine Kondolenz. Außerdem wollte er wissen, ob mein Fax bedeutete, dass wir nicht mehr im selben Büro arbeiten würden. Die letzte Nachricht war von Marianne. Sie hatte beim CMD angerufen und hatte den Eindruck, dass ich nicht mehr dort arbeitete.

Ich schaltete den Anrufbeantworter aus und rief sie sofort zurück. Sie fragte, ob ich zufällig über die Weihnachtsfeiertage nach Hause, nach Iowa, kommen würde.

»Ist heute noch schnell genug?«

Ich warf frische Sachen in eine kleine Reisetasche, kramte mein Diktiergerät aus dem Büroschrank hervor und schnappte mir einen von Mrs. H's Burritos aus dem Kühlschrank.

In den letzten Tagen war ich von Chicago nach Providence und von Providence nach Indianapolis gefahren, und jetzt fuhr ich von Providence nach Overton. Ständig unterwegs, genau wie nach Mitchells Tod. Aber es gab einen Unterschied: Diese Fahrten heute hatten alle einen Zweck und ein bekanntes Ziel. Ich habe nur noch wenige Erinnerungen an diese Monate auf Mitchells Motorrad, an diese letzte Station, bevor alles in sich zusammenfiel. Bevor die Welt quietschend zum Stillstand kam.

Wiedergeboren. Ein Mensch muss wiedergeboren werden.

Während ich der untergehenden Sonne nachjagte, wurde es Zeit, eine weitere Erinnerung auf Band festzuhalten. Es waren nicht mehr viele, aber sie waren bedeutend. Die Sonne malte rote Streifen auf die Wolken, ein

Tor zur westlichen Welt. Der Jeep fuhr geräuschvoll durch den Winterwind, aber er lief leise im Vergleich zu, sagen wir mal, einer Harley-Davidson.

# Dreißig

*And I can tell you my love for you will still be strong*
*After the boys of summer have gone.*

*Und ich sage dir, meine Liebe zu dir wird immer noch stark sein*
*wenn die Sommerromanzen vorbei sind.*

Don Henley
*»The Boys of Summer«*

Ich hatte Mitchs Eltern um Vergebung gebeten. Sie hatten mir Mitchs Motorrad geschenkt. Sie hatten mir auch ihre Vergebung zugesprochen. Ich bin mir sicher, dass sie es so gemeint hatten, aber es kam bei mir an wie etwas, von dem sie wussten, dass sie es tun *sollten*, wonach ihnen aber nicht gerade zumute war.

Ich fuhr das Motorrad nach Hause und schob es in die Garage zu einer Generalüberholung, wie ich es schon so oft mit Mitchell getan hatte.

»Deine Mutter hat gesagt, dass du fort willst.« Jenny stand im Tor unserer ölverschmierten Werkstatt und wartete auf meine Antwort.

»Ich muss mal 'ne Weile weg«, sagte ich und hielt den Blick auf das zerlegte Motorrad gerichtet.

Jenny stieg über die öligen Lappen und den offenen Werkzeugkasten. Schraubenschlüssel und anderes Werkzeug lagen zwischen uns auf dem Boden wie ein Minenfeld.

»Jack, wovor rennst du weg?«

»Kann ich nicht erklären.«

Ich nahm einen Steckschlüssel aus dem Werkzeugkasten und zog kräftig an einer Zündkerze. Welchen Schaden doch ein Jahr Vernachlässigung anrichten konnte.

»Jack, du kannst nicht immer davonlaufen.«

»Im Moment bin ich zu nichts zu gebrauchen. Fahr zurück nach Providence.«

Sie überquerte das Minenfeld und hockte sich neben mich. Sie berührte mich mit ihrer Hand und drehte mein Gesicht sanft so, dass ich sie ansehen musste.

»Jack, hör mir zu. Du musst das nicht machen. Wenn du nicht bereit bist, zurück ans College zu kommen, wenn du nicht hier bei deiner Mutter bleiben willst, dann musst du das nicht. Komm mit mir zurück nach Providence. Es ist nicht gut für dich, wenn du jetzt einfach abhaust. Du brauchst Zeit, um wieder heil zu werden. Zeit mit Menschen, denen du wichtig bist.«

Schwere Stahltüren wie aus einem Science-Fiction-Film riegelten mein Innerstes ab. Vernunft und Rationalität wurden systematisch ausgesperrt. Ich verschloss mich vor Jenny.

»Warum kann ich nicht zu dir durchdringen?« Sie hob die Stimme und betonte jedes einzelne Wort: »Nichts, was du tust, wird Mitchell zurückbringen, aber wenn du so hier wegfährst, kann es sein, dass auch *du* nicht mehr zurückkommst.«

Ich erhob mich. »Du gehst jetzt lieber, Jenny.«

»Ich will nicht gehen, Jack. Ich möchte, dass du mit mir mitkommst«, sagte sie. Sie kämpfte um mich, aber ich wollte nicht, dass jemand um mich kämpfte.

»Warum hältst du dich nicht aus meinem Leben raus?«, fragte ich und drehte ihr den Rücken zu.

»Warum versuchst du so sehr, mir wehzutun? Du bist mir *wichtig*!«

»Vielleicht siehst du jetzt, wer ich wirklich bin. Ich will dich nicht. Ich will dich nicht heiraten. Ich will nicht mit dir zusammenleben. Ich will nur weg von hier!«

»Vielleicht glaubst du, dass du hier was beweisen musst, aber du bist …« Jenny stockte der Atem und sie schluchzte heftig. In ihr legte sich ein Schalter um. »Ich bin dir *nicht* wichtig. Warum kapiere ich das nicht endlich? Du willst mich nicht und dir ist egal, was aus uns wird.« Sie sprach diese Erkenntnis für sich aus, nicht für mich. »Warum versuche ich eigentlich, dich dazu zu bringen, mich zu lieben, wo doch klar ist, dass du das nicht willst?«

Jenny wischte sich heiße Tränen von den Wangen. Ich war an der Reihe, etwas zu sagen. Meine letzte Chance, noch etwas in Ordnung zu bringen. Aber ich stand da, stoisch, ein abgehärteter Soldat, der eine Schlacht an einer weiteren Front schlug.

Jenny kniff die Augen zusammen, so als wollte sie die Realität aussperren. Dabei liefen ihr noch mehr Tränen übers Gesicht. Bei all meiner Verlorenheit wollte ich sie dennoch nicht so traurig sehen. Ich versuchte, sie zu umarmen.

»Fass mich nicht an!«, schluchzte sie. »Du hattest die Chance, etwas Gutes aus deinem Leben zu machen, aus dem Studium, aus uns beiden. Aber stattdessen wirfst du alles weg.«

Sie wollte noch etwas sagen, doch dann überlegte sie es sich anders und ging zurück ins Haus. Ein paar Minuten später schaute ich auf und sah, wie sie wegging, ihre Koffer in den Händen. Sie schaute nicht noch einmal zurück. Sie war fertig mit mir. Nicht über mich hinweg – das würde später kommen –, aber sie war damit fertig, sich um mich zu bemühen. Mich zu verlassen sollte eines der schwersten Dinge werden, die Jenny je tun musste, aber sie tat es, weil sie sich nicht für dumm verkaufen ließ. Sie stieg in ihr Auto.

»Jenny, es tut mir leid!«, schrie ich ihr hinterher.

Sie legte den Rückwärtsgang ein und fing an, rückwärts aus der Einfahrt zu fahren. Ich rannte zu ihrem Auto.

»Jenny!«, rief ich und klopfte an die Scheibe. »Jenny …«

Sie hielt an.

»Du weißt vielleicht nicht, wer ich wirklich für dich bin, Jack. Du weißt vielleicht nicht, wie viele Tränen ich in langen einsamen Nächten um dich geweint habe, oder wie oft ich für dich gebetet habe. Aber du wirst erleben, was du verloren hast, denn niemand wird dich *jemals* so tief lieben, wie ich dich geliebt habe.« Die Traurigkeit kehrte in ihr Gesicht zurück. Aus ihren Augen rannen Tränen und ihre Lippen bebten. »Es tut mir leid, aber ich muss gehen.«

Ich öffnete den Mund, um etwas zu sagen, aber der Wind raubte mir die Worte. Sie wendete das Auto auf dem Rasen und war fort.

Kurz darauf (oder war es Monate später?) war ich irgendwo in New Mexico, lag unter dem klaren Sternenhimmel und versuchte, mein Leben zu verstehen. Irgendwo in Indiana schlief eine Frau, die alles schon bei unserem ersten Kuss begriffen hatte. Im Schein des Lagerfeuers schrieb ich ihr einen Brief.

*Liebe Jenny,*
*es tut mir zutiefst leid, wie sehr ich dich verletzt habe. Du bist mir wertvoll, und der Gedanke an ein Leben ohne dich ist unvorstellbar. Du verdienst es, geliebt und umsorgt zu werden. Ich war so dumm, so selbstsüchtig.*
*Jenny, ich weiß nicht mehr weiter. Ich brauche dich.*
*Jack*

Was würde es bedeuten, wenn ich Jenny wirklich verloren hatte? Ich verlor ein Stückchen mehr von mir selbst mit jedem Kilometer, den ich fuhr. Ich war es leid zu fahren, leid zu leben. Ich schloss die Augen.

*Herr, wenn du mir doch nur zeigen würdest, was wirklich wichtig ist.*

Ich betete um einen Augenblick der Klarheit, um eine Vision in der Wüste. Mein brennender Busch sollte in der Gestalt von Carlos Hernandez kommen, einem Einheimischen, den ich in der Kneipe *Desert Rose Cantina* getroffen hatte. Ich hatte den Fehler gemacht, ihm meinen Campingplatz zu nennen. Während ich in der Dunkelheit lag und betete, dass Gott mein Leben verändern möge, trank Carlos Hernandez in der Stadt einen Tequila nach dem anderen. Und als er dort saß und trank, nahm in seinem Kopf ein Plan Gestalt an.

Am nächsten Morgen erwachte ich durch das Klicken eines Pistolenabzugs in meinem rechten Ohr. Ich öffnete die Augen und sah Carlos Hernandez und einen weiteren Mann, die mit gezogenen Waffen über mir standen. Es wurde nicht so viel gesprochen, wie man es immer im Film sieht. Die dunkle Gestalt stand vor der aufgehenden Sonne, hielt die Waffe auf meine Brust gerichtet und drückte ab. Ich fühlte mich, als hätte mich ein Vorschlaghammer getroffen. Mir stockte der Atem und mit dem Adrenalin überflutete Panik mein Gehirn.

Der andere ohne Namen brüllte: »Was machst du denn da? Du solltest ihn nicht umbringen!«

»Halt's Maul«, sagte Hernandez. Lebendig oder tot, das war ihm egal. Er durchsuchte die Taschen meiner Jeansjacke und zog meine Schlüssel hervor.

»Es kommt jemand«, rief der andere Mann. Sein Blick flog zwischen der Wüste und dem Highway hin und her.

»Bin noch nicht fertig.«

Ich schaute auf mein Hemd, das sich mit rotem Blut vollsaugte. Hernandez schob mit dem Fuß Sand auf die Feuerstelle, steckte den Schlüssel in die Harley und trat den Anlasser.

»Du willst ihn einfach hier liegen lassen?«

Carlos Hernandez sagte kein Wort. Er kam zurück zu mir, beugte sein Gesicht über meines und brannte es damit in mein Gedächtnis ein. Seine Augen zeigten keine Regung. Er drückte mir den stählernen Lauf der Waffe mitten auf die Stirn, schaute mir in die Augen und drückte zum zweiten Mal an diesem Morgen ab.

Die nächsten Stunden oder Tage sind nur noch Schnappschüsse. Schnipsel von Erinnerungen, unterbrochen von leeren Flecken.

Ich wurde an den Füßen über den Boden gezerrt.

Ein Arm um meine Schultern.

Eine dünne Frau mit schwarzem Haar. Ein Mann mit Glatze, älter.

»Ist schon gut, ist schon gut. Alles wird gut.«

»Tut mir leid.« Meine Stimme, kaum erkennbar.

Übelkeit. Kann mich nicht bewegen.

Panik.

Eine Frau, die mich anstarrt. *Ich bin in einem Auto?*

»Jim, er hat die Augen offen! Fahr schneller!«

*»Du weißt vielleicht nicht, wer ich für dich bin … Du weißt vielleicht nicht, wie viele Tränen ich um dich geweint habe.«*

Ein weißer Raum. Helle Lichter.

*»Oder wie oft ich für dich gebetet habe.«*

»Können Sie mich hören?«

Augen zu.

Kommandos in der Notaufnahme … professionelle Antworten … Fragen im Hintergrund.

»Wie heißen Sie?«

»Wer hat das Auto gefahren?«

»Er kam ohne Papiere an. Einzelne Schusswunde in der Brust …«

*»Niemand wird dich jemals so tief lieben, wie ich dich geliebt habe.«*

»Zwei Einheiten 0-negativ. Thorax röntgen. Bereiten Sie ihn für die OP vor.«

*»Kannst du dich noch an den Football erinnern, Mitch?«*

»Rufen Sie im OP an. Wir bringen ihn sofort rauf!«

*»Ist schon gut, Mitchell. Wir sind bald zu Hause.«*

»Code blau! Er hat keinen Puls mehr. In den OP, sofort!«

*»Aus.«*

# Einunddreißig

*If you're lost you can look and you will find me*
*Time after time*
*If you fall I will catch you, I'll be waiting*
*Time after time.*

*Wenn du dich verlaufen hast, schau dich um, und du wirst mich finden*
*immer wieder*
*wenn du fällst, fange ich dich auf, ich warte auf dich*
*immer wieder.*

Cindy Lauper
*»Time after Time«*

»Na, hallo! Schön zu sehen, dass Sie die Augen offen haben. Können Sie mir sagen, wie Sie sich heute fühlen? Sie haben uns eine Weile Sorgen gemacht.«

»Ihr Herzschlag ist jetzt besser, aber Sie müssen bald mal anfangen zu reden, sonst weiß ich nicht, wie ich Sie nennen soll. Können Sie mir Ihren Namen sagen?«

*Nicht reden. Müde.*

»Der Arzt wird später am Vormittag nach Ihnen sehen. Ich zieh mal die Gardine auf und lasse ein bisschen Sonnenschein rein. Vielleicht hilft das.«

»Und hier ist er wieder. Ich hab Ihnen ja gesagt, dass er heute früh die Augen aufgemacht hat. Wie geht es Ihnen? Wir wissen schon, dass Sie viel schlafen können, aber Sie müssen uns auch zeigen, dass Sie aufwachen und sprechen können. Können Sie das? Wir sollen doch keinen Namen für Sie erfinden, oder?«

»Wo bin ich?«, fragte ich. Meine Stimme krächzte.

»Er spricht! Sie sind im *Albuquerque Medical Center* in New Mexico. Ich nehme nicht an, dass Sie wissen, wie Sie hergekommen sind, oder?« Sie warteten auf eine Antwort, aber ich war nicht schnell genug. »Können Sie uns Ihren Namen verraten?«

»Jack. Ich heiße Jack Clayton.«

»Willkommen in Albuquerque, Jack. Wir haben darauf gehofft, dass Sie uns Gesellschaft leisten. Ich setze Sie mal im Bett auf und dann können Sie ein Weilchen mit uns reden.«

Zwei Schwestern stellten mein Bett hoch und zogen mich an den Achseln in eine aufrechte Position. Es fühlte sich an, als würden sie mir die Armmuskeln abreißen. Sie ignorierten meine Schmerzensschreie, schüttelten die Kissen auf und setzten mich auf.

»Das ist schon besser.«

»Ich wurde angeschossen«, sagte ich.

»Ja, das stimmt. Sie wurden vor einer Woche eingeliefert. Sie hatten Glück, dass die Kugel Ihr Herz verfehlt hat. Sonst wären Sie jetzt vielleicht nicht hier.«

»Wie bin ich hierhergekommen?«

»Jemand hat Sie an der Straße liegen sehen. Ein Pärchen im Urlaub. Offenbar sind Sie bis zum Highway gekrochen. Sie haben da draußen eine Menge Blut verloren.«

Ich hob die Hand an den Hals und fühlte eine Halskrause. »Sie haben sich das Genick verrenkt, aber es ist nichts gebrochen. Sie werden die Halskrause eine Weile tragen müssen. Jemand war wohl ziemlich sauer auf Sie.«

*Die Kugel hat mein Herz verfehlt.*

Nach zwei Wochen wurde ich entlassen. Dass ich die Klinik zu Fuß durch den Vordereingang verlassen konnte, hielt das Krankenhauspersonal für ein Wunder. Der Busbahnhof lag vier Blocks entfernt. Als ich mich langsam auf den Vinylsitz im Bus sinken ließ, fing ich an, über das nachzudenken, was geschehen war. Mein Motorrad war weg, meine Brieftasche war weg. Die Uhr, die ich seit meinem zwölften Lebensjahr hatte, war weg, und ebenso die goldene Kette mit dem Kreuz, die Jenny mir zu Weihnachten geschenkt hatte.

Die Polizei von Albuquerque befragte mich im Krankenhaus und wollte eine Beschreibung der Männer, aber ich war keine große Hilfe. Ich beschrieb ein Gesicht, einen Namen, den die Polizei für falsch hielt, und meinen Campingplatz in der Wüste, so gut ich konnte. Ich erzählte ihnen von der Waffe, die der Mann mir an den Kopf gedrückt hatte, und wie ich gehört hatte, wie sich die Trommel drehte und klickte. Das Glück einer leeren Kammer.

Marianne schickte Geld ins Krankenhaus, nicht für meine medizinischen Rechnungen, die astronomisch waren, sondern für eine Busfahrkarte zurück nach Overton.

»Wohin soll's gehen?«, fragte der Fahrkartenverkäufer hinter dem Schalterfenster.

»Des Moines«, sagte ich. Falls er allerdings von meinem Leben gesprochen hatte, dann hatte ich keine Ahnung.

»Einundachtzig Dollar und neununddreißig Cent.«

Ich hatte zwanzig Stunden, um über alles nachzudenken, aber ich brauchte nur ein paar Minuten, um zu der Schlussfolgerung zu gelangen, dass alles, was mir lieb und teuer war, fort war.

# Zweiunddreißig

*I thought that pain and truth were things that really mattered*
*But you can't stay here with every single hope you had shattered.*

*Ich dachte, Schmerz und Wahrheit sind Dinge, die wirklich zählen*
*aber man kann nicht jeder zerbrochenen Hoffnung nachhängen.*

Big Country
*»In a Big Country«*

Als ich mit dem Jeep in die lange Einfahrt einbog, konnte ich sehen, wie die Weihnachtsbeleuchtung silbernes und blaues Licht durch das Wohnzimmerfenster warf. Ich hoffte, dass meine Mutter ein Feuer im Kamin brennen hatte. Die Heizung im Jeep hatte an der Grenze zu Iowa den Geist aufgegeben.

Es war das erste Mal seit zwei Jahren, dass ich sie wiedersah. Als sie die Tür öffnete, standen wir beide regungslos da.

»Komm rein, Jack.«

Marianne machte ihrem frierenden älter gewordenen Sohn und seiner Reisetasche Platz, und ich trat in ein warmes und einladendes Haus. Nach einer Umarmung, die länger war als erwartet, beschlossen wir, zeitig ins Bett zu gehen und erst am nächsten Morgen Neuigkeiten auszutauschen. Ich kroch in mein altes Bett und fiel bald in einen langen und traumlosen Schlaf.

Am nächsten Morgen, bevor ich zum Frühstück hinunterging, zog ich einen Pullunder über mein Oberhemd, weil es ein besonderer Morgen war.

»Fröhliche Weihnachten, Mom.«

»Fröhliche Weihnachten, Jack.«

Ich goss mir eine Tasse Kaffee ein und ging ins Wohnzimmer. Dort sah ich, wie viel sich im Haus verändert hatte. Neuer Teppich, neue Möbel, kein Hund mehr. Meine Mutter war noch immer eine dünne, knochige Frau mit einem breiten silbernen Streifen im Haar.

»Hier sieht es ganz anders aus.«

»Hier ist auch alles anders geworden, Jack. Als ich im August aus dem Urlaub zurückkam, habe ich alle Teppiche auswechseln lassen, in der Küche wurde neues Linoleum verlegt, und ich habe mir einen Cadillac gekauft.«

»Ich bin beeindruckt.«

Ich setzte mich zu ihr an den Küchentisch. »Was ist sonst noch so los? Es klingt so, als würde mehr vor sich gehen als nur eine Renovierung.«

»Ja, da sind ein paar Sachen. Zunächst einmal gehe ich diesen Sommer in Rente.« Ihre Ankündigung traf mich unvorbereitet.

»Wirklich?«

»Tja, ich habe fast dreißig Jahre gearbeitet, Jack. Sie haben mir angeboten, in den Vorruhestand zu gehen, und ich nehme das Angebot an.«

*Dreißig Jahre …*

»Wann ist dein letzter Arbeitstag?«

»Erster Mai. Dann mache ich eine Kreuzfahrt nach Cancún.«

Ich lachte. »Du machst Witze.«

»Was ist so lustig daran?«

»Nichts. Du kommst mir irgendwie nur nicht so vor wie jemand, der auf eine Kreuzfahrt geht.«

»Und woher willst du wissen, wie ich bin?«

Ich wusste es nicht.

»Ich mache im Juni eine Kreuzfahrt, weil ich heirate. Du kannst den Mund wieder zumachen, Jack.« Sie stand auf, holte die Kaffeekanne und füllte unsere Tassen auf. »Es wird keine große Sache. Frank und ich – ich erzähle dir später von ihm – werden in Miami vom Schiffskapitän getraut und dann machen wir als Hochzeitsreise die Kreuzfahrt nach Cancún.«

»Herzlichen Glückwunsch«, sagte ich.

Ich hatte nie daran gedacht, dass meine Mutter noch einmal heiraten könnte. Sie war jetzt seit dreißig Jahren geschieden und die ganze Zeit allein geblieben. Marianne hatte ein besseres Leben verdient. Sie hatte ihre Tochter verloren, war von ihrem Ehemann verlassen worden und hatte sich ihrem Sohn entfremdet. Ich freute mich für sie. »Erzähl mir von Frank.«

»Er ist gut zu mir.« Sie blies in den Dampf, der aus ihrem Kaffee aufstieg. »Wir haben uns beim Bowling kennengelernt. Ich nehme an, das ist dir auch neu. Ich bin schon seit Jahren in einer Bowlingmannschaft.«

»Das wusste ich nicht.«

Sie nickte und fuhr fort. »Vor vier Jahren hat sich in unserer Firma eine Bowlingmannschaft gegründet. Zuerst bin ich nur hingegangen, um die anderen anzufeuern, aber dann habe ich auch angefangen zu spielen.« Sie wedelte mit der Hand, als wäre es keine große Sache. »Es macht viel Spaß. Jedenfalls spielt Frank für *Davenport Hardware*. Er hat schon überall in Iowa gespielt. Wir haben uns beim Bowling kennengelernt und seitdem viel miteinander unternommen.«

»Ich freue mich für dich.«

»Mein Leben war nicht leicht, Jack. Aber ich habe schwer gearbeitet und alles hat sich zum Guten gewendet. Du bist die ganze Familie, die ich noch habe, zusammen mit Tante Nancy. Aber ich bin auch alles, was *du* noch hast, und wenn ich mal nicht mehr bin, bist du wirklich ganz allein.«

Ein Teil von mir wollte ihr sagen, dass ich seit der zehnten Klasse allein gewesen war, aber das stimmte so nicht ganz und es war auch nicht der richtige Zeitpunkt, um darüber zu reden.

Was für eine Rolle spielte ich in diesem ganzen Leben und Sterben und Auseinanderbrechen? Gott wirkte auf seine eigene Art und Weise und nach seinem eigenen Zeitplan. Ich verspürte kein Selbstmitleid mehr, und nicht nur, weil Marianne ebenfalls gelitten hatte, sondern weil die Zeit gekommen war, Dinge in Ordnung zu bringen. Jeder Tag ein neues Kapitel in einem Buch.

»Wenn wir von der Hochzeitsreise wiederkommen, verkaufe ich das Haus und ziehe nach Davenport. Ich schätze, jetzt kannst du dir denken, warum ich dich sehen wollte. Ich wollte, dass du weißt, was hier so vor sich geht. Ich hätte nur ungern, dass du eines Tages aus dem Nichts hier auftauchst und feststellst, dass jemand anderes in deinem Zimmer schläft.« Sie lachte. »Und was gibt es bei dir Neues?«

»Ich schreibe … wieder mal. Ein Buch, das sich mein Verleger von mir wünscht.«

»Oh«, sagte sie. »Denkst du, dass es sich so gut wie das letzte verkaufen wird?«

»Ich hoffe nicht. Das heißt, eigentlich sollte ich das nicht sagen. Es ist mir egal, wie es sich verkauft. Das liegt nicht bei mir.«

»Tja, es können nicht alles Bestseller sein, Jack. Du musst das Schlechte mit dem Guten hinnehmen.«

*Achtzehn Millionen Exemplare, Mom. Danach gibt es nichts »Schlechtes« mehr.*

»Egal was passiert, es soll mir recht sein«, erklärte ich.

»Was noch? Ich meine, bist du niemals einsam? Denkst du nie ans Heiraten?«

»Ja, doch, beides.«

»Und warum unternimmst du dann nichts dagegen? Du bist noch jung. Und wenn ich es kann, kannst du es auch.«

»Ich gehe nur dorthin, wo Gott mich haben will, und zwar in dem Tempo, das er vorgibt. Ich bin genau da, wo ich sein soll.«

»Du hast nicht das Zeug dazu, den Rest deines Lebens allein zu sein. Du glaubst vielleicht, dass du bisher ganz gut zurechtgekommen bist, aber stimmt das wirklich? Ich wette, alle merken, dass du einsam bist. Du hast dieses hübsche Mädchen aus dem College verloren … Wie hieß sie noch?«

»Sag *du's* mir.«

»Ach, du weißt schon. Du hast sie verloren und jetzt denkst du, dass du allein besser dran bist. Aber die Uhr tickt weiter. Ehe du dich's versiehst, bist du alt und festgefahren und wünschst dir, du hättest jemanden.«

»Vielleicht.« Ich trank den letzten Schluck Kaffee aus. »Fahren wir doch nach Davenport und frühstücken irgendwo.«

»Wenn wir ein Restaurant finden, das Weihnachten offen hat. Warte mal … Das chinesische Restaurant ist geöffnet.«

»Perfekt.«

Wir räumten die Küche auf und holten den neuen weißen Cadillac zu einer Weihnachtsfahrt und einem Brunch beim Chinesen aus der Garage. Über Nacht war frischer Schnee gefallen. Aus den Schornsteinen der Farmhäuser stieg Rauch, und das einzige andere Auto auf der Straße war ein alter roter Lieferwagen voller Pakete, den ein strahlender Großvater fuhr, dessen ebenso glückliche Ehefrau sich mit einem zufriedenen Gesichtsausdruck an ihn lehnte. Das schien nur noch zu unterstreichen, was Marianne gerade gesagt hatte.

»Als ich dein Büro angerufen habe, sagte man mir, du würdest dort nicht mehr arbeiten.«

»Sie haben mir unbezahlten Urlaub gegeben, damit ich dieses Buch schreiben kann.«

»Versuchen die, dich auch in den Vorruhestand zu schicken?«

»Nein, das ist es nicht. Das Buch ist über mich, über mein Leben. Alle halten es für eine gute Idee, dass ich mir freinehme und nachdenke. Über Dinge wie … wie die Ehe, da bin ich mir sicher.«

»Lach nicht. Wahrscheinlich sehen sie das Gleiche wie ich. Du bist launisch; das warst du, glaube ich, schon immer. Schon in der Highschool warst du so empfindlich. Und dann hattest du diesen ganzen Ärger.«

*Diesen ganzen Ärger. War es das, was mir zugestoßen war? War ich einfach auf der Straße des Lebens auf ein vereistes Stück geraten, ausgerutscht und im Straßengraben gelandet?*

»Ich bin mir sicher, dass sie nur das Beste für mich wollen.«

»Vielleicht wollen sie, dass du etwas mit deinem Leben anfängst. Ich meine, etwas für *dich*.«

»Ich glaube, diese Erwartung ist Müttern vorbehalten.«

»Aber versteckst du dich nicht, Jack? Hinter all deinen guten Taten?«

»Ich tue genau das, was ich tun soll. Ich versuche, Gott zu folgen, seinen Wegen, seinem Plan.«

»Und was machst du, wenn er Glück für dich geplant hat? Bist du dann in der Lage, damit zurechtzukommen?«

Wir bogen auf den halb vollen Parkplatz des *Canton Buffet* ein. Der lächelnde Inhaber begrüßte uns in einer rot-weißen Weihnachtsmannmütze und rief »Fröhliche Weihnachten!«.

Wir füllten unsere Teller am Buffet, und nachdem wir Gott für das Essen und den Weihnachtstag gedankt hatten, langten wir zu.

»Hörst du noch manchmal etwas von Dad?«

»Nein. Er ist immer noch mit Clarice verheiratet, was mich überrascht. Ich sage das nicht gern, aber so ist es. Hast du mal von ihm gehört?«

»Er hat mir ein Telegramm – ausgerechnet ein *Telegramm* – geschickt, nachdem *Arbeiter im Weinberg* ein Bestseller geworden war.«

»Das ist George. Was hat er geschrieben?«

»Hauptsächlich ›Herzlichen Glückwunsch‹.«

»Es überrascht mich, dass er dich nicht gebeten hat, in irgendetwas zu investieren.«

»Das hat er auch getan.«

»Überrascht mich nicht.«

Ich beobachtete Marianne vom anderen Ende des weißleinenen Tischtuchs aus. Unsere Teller waren voll mit ungewohntem Essen. Unser Gespräch war voller ungewohnter Worte.

»Weißt du, du hast dir ein gutes Leben aufgebaut, in Anbetracht deiner Ausgangslage«, sagte ich zu Marianne, als sie ihr Glas mit Eistee zum Mund hob.

Sie neigte das Glas in meine Richtung, wie um mir zuzuprosten. »Jack, als dein Vater sagte, dass er sich mit einer anderen Frau trifft –«

»Warte mal. Was meinst du damit, ›dass er sich mit einer anderen Frau trifft‹? Ich dachte, du hast nie wieder von ihm gehört, nachdem er gegangen war.«

»Nein, nein. Ich meine, bevor er uns verließ. Vor langer Zeit.«

Das war mir neu. Eine Breitseite. »Ich wusste nicht, dass er eine Affäre hatte. Ich dachte –«

Marianne schüttelte den Kopf. »Er hatte eine Affäre mit einer Frau in Coldside. Das hat unsere Ehe zerstört. Die Geschichte lief nicht lange, schätze ich, aber nachdem ich es herausgefunden hatte, wollte er die Scheidung.«

»Und dann ist er nach Kalifornien gezogen.«

»Genau. Du warst noch zu jung, um es zu merken, aber dein Vater hasste es, mit mir verheiratet zu sein, und er mochte auch das Familienleben nicht besonders.«

Ich hielt es für das Beste, das Thema zu wechseln.

»Erzähl mir mehr von Frank.«

»Er ist nett, zurückhaltend, freundlich. Er hat viel Humor, und das brauche ich jetzt auch wirklich. Ich suche keinen, mit dem ich mein Geld zusammentun oder eine Familie aufbauen kann. Ich suche einfach nur nach Gemeinschaft. Und danach sucht er auch.«

»Kann ich ihn mal kennenlernen?«

»Kommt drauf an, wie lange du bleibst.«

»Nicht lang.«

»Jack, was ist los? Gibt es etwas, das du mir sagen willst?«

Ich legte Messer und Gabel quer über den Teller und schaute sie an. Ich fragte mich, ob sie durch meine Antwort hindurch die Wahrheit sehen würde.

»Nein. Aber wenn es so wäre, wüsste ich nicht, wie ich es in Worte fassen soll.«

»Du bist mir ja ein schöner Schriftsteller.«

Nach dem Mittagessen fuhren wir nach Hause und ich machte ein paar Anrufe. Einen ins Büro, um Bud zu sagen, dass ich ihm ein paar Kassetten schicken würde, die er abtippen sollte, und einen anderen bei Peter, nur um mit ihm Neuigkeiten auszutauschen.

»Ich nehme also an, dass du noch nicht nach Jamaica übergesiedelt bist?«, fragte er.

»Nein, aber das wird mit jedem Tag verlockender.«

»Als ich dir sagte, du solltest nicht mehr beim CMD herumlungern, meinte ich damit nicht, dass wir nie wieder von dir hören wollen.«

»Ich war in Chicago. Erinnerst du dich an den Kerl, der diesen Artikel geschrieben hat, in dem stand, dass ich auf Kosten der Armen in meinem eigenen Penthouse-Palast wohne? Ich habe ihn angeheuert, damit er mir hilft, meine Geschichte zu schreiben.«

»Das habe ich gehört.«

»Von wem? Arthur? Ich versuche, meine beiden Welten auseinanderzuhalten, Peter.«

»Ich habe ihn angerufen, um dich aufzuspüren. Ich habe noch nie mit jemandem gesprochen, der so viel Energie hat. Was ist sein Geheimnis?«

»Bestsellerautoren versklaven. Sie gegen ihren Willen dazu zwingen, Bücher zu schreiben.«

»Du singst doch nicht immer noch das ›Wehe mir, ich muss meine Autobiografie schreiben‹-Lied, oder? Es gibt Tausende Schriftsteller, die sich die Augenbrauen abrasieren würden, nur um einen Verleger zu finden, und ich rede nur von den Kerlen.«

»Nein, darüber bin ich hinaus.«

»Gut. Denn Arthur lässt dir ausrichten, dass du hoffentlich über Weihnachten weiterschreibst, während er seinen Urlaub genießt!«, lachte Peter.

Am Morgen nach Weihnachten packte ich meine Sachen für Providence. Ich sagte Marianne, dass es mir leidtat, dass ich Frank nicht kennengelernt hatte, und dass ich das hoffentlich bald nachholen könnte. Dieser Abschied war grundlegend anders als der vor zwanzig Jahren. Ich sagte ihr, dass ich sie liebe. Wir umarmten und küssten uns an der Tür.

»Ich liebe dich auch, Jack.«

Ich warf meine Sachen auf den Beifahrersitz. Der Himmel war strahlend blau. Die Kälte hatte die Wolken verjagt. Ich stieg in den Jeep und meine Mutter stand in der Sonne in der Tür. Sie lächelte und winkte und stellte sich vielleicht vor, wie alles vor Jahren hätte sein können. Ich dachte an Howards Worte. Vielleicht hätten die Dinge nicht anders laufen können. Wahrscheinlich hatte es zwanzig Jahre gebraucht, um unsere Herzen so zu formen, wie sie heute waren.

Ich wollte, dass Marianne glücklich war. Ich war kein Idiot mehr, der an weit entfernte Orte floh, sondern ein Sohn, der nach Hause kam, um seine Mutter zu besuchen und ihr zu sagen, dass er sie liebt.

Ich winkte zurück und fuhr aus der Einfahrt. Als ich auf der Straße war, schob ich eine neue Kassette in mein Diktiergerät und kehrte zu meiner Geschichte zurück.

# Dreiunddreißig

*Every time you go away you take a piece of me with you.*

*Jedes Mal, wenn du weggehst, nimmst du ein Stück von mir mit.*

Paul Young
*»Every Time You Go Away«*

Ich hatte mich über ein Jahr umhergetrieben, auf der Suche nach mir selbst und nach einem Sinn. Ich wusste nicht genau, ob ich eines davon oder beides gefunden hatte, aber ich wusste eines ganz sicher: Ich wollte Jenny. Ich brauchte sie.

Lisa Corothers, die Krankenschwester in Dr. Hollands Abteilung am College, erinnerte sich an mich und sagte mir, wie ich Jenny finden konnte. Sie arbeitete seit ihrem Abschluss mit ihren Eltern bei der Missionsgesellschaft *Heart of the Savior.* Ich ignorierte meine immensen Krankenhausrechnungen, nahm die letzten zweitausend von meinem Konto und kaufte ein Flugticket nach London.

Mein Flugzeug landete spät am Nachmittag in Heathrow. Als ich endlich mein Gepäck wiederhatte, wurde mir mit einem Mal bewusst, wie spät es schon war. Wenn die Missionszentrale erst um achtzehn Uhr schloss, war es kein Problem. Aber wenn sie um siebzehn Uhr schloss, verpasste ich Jenny vielleicht. Erst wollte ich sie anrufen, um ihr zu sagen, dass ich kommen würde, aber ein Überraschungsbesuch würde meinen Sinneswandel deutlicher ausdrücken, meinen Wunsch, trotz allem mit ihr zusammen sein zu wollen.

Ich stieg in den Shuttlebus in die Innenstadt. Zwei Doppeldeckerbusse später ging es zu Fuß weiter, nur noch wenige Blocks bis zu *Heart of the Savior.*

»Fantastisch! Ich hatte gehofft, dass hier noch offen ist«, sagte ich zu einer jungen Frau, die die Männer am Obdachlosenheim begrüßte.

»Ja, Sie haben Glück. Die Mission nimmt bis achtzehn Uhr Männer auf.«

»Oh, ich brauche keine Unterkunft. Ich suche eine alte Freundin, Jenny Cameron. Ist sie hier?«

»Ich glaube schon.« Die Frau nahm ein Telefon von einem kleinen Schreibtisch aus Holz und hielt es ans Ohr. »Erwartet sie Sie?«

»Nein. Ich bin gerade erst aus den Vereinigten Staaten hergeflogen. Es soll eine Überraschung werden.«

Die Frau blinzelte und legte den Kopf auf die Seite, als ob sie dadurch besser abschätzen könnte, ob ich vertrauenswürdig war. Nach einem ganzen Tag Flug um die halbe Welt sah ich ziemlich abgerissen aus.

»Verstehe. Wen darf ich melden?«

»Wenn Sie sie bitten könnten, hier an den Empfang zu kommen, wäre das vielleicht das Beste.«

»Ich weiß nicht, ob ich das tun sollte«, sagte sie. »Warum sagen Sie mir nicht zuerst Ihren Namen?«

»Bitte, es ist wirklich eine Überraschung. Wir sind zusammen aufs College gegangen.«

Sie blinzelte noch einmal und wählte dann Jennys Nummer.

»Hi Jen. Hier am Empfang ist ein Mann, der sagt, dass er ein Freund von dir ist, aus den Vereinigten Staaten. Könntest du bitte mal einen Moment herkommen?«

Es gab eine lange Pause, während sie sich Jennys Antwort anhörte. »Gut. Ich sag es ihm.« Sie legte das Telefon wieder weg. »Bitte setzen Sie sich. Sie kommt sofort.«

Ich setzte mich auf einen der einfachen Holzstühle an der Wand im Empfangsbereich. Kaum eine Minute später betrat Jenny den Raum. Auf ihrem Gesicht zeigte sich totaler Schock.

»Jack! Was machst du denn hier?«

»Ich war in der Gegend …«, sagte ich und hoffte, dass sie lächeln würde.

»Warum hast du mir nicht gesagt, dass du kommst? Ich hätte dich doch vom Flughafen abholen können.«

Einen Augenblick lang schien sie sich wirklich zu freuen, mich zu sehen. Begeistert, dass ich in ihr Leben zurückgekehrt war. Das war die Reaktion, nach der ich mich gesehnt hatte. Ich trat näher, überwältigt von ihrem Anblick. Sie trug die Haare jetzt kürzer. Ich war überrascht von einem plötzlichen Gefühl der Trauer, von der Erkenntnis, dass ich wegen meiner Selbstsüchtigkeit so viel von Jennys Leben verpasst hatte.

»Ich musste dich einfach sehen. Ich muss dir so viel erzählen, aber …« Ich deutete auf die Rezeptionistin und signalisierte Jenny, dass ich mir etwas mehr Privatsphäre wünschte.

»Komm mit in mein Büro«, sagte sie. »Staci, bitte stell jetzt keine Anrufe zu mir durch.«

Ich ließ mein Gepäck fallen und wir gingen über einen engen Flur zurück in ihr Büro. Wir kamen an zwei Männern vorbei, die in einem kleinen Sitzungszimmer lachten, und an einer Frau, die im Büro gegenüber telefonierte.

Jenny setzte sich an ihren Schreibtisch und ich setzte mich ihr gegenüber.

»Jack, ich kann nicht glauben, dass du hier bist. Also … *warum* bist du hier?«, fragte sie.

»Ich weiß nicht, wie oder wo ich anfangen soll. Ich habe dir so viel zu erzählen. Ich habe vierzehn Stunden im Flugzeug gesessen, also bin ich vielleicht ein bisschen überdreht … oder vielleicht auch übermüdet, aber so oder so, ich bin endlich hier und du siehst fantastisch aus. Unglaublich, um genau zu sein.«

»Mal langsam«, sagte Jenny. »Warum hast du mir nicht gesagt, dass du kommst?«

»Ich wollte nur … Jenny, schau mal, es hat ein Jahr gedauert, bis ich es begriffen hatte, aber … ich möchte alles tun, was nötig ist, um dein Vertrauen zurückzugewinnen. Ich weiß jetzt Bescheid. Ich möchte mit dir zusammen sein.«

Jenny lächelte immer noch, aber sie rutschte unbehaglich auf ihrem Stuhl hin und her. Sie schaute auf die Uhr.

»Jack, ich habe das Gefühl, dass dieses Gespräch eine Weile dauern könnte. Ich möchte das nicht zwischen Tür und Angel erledigen. Ich merke, dass in dir etwas ganz Bedeutendes vorgeht. Aber …« Sie schaute wieder auf die Uhr. »… – unglücklicherweise habe ich eine Verabredung zum Abendessen und wir haben keine Zeit zum Reden. Hast du morgen Zeit?«

Das war das erste Mal, seit ich Jenny kannte, dass sie nicht bereit war, für mich alles von jetzt auf gleich fallen zu lassen.

»Morgen? Könntest du nicht deine Verabredung absagen? Das ist mir wichtig … und ich will nicht … –«

Jenny schüttelte den Kopf. »Was hast du erwartet, Jack? Dass du hier reinkommst und mich im Sturm zurückeroberst, und dass dann alles wie früher ist?« Sie lächelte, während sie sprach, aber es war ein unsicheres Lächeln.

Ich antwortete nicht.

»Ach Jack, genau das *hast* du doch erwartet. Ich weiß nicht, was … ich meine …«

Jenny stand auf, trat einen Schritt auf mich zu, trat dann wieder zurück, nahm ihre Jacke und ging auf den Flur. Ich folgte ihr.

»Wie spät wird es heute Abend bei dir?«, fragte ich.

»Jack, es wird ziemlich spät bei mir.«

»Vielleicht können wir uns hinterher noch treffen? Ich bin den ganzen Tag unterwegs gewesen und ich möchte gern mit dir reden.«

»Jack, ich muss dir auch ein paar Dinge sagen.« Sie blieb stehen und drehte sich plötzlich um. Ich stieß beinahe mit ihr zusammen.

»Ich bin verlobt.«

»Was? Nein … das ist nicht … Aber ich dachte, du hättest gesagt …«

Ich streckte die Hand aus, um ihr Gesicht zu berühren. Sie drehte den Kopf weg und ging entschlossen zur Tür.

»Er heißt Murphy Bryant und wir sind schon beinahe ein Jahr zusammen. Die Hochzeit ist in zwei Wochen, Jack.«

Sie hielt mir die Tür auf. Mein Stichwort zu verschwinden. Wie betäubt ging ich zur Tür.

»Wann können wir uns dann unterhalten? Gibt es irgendetwas …?«

»Jack, nicht jetzt. Lass uns das jetzt nicht vertiefen. Ich kann morgen eine Verabredung zum Mittagessen absagen. Dann können wir reden. Hol mich hier um eins ab. Es tut mir leid, dass ich dich so plötzlich damit überrenne, aber du hast mir keine andere Wahl gelassen.«

Ich trat nach draußen in den immer dunkler werdenden Abend. Auf der Straße drehte ich mich um und schaute Jenny an, die in der Tür stand.

»Du hättest anrufen können, Jack.« Jennys Gesichtsausdruck war mir neu. Es lag Traurigkeit darin, aber auch noch etwas anderes. Mitleid vielleicht.

Sie schloss die Stahltür und riegelte sie ab.

Ich verbrachte die Nacht in einer Jugendherberge nur wenige Blocks von der Mission entfernt und teilte mir ein dunkles, muffiges Zimmer mit fünf Fremden. Ich schlief vollständig angezogen ein. Der Träger des

Rucksacks blieb um meinen Arm, weil ich Angst hatte, man könnte ihn mir stehlen.

Ich wurde aus einem unruhigen Schlaf gerissen, als die Jugendherberge uns alle am nächsten Morgen um sieben mit ihrer Klingel weckte.

Um ein Uhr mittags verließen Jenny und ich gemeinsam die Missionszentrale und gingen in einen Schnellimbiss. Dort setzten wir uns an einen großen Tisch. Eine aufgezogene Markise, die über die ganze Breite des Restaurants ging, machte den Raum offen und luftig.

»Du siehst heute besser ausgeruht aus.«

»Ich bin ausgeruht … aber ob es mir besser geht, weiß ich nicht.«

»Dein Besuch hat mich völlig überrascht«, sagte Jenny. »Es tut mir leid, wenn ich barsch oder gefühllos rüberkam.«

»Du entschuldigst dich wieder. Wie damals, als wir uns kennenlernten.«

Sie lächelte, aber es war ein schmerzerfülltes Lächeln, eines mit Kummer in den Mundwinkeln und alten Verletzungen in den Fältchen.

»Ich sollte derjenige sein, der sich entschuldigt«, begann ich.

Wie aufs Stichwort kam die Kellnerin mit unseren Tellern und stellte sie wortlos ab.

»Ich möchte dir erzählen, was mit mir passiert ist. Ich habe mich verändert. Ich habe viel über dich nachgedacht. Über uns. Ich glaube, was ich zu sagen habe, ist wichtig.«

»Mir nicht«, sagte sie. »Nicht mehr.«

»Jenny, es tut mir leid.« Ich nahm ihre Hand und spürte ihre Gleichgültigkeit. Ihr Gesicht war herzlich, aber ebenfalls ohne Reaktion. »Bitte, lass es mich einfach sagen. Vor einem Jahr hast du mich geliebt, aber ich bin weggelaufen. Ich bin nach Chicago gegangen und habe Mitchell verloren. Ich bin nach New Mexico gegangen und habe beinahe mein Leben verloren. Jetzt bin ich in England. Ich besitze keinen Cent mehr, aber ich weiß endlich, was ich will, und das war alles wert, was es gekostet hat, hierherzukommen. Du bist es, Jenny. Ich will dich.«

Sie zog ihre Hand unter meiner weg.

»Was kann ich sagen, um alles wieder in Ordnung zu bringen, Jenny?«

»Nichts, Jack.« Ihre Augen füllten sich mit Mitgefühl. »Es tut mir leid, aber du kannst nichts sagen.«

Alles war ruhig und höflich. Wir waren Engel, die auf einer Wolke saßen. Sie würde im Himmel bleiben, aber ich würde auf die Erde zurückkehren.

»Ich habe dich geliebt, und ich hätte *alles* getan, damit du mich liebst und bei mir bleiben willst. Aber du wolltest mich nicht und an diesen Teil musst du dich erinnern, Jack. Du hattest damals die Wahl, aber du wolltest mich nicht.«

»Ich will dir mal erzählen, wie das letzte Jahr für mich war«, fuhr sie fort. »Ich habe um dich geweint und für dich gebetet. Ich habe Gott gebeten, mir zu helfen, dir zu vergeben – und mir zu erlauben, dich zu vergessen. Er war so gnädig und hat genau das getan. Ich habe mein letztes Studienjahr ohne dich beendet. Bei Mitchells Beerdigung habe ich gebettelt, habe dich angefleht, mit mir zurück nach Providence zu kommen. Aber du wolltest mir immer noch das Herz brechen. Das Einzige, was du damals ganz sicher wusstest, war, dass du mich nicht willst.«

Tränen traten in Jennys Augen, Tränen eines guten Engels, der Narben davongetragen hatte. Sie wischte sie rasch weg.

»Du bist gegangen, um dich selbst zu zerstören, und ich habe mein Leben weitergelebt. Ich bin nicht hierhergekommen, um mir einen Ersatz für dich zu suchen, Jack. Ich hätte nie gedacht, dass es einen Ersatz geben könnte, aber Murphy liebt mich. Er möchte *mit mir zusammen* sein.«

»Jenny, was wir hatten, war etwas Besonderes. Etwas Einzigartiges. Es war nicht nur ein Strohfeuer.«

»Nein, das mit uns war kein Strohfeuer, Jack. Glaub mir, für ein Strohfeuer hätte ich mir das nicht alles antun lassen. Aber diese Erkenntnis kommt dir ein bisschen spät. Du bist gegangen, weißt du noch? Ich musste mein Leben weiterleben, und das habe ich getan. Ich wünschte, ich könnte das alles für dich ändern, wirklich, aber ich kann es nicht.«

Jenny stand auf und ging zur Toilette. Ich saß einen Moment lang allein da und spürte das Gewicht der Welt, die über mir zusammenstürzte. Dann stand ich auf, schnappte mir meine Tasche und wollte gehen. Mir schmerzte das Herz und ich fühlte mich am Boden zerstört. Jenny kam von der Toilette zurück, als ich gerade auf die Tür zuging.

»Jack«, sagte sie, »was machst du da?«

»Ich mache es dir leichter, mich zu vergessen«, sagte ich wie betäubt.

Sie holte mich auf der Straße ein. »Was ist denn in dich gefahren? Warum benimmst du dich so?«

Jenny blieb vor mir stehen, packte meine Arme und hielt mich auf. Ich schüttelte ihre Hände ab und ging weiter. »Jack, bitte warte doch mal.« Sie zog mich vom Gehweg und setzte mich auf eine Bank.

»Jack, du machst mir Angst. Ich möchte, dass du dich beruhigst. Ich möchte, dass es dir gut geht.«

»Ich weiß nicht, ob es mir je wieder gut gehen wird. Ich komm damit nicht klar.« Alles in mir blutete.

»Es tut mir leid, Jack. Wenn es doch nur eine andere Möglichkeit gäbe, als dir wehzutun.«

»Ich muss gehen.« Ich stand auf.

»Wohin?«, fragte Jenny.

Ich versuchte, eine Antwort zu finden, aber es gab keine. Ich ging weg und schaute nicht zurück. Ich ließ Jenny ohne Antwort auf einer Bank in London sitzen. Ich wusste nicht, wohin ich ging, aber sie wusste genau, wo sie hinwollte.

Ich ging immer weiter die dunkel und trübe dahinfließende Themse entlang. Mein ganzes Leben lang war ich auf der Flucht gewesen. Nun kroch ich nur noch dahin. Eine Stahltür hatte sich geschlossen, die ich nicht mehr öffnen konnte. Ich wünschte, ich könnte alles ungeschehen machen, aber das konnte ich nicht, so sehr ich es mir auch wünschte. Diese vergebliche Hoffnung ging in meinen Gedanken um und um.

Ich musste sie loslassen. Ich hatte sie für immer verloren.

Verzweifelt ließ ich mich neben einer Anlegestelle fallen, pleite, gebrochen und ohne Freunde. Ich war am Ende angekommen. Die Uhr des Lebens stand auf null.

Ich schloss die Augen und wandte mich an den Einzigen, den ich noch ansprechen konnte, an den Gott, der mich die ganze Zeit gerufen hatte.

»Jesus … Jesus, bist du da?«, fragte ich laut. »Siehst du mich nicht? Bin ich dir egal? Ich bin ein totaler Versager. Mein Leben liegt in Schutt und Asche; es ist nichts wert. Nimmst du bitte mein Nichts und machst etwas daraus? Mach mit mir, was du willst. Kommst du bitte in mein Leben? Bitte komm in mein Leben … und rette mich.«

Ich weinte Tränen der Kapitulation. »Herr Jesus, ich bin ein Sünder und ein dummer Mann. Ich gebe dir den Rest meines Lebens, wenn du mich noch willst.«

Ich hatte noch nicht alle Tränen um Jenny geweint, und vielleicht habe ich das bis heute nicht. Aber ein schwacher Hoffnungsstrahl erschien jenseits des blassen Himmels und plötzlich drängte mein Herz, alles abzulegen, was ich einmal gekannt hatte, alles, was ich einmal gewesen war. Neu anzufangen, gereinigt zu werden. Ich stand auf, hob meinen Rucksack hoch und warf ihn in den Fluss, unter den verwirrten Blicken der Schaulustigen.

Ich war ein doppelt gebrochener Mann – und bin es immer noch. Ich sah zu, wie mein Rucksack stromabwärts trieb, sich im Nu voll Wasser sog und dann in der starken Strömung rasch unterging und verschwand.

Ich lief zur Bushaltestelle und ließ alles zurück außer meinem Pass, einem einfachen Flugticket in die Vereinigten Staaten und achtundvierzig Dollar Bargeld. Als der Jet von Heathrow startete, war ich allein und doch nicht allein. Vollkommen gebrochen und arm, aber endlich in der Lage heil zu werden – und reicher, als ich mir vorstellen konnte.

# Vierunddreißig

*I can see your face in the mirrors of my mind.*

*Ich sehe dein Gesicht, es spiegelt sich in meinen Gedanken.*

Julian Lennon
*»Valotte«*

Am späten Nachmittag kehrte ich nach Providence zurück, mit dem Gefühl, dass ich das Buch bald beenden konnte, überraschend weit vor dem Abgabetermin. Alle Geschichten, die ich erzählen wollte, hatte ich erzählt, entweder schriftlich oder auf Kassetten. Ich hatte Frieden mit meiner Mutter geschlossen. Ich hatte am Nachmittag des Weihnachtstages in sanftem Schneefall an Mitchells Grab gestanden. Ich hatte ihm von den letzten zwanzig Jahren erzählt und gesagt, wie sehr ich ihn vermisste, wie sehr ich die Zeit vermisste, als wir alle zusammen lachten und das Leben genossen, bevor unsere Welt auseinanderbrach.

Wie tragisch, dass wir vier von meinen Sünden verschlungen worden waren, gebrochen und in alle vier Winde zerstreut. Ich hatte an seinem Grab gestanden, bis meine Füße von der Kälte taub wurden, hatte ihn nochmals um Vergebung gebeten und mir immer noch gewünscht, dass ich in jener Nacht anstelle von Mitchell gestorben wäre.

Ich packte die Sammlung von Minikassetten, die letzten Kapitel meiner Geschichte, in ein Expresspaket, das an Bud adressiert war. Arthur würde sein Buch bald haben, alle wild gewordenen Erinnerungen brav in ihre Schubladen gepackt.

Nachdem ich eine lange, heiße Dusche genommen und mich rasiert hatte, wärmte ich mir zum Abendessen einen Teller Tomatensuppe auf. Gegen zweiundzwanzig Uhr ging ich in mein Büro, um zu schreiben. Ich tippte kein einziges Wort. Stattdessen packte ich zwei Papiertüten voll Kleidung und kleiner Haushaltsgeräte und brachte sie zur Kleidersammelstelle von Providence. Um dreiundzwanzig Uhr schlief ich bereits und wachte nicht auf, bis es am nächsten Tag draußen schon hell geworden war.

Das Telefon klingelte irgendwann am Vormittag, während ich an meinem Schreibtisch saß und Rechnungen bezahlte. Ich warf einen Blick auf die Anrufererkennung und sah die Nummer des Polizeireviers von Providence. Das war eine seltsame Zeit für ihre jährliche Bitte um Spenden.

»Hallo.«

»Spreche ich mit Jack Clayton?«

»Ja, ich bin's.«

»Mr. Clayton, ich bin Detective Sandra Carter von der Polizei in Providence. Wir haben heute Morgen in Providence einen Mann verhaftet, der der schweren Körperverletzung verdächtigt wird. Als wir ihn aufgegriffen haben, haben wir seinen Namen durch die Datenbank laufen lassen und herausgefunden, dass er eine lange Akte hat und dass noch ein Haftbefehl wegen Drogenschmuggels gegen ihn aussteht.«

»Klingt nach ausgezeichneter Polizeiarbeit, Detective, aber was hat das alles mit mir zu tun?«

»Mr. Clayton, der Verdächtige heißt Carlos Garcia. Kommt Ihnen dieser Name bekannt vor?«

»Nein; sollte er?«

»Tja, er hat nach Ihnen gefragt. Vielleicht hat er Ihren Namen aus der Zeitung oder so, aber er beharrt darauf, dass er in der Stadt ist, um Sie zu sehen.«

»Mich zu sehen? Warum behauptet er so was?«

»Wer weiß. Wir hatten nicht angenommen, dass er Sie persönlich kennt, aber er hat auf sein Recht auf ein Telefonat verzichtet und sagt immer wieder, dass er hier ist, um Sie zu sehen. Sie kennen ihn also nicht?«

»Bei mir klingelt nichts.«

»Tja, vielleicht hat er sich inzwischen ausgerechnet, in welchen Schwierigkeiten er steckt, und will sich mit Ihrem Namen irgendwie rauswinden.«

Ich zermarterte mir das Gehirn, ob ich je jemandem namens Carlos Garcia begegnet war. Konnte es jemand aus Norwood sein? Jemand, dem wir geholfen hatten? Oder war es ein Jugendlicher wie Justin Duroth, der bei uns gearbeitet hatte wie Hunderte andere studentischer Freiwilliger?

»Ist er im Stadtgefängnis?«

Jedes Verbrechen, das mehr als drei Meter außerhalb der Stadtgrenze begangen wurde, fiel unter die Rechtsprechung des Landkreises. Dann hätte man Carlos in das Jefferson-Gefängnis geschickt.

»Ja, und da bleibt er auch eine Weile. Er soll heute noch dem Haftrichter vorgeführt werden.«

»Dürfte ich kommen und ihn besuchen? Es ist möglich, dass er einer der Studenten ist, mit denen wir über die Jahre gearbeitet haben. Vielleicht erkenne ich ihn.«

»Das geht schon, aber ich würde es Ihnen nicht raten. Er ist nicht gerade ein Studententyp.« Die Beamtin schwieg einen Augenblick. »Aber wenn Sie einen Besuch als Geistlicher machen möchten, kann ich etwas arrangieren. Wenn Sie ihn erkennen, erwarten wir, dass Sie uns darüber informieren. Das könnte uns bei den Ermittlungen helfen.«

»*Wenn* ich etwas über ihn weiß.«

»Können Sie nach sechzehn Uhr zum Gefängnis kommen?«

Um halb fünf betrat ich das Polizeirevier in der Fifth Avenue. Von außen sah das Gebäude genauso aus wie alle anderen öffentlichen Gebäude in Providence, vom Gericht bis hin zum Rathaus, aber innen war es ganz anders. Kein Erlebnis ist so mies wie der Eintritt durch eine Gefängnistür. Besucher müssen einen Metalldetektor passieren. Ein Vollzugsbeamter – an jenem Abend war es eine humorlose Frau namens Debra Payne – schiebt einen Plastikkorb über den Tisch und bittet darum, dass man den Inhalt aller Taschen darin deponiert. Für die Dauer des Besuches wird das dann in diesem Korb aufbewahrt. Unter hellem Neonlicht und umgeben von Überwachungskameras legte ich meine Uhr und meinen Gürtel ab und holte alle Münzen aus meiner rechten vorderen Hosentasche.

Officer Payne nahm den Korb und verstaute ihn hinter ihrem Schreibtisch. Dann trat sie mit einem tragbaren Metalldetektor zu mir und ich wurde überprüft. Als alles in Ordnung war, durfte ich zum zweiten Kontrollpunkt. Hier fällt die gesamte Identität eines Menschen unter Regeln. Man erfährt, wo man sein darf und wo nicht, wann man kommen und wann man gehen darf und was man besitzen darf und was nicht. Hier bewegt man sich langsam und ruhig, immer in dem Bewusstsein, dass einen die wachsamen Blicke von Polizisten und Wachen verfolgen. Die Wachen versorgen, überwachen und transportieren die Gefangenen. Diese

Arbeit kann einfach im Schließen einer Autotür hinter einem Insassen bestehen oder auch so gefährlich sein wie das, was vor drei Jahren in diesem Flur passiert war.

Ein mit Handschellen gefesselter Insasse namens James Frank Norman hatte ausgetreten wie ein Esel, einem Polizisten die Dienstwaffe aus dem Holster gerissen und in weniger als zwei Sekunden vier Schüsse abgefeuert. Ein Wachposten war in die Schulter getroffen worden und ein anderer ins Bein, bevor er in einem Hagel von Gegenfeuer »ausgeschaltet« worden war. Die beiden anderen Kugeln von Norman waren an der Ziegelmauer abgeprallt. Die Löcher sind immer noch dort; jemand hatte mich bei einem früheren Besuch darauf aufmerksam gemacht.

Ich unterschrieb, erklärte den Zweck meines Besuchs und sagte dem Aufsichtsbeamten Red Forrester, welchen Insassen ich besuchen wollte – Carlos Garcia. Red war nicht in der Stimmung für ein Gespräch und ich muss sagen, das hatte ich auch noch nie bei ihm erlebt. Hinter kugelsicherem Glas drückte er den roten Sicherheitsknopf an der Wand und die fünf Zentimeter dicken Schiebetüren öffneten sich. Dabei strömten mir die Rufe von Insassen entgegen, das Echo eines Basketballspiels in der Turnhalle und der Geruch von Desinfektionsmittel.

Ich dankte Red und er antwortete mit einem Nicken. Auf der anderen Seite der Tür traf ich auf Sergeant Bill Baines, der mich durch das lange Labyrinth aus kalten Gefängnisfluren eskortierte. Noch eine Schiebetür und endlich wurde ich in einen Raum geführt, in dem ein quadratischer Klapptisch stand und zwei schwarze Plastikstühle. Über uns an der Decke die üblichen Neonleuchten.

In diesem Teil der Haftanstalt war ich noch nie gewesen. Wenn ich mit meinem Kollegen herkam, hatten wir für den Abendgottesdienst Stühle in der Turnhalle aufgestellt. Der Raum sah nicht aus wie im Kino, keine Reihe von kleinen Kabinen mit kugelsicherem Glas und Telefonen. Carlos und ich würden uns Auge in Auge gegenübersitzen.

Ich stand in dem leeren Raum und hörte das nervtötende Sirren der Neonleuchten. Ein Schlüssel klapperte in der zweiten Tür, sie öffnete sich und herein watschelte Carlos Garcia, in Handschellen und Fußfesseln.

Sein Kopf war gebeugt und sein Blick blieb auf den Boden gerichtet. Und obwohl sein Haar kürzer und mit Grau durchsetzt war, erkannte ich ihn sofort. *Er* war es. Der Mann, den ich zuletzt gesehen hatte, als er mit einer Waffe über mir gestanden hatte. Er setzte sich auf die andere Seite des Metalltischs.

»Wer bist du?«, fragte er mit einer Stimme trocken wie Sand. Seine Augen öffneten sich einen Spalt weit. »Wer hat dich zu mir geschickt – *der Teufel*?« Er lachte, als ob seine Lungen voller Rauch wären.

Ich nahm das Bild in mich auf: Carlos Garcia, gebändigt und unter Kontrolle, in einem orangefarbenen Overall.

»Erkennst du mich nicht, Carlos? Du sagtest, du willst mich sehen.«

»Ich bin geschäftlich hier, Prediger, aber ich werde nicht sehr lange hier sein, also schau mich gut an. Morgen geht die Sonne auf und der Vogel fliegt zurück nach Hause.«

Er lachte wieder. Ich fühlte übel stinkende Empfindungen in mir aufsteigen. Tief in mir brannte feurige Wut – ein heftiges Fieber, dessen neue Unberechenbarkeit mir Angst einjagte – und obszönes Mitleid für dieses abstoßende und verachtenswerte Reptil Carlos. Ich spürte den Pulsschlag in meinem Gesicht. In meinem Gehirn blitzten Szenen an einem heißen, trockenen Morgen in einer Wüste in New Mexico auf.

»Welche Art von Geschäft, Carlos?«

»Ich bringe ein Motorrad zurück.« Ich spürte, wie heißer Zorn in mir aufwallte. Hier war der Mann, der in mein Campinglager stolziert war, um die Macht seiner Waffe zu demonstrieren. Noch ein Gesicht aus meiner Vergangenheit, noch eine Erinnerung an etwas, das ich einmal gewesen war.

Er hatte bekommen, was er wollte, Mitchells Motorrad. Was wollte er mir jetzt noch nehmen?

Ein stilles Gebet stieg in meiner Seele auf. Ich bat um geistliche Wegweisung. Wenn Gott unser Treffen arrangiert hatte, warum waren wir hier? Ich folgte dem Friedefürst nach; wie konnte ich also mit so viel Hass erfüllt sein, dass ich Carlos am liebsten bei der Kehle gepackt und ihn zu einem blutverschmierten Häufchen zusammengeschlagen hätte? Ich betete noch einmal und wollte die deutliche Stimme Gottes hören, der mir sagte, was jetzt dran war. Und dann war sie da – Klarheit. Keine hörbare Stimme, sondern ein klarer Blick. Ich sah Carlos Garcia als das, was er wirklich war: Ein sterbender, heruntergekommener Verbrecher.

Er versuchte, seine Kraft- und Machtlosigkeit zu verstecken, aber seine selbstgefälligen Worte waren hohl. Seine angebliche Stärke war eine

Schwäche. Das Alter, die Zeit und das Gesetz hatten ihn eingeholt. Die Macht, die er an jenem Tag vor vielen Jahren über mich gehabt hatte, war verschwunden, und dann dämmerte es mir: Auch die Macht meiner Vergangenheit war verschwunden. Auch sie war nicht mehr als ein zahnloses Phantom, so wie Carlos Garcia.

»Du weißt, wer ich bin, Carlos. Du erinnerst dich an mich«, sagte ich.

»Ich erinnere mich, dass ich dich getötet habe. Was sitzt du jetzt vor mir, toter Mann?«

»Gott hat mich an jenem Tag verschont. Er hat deine Kugeln in Handschellen verwandelt. Ich lebe und du bist gefesselt.«

Er lachte und versuchte, furchtlos zu klingen. »Halt mir keine religiöse Predigt! Du bist tot. Ich werde dich wieder töten, und dieses Mal werde ich es richtig machen!«

»Nein, wirst du nicht«, erwiderte ich. »Deine Zeit, deine Chancen und deine Freiheit sind weg. Du hast deine Seele verkauft, Carlos, für nichts und wieder nichts. Und mein Gott ist keine Religion; er ist ein Retter. Er hat mich vor deinen Kugeln gerettet und er hat mich vor mir selbst gerettet.«

»Wache!«, brüllte er.

Sekunden später drehte sich der Schlüssel des Wachpostens im Schloss.

»Auf Wiedersehen, Carlos.«

»Ja, auf Wiedersehen. Ich sehe dich wieder, wenn ich dich töte.«

»Nein, tust du nicht. Ich vermute, du wirst den Rest deines Lebens im Gefängnis verbringen. Ich bin nicht mehr wütend auf dich. Ich habe nur noch Mitleid mit dir.«

Der Wachposten zog die Tür hinter Carlos zu und ich war wieder allein in dem sterilen, fensterlosen Kasten. Ich holte tief Luft, setzte mich an den Tisch und schloss die Augen, um zu beten.

»Herr, bitte vergib Carlos Garcia. Er ist verloren; im Moment ist er verloren. Ich war auch verloren, und trotzdem hast du mich gerettet. Ich vergebe ihm, so wie du mir vergeben hast.«

Ich ging durch die Tür hinaus, durch die ich hereingekommen war, und ging über den langen Flur zurück. Officer Payne hielt mir meine Brieftasche und meinen Autoschlüssel entgegen. Als ich wegfuhr, wusste ich, dass Gott Carlos und mich zusammengebracht hatte, damit ich ihm vergeben konnte, damit ich frei sein konnte. Trotzdem musste ich noch etwas erledigen. Aber was?

# Fünfunddreißig

*Whatever road you choose*
*I'm right behind you, win or lose.*

*Egal, welche Straße du wählst*
*ich bin direkt hinter dir, auf Gedeih und Verderb.*

Rod Stewart
*»Forever Young«*

Nach meiner überwältigenden Begegnung mit Carlos Garcia fuhr ich den kurvigen Redstone River Drive entlang zu Aarons Haus. Es war schon nach halb zehn. Der helle, dreiviertel volle Mond erhellte den Himmel genug, um den Rauch erkennen zu können, der vom Schornstein aufstieg, und den funkelnden Schnee auf dem Dachfirst. Die Lichter im Haus strahlten den warmen Glanz von Weihnachten aus.

»Wir sehen dich in letzter Zeit nicht besonders oft, Jack. Wie geht es dir?«

Aaron und ich saßen vor der roten Glut im Kamin. Er warf zwei Holzscheite auf das Feuer. Schon bald knisterten sie und das Leuchten im Zimmer vertiefte sich. Aaron wippte mit seinem Schaukelstuhl vor und zurück und sah mit seinem kurzen weißen Bart aus wie ein dicker Weihnachtsmann.

»Das Buch ensteht langsam. Du hattest recht: Diese Zeit zum Nachdenken war gut – nicht einfach, aber fruchtbar.«

Ich saß ihm gegenüber auf einem bequemen rot karierten Sofa und genoss die erste echte Erholung seit Wochen. Ich nahm die Wärme des Raumes in mich auf, das knisternde Feuer, den indianischen Teppich unter unseren Füßen, die gerahmten Gemälde von Cheyenne auf Pferden. Der fieberhafte Herzschlag des Lebens kam langsam zur Ruhe.

»Ich bin stolz auf dich, Jack.«

»Weswegen?«

»Weiß nicht … es gibt viele Gründe. Dass du dieses Projekt angenommen hast, zum Beispiel. Ich weiß, es war das Letzte, was du tun wolltest.« Er faltete seine Zeitung zusammen und warf sie ins Feuer.

»Es ist unheimlich, welche Leute in meinem Leben aufgetaucht sind, seit ich angefangen habe zu schreiben.«

Aaron brachte unser Gespräch auf den Punkt. »Also, was hast du heute Abend auf dem Herzen? Du bist doch nicht hergekommen, um mir zu berichten, wie es mit dem Schreiben läuft.«

»Nein, nicht wirklich. Ich bin gekommen, um dir zu sagen, dass ich beim CMD kündige«, sagte ich.

Er zeigte keine Reaktion.

»Weißt du schon, wann du das tun möchtest?«

»Mit sofortiger Wirkung, wenn möglich.«

Aaron schloss die Augen und schaukelte weiter im Takt mit dem langsam knisternden Feuer. Er hatte es kommen sehen, wahrscheinlich noch vor mir.

»Gott hat dich aus einem bestimmten Grund zum CMD gebracht, Jack, aber ich glaube, du hast recht. Diese Zeit ist wahrscheinlich vorbei. Er hat jetzt etwas anderes mit dir vor.«

Licht und Schatten tanzten an den Wänden, flackerten über die Bücherregale, die von Fotos und Erinnerungsstücken gesäumt waren. Ich war vor mehr als zwölf Jahren zum CMD gekommen. Ich erinnerte mich, wie ich bei meinem Vorstellungsgespräch Aaron gegenüber in seinem beengten Büro beim *Urban Missions Board* gesessen hatte. Er hatte mir von seinen Träumen für Norwood erzählt.

Wir waren noch keine alten Soldaten, und doch war uns bewusst, dass wir schon ein Stück Weg zurückgelegt hatten. Die Tage, die vor uns lagen, waren kürzer als die, die hinter uns lagen.

»Jack, erinnerst du dich noch an Conolly Airsdale?«

»Er wollte so gern ins Team.« Die Erinnerung malte mir ein Lächeln aufs Gesicht.

Wir beiden begannen zu glucksen, dann laut zu lachen, bis uns Tränen über die Wangen liefen. »Er hat die ganze schöne blaue Farbe für das Haus von Mrs. Waters gekauft. Und dann ist er nach Norwood gefahren, um das Haus zu streichen.«

Wir beide kannten die Geschichte nur zu gut. Sie war schon ein Dutzend Mal erzählt worden. Nur die kleinste Andeutung war nötig und wir brachen in Gelächter aus.

»Er ist mit seinem eigenen Auto gefahren«, sagte ich.

»Mit seinem eigenen Auto, und war zwei Stunden vor allen anderen da.«

Ich krümmte mich auf dem rot karierten Sofa, unfähig, auch nur einen Moment Luft zu holen. Es dauerte eine weitere Minute, bis Aaron das sagen konnte, von dem wir beide wussten, dass es gleich kam.

»Zu dumm, dass er das falsche Haus erwischt hat.«

Ich quietschte los, wie jemand, der es dringend nötig gehabt hatte, mal wieder richtig zu lachen. Ein Lachen, das nur von zwei alten Kameraden gelacht werden konnte, die Seite an Seite gekämpft hatten, an sonnigen Maitagen, wenn die Frauen in Norwood Ringelblumen in ihre Blumenkästen pflanzten, und an eisigen Januartagen, wenn die Herzen unserer Mitmenschen manchmal ebenso vereist gewesen waren.

Wir verabschiedeten uns, ich ging allein zur Tür und ließ Aaron am Kamin zurück, um das verlöschende Feuer zu schüren.

Ich übernachtete in Providence und stand dann am nächsten Morgen zeitig auf, um nach Indianapolis zu fahren. Arthur hatte mich gebeten zu kommen und den Morgen mit seiner Belegschaft zu verbringen. Und er brauchte mich für einen Fototermin. Der Mediensturm, den Bud Abbott im Dezember entfesselt hatte, hatte sich gelegt. Ich traf in Chicago noch ab und an einmal auf einen Fotografen, aber ob diese Fotos in der Presse landeten oder nicht, wusste ich nicht. Ich lese keine Zeitung. Doch offenbar gab es gerade genug Presse für Arthurs Geschmack.

»Ich sollte dir eigentlich die Kosten für diesen Hotelaufenthalt erstatten«, grinste Arthur. »Du hast uns mehr Zeit im Fernsehen verschafft, als man mit zwei Millionen Dollar buchen kann.«

Bei ARP gab es viele neue Mitarbeiter und alle behandelten mich freundlich. Eine neue Angestellte, Jan Clouden, die gerade ihren Abschluss am Providence College gemacht hatte, brachte mir eine Flasche Wasser – das neue Statussymbol für VIPs. Sie war süß in ihrem jugendlichen Eifer. Stolz zeigte sie mir ihren Verlobungsring. Ich war neidisch auf die aufregenden Abenteuer, die vor ihr lagen.

Arthur stellte mich jedem im Sitzungszimmer vor und wiederholte seinen einstudierten Text über das neue Buch, den er in tausenden Verkaufsgesprächen in den letzten sechs Monaten zur Perfektion geschliffen hatte. Ich traf mich mit Judith in ihrem Büro, um zu sehen, wie es meiner Lektorin mit den Seiten ging, die Bud und ich ihr bisher geschickt hatten. Ja, sie hatte alle bekommen; ja, sie waren super; nein, ihr fiel nichts weiter ein, das sie brauchte, aber wenn wir unseren Text in Kapitelform bringen könnten … Ich sagte ihr, dass wir es versuchen würden.

Nach den wenigen kurzen Sitzungen fuhr mich Arthur zu einem Fotografen. Ich bekam einen Haarschnitt, Make-up und neue Klamotten, bevor ich einem Fotografen Modell saß, der Dutzende Fotos von meinem Gesicht machte und weiter Dutzende von mir in verschiedenen Positionen im Studio. Ich hatte gedacht, das Foto wäre für die Innenseite des Schutzumschlages, aber Arthur bestand auf einem Farbfoto für das Cover.

Nach dem Fototermin fuhren wir in die Stadt, um mexikanisch essen zu gehen. Arthur hatte den größten Teil des Vormittags an seinem Mobiltelefon gehangen und außer Hörweite telefoniert. Wenn ein Gesicht eine Geschichte erzählen kann – und manchmal erzählt es die *einzige* Geschichte –, dann war Arthur Reed gestresst.

Ich hatte gehört, wie er sagte: »Ich sagte nicht, dass ich es am Freitag habe, ich sagte, ich habe es *vielleicht* am Freitag«, als wir noch beim Fotografen waren. Im Restaurant verließ Arthur den Tisch noch vor der Bestellung und stieg wieder in sein Auto, wo er am Telefon blieb, bis wir mit dem Essen fertig waren.

»Er ist nie so richtig da, Jack«, vertraute mir Carol Phillips, die Pressesprecherin von ARP, an.

»Woran liegt es deiner Meinung nach?«

»Ich weiß nicht. Ich glaube, es hat etwas mit Geld zu tun, aber ich verstehe nicht warum. Ich weiß doch, wie gut sich dein Buch verkauft. Du kennst ihn schon länger als ich. War er schon immer so besessen vom Geld?«

»Ich würde nicht sagen ›besessen‹. Angelockt, vielleicht. Es ist ihm wichtig.«

»Ich arbeite noch nicht so lange für ihn, aber alle finden, dass er sich seltsam benimmt.«

»Wie denn?«

»Mal ist er einen Tag im Büro, dann fehlt er wieder ohne Vorwarnung für zwei oder drei Tage. An einem Freitag hat er vergessen, die Gehaltsschecks zu unterschreiben. Du kannst dir vorstellen, wie das ankam. Er kam erst am folgenden Dienstag wieder ins Büro.«

»Ich weiß, dass er schon immer chaotisch war.«

»Das ist nicht alles. Ein paar Schecks sind auch geplatzt. Meine Assistentin Beth war bei der *Indiana National Bank*, wo auch ARP die Konten hat, und letzte Woche hat man ihr den Scheck wegen ungenügender Deckung nicht ausgezahlt.«

»Du machst Witze!«

»Nein. Darum ist sie auch nicht mit zum Essen gekommen; sie schaut sich nach einer anderen Arbeitsstelle um. Ich habe mit Margaret von der Buchhaltung gesprochen. Sie hat es nicht so deutlich gesagt, aber ich denke, Beths Scheck war nicht der einzige, der nichts wert war.«

»Das ergibt doch überhaupt keinen Sinn. ARP sollte nur so in Geld schwimmen.«

»Wohl eher in Kreide.«

Arthur kam an den Tisch, als der Kellner unser benutztes Geschirr abräumte.

»Tut mir leid. Geschäftliche Telefonate.«

Wir fuhren zurück zu ARP. Arthur sprach über belanglose Produktionsdetails, während Carol vom Rücksitz immer nur mal ein »Mmh« einwarf. Ich fragte mich, ob sie darüber nachdachte, sich so wie Beth auf die Jobsuche zu machen.

Nachdem ich mich im Büro von allen verabschiedet hatte, fuhr ich nach Chicago. Bud und ich hatten noch einen Schreibtag vor uns. Am nächsten Morgen ließ ich das Frühstück vom Feinkostladen in der fünften Etage liefern. Frische Bagels, Frischkäse, schwarzer Kaffee. Bud war halb neun da und wir brachten uns beim Essen auf den neuesten Stand.

»Ich habe die Seiten gelesen, die Sie geschickt haben. Ich tippe auch die ganzen Bänder ab. Sie hatten offensichtlich ein paar produktive Feiertage.« Bud rollte mit seinem quietschenden Bürostuhl über den Berberteppich. Er legte einen dicken Stapel Ausdrucke auf den Tisch, ein sichtbares Zeichen der Fortschritte, die wir gemacht hatten.

»Jack, was wir im Moment haben, ist ein Haufen Geschichten. Ich habe angefangen, die einzelnen Stücke zusammenzusetzen und versucht, wie ein Lektor zu denken.« Bud biss von seinem Bagel ab und sprach mit vollem Mund weiter. »Ich sehe da noch ein paar Löcher, die wir stopfen müssen.«

Ich bemerkte, dass Bud jetzt viel engagierter an der Geschichte war, an der wir arbeiteten – meiner Geschichte. Vielleicht würde sich auch seine Meinung über mich ändern.

»Zum Beispiel?«

»Zum Beispiel dieser Brian Aspen aus Chicago. Ein Kumpel von mir aus dem Ersten Bezirk hat seinen Namen durch den Polizeicomputer gejagt.«

»Und?«

»Tja, der Kerl ist tot.«

Ich schaute auf. »Wie ist er gestorben?«, fragte ich. »Und sind Sie sich sicher, dass es der richtige Brian Aspen ist?«

Bud griff nach seinem Notizblock und blätterte darin herum. »Er ist der Brian Aspen, der außer zwei Jahren College in Indiana nie aus Chicago weg war. Er ging eine Weile an die Universität von Chicago, brach dann das Studium ab, arbeitete bei *XN-tricity* in der Ellsworth Avenue, wurde 1987 wegen Drogenbesitz verhaftet und 1990 wegen Drogenhandel. Er ist es.«

Bud zog ein Foto hervor, das die Chicagoer Polizei ihm gefaxt hatte. Es war Brian.

»Der Kerl war schwer beschäftigt. Aber dann ist er betrunken mit hundert Sachen gegen eine Leitplanke aus Beton gerast. Nicht gut.«

Ich hatte Brian seit der Nacht, als er mich mit Mitch im Krankenhaus abgesetzt hatte, nicht mehr gesehen, aber ich empfand Mitgefühl für ihn.

Bud fuhr fort. »Jedenfalls, wenn ich mit einigen der Leute reden könnte, von denen Sie in Ihren Geschichten erzählen, können wir mehrere Perspektiven gewinnen. Ich denke, das ist notwendig.«

»Mit wem würden Sie denn gern sprechen?«, fragte ich skeptisch.

Er rollte den Stuhl zurück zu seiner Laptoptasche und zog einen kleineren Notizblock hervor. »Zuerst einmal mit Erin Taylor. Irgendeine Ahnung, wo sie ist?«

»Nein, aber egal wo sie ist, ich bezweifle, dass sie ein Interview für die Jack-Clayton-Story geben möchte.« Ich konnte erkennen, wo das hinführte.

»Und Jenny. Ich nehme an, sie ist immer noch in England, aber die

Leser werden wissen wollen, was aus ihr geworden ist und auch aus den anderen Personen, die in der Geschichte eine Schlüsselrolle spielen.«

»Sie ist Missionarin in England. Das ist aus ihr geworden.«

»Wir werden nicht raten, Jack. Wir sollten die Fakten herausfinden.« Bud nahm seine Kaffeetasse mit in die Küche, um sie aufzufüllen. »Außerdem wäre es interessant zu erfahren, was sie alle von Ihrem Erfolg als Schriftsteller halten. Irgendein Ende braucht die Geschichte ja.«

»Ich weiß nicht, wie das für das Buch dienlich sein soll, Bud.«

»Sie haben mich um Hilfe gebeten. Das ist meine Hilfe. Außerdem brauchen Sie von jedem eine Genehmigung, dessen Namen Sie erwähnen, bevor wir in Druck gehen.«

»Diese Leute liegen mir am Herzen. Wir werden nicht zum ersten Mal nach zwanzig Jahren wieder mit ihnen Kontakt aufnehmen und fragen, was sie von Jack Clayton halten, nur damit wir sie im Buch zitieren können.«

»Wäre es Ihnen lieber, wenn die Lektorin sie alle anruft?« Bud schaute wieder auf seine Notizen. »Ich finde auch, dass wir herausfinden sollten, was aus diesen beiden Verbrechern aus New Mexico geworden ist. Haben Sie je ihre Namen herausgefunden?«

»Nur einen.«

»Und?«

»Carlos Garcia. Der Mann mit der Waffe. Er ist diese Woche in Providence aufgetaucht und wurde von der Polizei aufgegriffen, weil er eine Schlägerei angefangen hat.«

Bud drehte sich in meine Richtung. Auf seinem unrasierten Gesicht lag ein verblüffter Ausdruck. »Was wollte er denn in Providence?«

»Er ist meinetwegen gekommen. Das hat jedenfalls die Polizistin gesagt, als sie mich angerufen hat. Natürlich kannte keiner von uns seine wahre Identität, bis ich ihn im Gefängnis sah.«

»Sekunde, Sekunde, Sekunde ... Sie haben ihn im Gefängnis besucht?«

»Ja, ich habe mit ihm gesprochen. Unser Gespräch dauerte nicht lang. Es gab nicht viel zu sagen.«

»Tja, Jack, für einen popeligen Campuspastor haben Sie ein ziemlich interessantes Leben geführt.« Bud fuhr den Laptop hoch.

Ich blätterte durch die Kapitel, die er ausgedruckt hatte. Zweihundert Seiten Leben.

»Warum wollte er Sie sehen?«

»Ich weiß nicht«, sagte ich und legte die Blätter zurück auf den Couchtisch.

»Vielleicht hat er Sie in der Presse wiedererkannt. Sie waren in letzter Zeit ein wenig, sagen wir mal, ›überbelichtet‹.«

»Ja, aus irgendeinem unerfindlichen Grund war mein Bild in letzter Zeit öfter in der Zeitung.«

Bud verzog das Gesicht zu einer Grimasse, die sagen sollte ›Bitte fangen Sie jetzt nicht wieder davon an‹. »Vielleicht ist er gekommen, um zu Ende zu bringen, was er damals angefangen hat.«

»Wer weiß«, erwiderte ich. »Es spielt keine Rolle. Er ist im Gefängnis und wird für sehr lange Zeit dort bleiben. Es hat sich herausgestellt, dass er wegen aller möglichen Verbrechen gesucht wird.«

»Verstehe.«

»Aber im Moment schlage ich mich mit der Frage herum, was *ich* tun soll, jetzt, wo ich weiß, dass er hier ist.«

Bud schaute von seinem Computerbildschirm auf. »Was meinen Sie ... vielleicht Rache? Das klingt nicht nach Ihnen.«

»Nicht Rache. Ich meine, ich frage mich, was Gott von mir will. Wie weit soll ich Carlos Garcia entgegenkommen?«

»Sie machen wohl Witze?«, fragte Bud. »Sie möchten seine Seele retten? Sie sind wohl komplett durchgeknallt? Der Kerl würde Sie doch am liebsten umbringen!«

»Sie wären überrascht, wie gefährlich es manchmal in Norwood war. Peter wurde mit vorgehaltener Waffe ausgeraubt, Aarons Auto ist Vandalen zum Opfer gefallen und in meinen Jeep wurde eingebrochen. Wir wurden alle bedroht, aber wir sind nicht gegangen. Und wer hat uns bedroht? Die Leute, die wir erreichen wollten. Leute, die uns am liebsten umgebracht hätten.«

»Ich verstehe, Jack. Sie nehmen diesem Widerling einen Korb mit Essen mit und eine Bibel und machen ihn zu Ihrem besten Freund, und dann retten Sie seine Seele. Ich bin mir sicher, genau darauf hofft er. Das verschafft ihm eine weitere Gelegenheit, Sie umzubringen.«

»Bud, hören Sie mir doch mal eine Sekunde lang zu. Ich will keine Predigt halten, aber Folgendes will ich sagen: Mein Glaube ist echt, und ich lebe danach. Ich glaube ehrlich, dass mein Leben nicht mir selbst gehört. Gott liebt Carlos Garcia und vielleicht will er, dass ich ihm das sage.«

»Sie. Der Kerl, den er versucht hat umzubringen.«

»Vielleicht. Wissen Sie einen besseren Boten?«

Bud antwortete nicht. Er schüttelte meine Worte ab und verbuchte sie unter »durchgeknallt«. Ich betete im Stillen für Carlos und Bud, dass sie beide einmal die Wahrheit erkennen würden.

»Das Leben besteht aus mehr, als einen Bestseller zu schreiben, Bud. Oder das eigene Bild auf der Titelseite einer Zeitschrift zu sehen. Ein Mann, der seinen Feinden Liebe vorlebt, tut etwas weitaus Größeres.«

Meine Gedanken drehten sich um Erin Taylor, als ich das Gebäude zum Mittagessen verließ. Manchmal betrachten wir unsere früheren Freunde wie eine Art verblasstes Hologramm. Ein unscharfes Bild, überschattet von Zeit und Entfernung. Oder wie Personen, die nicht mehr existieren, sobald die Kapitel beendet sind, die wir gemeinsam durchlebt haben. Die Bilder, die ich von Erin, Mitchell und Jenny im Kopf hatte, waren vielleicht in der Vergangenheit eingeschlossen, aber nicht der Einfluss, den sie auf mein Leben genommen hatten. Ihre Freundschaft hatte sich dauerhaft in mir eingenistet und formte mich sogar heute noch.

Ich ging zu *Melvin's*, um einen Hamburger zu essen, und nahm meinen üblichen Platz weiter hinten im Raum ein. Ich war in die Happy Hour geraten und das Restaurant war voller Leute. Der Boden war übersät mit Erdnussschalen. Die Jukebox pumpte wieder mal ein Lied aus den Achtzigern aus den Lautsprechern. Zum Klang von »Don't You Forget about Me« von den Simple Minds gab ich meine Bestellung bei der Kellnerin auf.

Erin und ich waren nie so befreundet gewesen wie zum Beispiel Mitch und Jenny, aber sie war ein unersetzlicher Teil unseres Quartetts gewesen. In den Monaten nach Mitchells Tod hatte ich allen Kontakt zu ihr verloren. Wir hatten auf der Beerdigung nicht miteinander gesprochen, außer als ich ihr sagte, dass es mir leidtat. Als ich aus New Mexico zurückkam, war Erin fort. Wie Jenny war sie weggezogen, um irgendwo ein neues Leben anzufangen.

Ich fragte mich, wie ich es anstellen sollte, Erin aufzuspüren. Sie stand vielleicht im Telefonbuch von Indianapolis, aber vermutlich hatte sich ihr Nachname geändert. Ich schaute trotzdem nach. Nichts. Ich musste jemanden finden, der Erin kannte, jemanden, der über all die Jahre mit ihr in Kontakt geblieben war. Jenny würde es wahrscheinlich wissen, aber sie anzurufen stand außer Frage. Howard und Angela wussten es vielleicht auch, aber ich war nicht bereit, eine lange Erklärung abzuliefern, warum ich mit ihr Kontakt aufnehmen wollte. Ich überlegte, ob Mitchells Mutter ihre Nummer hatte. Sie war noch einer der Menschen, mit denen ich seit Jahren nicht mehr gesprochen hatte. Ich hatte mich zu sehr geschämt. Was ich getan hatte, wog zu schwer.

Als Mitch und ich noch Schuljungen waren, hatte sie mich zu ihrem zweiten Sohn erklärt. Sie hatte mich übernachten lassen, mir zu essen gegeben und sogar ab und zu meine Sachen gewaschen. Ihr größtes Geschenk an mich war, dass sie nicht gesagt hatte: »Wie konntest du ihm das antun?«

Ich wählte die Nummer der McDaniels' und wartete, bis ihre Stimme das Klingeln ablöste.

»Hallo?«

»Mrs. McDaniels? Hier ist Jack Clayton.«

»Hi Jack. Wie geht es dir?« Ihr Ton war freundlich und gelassen. Ich war erleichtert.

»Mir geht es gut. Ich bin momentan in Chicago und dachte, ich sollte Sie einmal anrufen. Ich versuche, mit jemandem Kontakt aufzunehmen, und ich habe überlegt, ob Sie mir vielleicht dabei helfen könnten.«

»Wen suchst du denn?«

»Erin Taylor«, sagte ich.

Augenblicklich wurde es still am anderen Ende der Leitung. Das Schweigen dauerte zwei oder drei lange Sekunden.

»Ich weiß nicht, ob das eine gute Idee ist, Jack. Ich weiß nicht, ob ich dir ihre Nummer geben darf.«

»Ich verstehe, warum Sie zögern. Aber es ist wirklich wichtig.«

Sie stieß einen langen Seufzer aus.

»Sie … Erin ist verheiratet, Jack. Sie lebt jetzt in Virginia. Wir schreiben uns immer noch Weihnachtskarten, und es geht ihr gut. Aber ich weiß nicht, wie es ihr gehen würde, wenn sie von dir hört. Sehr lange Zeit konnte sie nur mit Mitchells Tod fertig werden, indem sie dich für alles verantwortlich machte.«

»Machen *Sie* mich dafür verantwortlich, Mrs. McDaniels?«

Eine lange Pause. Ein weiterer Seufzer.

»Ja, ich glaube schon, Jack. Ich weiß, dass du in all diesen Jahren auch gelitten hast, aber du warst ein sehr dummer junger Mann. Doch jetzt ist alles vorbei. Du kannst Mitch nicht zurückbringen und wir auch nicht. Wenn du mich fragst, ob ich dich dafür verantwortlich mache, ist die Antwort ›Ja‹. Wenn du mich fragst, ob ich dir vergebe, ist das eine andere Frage. Aber, ja, ich vergebe dir.«

Tränen schossen mir in die Augen. Etwas in meiner Seele war aufgeplatzt. Diese Worte, ganz einfache Worte. *»Wenn du mich fragst, ob ich dir vergebe ... ja, ich vergebe dir.«* Ich hatte nicht gewusst, wie sehr ich mir diese Worte gewünscht hatte. Bis sie ausgesprochen worden waren.

Ich weinte los wie ein Mann, der aus seinem Gefängnis befreit worden war – einem Gefängnis, in dem er zwanzig Jahre lang eingesperrt gewesen war.

»Es tut mir so leid ...«, sagte ich, nachdem ich eine Minute oder noch länger geweint hatte. »Diese Schuld hat so schwer auf mir gelastet.«

»Jack, du hast Mitch geliebt und er dich. Ich glaube nicht, dass er dich noch leiden sehen will.«

»Er war nach Chicago gekommen, um mir zu helfen.« Ich weinte wieder. Ein weiterer Tresor hatte sich geöffnet, ein weiteres Puzzleteil wurde ins Feuer geworfen.

»Was, wenn du an seiner Stelle gestorben wärst?«

»Ich wünschte, es wäre so gewesen«, sagte ich. Ich schluchzte wie ein kleiner Junge, sagte Dinge, die ich schon vor Jahren hätte sagen sollen. »Ich wünschte, ich wäre an seiner Stelle gestorben.«

»Wenn du an seiner Stelle gewesen wärst, was hättest du dir gewünscht, was Mitchell mit dem Rest seines Lebens anfangen soll?«

Ich dachte einen Moment nach und die Tränen versiegten langsam wie nach einem Regenschauer.

»Ich hätte gewollt, dass er weiterlebt«, sagte ich.

»Selbst wenn es seine Schuld gewesen wäre.« Das war keine Frage. Sie kannte bereits meine Antwort.

»Ja.« Ich wusste, was sie als Nächstes sagen würde. Wenn es das war, was ich mir für ihn gewünscht hätte, dann war es wahrscheinlich auch das, was er sich für mich gewünscht hätte. Freiheit *war* möglich. Sie öffnete sich vor mir wie ein dicker Vorhang.

»Jack, es hat genug Leid gegeben. Wir vermissen Mitchell jeden Tag, aber er ist jetzt in Gottes Händen. Du bist immer noch in deiner Trauer gefangen, und es ist an der Zeit, dass du loslässt.«

»Ich weiß nicht, ob ich das kann.«

»Warum nicht?«

»Weil ich noch lebe.«

»Du lebst noch, weil Gott dich hier haben will. Denkst du denn nicht, dass etwas Gutes aus deinem Leben geworden ist, Jack? Mit den Büchern, die du geschrieben hast, und den Menschen, denen Gott durch die Arbeit geholfen hat, die du tust? Das ganze Land ist sich jetzt der Nöte der Armen mehr bewusst, weil Gott dich so gebraucht hat. Vielleicht war deine Trauer das, was dich auf diese Aufgabe vorbereitet hat. Aber Jack, egal wie viel Gutes du getan hast, es sind nicht die guten Taten, die dich frei machen. Es ist die Vergebung. Vergebung befreit uns, Jack. Und Hank und ich vergeben dir.«

Plötzlich war ich ganz ruhig. Es war, als hätte mich der Geist der Schuld verlassen. »Ich wünschte, ich könnte alles ungeschehen machen, Mrs. McDaniels. Ich würde alles anders machen.«

»Das kannst du nicht, Jack.« Ihre Worte erinnerten mich an etwas, das Howard gesagt hatte. Vielleicht musste ich diese Worte einfach noch viel öfter hören, bevor ich sie begriff.

»Ich habe getan, was ich als Gottes Willen erkannt habe, Tag für Tag, Schritt für Schritt.«

»Und er hat einen Weg zur Heilung geebnet, Jack – Tag für Tag, Schritt für Schritt.«

Ich dankte Mrs. McDaniels für ihre Freundlichkeit und fragte noch einmal nach Erins Nummer. Eine Minute später kehrte sie ans Telefon zurück.

»Erins Mann heißt Donald Harrimore und sie leben in Virginia.« Sie gab mir ihre Nummer. »Sag Erin, dass ich sie dir gegeben habe, Jack, aber bitte lass ein bisschen Weisheit walten und dränge sie nicht, wenn sie nicht mit dir sprechen will.«

»Das werde ich nicht. Vielen Dank.«

»Jack, ich bin froh, dass du angerufen hast. Ein Teil von uns, von Hank und mir, ist stolz auf dich. In mancherlei Hinsicht haben wir das Gefühl, dass Mitchell in deiner Arbeit weiterlebt. Manche Spuren der Vergangenheit sind noch gegenwärtig.«

»Ja, ich weiß.«

»Wir haben an dem Tag zwei Söhne verloren, Jack. Einen davon zurückzubekommen wäre keine schlechte Sache.«

»Ich versuch's«, sagte ich.

»Mach das, Jack.«

Ich lag auf dem Boden, das Gesicht nach unten, und weinte. Und ich lobte Gott aus tiefstem Herzen. Mitchs Eltern hatten mir schon vor langer Zeit vergeben, aber ich musste es noch einmal hören. Ich musste es hören, damit ich noch einen Schritt darauf zugehen konnte, mir selbst zu vergeben.

# Sechsunddreißig

*Bring me a higher love*
*Where's that higher love I keep thinking of?*

*Bring mir eine größere Liebe*
*Wo ist diese größere Liebe, an die ich immerzu denke?*

Steve Winwood
*»Higher Love«*

Das befreiende Gespräch mit Mrs. McDaniels ging mir noch tagelang nach, genau gesagt, zwei Tage. So lange dauert es, von Chicago, Illinois, nach Annandale, Virginia zu fahren, wenn man sich an die Geschwindigkeitsbegrenzung hält. Ich hatte der Vermittlung Erins Nummer gegeben und nach dem Namen der Stadt gefragt. »Annandale«, sagte sie. »Etwas außerhalb von Alexandria.«

Als ich in Alexandria ankam, checkte ich im *Holiday Inn* ein und brachte meine Sachen aus dem Kofferraum des Mietwagens (der Jeep hätte diese Strecke nicht mehr geschafft) in das Hotelzimmer. Ich hatte Erin noch nicht angerufen. Wenn sie mit mir sprechen wollte, wollte ich, dass wir uns persönlich trafen. Wenn sie ablehnte, war ich bereit, umzukehren und zurückzufahren.

Am nächsten Morgen rief ich Erins Nummer an. Es war ein Freitag. Ich überlegte, ob sie vielleicht arbeitete oder ob sie zwischen den Feiertagen überhaupt daheim war. Ich hatte nicht besonders weit vorausgeplant. Ich wusste nicht einmal, was für eine Nachricht ich ihr auf dem Anrufbeantworter hinterlassen sollte.

»Hallo.«

Ich brauchte einen Augenblick, um zu antworten. Es war ein ganzes Leben her, seit ich ihre melodische Stimme zum letzten Mal gehört hatte.

»Hi Erin … hier ist Jack Clayton«, sagte ich.

»Jack, hallo«, sagte sie, ohne sich irgendetwas anmerken zu lassen.

»Hi. Ich wusste nicht, ob ich dich zu Hause antreffen würde.«

»Bist du in Alexandria? Die Anrufererkennung sagt *Holiday Inn*.«

»Ja, das stimmt. Bin gestern hier angekommen. Mrs. McDaniels hat mir deine Nummer gegeben. Ich bin in der Hoffnung hergefahren, dass wir zusammen Kaffee trinken könnten oder so.«

»Rufst du deswegen an?«

»Ja.«

»Du bist die ganze Strecke gefahren, um mit mir Kaffee zu trinken?«

»Ja. Ich arbeite an diesem neuen Buch – es ist eine Art Autobiografie – und ich habe viel über die Vergangenheit nachgedacht. Ich hätte gern eine Gelegenheit, dass wir zwei uns mal unterhalten.«

Am anderen Ende der Leitung hörte ich unbändiges nervöses Gelächter. Erin hielt einen Moment lang die Hand über den Hörer, um das Geräusch zu dämpfen.

»Tut mir leid, dass ich lache, Jack. Es ist nur so … das ist genau das, worum ich gebetet habe.«

»Ich verstehe nicht.«

»Ich auch nicht, aber hast du heute Zeit?«

»Ja.«

»Normalerweise bin ich die Woche über nicht daheim, aber Donald und ich haben über die Feiertage die Familie zu Besuch, also habe ich mir ein paar Tage freigenommen.«

»Oh, tut mir leid. Wenn du Gäste hast, können wir uns ein andermal treffen. Ich habe die Angewohnheit, unangemeldet aufzutauchen.«

»Nein, das ist schon in Ordnung. Komm doch einfach her. Ich beschreibe dir den Weg. Hast du was zu schreiben da?«

Ich notierte mir die Wegbeschreibung auf dem Block neben dem Telefon.

»Es ist ein großes zweigeschossiges Backsteinhaus mit einem kleinen Springbrunnen und Vorgarten davor. Bieg einfach in die Einfahrt ein.«

»Klingt wunderschön.«

»Uns gefällt's. Kannst du gegen halb zwölf zum Mittagessen hier sein?«

»Ja. Und es macht dir sicher nichts aus? Ich möchte dich und deine Familie nicht stören.«

»Das wirst du nicht. Wir sehen uns gegen halb zwölf.«

»Erin«, sagte ich, »danke, dass ich kommen darf. Ich wusste nicht ganz genau, was mich erwarten würde.«

»Tja, Jack, es ist natürlich eine Überraschung, aber das Leben ist voller Überraschungen, oder?«

»Ja, das ist es«, sagte ich und legte auf. Das Leben war voller Überraschungen gewesen, da hatte sie recht.

Ich bog ein paar Minuten zu früh in die Einfahrt in der Bellpark Lane Nr. 2816 ein. Das Haus war ein wunderschönes, zweigeschossiges Gebäude im französischen Kolonialstil, mit einem großen Springbrunnen, der von einer farbenfrohen Landschaft von Sträuchern und Blumen und Steinen umgeben war. Auf beiden Seiten der Tür befanden sich edel aussehende Messingleuchten. Trompetenblumen rankten sich an der Backsteinfassade empor. Es erinnerte mich an eine verkleinerte Version von *Lillian Hall*.

Ein silberfarbener Mercedes mit Nummernschildern des Bundesstaates Virginia sowie ein blauer Pontiac, den ein Aufkleber als Mietwagen auszeichnete, waren in der Einfahrt geparkt. Ich stieg aus und ging über den Kies, der unter meinen Schritten knirschte. Dabei hörte ich, wie das Wasser im Springbrunnen mit einem angenehmen Glucksen vor sich hinplätscherte. Die Eingangstür aus Glas öffnete sich und Erin spähte heraus. Ihre Augen lächelten und ihr Gesicht war von blondem Haar umrahmt.

»Willkommen in Virginia, Jack.«

Ich antwortete nicht sofort, einfach zufrieden, sie wiederzusehen. Mir war nach Weinen und Lachen gleichzeitig zumute. So viele Erinnerungen.

Die Zeit war gnädig mit ihr umgegangen. Sie sah noch genau so aus wie die junge Frau, die mein bester Freund vor vielen Jahren heiraten wollte. Sie kam die Treppe herunter und wir umarmten uns. Zuerst war es eine freundliche Umarmung zweier alter Freunde, aber bald war es mehr eine Begrüßung, die sagte: »Es tut mir leid, wir haben uns viel zu lange nicht gesehen.«

»Schön, dich wiederzusehen.«

»Es tut mir leid, Erin. Es tut mir so leid.« Es kam mir nicht richtig vor, noch länger mit diesen Worten zu warten.

»Ich weiß, Jack. Du musst dich nicht mehr entschuldigen«, sagte sie. In ihren Augen stand das Wissen, was Leiden ist, und die Fähigkeit, es bei anderen zu erkennen. »Es ist an der Zeit, die Vergangenheit ruhen zu lassen.«

»Ich weiß nicht, wo ich anfangen soll«, sagte ich.

»Jack, es ist in Ordnung … wirklich.« Sie drückte mir freundschaftlich die Arme. »Egal, weswegen du hier bist und was du sagen wolltest, betrachte es als erledigt.«

Ich lächelte und begriff zum ersten Mal, dass Vergangenheit zu den Akten gelegt werden kann. Nicht in splitterige Kisten gesperrt und zugenagelt, sondern weggewaschen von einem kühlen Meer der Vergebung oder den sanften Augen einer alten Freundin. Ein weiterer riesiger Schritt darauf zu, dass ich mir selbst vergeben konnte.

»Ihr habt ein wunderschönes Haus, Erin. Weißt du, auf eine seltsame Art und Weise erinnert es mich an *Lillian Hall*. Die Architektur, der Springbrunnen, die Eingangstür.«

»So habe ich das noch nie betrachtet«, sagte sie. »Aber ich schätze, du hast recht.« Erin lachte, wie bei unserer ersten Begegnung im Appartement. Wahrscheinlich, nachdem Mitchell gerade etwas Witziges gesagt hatte.

»Es erinnert mich an den Tag, als wir uns alle vor *Lillian Hall* kennenlernten. Weißt du noch?«

»Als du mit Mitchell vom Joggen kamst?«

»Ja.« Ich lächelte. Es war schön, sich mit jemandem daran zu erinnern, der dabei gewesen war.

»Mitch und ich kannten uns schon eine Weile. Aber an dem Tag habe ich dich das erste Mal getroffen. Und da hast du Jenny kennengelernt.«

Ich nickte. »Ja.«

»Kannst du dich noch an das Gefühl erinnern, als du sie zum ersten Mal gesehen hast?«

»Ja. Das hat sich mir ins Gedächtnis gebrannt.«

»War es irgendwie so wie jetzt?«

Ich drehte mich um und sah Jenny in der Tür stehen.

Mir fehlten die Worte.

Sie kam nach draußen, mit langsamen, bedächtigen Schritten. Ich ging ihr entgegen, bis auf die Treppe, und ohne nachzudenken nahm ich sie in die Arme und hielt sie fest. Wahrscheinlich war es nur eine Minute, aber es kam mir vor wie eine Ewigkeit. Ich meinte, den Jubel unsichtbarer Engel zu hören und das Geräusch, wie Arbeiter die letzten Bretter von den alten, aufgebrochenen Erinnerungskisten rissen. Oder vielleicht war es auch der Klang des Heiligen Geistes, der frei wie der Wind durch ein aufgeräumtes Herz brauste.

»Was machst du denn hier?«

»Ich bin aus England zurück. Wir haben beschlossen, zuerst nach Washington zu fliegen und Erin zu besuchen, bevor wir nach Indiana zurückfahren.«

»Aber ich habe mit deinem Vater gesprochen. Er sagte, du würdest erst im Februar zurückkommen.«

»Wir haben das Haus noch vor Weihnachten verkaufen können, und meine Nachfolgerin weiß mehr über Missionsarbeit als ich. Die Jungs und ich haben beschlossen, das neue Jahr in Amerika zu beginnen.«

Jenny trug Jeans und einen weißen Wollpullover. Ihr Haar hatte einen stärkeren Rotton, als ich es je bei ihr gesehen hatte, der das natürliche Braun noch mehr leuchten ließ.

»Und was machst *du* hier?«, fragte sie.

»Ich weiß nicht«, sagte ich lachend. »Ich hatte jedenfalls keine Ahnung, dass du hier bist.«

»Du meinst, du bist ausgerechnet heute zum ersten Mal in deinem Leben nach Annandale gekommen, um eine Freundin zu besuchen, mit der du seit zwanzig Jahren nicht gesprochen hast?«

»So ähnlich.«

Erins Weihnachtsbaum war mit Popcornschnüren geschmückt. Ein Bild von der Krippenszene, das ein kleines Kind gemalt hatte, zierte den Kühlschrank. Während Erin Hühnchensalat machte, standen wir in der Küche und redeten über alles und nichts. Ich wollte diesen Augenblick festhalten. Jedes Wort, das Jenny und Erin sprachen, war Musik. Jede Geste war ebenso neu wie vertraut. Die Szene war unwirklich.

»Jack, könntest du wohl zum Abendessen bleiben? Ich würde mich freuen, wenn du auch Donald kennenlernen würdest.«

»Ja, ich würde liebend gern bleiben, wenn es nicht zu viele Umstände macht. Ich weiß, dass ich mich irgendwie selbst eingeladen habe.«

»Das glaube ich nicht, Jack.« Beide Mädchen lachten. »Das hier war wohl eher von höherer Stelle geplant.«

»Und wo sind die Jungs?«

»Sie sind heute mit Donald nach Washington gefahren. Er arbeitet beim Gartenamt und macht mit den beiden eine Besichtigungstour.«

Nach dem Mittagessen ging Erin nach oben, um nach Baby Claire zu schauen, und Jenny und ich setzten uns auf das Sofa im Wohnzimmer, wo das Sonnenlicht durch die Fenster strömte. Wir saßen schweigend in dem luftigen Raum, zufrieden mit den Ereignissen des Tages.

»Also. Was gibt's Neues?«, neckte mich Jenny. Unser letzter gemeinsamer Tag in London war erst ein ganzes Leben her.

»Nichts«, erwiderte ich. Wir beide lächelten leicht idiotisch.

»Weißt du, wenn wir so weitergrinsen, denkt Erin noch, wir sind verrückt geworden.«

»Schon möglich«, sagte ich. »Es kann gut sein, dass *ich* verrückt geworden bin, also wird das früher oder später sowieso rauskommen.«

Noch mehr Stille. Die Spannung, die in der Luft lag, gab mir das Gefühl, lebendig zu sein. Endlich fand ich die Worte, die sich in einem ganzen Schwall Luft machten, wie Wasser, das über den Rand eines Bechers überfloss.

»Jenny, egal wie es zu diesem Tag gekommen ist: Ich möchte fürs Protokoll bekannt geben, dass ich jetzt in Frieden sterben kann. Das war ein unglaublicher Tag.«

»Es war ein sehr guter Tag.«

»Jenny, du weißt doch, dass ich keine Ahnung hatte, dass du hier bist, oder?«

»Ich weiß«, sagte sie.

»Wann fährst du nach Indiana?«

»Übermorgen.«

»Nate und Andrew, richtig?«

»Mmh.«

»Ich habe ihre Bilder beim Mittagessen mit deinen Eltern gesehen. Die Jungs sehen nett aus.«

»Danke.«

»Es … es tut mir leid um Murphy.«

»Ja, mir auch. Er war ein toller Mann und ein wunderbarer Vater für die Jungs. Sie vermissen ihn.«

»Du vermisst ihn sicher auch«, sagte ich und hoffte, dass es ihr nicht unangenehm war zu sagen, dass sie ihn geliebt hat.

»Ja, ich vermisse ihn«, seufzte sie. »Murphy war die Art Mann, die ich mir immer als Ehemann gewünscht hatte. Ich habe ihn sehr geliebt. Er hat gut für unsere Familie gesorgt und wir haben eine wunderbare Ehe geführt. Wir waren Partner in jeder Hinsicht, und als er starb, haben die Jungs ihren Vater verloren und ich meinen besten Freund.«

Ihre Lippen schlossen sich fest. Sie hatte noch mehr zu sagen, aber das war nicht für meine Ohren bestimmt. Es war nur für sie und Murphy.

Sie lenkte das Gespräch auf mich. »Wie kommt es, dass du in all den Jahren den Fesseln der Ehe entgangen bist? Ich dachte, die Frauen würden sich ein Bein rausreißen, um sich einen heißen Autor wie dich zu angeln.«

»Schon witzig, dass du das fragst. Tatsächlich stapeln sich die liebestollen Frauen nur so vor meiner Haustür in Providence. Falls du mich je besuchen kommst, muss ich erst mal den Weg freiräumen.«

»Das wirst du vielleicht tun müssen«, sagte sie.

»Ich habe gehört, dass du mein Buch gelesen hast.«

»Ja, habe ich. Jack, es hat mir gefallen zu hören, was du in Providence getan hast. Ich wusste immer, dass du zu diesem Menschen heranwachsen kannst.«

»Zu welchem Menschen?«

»Zu einem Menschen, dem andere wichtiger sind als er selbst. Als ich dir so zuhörte – ich hatte dein Buch auf Kassette –, da hat ein Teil von mir über den Dienst gejubelt, den du dort tust. Ein anderer Teil von mir war einfach glücklich über den Menschen, der aus dir geworden ist.«

»Es hat lange gedauert«, gestand ich. »Es hat viel Zeit und Mühsal gekostet … aber Gott hat mich verändert.«

»Das sehe ich jetzt.« Jenny lächelte mich warm an. »Und was ist das für ein Gefühl, ein Bestsellerautor zu sein?«, fragte sie mich, neckend und schmeichelnd.

»Ehrlich gesagt würde ich lieber über dich reden. Das Buch, die ganze Aufmerksamkeit, die es geerntet hat, das habe ich alles nur Gott zu verdanken – es ist sein Werk. Den Menschen in Norwood bedeutet dieses

Buch viel. Hast du das Projekt als eine ausgebaute Version der Arbeit erkannt, die du und Dr. Holland geleistet haben?«

»Ich finde, es ist ganz anders als das, was wir damals versucht haben. Die Tatsache, dass du diese Arbeit tust, um Gott zu dienen, macht etwas Besseres daraus.«

Das Telefon klingelte. Erin ging oben dran.

»Du kannst natürlich Pflaster auf die Wunden von Menschen kleben, aber das ist nur eine vorübergehende Lösung. Wenn sie zu Gott finden, werden sie dauerhaft verändert.«

Erin kam ins Zimmer. »Donald hat gerade angerufen. Er sagte, dass sie gegen vier zurück sind. Ich habe ihm erzählt, dass du hier bist, Jack, und er freut sich darauf, dich kennenzulernen.«

Die nächsten zwei Stunden lang redeten wir drei über Mitchell, das College und wie Gott in den letzten zwanzig Jahren bei jedem von uns im Leben gewirkt hatte.

Als Donald, Andrew und Nate um vier nach Hause kamen, erkannte ich die Jungs von den Fotos. Ich sah ein Stück von Mitchell in Donald – seine Intelligenz und seine athletische Figur erinnerten mich an meinen besten Freund.

Gegen acht machte ich mich auf, um zum Hotel zurückzufahren. Die Kinder mussten ins Bett, das Baby brauchte ein Bad und Erin und Donald brauchten ihr Haus zurück.

Jenny brachte mich zum Auto. »Ich bin froh, dass wir uns heute sehen konnten, Jack. Wirklich.«

»Ich auch. Obwohl es der Schock meines Lebens war.«

Viel hatte sich verändert. Die dicke Stahltür, die in London zwischen uns gestanden hatte, war geschmolzen und hatte sich in Luft aufgelöst.

»Du fährst also übermorgen nach Indianapolis?«, fragte ich.

»Ja, so hatte ich es geplant. Und was ist mit dir?«

»Ich habe keine Pläne. Mein Leben zeichnet sich im Moment durch Planlosigkeit aus.«

»Hmm. Und du bist mit dem Auto hier?«

»Ja, mit einem Mietwagen.«

»Ich könnte dich doch morgen früh anrufen. Vielleicht möchtest du ja gern mit uns frühstücken.« Jenny lächelte.

Wir sagten Gute Nacht, nicht Lebewohl, und ich fuhr zurück zum Hotel. Als ich mich schlafen legte, kicherte ich wie ein kleiner Junge, der gerade von seinem Vater sein Weihnachtsgeschenk bekommen hat.

# Siebenunddreißig

*I'll be back in the high life again*
*All the doors I closed one time will open up again*
*I'll be back in the high life again*
*All the eyes that watched me once will smile and take me in.*

*Ich werde im Leben wieder obenauf sein*
*Alle Türen, die ich einst geschlossen habe,*
*werden sich wieder öffnen*
*Ich werde im Leben wieder obenauf sein*
*Alle Augen, die mich einst beobachtet haben,*
*werden lächeln und mich freundlich ansehen.*

Steve Winwood
*»Back in the High Life Again«*

Am nächsten Morgen rief ich Bud an, um ihm zu sagen, dass ich nicht zurück nach Chicago kommen würde. Meine Tage als Schriftsteller waren vorbei. Ich erzählte ihm von den vergangenen vierundzwanzig Stunden, obwohl ich mir ziemlich sicher war, dass er mir nicht glauben würde.

»Sie haben recht, Mann. Ich glaube es nicht.«

Ich erzählte ihm alles, während er sich Notizen machte. Er wollte alle neuen Entwicklungen in das Buch einbeziehen und ich sagte ihm, dass er das ruhig tun sollte.

»Ich will Sie mal was fragen, Bud. Glauben Sie, dass es möglich ist, dass Gott die gestrigen Ereignisse arrangiert hat, oder war alles nur ein Zufall?«

»Woher soll ich das wissen?«

»Ich versuche zu verstehen, was im letzten Monat alles in meinem Leben passiert ist. Ich schätze, ich würde gern wissen, was *Sie* sehen. Wie Sie das alles erklären würden.«

Ich wünschte mir, dass Bud Gottes Treue erkannte. Er hatte Seite um Seite meines Lebens gelesen. Er war mitten in meinem Film ins Kino gekommen und bekam dann zu sehen, wie sich das Ende direkt vor seinen Augen entfaltete. Ich betete, dass Buds Herz vielleicht anfing, für Gottes wunderbare Gnade zu schlagen, wenn er sah, wie Gott vollendete, was ich nicht selbst bewirken konnte.

Die Überraschungen nahmen kein Ende.

Jenny rief mich an und fragte, ob ich es mir vorstellen könnte, mit ihnen zusammen nach Indianapolis zu fahren. »Die Jungs waren noch nie in den USA und es ist lange her, seit ich auf der rechten Seite der Straße gefahren bin. Und wir beide haben ja wirklich den gleichen Weg.«

Ich lag bei offenen Vorhängen auf meinem Hotelbett und die Sonne erfüllte den Raum mit unglaublich strahlendem Licht.

*Danke, Gott, für alles, was du getan hast …*

Um sechs Uhr an einem eiskalten Morgen luden wir das erstaunlich übersichtliche Gepäck und die müden Jungs, die noch in ihren Schlafanzügen steckten, in Jennys Auto. Jenny und ich verabschiedeten uns von Donald und Erin, lieferten meinen Mietwagen wieder am Flughafen ab und machten uns in Jennys Mietwagen auf den Weg.

»Wie sollen wir deinen Eltern erklären, warum ich dich und die Jungs nach Hause gefahren habe?«, fragte ich.

»Wir sagen ihnen einfach, dass es nur logisch ist, dass wir beide zusammen sind.«

Wir schafften es in einer einzigen Etappe bis nach Providence, mit vielen Pausen auf dem Weg. Wir vier nahmen die Bilder und Geräusche unserer Überlandfahrt in uns auf, als wären die Vereinigten Staaten eine fremde, neue Welt, die von uns zum ersten Mal erkundet wird. Und für Nate und Andrew war es ja auch so. Die Jungs staunten über die Größe des Landes, die Anzahl der Minivans auf dem Highway, dass wir an der Tankstelle einfach mit einer Karte bezahlen konnten und die schwindelerregende Auswahl von Dingen, die es in unseren Geschäften zu kaufen gab. Wir spielten Autospiele und Nummernschild-Bingo, zählten Kühe und brachten uns mit Witzen und Albernheiten zum Lachen.

Ich musste mich erst an den britischen Akzent von Nate und Andrew gewöhnen, aber für sie war *ich* sicher viel gewöhnungsbedürftiger. In den stilleren Augenblicken sah ich im Rückspiegel, wie Andrew mich vom Rücksitz aus anstarrte. Es gab Momente, in denen spürte ich eine Verbindung, wie bei dem Wettlauf an der Raststätte, den ich gegen die Jungen verlor, oder als wir alle in unbändiges Gelächter ausbrachen, als wir vor einem Restaurant ein drei Meter großes Plastikhuhn sahen. In anderen Augenblicken spürte ich, wie Barrieren hochgingen, eine Distanz, durch die sie sich schützen wollten, nahm ich an. Zum Beispiel, als Nate die jetzt schon alte Ausgabe des *Time*-Magazins auf einem Ladentisch liegen sah und mich fragte: »Bist du berühmt?«

»Das war ich mal«, sagte ich und wünschte, dieser Teil meines Lebens läge hinter mir.

Ich sah auch, wie Jenny mich manchmal betrachtete und beobachtete, wie ich mit ihren Söhnen umging. Vielleicht überlegte sie, ob ich Murphy hätte sein können, wären die Umstände anders gewesen. Oder wie schön es war, die Jungs in dem Land spielen und lachen zu sehen, das jetzt ihr Zuhause war. Oder wie sehr sie sich einen Vater für ihre Söhne wünschte.

»Ich wusste nicht, dass du so ein Naturtalent mit Kindern bist«, sagte sie und hakte sich bei mir unter, als wir wieder einmal einen Laden auf der Suche nach Snacks betraten.

»Du hast wunderbare Söhne, Jenny«, erwiderte ich. »Wie ist es denn so, Mutter zu sein?«

Ich stellte diese Frage, weil die Frau, die die Hauptrolle in all meinen Erinnerungen spielte, eine College-Studentin Anfang zwanzig gewesen war. Die echte Jenny war eine Witwe Anfang vierzig mit zwei Kindern.

Sie dachte gründlich über meine Frage nach. »Es ist so, als wäre alles Wichtige auf der Welt in zwei verletzliche und unschuldige kleine Kerle gepackt, für die du dein Leben geben würdest. Jeden Tag ist deine erste Sorge, wie du ihr Leben glücklich und vollständig machen kannst, während du gleichzeitig darüber staunst, welche spektakulären Persönlichkeiten sie bereits sind.«

»Also magst du sie?«, fragte ich lächelnd.

»Das könnte man so sagen. Und wie ist es, so viele Jahre Single zu sein?«

»Du wohnst in einem großen Haus und weißt, hinter einer bestimmten verschlossenen Tür gibt es ein Zimmer, einen Teil von dir, an den du nicht herankommst, weil die Tür abgeschlossen ist und du sie allein nicht aufmachen kannst. Trotzdem weißt du, dass dieses Zimmer existiert, und ab und zu gehst du an der Tür vorbei und fragst dich, was dahinter ist, und ob die Tür jemals geöffnet wird oder nicht.«

»Das klingt schrecklich einsam.«

»Ja«, sagte ich, »es war einsam. Ich habe einfach immer weitergemacht, habe das getan, was mir vor die Hände kam, und darauf vertraut, dass Gott tut, was er will. Über das Ende habe ich eigentlich nie richtig nachgedacht.«

»Jack, glaubst du, dass Gott das Ende wichtig ist? Dass du ihm wichtig bist und was in deinem Leben passiert?«

»Ja. Ich meine ... ich kann es sehen. Du bist hier, Jenny. Ich wusste nicht, ob ich dich jemals wiedersehen würde, aber jetzt bist du hier und stehst neben mir. Wir reden wieder miteinander und ich fühle mich so wohl dabei. Irgendwie, als hätten wir all diese Jahre zusammen verbracht, und jedes Mal, wenn ich ...«

Ich unterbrach mich und senkte den Blick. Ich musste aufhören, so viel zu sagen. Das war kein Gespräch, das man in der Warteschlange an der Kasse in einem Supermarkt führen sollte, während man darauf wartete, dass die Jungs von der Toilette zurückkamen.

»Jedes Mal, wenn du was?«

Ich senkte die Stimme und trat einen Schritt näher. »Und jedes Mal, wenn ich dich anschaue, lobe ich Gott dafür, dass er mir erlaubt, dich zu kennen. Ich weiß tief in meinem Herzen, dass es keinen anderen Menschen auf der Welt gibt, der so ist wie du. Ich bewundere dich.«

Jenny schaute mich an, in mich *hinein*, wie sie es vor so vielen Jahren schon getan hatte. Ich erkannte ihr Lächeln, aber darin lag auch etwas Neues. Ein Gefühl des Friedens. Die Kassiererin berechnete die Cola und die Chips, während die Jungs zu Jenny gerannt kamen, um ihr von dem automatischen Lufterfrischer in der Toilette zu erzählen, der sie mit seinem Nebel überrascht hatte.

Jenny und ihre Söhne setzten mich in Providence ab und fuhren weiter nach Indianapolis. Zwei Tage später rief ich sie an und fragte, ob sie gern einen Tag mit mir in Providence verbringen würde. Am folgenden Sonnabend trafen wir uns zum Mittagessen bei *Oscar's*. Ich war etwas früher da und begrüßte sie in einer ruhigen Sitzecke in dem Sandwich-Imbiss nahe des Colleges, der am Wochenende halb leer war.

»Wow, da kommen alte Erinnerungen hoch! Es hat sich kaum verändert. Mir war nicht bewusst, dass so vieles in der Stadt noch genauso wie früher aussehen würde.«

»Die Studenten wechseln immer, aber Providence … verändert sich nicht so sehr. Viele Dinge hier sind noch genauso wie gestern.«

»Was ist dir wichtiger, Jack, gestern oder heute?«

»Heute. Aber so hätte ich nicht immer geantwortet. Ich habe in den letzten Wochen meine ganze Vergangenheit ausgepackt und sortiert. Jetzt ist alles in Ordnung. Die Vergangenheit und die Gegenwart haben einander gefunden und kommen prima miteinander klar. Obwohl sie viele Gemeinsamkeiten haben.«

Wir saßen in der gemütlichen Sitzecke und wandten die Blicke nur voneinander ab, als der Kellner kam, um unsere Bestellung aufzunehmen.

»Also, lässt du mich dieses neue Buch lesen, an dem du gerade arbeitest?«

»Du weißt, worum es geht, oder?«

»Ja, die Jack-Clayton-Story. Vom Studienabbrecher zum Titelhelden im *Time*-Magazin in zwanzig kurzen Jahren.«

»Wow, du solltest in der Werbebranche arbeiten. So ähnlich sieht es aus.«

»Hat das Buch ein Happy End? Kriegt der Junge das Mädchen?«

Ich antwortete nicht sofort, aber ihre gutmütige Frage gewann mit jeder Sekunde, die wir weiter schwiegen, an Gewicht.

»An dem Kapitel wird noch geschrieben«, sagte ich schließlich.

Jenny lächelte und nachdem der Kellner mit unserem Essen gekommen war, begannen wir ein langes, gemütliches Gespräch über London, Jennys Eltern, meine Mutter und ihr neues Leben und den CMD.

Nach dem Essen gingen wir nach draußen. Die Sonne stand hoch am Himmel, wärmte die Luft und lud uns zu einem Spaziergang ein. Wir wanderten ungezwungen durch die Straßen und bewunderten die Schaufenster, wie wir es vor Jahren als arme Studenten getan hatten.

»Weißt du, was jetzt genau das Richtige wäre?«, fragte ich sie.

»Was denn?«

»Dass ich dir ein Geschenk kaufe. Ein Willkommen-zurück-in-Amerika-Geschenk. Ich habe jetzt ein bisschen Geld, musst du wissen«, witzelte ich.

»Oh, du hast jetzt also Geld? Hat der Lexus-Autohändler geöffnet? Wir müssen diese Bestseller-Dollars in Umlauf bringen!«

»Mein Schatz, du denkst zu klein. Ich rede davon, dir etwas wirklich Hübsches zu kaufen. Was war das schönste Geschenk, das du je von mir bekommen hast?«

Jenny dachte einen Augenblick nach. »Was war das schönste Geschenk … wahrscheinlich das Medaillon. Erinnerst du dich noch an das Medaillon?«

»Das, das du mir zurückgegeben hast.«

»Ja. Tut mir leid … ich meine, ja. Damals war es das Richtige. Hast du es noch?«

»Nein, ich habe es versetzt, als ich dich vergessen wollte – damals, als ich noch dachte, dass das möglich wäre.«

»Du hast mein Medaillon verkauft? Ich glaub's ja nicht!«

»Ja, ich hab fünfundzwanzig Dollar dafür bekommen.«

»Du Stinkstiefel!« Sie lachte.

»Weißt du, ich könnte dir heute einen Diamanten kaufen.«

»Darüber muss ich nachdenken.«

Auf der Bush Street kamen wir an das Schaufenster eines Juweliers, *Baxter's*, und spähten in die Glasvitrine. Die kleine Boutique präsentierte eine wunderschöne Auswahl von Diamantringen und Armbanduhren, farbigen Edelsteinen und Armbändern, Ohrringen und Goldschmuck. Alle waren in edlen Schmuckkästchen auf einem dunkelvioletten Kissen drapiert.

»Du meine Güte!«, stieß Jenny hervor.

»Was ist denn?«

»Sie haben so ein Medaillon wie das, das du mir gekauft hast!«

Ich schaute ins Fenster. Auf dem obersten Glasbord der Vitrine, mitten im Schaufenster, lag eine kleine silberne Kette mit einem herzförmigen Anhänger. Auf dem Herz waren mit zierlicher Schrift die Worte *Liebe währt ewig* eingraviert.

»Ich glaube, du hast recht.«

Jenny drehte sich zu mir um. Vor Überraschung stand ihr der Mund weit offen.

»Das ist ja unglaublich! Lass uns reingehen und schauen, was sie dafür verlangen.«

»Damals hat es fünfzig Dollar gekostet; heute sind es wahrscheinlich fünfzigtausend.«

Der Verkäufer holte das Medaillon aus der Vitrine und legte es in Jennys Hände.

»Das ist ein klassisches silbernes herzförmiges Medaillon«, sagte er. »Es hat einmal einem jungen Pärchen gehört, das sehr verliebt war, aber abgesehen davon kann ich Ihnen nicht viel darüber sagen. Medaillons enthalten Geheimnisse. Wenn Sie auf die Rückseite schauen, werden Sie sehen, dass es schon etwas angeschlagen ist, und es gibt keinen Schlüssel mehr, um es aufzuschließen.«

»Dazu braucht man keinen Schlüssel«, sagte Jenny. »Ich hatte mal so eines, aber den Schlüssel hatte ich schon wenige Tage verloren, nachdem ich es bekommen hatte.«

Jenny zog eine Haarnadel aus ihrer Handtasche und schob sie in das Schlüsselloch. Sofort sprang das Medaillon auf. Zwei herzförmige Bilder waren darin, eins von Jenny und das andere von mir. Sie drehte sich um und starrte mich an. Offenbar konnte sie nicht glauben, was ihre Augen sahen.

Ich grinste. »Ich habe es gestern hergebracht, Jenny. Ich habe es nie verkauft.«

Sie gab mir einen Klaps auf den Arm und schnaubte. »Dafür behalte ich es jetzt«, sagte sie, nicht ernsthaft verärgert und sehr erfreut über meinen kleinen Trick.

Ich lächelte dem Verkäufer zu, der mir zuzwinkerte, und Jenny und ich verließen das Geschäft mit dem Andenken, das jetzt in einem Schmuckkästchen lag.

»Jack, glaubst du wirklich, dass Liebe ewig währt, oder ist das nur kindische Sentimentalität?«

»Ich glaube, sie währt ewig«, sagte ich.

Jenny war ganz still, als wir in Richtung Campus zurückgingen. Ich dachte daran, beim CMD vorbeizuschauen, weil es in der Nähe lag und das Wetter bedeutend kälter geworden war. Als eine eiskalte Böe uns plötzlich wie aus dem Nichts traf, rannten wir die Straße entlang und in die *Marilyn's*-Bäckerei, um zu flüchten.

In *Marilyn's* war es gemütlich und warm. Bei einer Renovierung war eine Wand herausgerissen worden, sodass die Bäckerei jetzt mit der Buchhandlung nebenan verbunden war. Mehrere Kunden saßen in klobigen, übergroßen Sesseln, schlürften Kaffee und waren mit ihren Laptops kabellos im Internet.

Wir bahnten uns den Weg zu zwei bequemen altmodischen Sesseln in einer Ecke des Ladens, den ein ausgewählter Mix aus farbenfroher zeitgenössischer Kunst und Antiquitäten des zwanzigsten Jahrhunderts zierte.

»Es wird kalt draußen«, sagte Jenny und öffnete ihren Mantel, um die warme Luft reinzulassen.

Ich ging zum Tresen und holte einen heißen Kakao für Jenny, um ihr beim Aufwärmen zu helfen, und einen Kaffee für mich.

Jenny schlang die Hände um die Keramiktasse und dankte mir für den Kakao. »Und danke auch für die Kette. Das war wirklich eine süße Geste, Jack. Ich versuche immer noch zu begreifen, was das bedeutet.«

»Was steht als Nächstes für dich und die Jungs an?«, fragte ich.

»Ich werde die Jungs bei der Privatschule von Mikes und Tessas Gemeinde in Indianapolis anmelden, meinen Eltern helfen, sich häuslich niederzulassen, und den Kindern viel Gelegenheit geben, ihre Cousins und Cousinen kennenzulernen.«

»Und was ist mit dir?«, fragte ich. »Wer kümmert sich um dich?«

Jenny stellte die Tasse auf dem Tisch ab. »Jack, darf ich das Thema wechseln?«

»Klar«, erwiderte ich.

Jenny ließ ihren Daumen über das Schmuckkästchen auf ihrem Schoß gleiten. »Ich habe in meinem Leben nur zwei Männer geliebt. Einen davon habe ich verloren, weil Gott beschlossen hatte, ihn zu sich zu nehmen. Es kam plötzlich, es war schmerzhaft, und es hat viel Trauerarbeit gekostet, um dahin zu kommen, wo wir alle heute sind – und ich kann sagen, dass das endlich eine gute Situation ist. Den anderen Mann, den ich einst geliebt habe, habe ich ebenfalls verloren. Ich habe ihn an seine eigene jugendliche Unreife verloren. Das kam auch plötzlich, es war schmerzhaft, und ich habe lange gebraucht, bis ich darüber hinweg war. Ich kann dich nicht mit Murphy vergleichen, und ich bin dankbar, dass ich das auch nicht muss. Aber ich muss das Richtige tun. Ich muss herausfinden, was das alles bedeutet.«

Jenny unterbrach sich. Zum ersten Mal schien sie nicht zu wissen, was sie sagen sollte. Oder wie sie es sagen sollte. Als sie endlich weitersprach, waren ihre Worte sanft und innig, und ihre Pausen offenbarten eine tiefe Verletzlichkeit.

»Ich versuche, glaube ich, zu sagen, dass … Kannst du mir sagen, ob unsere Beziehung etwas Besonderes für dich ist, Jack? Sag mir, ob ein Teil von dir sich noch an uns erinnert. Hast du wirklich Gefühle für mich, oder ist das alles bloß meine Einbildung? Und sind das alte oder neue Gefühle? Ich habe das Gefühl, dass ich zu etwas zurückgekehrt bin, an das ich mich erinnere. Es ist mehr, als nur wieder in den Vereinigten Staaten zu sein. Es ist etwas … Größeres, aber ich kann es noch nicht alles begreifen. Ich schätze, ich bin ein bisschen … ich weiß nicht … überwältigt? Unsicher? Beides?«

»Jenny, ich glaube, es gibt eine Geschichte, die du hören solltest. Ich habe mich schon die ganze Zeit gefragt, warum Gott wollte, dass ich all das durchmache, was in den letzten Monaten passiert ist. Aber jetzt sehe ich, dass es eine Reise war, die ich machen musste. Ich meine, anders hätte es gar nicht gehen können.«

»Was meinst du?«

»Meine Freunde sagten, dass es einen großen, wichtigen Grund gibt, warum Gott will, dass ich meine Geschichte aufschreibe. Mein Freund Aaron sagte, dass zwar viele Leute von *Arbeiter im Weinberg* profitiert haben, dass Gott aber vielleicht mit *mir* noch nicht fertig ist. Du fragst mich doch, ob ich noch Gefühle für dich habe, oder?«

»Ja … ich meine, das ist ein Teil meiner Frage. Ich meine, ja.«

Ich zog das braune Paket hervor, das ich schon den ganzen Tag mit mir herumschleppte, und reichte es ihr. »Jenny, das ist das Manuskript für mein Buch. Die Antwort auf deine Frage.«

Sie zog die weiße Spitzenschleife ab und öffnete das braune Einwickelpapier. Darunter kam ein Stapel weißer Blätter zum Vorschein, das Ergebnis der Ausgrabungen in meinem Gedächtnis. Insgeheim dankte ich Bud dafür, dass er bis spät in den Abend aufgeblieben war und das Ganze in den letzten zwei Tagen mit mir zusammengesetzt hatte.

Jenny ließ ihre Finger über den Titel gleiten. »Komme ich in dieser Geschichte vor?«

»Du hast ja keine Ahnung. Ich habe angefangen, diese Geschichte zu schreiben, als ich noch nicht wusste, ob ich dich je wiedersehen würde, als ich noch nicht einmal wusste, *warum* ich sie schrieb. Ich habe einfach geschrieben, um Gott gehorsam zu sein, aber jetzt ist es mehr. Dieses Buch ist deine Antwort. Und auch meine … auf sehr viele Fragen.«

Den Rest des Nachmittags saß Jenny auf dem großen Sofa in meinem Wohnzimmer, den Rücken an die gepolsterte Armlehne gelehnt und die Füße auf die Rückenlehne gelegt. Ich brachte ihr zu trinken und zu essen, während sie über den Seiten brütete. Das Bündel auf ihrem Schoß schrumpfte immer schneller, je tiefer sie in meine Geschichte eintauchte.

Als das Sonnenlicht schwand und das stille Haus dämmerig wurde, schaltete ich die Stehlampe am Ende des Sofas und die Leselampe neben ihr an. Gegen halb fünf machte sie eine Pause und rollte sich für ein Nickerchen zusammen. Ich nahm die Decke vom Fußende des Bettes im Gästezimmer und deckte sie zu. Dann sah ich ihr eine Weile beim Schlafen zu, bevor ich selbst nach oben ging, um eine Runde zu schlafen.

Ich erwachte aus einem friedlichen Traum in eine noch friedlichere Realität. Jenny saß auf meiner Bettkante.

»Ich habe gerade dein Buch zu Ende gelesen.«

Ich setzte mich auf und rieb mir den Schlaf aus den Augen. »Taugt es was?«

Jenny nickte einfach nur, nahm meine Hand und drückte sie. »Jack, ich habe dich heute Nachmittag schon einmal gefragt, aber ich will dich noch einmal fragen. Glaubst du, dass die Liebe ewig währt?«

»Ja, das glaube ich. Ich weiß es.«

Jenny hielt das kleine Silbermedaillon in der Hand. Sie öffnete es und blickte auf die Fotos. »Ich erinnere mich an diese Zeiten«, sagte sie, ein leichtes Zittern in der Stimme. Sie schaute mich mit einem staunenden Blick an. »Jack, was fangen wir nur mit alldem an? Ich bin zweiundvierzig, habe zwei Kinder und Eltern, die mich brauchen. Ich kann nicht in der Vergangenheit leben. Aber wir befinden uns ja nicht in der Vergangenheit … oder? Was genau soll ich damit anfangen? Ich meine … mit dir?«

»Lass dich doch von mir zum Abendessen ausführen.«

»Jack, ich meine es ernst.«

»Ich auch. Ich bin am Verhungern.«

Jenny ließ sich an mich sinken und ich hielt sie fest.

»Es geht alles so schnell«, sagte sie.

»Ja; es waren nur zwanzig Jahre Vorarbeit nötig.«

»Glaubst du wirklich, dass die zwanzig Jahre Vorarbeit hierfür wichtig waren?«

»Nein, ich denke nicht, dass alles, was passiert ist, dazu gedacht war, uns zu diesem Augenblick zu bringen. Das würde abwerten, was wir zwischen damals und heute durchlebt haben. Ich glaube einfach, dass jede richtige Entscheidung, die wir im Glauben getroffen haben, einen Augenblick wie diesen möglich gemacht hat.«

Jenny setzte sich auf und wischte sich eine Träne aus dem Augenwinkel. »Mir fallen drei wichtige Fragen ein, die ich dir stellen will, aber ich denke, ich kenne bereits deine Antwort auf mindestens zwei davon.«

»Okay ... frag«, sagte ich.

»Liebst du mich?« Jenny schaute mich mit dem ernsten Gesichtsausdruck einer erwachsenen Frau an, nicht des College-Mädchens, das ich einmal gekannt hatte.

»Ja, von ganzem Herzen.«

»Sind dir meine Eltern, meine Familie wichtig?«

»Ich liebe sie auch.«

Jenny wischte sich eine weitere Träne aus dem Augenwinkel. Ich hatte sie schon oft weinen gesehen. Das waren Freudentränen.

»Ich habe dich unterwegs mit den Jungs beobachtet. Glaubst du, dass du sie lieben könntest? Würdest du versuchen, ihr Leben zu bereichern, und ihnen alles geben, was kleine Jungen brauchen? Könntest du das, Jack?«

»Ich würde es mir zur Lebensaufgabe machen, wenn ich die Gelegenheit dazu bekäme, Jenny.«

Jenny brach in Tränen und Lachen aus. Sie schmolz wie Wachs in meinen Armen. Hier wollte ich immer bleiben, versunken in Jenny, versunken in Hoffnung. Ich versuchte zu überlegen, ob sie mir zwei oder drei Fragen gestellt hatte, als sie weitersprach.

»Tja, dann schätze ich, gibt es nur noch eine Frage.«

»Und die wäre?«

»Was möchtest du zum Abendessen?«

Bud Abbott lieferte das Buch ziemlich pünktlich an einen sehr erleichterten und sehr bankrotten Arthur Reed ab. Zwei Wochen zuvor hatte er mir, seinen Angestellten und seiner Frau gestanden, dass er schwindelerregende zehn Millionen Dollar verspielt hatte. Während ich diese Zeilen schreibe, ist Arthur dabei, seinen Verlag für eine ungenannte Summe an den Verlag *Burrows* in New York zu verkaufen. Mein Buch wird die letzte Veröffentlichung mit dem ARP-Logo auf dem Einband sein.

Carlos Garcia wurde zu dreißig Jahren bis lebenslänglich im Puttington-Gefängnis verurteilt. Er hat einen regelmäßigen Besucher – einen demütigen Mann, der ihn zum ersten Mal jenseits einer Waffe sah; einen Mann, der den Aufruf ernst nimmt, sein Kreuz auf sich zu nehmen und Christus nachzufolgen.

Bud und ich telefonieren noch hin und wieder. Er hat mich mehrmals besucht und seine wunderbare Frau Katie und seinen kleinen Sohn Josh mitgebracht. Er ist sogar einmal mit uns in die Kirche gegangen – zweimal, wenn man die Hochzeit mitzählt.

Jenny und ich wurden am 14. Juni von Aaron Richmond in der Providence Kapelle getraut. Es war eine kleine Hochzeit, an der natürlich Jennys Eltern teilnahmen, meine Mutter und ihr neuer Ehemann Frank, Erin und Donald, Andrew und Nate, Raymond Mac und Mrs. Hernandez und Peter, Nancy und viele der Studenten, die über die Jahre mit uns beim CMD zusammengearbeitet haben. Arthur wollte einen PR-Agenten anheuern, der der Presse ein Foto von der Hochzeit liefern sollte ... als ob es jemals dazu kommen würde! Erin war die Brautjungfer, Peter und Donald waren meine Trauzeugen.

Das ist mein letztes Buch. In meinem Leben geht es nicht darum, Worte aufs Papier zu bringen, so ehrenvoll diese Aufgabe auch ist. In meinem Leben geht es darum, Gott zu dienen, Jenny von ganzem Herzen zu lieben und für ihre beiden Söhne zu sorgen.

Beim Hochzeitsempfang saß ich eine Weile mit Raymond Mac zusammen.

»Da hast du dir ein gutes Mädchen geangelt, Jack. Behandelst du sie dieses Mal gut?«

»Ja, Sir.«

»Wirst du sie gut behandeln oder wirst du ihr wieder Unrecht tun wie beim letzten Mal?«

»Nein, Sir. Sie ist mein Mädchen.«

»Das ist gut. Du lernst dazu.« Er lachte, das Lachen eines alten Mannes. »Du machst das schon gut, Junge. Du machst das schon gut.«

# Stimmen zu *Providence*

*»In* Werden wir uns wiedersehen *erinnert uns Christopher Coppernoll daran, dass, wenn wir Gott lassen, er alles zum Guten gebrauchen kann, sogar unsere Vergangenheit und unsere Erinnerungen daran.«*

Donna VanLiere
Autorin, *Die Weihnachtsschuhe* und *Die Engel von Morgan Hill*

*»In* Werden wir uns wiedersehen *geht Chris Coppernoll der Spannung auf den Grund, die wir alle erleben: der Spannung zwischen unseren eigenen Plänen und dem Geheimnis von Gottes Willen, der sich in unserem Leben entfaltet.«*

Chris Rice
Sänger/Liedertexter

*»Emotionsgeladen und fesselnd!* Werden wir uns wiedersehen *lädt Sie in Jack Claytons Welt ein und lässt Sie seine Frustration und Seelenqualen ebenso wie seine Freude spüren. Die Schönheit dieses Romans besteht darin, dass er uns alle zu der guten Botschaft führt, dass es Errettung und Hoffnung gibt, egal was das Leben bringt.«*

Karol Ladd
Autorin, *The Power of A Positive Woman*

*»Chris Coppernoll ist ein scharfsinniger Student der menschlichen Erfahrung. Er hat tiefen Einblick in die Motive, die Menschen zum Erfolg antreiben – und in den letzten Preis, den der Ruhm fordert. In* Werden wir uns wiedersehen *beweist Chris, dass er gleichermaßen fähig ist, die Realität in packende Fiktion zu übersetzen.«*

Mike Parker
Mitredakteur *LifeWay.com*

Tracie Peterson

## Wohin mein Herz mich führt

Paperback, 13,5 x 20,5 cm, 280 S.
Nr. 395.099, ISBN 978-3-7751-5099-6

Hals über Kopf verlässt Amy Halbert ihr Zuhause, angelockt vom Duft der großen weiten Welt. Doch sie ahnt nicht, was sie ihrer Schwester Kathy damit antut. Als Amy nach Jahren wieder vor der Tür steht, stürzt sie Kathy in einen Strudel von Gefühlen. Aber schon bald erkennt Kathy, dass auch Amy eine unsichtbare Last mit sich trägt. Durch den Wunsch ihres sterbenden Vaters kommen sich die Schwestern wieder näher. Sie machen sich auf den steinigen Weg der Versöhnung – der Versöhung miteinander und mit Gott.

Anke Weidinger

## Insel der Zuflucht

Paperback, 13,5 x 20,5 cm, 420 S.
Nr. 394.987, ISBN 978-3-7751-4987-7

Mit dem Tod ihres Mannes bricht für Elizabeth eine Welt zusammen. Sehnsucht nach ihrer englischen Heimat keimt auf. Zusammen mit ihren Töchtern zieht sie aus Deutschland nach Warwickshire. Als der charmante William Bentley in Elizabeths Leben tritt, machen die Mädchen ihm das Leben schwer. Plötzlich taucht William unter und die aufkeimende Liebe wird auf eine harte Probe gestellt. In ihrem Gefühlschaos erfährt Elizabeth Hilfe, die bis in die Ewigkeit reicht.

Bitte fragen Sie in Ihrer Buchhandlung nach diesen Büchern!
Oder schreiben Sie an: SCM Hänssler, D-71087 Holzgerlingen;
E-Mail: info@scm-haenssler.de